Tiempo de abrazar

Tiempo de abrazar

SERIE AMOR ETERNO

KAREN KINGSBURY

GRUPO NELSON
Una división de Thomas Nelson Publishers
Desde 1798

NASHVILLE   DALLAS   MÉXICO DF.   RÍO DE JANEIRO

© 2011 por Grupo Nelson®
Publicado en Nashville, Tennessee, Estados Unidos de América. Grupo Nelson, Inc.
es una subsidiaria que pertenece completamente a Thomas Nelson, Inc. Grupo
Nelson es una marca registrada de Thomas Nelson, Inc. www.gruponelson.com

Título en inglés: *A Time to Embrace*
© 2002 por Karen Kingsbury
Publicado por Thomas Nelson, Inc.

A menos que se indique lo contrario, todos los textos bíblicos han sido tomados de la
Nueva Versión Internacional® NVI® © 1999 por la Sociedad Bíblica Internacional.
Usada con permiso.

Nota del editor: Esta novela es una obra de ficción. Los nombres, personajes, lugares
o episodios son producto de la imaginación de la autora y se usan ficticiamente.
Todos los personajes son ficticios, cualquier parecido con personas vivas o muertas es
pura coincidencia.

Editora general: *Graciela Lelli*
Traducción: *Ricardo y Mirtha Acosta*
Adaptación del diseño al español: *Grupo Nivel Uno, Inc.*

ISBN: 978-1-60255-449-8

Impreso en Estados Unidos de América

11 12 13 14 15 HCI 9 8 7 6 5 4 3 2 1

Uno

El muchacho puso nervioso al entrenador John Reynolds. El chico era alto y delgado, y había estado garabateando en la libreta desde el inicio de la clase en el sexto período de higiene y salud. A punto de terminar la hora, John pudo ver lo que el joven dibujaba.

Una calavera sobre dos huesos.

El diseño se parecía al estampado de la camiseta negra del muchacho, y también al remiendo zurcido en sus holgados pantalones oscuros. Tenía el cabello teñido de color negro azabache, y alrededor del cuello y las muñecas usaba collares de cuero negro con púas.

No había duda de que a Nathan Pike le fascinaba lo tenebroso. Era un bárbaro, pertenecía a un grupito de muchachos en el Colegio Marion con un apego ritual a lo funesto.

Eso no fue lo que fastidió a John.

Lo que lo mortificó fue algo pequeño que el joven había garabateado *debajo* del negro simbolismo. Una de las palabras parecía decir *muerte*. John no podía descifrar el trazo desde el frente del aula, así que recorrió el salón de clases.

Igual que hacía todos los viernes por la noche a lo largo de las gradas del estadio como entrenador del equipo de fútbol americano del instituto, John recorrió de arriba a abajo las filas de estudiantes, revisándoles los trabajos y ayudando con instrucciones o críticas donde era necesario.

Al acercarse al escritorio de Nathan volvió a echarle un vistazo a la libreta. Las palabras garabateadas allí le helaron la sangre. ¿Escribió Nathan eso en serio? En esos días el profesor no podía hacer nada más que suponer que el alumno quería decir exactamente lo que había escrito. El entrenador entrecerró los ojos, solo para asegurarse de haber interpretado correctamente las palabras.

Lo había hecho.

Debajo de la calavera sobre dos huesos el muchacho había escrito esta frase: *Muerte a los deportistas.*

John aún estaba observando cuando Nathan alzó la vista y sus miradas se encontraron. El chico se quedó paralizado y lívido, sin parpadear, con la intención de intimidar. Tal vez Nathan estaba acostumbrado a que las personas echaran un vistazo y voltearan a ver hacia otro lado, pero John había pasado toda una vida alrededor de jóvenes como este. En vez de volverse, el profesor titubeó, usando la mirada para manifestarle lo que posiblemente no podía decirle en ese momento. Que el muchacho estaba confundido, que era un adicto, que lo que había dibujado y las palabras que había escrito no eran apropiadas ni serían toleradas.

Pero por sobre todo, John esperaba que su mirada transmitiera que él estaba allí con Nathan Pike. Igual que había estado con otros como él, del modo que siempre estaría al lado de sus estudiantes.

Nathan apartó primero la mirada y la volvió a enfocar en la libreta.

John intentó tranquilizar su acelerado corazón. Haciendo lo mejor por parecer sereno, volvió al frente del salón de clases. Sus alumnos tendrían otros diez minutos de labores antes de que él concluyera la clase.

Se sentó en el escritorio, tomó un bolígrafo y agarró el bloc de notas más cercano.

¿Muerte a los deportistas?

Era obvio que John debía informar a la administración lo que había visto; sin embargo, ¿qué haría él, supuestamente, como profesor? ¿Y si Nathan estuviera hablando en serio?

Desde los trágicos tiroteos en algunos colegios de la nación, la mayoría de los distritos escolares habían instituido cierta clase de «plan de advertencia». El Colegio Marion no era la excepción. El plan requería que todos los profesores y empleados vigilaran los salones de clase que supervisaban. Si alguna situación o un estudiante parecían problemáticos o extraños, se suponía que el educador o empleado haría de inmediato el reporte del caso. Una vez al mes se realizaban reuniones en que discutían qué alumnos podrían estar metiéndose en problemas. Las señales indicadoras eran obvias: un estudiante amedrentado por otros, deprimido, desanimado, marginado, enojado o fascinado con la muerte. Y particularmente alumnos que hacían amenazas de violencia.

Nathan Pike reunía todos los requisitos.

Pero también los reunían cinco por ciento de los asistentes al colegio. Sin evidencia específica, profesores o administradores podían hacer muy poco. El manual sobre chicos problemáticos recomendaba a los educadores apaciguar las burlas o involucrar a los estudiantes en la vida escolar.

«Hablen con los alumnos, averigüen más sobre ellos, interésense por sus aficiones y pasatiempos», había aconsejado el rector a John y a los demás profesores cuando analizaron el manual. «Quizás hasta recomiéndenles ayuda sicológica».

Todo eso estaba muy bien. El problema era que muchachos como Nathan Pike no siempre divulgaban sus planes. El chico era estudiante de último curso. John recordaba la primera vez que Nathan llegó al Colegio Marion; en sus primeros años usaba ropa conservadora y era reservado.

Su cambio de imagen no ocurrió sino hasta el último año.

El mismo en que las Águilas del Colegio Marion ganaran su segundo campeonato estatal de fútbol americano.

John echó una rápida mirada a Nathan. El muchacho garabateaba otra vez. *No sabe que yo vi la libreta.* De lo contrario, ¿no se habría recostado en la silla y habría tapado la calavera sobre huesos, ocultando las horribles palabras? Esta no era la primera vez que John sospechara que Nathan podría ser un problema. Dada la imagen cambiada del muchacho, el profesor lo había vigilado de cerca desde el inicio del año escolar. John se paseaba por el escritorio del joven al menos una vez cada día y se le acercaba para hablarle, o lo miraba fijamente durante la clase. Sospechaba que en el corazón del muchacho ardía una profunda ira, pero hoy era la primera vez que había una prueba.

El profesor se quedó callado pero dejó que su mirada vagara por el salón. ¿Qué hacía que hoy las cosas fueran diferentes? ¿Por qué Nathan decidió ahora escribir algo tan detestable?

Entonces comprendió.

Jake Daniels no estaba en clase.

De repente toda la situación cobró sentido. Cuando Jake estaba allí, donde quiera que estuviera sentado, hallaba el modo de volver contra Nathan a sus compañeros de clase.

Monstruo... afeminado... doctor muerte... idiota... perdedor.

Apodos todos susurrados y lanzados indirectamente en dirección a Nathan. Cuando los susurros llegaban al frente del salón de clases, John miraba con el ceño fruncido a Jake y los demás jugadores de fútbol americano en el aula.

«Basta», decía.

La advertencia era por lo general todo lo que John tenía que decir. Y por un poco de tiempo cesaban las burlas. Pero las imprudentes bromas y las crueles palabras siempre daban en el blanco. John estaba seguro de eso.

No que Nathan dejara que Jake y los demás vieran alguna vez su dolor. El chico hacía caso omiso a todas las burlas, tratándolas como si no existieran, lo que tal vez era el mejor modo de vengarse de los alumnos deportistas que se metían con él. Lo que más fastidiaba a los actuales futbolistas de John era que no les prestaran atención.

Eso era cierto, especialmente con Jake Daniels.

No importaba que los integrantes del equipo de este año no hubieran *recibido* los elogios acostumbrados. A Jake y sus compañeros les importaba un comino que el rendimiento del equipo fuera el peor de todas las temporadas recientes. Ellos se creían especiales y pretendían obligar a todos en el colegio a que los trataran como correspondía.

John pensaba en el equipo de este año. La situación en realidad era extraña. Todos tenían talento, quizás más que cualquier otro grupo de jóvenes que hubiera pasado por el Colegio Marion. En la institución se comentaba que estos incluso eran más valiosos que los del equipo del año pasado cuando el propio hijo de John, Kade, llevara a las Águilas a ganar el campeonato estatal. No obstante, los actuales jugadores eran arrogantes y presuntuosos, sin ninguna preocupación por protocolo o carácter. John nunca había tenido un grupo más difícil en todos sus años como entrenador.

Con razón el equipo no estaba ganando. El talento de los chicos era inútil teniendo en cuenta sus actitudes.

Y muchos de los padres de ellos eran peores. En especial desde que Marion perdiera dos de sus cuatro primeros partidos.

Los padres se quejaban constantemente de la hora de juego, de las rutinas de entrenamiento y, por supuesto, de las derrotas. A menudo eran groseros y arrogantes, y amenazaban con hacer despedir a John si no mejoraban los resultados.

«¿Qué le pasa al historial invicto del Colegio Marion?», le preguntaban. «Un buen entrenador mantendría la tendencia hacia arriba».

«Tal vez el entrenador Reynolds no sabe lo que hace», solían decir. «Cualquiera podría dirigir el talento en el Colegio Marion y salir airoso en una temporada. Pero ¿solo derrotas?»

Argüían en voz alta qué clase de descomunal fracaso era John Reynolds al llevar a la cancha a un equipo de futbolistas de las Águilas y salir derrotado. Eso era inimaginable para los padres en el Colegio Marion. Injusto. ¡Cómo se atrevía el entrenador Reynolds a perder dos partidos a inicios de temporada!

Y a veces las victorias eran peores.

«Ese adversario de la semana pasada era un merengue, Reynolds», dirían los padres.

Si ganaban por dos anotaciones, los padres insistirían en que debieron haber sido cuatro por lo menos.

Luego vociferaban la frase que más le gustaba a John: «Vaya, si *mi* hijo hubiera jugado más tiempo...»

Los padres cuchicheaban por detrás y socavaban la autoridad que el profesor tenía en la cancha. No les importaba que las Águilas acabaran de ganar un campeonato. No les importaba que John fuera uno de los instructores más victoriosos del estado. No les importaba que más de la mitad de los integrantes del equipo de la temporada pasada se hubieran graduado, dejando a John en lo que obviamente era un año de reincorporación.

Lo que importaba era que a los hijos de los detractores de John se los estuviera usando en las que ellos creían ser las posiciones adecuadas, y durante suficientes minutos en cada partido. Lo que les importaba era que tuviera en cuenta a sus hijos en los momentos adecuados para los grandes partidos y cómo aparecían en el papel de las estadísticas individuales.

Era simplemente un fatal desatino que la más grande controversia sobre el equipo estuviera haciendo miserable, de manera velada, la vida de Nathan. Dos mariscales de campo habían ingresado a los entrenamientos de verano, cada uno listo para la posición inicial: Casey Parker y Jake Daniels.

Casey era el candidato perfecto, el estudiante de último año, el que fuera suplente de Kade hasta el año pasado. Toda su carrera de futbolista colegial se había reducido a esta, su temporada final con las Águilas; se había presentado en agosto y esperaba obtener la posición inicial.

Lo que el muchacho no había esperado era que Jake Daniels apareciera con las mismas aspiraciones.

Jake era alumno de tercer año, generalmente un buen chico e hijo de una familia que una ocasión viviera en la misma calle de John y su esposa Abby. Pero hace dos años los Daniels se divorciaron. Jake se fue con su madre y ambos se mudaron a un apartamento. El padre del muchacho consiguió un empleo en

New Jersey como presentador de un programa radial deportivo. El divorcio fue horrible.

Jake fue una de las víctimas.

John se estremeció. ¿Cuán cerca habían estado él y Abby de hacer lo mismo? Esa época quedó atrás, gracias a Dios. Pero seguía siendo muy real para Jake Daniels.

Al principio Jake había recurrido a John, una figura paterna que no se hallaba a medio país de distancia. John nunca olvidaría algo que el muchacho le preguntara: «¿Cree usted que papá todavía me ama?»

El chico era de más de un metro ochenta de alto, casi un hombre. Pero en ese instante volvía a tener siete años, desesperado por alguna evidencia de que aún le importara al padre con quien había contado toda la vida, el hombre que se había mudado lejos y que ahora lo había abandonado.

John hizo todo lo posible por consolar a Jake, pero con el paso del tiempo el chico se había vuelto más silencioso y resentido. Pasaba más horas a solas en el gimnasio y afuera en la cancha, mejorando sus destrezas de lanzador.

Al llegar los entrenamientos de verano no hubo duda de quién sería el mariscal de campo inicial. Jake ganó fácilmente la prueba. En cuanto eso ocurrió, el padre de Casey Parker, Chuck, solicitó reunirse con John.

—Oiga, entrenador —exclamó mientras le sobresalían las venas de las sienes—. Me contaron que mi hijo perdió la posición inicial.

—Es verdad —contestó John tratando de mantener la calma.

El hombre soltó varias ofensas y exigió una explicación. La respuesta de John fue simple. Casey era un buen mariscal de campo pero tenía mala actitud. Jake era más joven, pero más talentoso y obediente, y por tanto la mejor elección.

—¡Mi hijo no puede ser suplente! —gritó el padre de Casey, iracundo y con el rostro enrojecido—. ¡Hemos estado planeando esto toda su vida! Él es estudiante de último año y no estará sentado en el banco. Si el muchacho tiene mala actitud se debe únicamente a que es intenso. Aguántelo.

Por suerte John había llevado a la reunión a uno de sus asistentes. Debido a la manera en que revoloteaban las acusaciones y las habladurías, el profesor había decidido tener mucho cuidado. Así que él y su asistente se hallaban sentados allí, esperando que Parker continuara.

—Lo que estoy diciendo es... —balbuceó Chuck Parker inclinándose hacia adelante, con la mirada fija—. Tengo tres entrenadores respirándome en la nuca. Estamos pensando en una transferencia; ir donde mi muchacho tenga un trato justo.

John contuvo una señal de exasperación.

—Su hijo tiene un problema de actitud, Chuck. Muy grande. Si otros entrenadores colegiales del área lo quieren reclutar es porque no han trabajado con él —declaró John mirando directamente al hombre a los ojos—. ¿Qué es exactamente lo que le preocupa?

—Le *diré* lo que me preocupa, entrenador —resaltó Chuck señalando a John con un dedo estirado—. Usted no es leal con sus jugadores. Ese es el problema. La lealtad es todo en los deportes.

Esto expresaba un hombre cuyo hijo quería lanzar la toalla y cambiar de colegio. Al final, Casey Parker se quedó. Respondía bruscamente a los defensas, a los volantes, y maldecía a Jake como mariscal de campo. Pero las críticas del padre de Casey continuaban cada semana, avergonzando a Casey y haciendo que el muchacho se esforzara más para llevarse bien con Jake, su rival en la cancha. Jake pareció agradecido al ser aceptado por un estudiante de último año como Casey, por lo que los dos empezaron a pasar juntos la mayor parte de las horas libres. No mucho tiempo después se empezaron a notar cambios en Jake. Desapareció el chico tímido y serio que entraba dos veces por semana al aula de John solo para relacionarse. Desaparecido el muchacho que antes fuera amable con Nathan Pike. Ahora Jake no era distinto de la mayoría de los jugadores que se pavoneaban en las instalaciones del Colegio Marion.

Y de este modo la controversia entre los mariscales de campo solo había hecho más miserable la vida de Nathan. Aun cuando una vez Nathan fuera respetado al menos por uno de los futbolistas, ahora no tenía un solo aliado en el equipo.

Recientemente John había escuchado a dos profesores hablando.

—¿Cuántos futbolistas de Marion se necesitan para atornillar un bombillo?

—Me rindo.

—Uno... sosteniendo el bombillo mientras el mundo gira alrededor de él.

Hubo noches en que John se preguntaba por qué estaba desperdiciando el tiempo. En especial cuando las actitudes de sus jugadores elitistas dividían el recinto colegial y alejaban a estudiantes como Nathan Pike. Eran alumnos que algunas veces respondían groseramente y hacían que todo el instituto pagara las consecuencias de su baja ubicación en el orden jerárquico social.

¿Qué importaba que los deportistas de John lanzaran un balón o corrieran a todo lo largo de una cancha? Si dejaban al programa de fútbol americano del Colegio Marion sin un respiro de compasión o de carácter, ¿qué sentido tenía que fueran tan hábiles?

John cobraba $3,100 de sueldo en la temporada por entrenar fútbol americano. Un año calculó que había ganado menos de dos dólares por hora. Era obvio que no hacía el trabajo por dinero.

Miró el reloj. Quedaban tres minutos de trabajo administrativo.

Le resplandecieron en la mente imágenes de una docena de temporadas distintas. ¿Por qué entonces hacía su trabajo ahora? No era por ego. Había recibido más golpes en su época como mariscal de campo para la Universidad de Michigan que la mayoría de los hombres en toda la vida. No, no entrenaba por orgullo.

Era sencillamente porque había dos cosas para las que pareció nacer: jugar fútbol americano... y educar adolescentes.

Entrenar era la manera más pura que había conocido para unir esos dos aspectos. Esto había funcionado una temporada tras otra. Hasta hoy. Ahora el asunto para nada parecía puro, sino ridículo. Como si todo el mundo deportivo se hubiera deschavetado.

John respiró hondo y se paró, esforzando los tendones de la haragana rodilla, aquella con la antigua herida por el fútbol. Fue hasta el tablero en que, durante los siguientes diez minutos, diagramó una serie de valores nutricionales de alimentos y los explicó meticulosamente. Luego asignó la tarea.

Pero todo el tiempo tuvo en la mente a Nathan Pike.

¿Cómo es que un estudiante tan pulcro como fuera una vez Nathan se volvió tan iracundo y resentido? ¿Era todo a causa de Jake Daniels? ¿Estaban los egos de Jake y los demás jugadores tan inflados que no podían coexistir con nadie que no fuera como ellos? ¿Y qué respecto de las palabras que Nathan había garabateado en su libreta? *Muerte a los deportistas.* ¿Lo decía en serio?

De ser así, ¿qué se podía hacer?

Colegios como el Marion se levantaban desde la segura tierra del centro de Estados Unidos. La mayoría no contaba con detectores de metales, mallas en la parte posterior o cámaras de video que pudieran captar a un estudiante trastornado antes de que actuara. Sí, tenían el programa de advertencia. Nathan ya estaba fichado. Todos aquellos que lo conocían estaban vigilantes.

Pero ¿y si eso no bastaba?

El estómago de John se contrajo, por lo que tragó grueso. No tenía respuestas. Solo que hoy, además de calificar documentos, ingresar a la computadora los resultados de las pruebas estudiantiles, tener entrenamiento en la tarde y reunirse fuera de la cancha con unos cuantos padres irritados, también tendría que hablar con el rector acerca de la declaración garabateada de Nathan Pike.

Eran las ocho en punto cuando subió al auto y abrió un sobre que había hallado en su casillero escolar exactamente antes del entrenamiento.

«A quien corresponda —comenzaba la carta—. Estamos exigiendo la renuncia del entrenador Reynolds...»

John contuvo bruscamente el aliento. *¿Qué diablos?* El estómago le dolió mientras seguía leyendo.

«El entrenador Reynolds no es el ejemplo moral que necesitamos para nuestros jóvenes. Él está consciente de que varios de sus jugadores beben y participan en carreras callejeras ilegales. El entrenador Reynolds sabe esto pero no hace nada. Por tanto estamos exigiéndole que renuncie o que se prescinda de él. Si no se hace algo al respecto, haremos saber nuestra solicitud a los medios de comunicación».

John recordó exhalar. La carta no tenía firma, pero estaba dirigida al director de deportes, al rector y a tres funcionarios del distrito escolar.

¿Quién pudo haber escrito algo así? ¿Y a qué se refería? John se aferró al volante con ambas manos y se echó hacia atrás con fuerza. Entonces recordó. Había habido rumores en agosto cuando empezaron los entrenamientos... rumores de que algunos jugadores habían bebido y participaban en carreras de autos. Pero solo habían sido eso: rumores. John no podía hacer nada al respecto...

El profesor inclinó la cabeza contra la ventanilla del auto. Se había puesto furioso cuando oyó el informe. Había preguntado sin rodeos a los jugadores, pero cada uno de ellos negó haber hecho algo incorrecto. Más allá de eso no podía hacer nada. El protocolo era que no se daba crédito a rumores, a menos que hubiera pruebas de violación a una regla.

¿No era ejemplo moral para los jugadores?

Las manos de John comenzaron a temblar y miró por sobre el hombro derecho hacia las puertas del colegio. Seguramente su director de deportes no reconocería una carta anónima y cobarde como esta. Sin embargo...

El director de deportes era nuevo. Un tipo malencarado, resentido y, según parece, con odio hacia los cristianos. Lo habían contratado un año atrás para reemplazar a Ray Lemming, un hombre formidable que había entregado el corazón y el alma a entrenadores y atletas.

Ray estaba tan involucrado en el atletismo colegial que era parte integral del colegio pero, el año pasado, a la madura edad de sesenta y tres años, se jubiló para estar más tiempo con su familia. Del modo en que la mayoría de entrenadores lo vio, gran parte del verdadero corazón deportivo en Marion se jubiló juntamente con él. Eso fue especialmente cierto después de que el colegio contratara a Herman Lutz como director de deportes.

John exhaló hastiado. Había hecho todo lo posible por apoyar al hombre, pero este ya había despedido al entrenador de natación para niños después de una queja de los padres. ¿Y si el individuo tomaba en serio esta absurda carta? Los demás instructores veían a Lutz como una persona que se ahogaba en las complejidades del trabajo.

«Solo se necesita un padre de familia», había informado uno de los entrenadores en una reunión ese verano. «Un padre que amenace con acudir al jefe de Lutz, y él le dará lo que le pida».

Incluso si eso significaba despedir a un instructor.

John dejó caer lentamente la cabeza sobre el volante. Nathan Pike... la amenaza de muerte contra los deportistas... el cambio en Jake Daniels... la actitud de los jugadores... los padres quejumbrosos... las inexplicables pérdidas esta temporada...

Y ahora esto.

Se sintió de ochenta años de edad. ¿Cómo había sobrevivido el padre de Abby toda una vida como entrenador? La pregunta le alteró los pensamientos, por lo que dejó que todo lo relacionado con el día se desvaneciera por un momento. Había llegado al colegio trece horas atrás, y solo ahora podía hacer lo que anhelaba más que cualquier otra cosa. Lo que más deseaba con cada día que pasaba.

Conduciría hasta el hogar, abriría la puerta que estuvo a punto de perder y tomaría en los brazos a la mujer que amaba más que a la vida misma. La mujer cuyos ojos azules brillaban más en estos días y cuyo cálido abrazo borraba cada vez un poco más del doloroso pasado que vivieran. La mujer que lo animaba cada mañana y que le hacía rebosar el corazón cuando ya no podía entrenar ni enseñar un minuto más.

La mujer que él casi había abandonado.

Su preciosa Abby.

Dos

Abby estaba escribiendo el párrafo inicial para su último artículo de revista cuando sucedió.

Allí, entre la tercera y cuarta frase, súbitamente se le paralizaron los dedos en el teclado y comenzaron a llegarle las preguntas. ¿Era cierto? ¿Habían vuelto ellos a unirse? ¿Habían eludido realmente el proyectil del divorcio aun sin que sus hijos supieran lo cerca que estuvieron?

La mirada de Abby se alzó lentamente de la pantalla de la computadora hacia un estante sobre el escritorio, en dirección a una fotografía reciente de John y ella. Su recién casada hija, Nicole, había tomado la foto en un juego familiar de softbol ese fin de semana antes del Día Internacional del Trabajo. Allí estaban ellos, Abby y John, en las graderías detrás de la base, con los brazos de cada uno sobre el otro. Parecía como si no hubieran hecho otra cosa que estar siempre felizmente enamorados.

«Qué pareja tan hermosa», había dicho Nicole en esa ocasión. «Más enamorados cada año».

Abby observó la foto, con la voz de su hija aún resonándole en los rincones de la mente como campanillas. En realidad no había señal evidente, ninguna manera de ver lo cerca que habían estado de perder el matrimonio. Cuán cerca habían estado de lanzar por la borda veintidós años de vida conyugal.

Pero Abby lo supo al mirar la fotografía.

Estaba allí en los ojos, demasiado profundo para que nadie más que John y ella lo notaran. Un resplandor de amor sobreviviente, un afecto totalmente probado y mucho más fuerte a causa de todo lo vivido. Un amor que se había puesto de puntillas al borde de un abismo helado y profundo, que se había endurecido ante el dolor y que había saltado. Un amor al que solo en el último instante lo habían agarrado del cuello, devolviéndolo al seguro pastizal.

Nicole no tenía idea, desde luego. En realidad ninguno de los hijos. Ni Kade, ahora de dieciocho años y en su primer año de universidad. Y sin duda tampoco el hijo menor, Sean, que a los once años no tenía idea de lo cerca que John y ella estuvieron de separarse.

Abby miró el calendario. En esta época, el año pasado, estaban haciendo planes para separarse. Entonces Nicole y Matt anunciaron su compromiso, lo que les retardó el divorcio. No obstante, Abby y John planearon decírselo a sus hijos después de que Nicole y Matt volvieran de su luna de miel.

Abby se estremeció. Si ella y John se hubieran divorciado tal vez los chicos nunca se habrían recuperado. Especialmente Nicole, que era bastante idealista y confiaba en el amor.

Nena, si supieras...

Y sin embargo allí estaban... ella y John, exactamente como Nicole creía que debían estar.

Abby tenía que pellizcarse a menudo para creer que era verdad, que ella y John no se estaban divorciando y que buscaban una manera de decírselo a los muchachos. No estaban peleando ni haciéndose caso omiso ni a punto de tener aventuras amorosas.

Sobrevivieron. No solo eso, sino que eran realmente felices. Más que lo que habían sido desde sus votos. Las cosas que destruyen a muchas parejas, a ellos los habían fortalecido, por la gracia de Dios. Un día, cuando fuera el momento adecuado, les contarían a los muchachos lo que casi ocurrió. Eso quizás los haría más fuertes también.

Abby se volvió a enfocar en la pantalla de la computadora.

El artículo le estaba brotando de lo profundo del corazón: «Instructores de jóvenes en Estados Unidos... una especie en vía de extinción». Ella tenía una nueva editora en la revista nacional que le compraba la mayoría de sus escritos. Una mujer con una viva pasión por la armonía y la conciencia de las familias estadounidenses. Ella y Abby habían analizado posibles artículos en septiembre. En realidad había sido idea de la editora hacer una denuncia sobre la dirección técnica deportiva.

«A toda la nación le enloquecen los deportes», anunció la dama. «Pero por todas partes que miro están pidiéndole la renuncia a un entrenador competente. Tal vez sea hora de echarle una mirada al porqué».

Abby casi suelta la carcajada. Si alguien podía escribir sinceramente acerca del sufrimiento y la pasión por entrenar a jóvenes deportistas, era ella. Después de todo, era hija de un entrenador. Tanto su padre como el de John habían sido compañeros de equipo en la Universidad de Michigan, el instituto donde John jugara antes de graduarse y dedicarse a lo único que parecía natural: ser director técnico de fútbol americano.

Abby se había desenvuelto toda la vida alrededor de temporadas de juegos.

Pero después de vivir las dos últimas décadas con John Reynolds, Abby podía hacer más que escribir un artículo de revista acerca de la dirección técnica. Podía escribir un libro. E incluiría todo: padres que se quejan de las horas de juego, jugadores que pasan por alto el carácter y la responsabilidad, expectativas irreales, cuestionamientos y rechiflas desde las tribunas.

Acusaciones fabricadas, diseñadas para presionar la renuncia de un entrenador, surgían tras bastidores. No importaban los asados a la parrilla ofrecidos al equipo en el patio de casa de John, o el modo en que muchas veces después del entrenamiento sabatino él usara su propio dinero para comprarles desayunos a los muchachos.

La situación siempre se reducía a lo primordial: ganar más partidos, o de lo contrario...

¿Sorprendía que algunos entrenadores estuvieran renunciando?

El corazón de Abby se estremeció. Aún había jugadores que hacían del juego un gozo, y padres que le agradecían a John después de una competencia altamente reñida, o que le enviaban por correo una tarjeta expresándole gratitud. De otra manera no quedaría un hombre como John en la categoría de director técnico. Algunos jugadores del Colegio Marion se esforzaban en el aula de clases y en la cancha, aun mostraban respeto, y se lo ganaban por medio de duro trabajo y diligencia. Jugadores que apreciaban los asados en casa de los Reynolds, el tiempo y el amor que John ponía en cada temporada y en cada jugador. Jóvenes varones que obtendrían títulos universitarios y buenos trabajos, y que años después de graduarse aún llamarían a la casa de los Reynolds y preguntarían: «¿Está el entrenador?»

Aquellos jugadores solían ser la norma. ¿Por qué ahora era la excepción para los entrenadores en todo el país?

«Sí», le había contestado Abby a la editora. «Me encantaría escribir esa historia».

Había pasado las últimas semanas entrevistando instructores veteranos con programas victoriosos. Entrenadores que habían renunciado en años recientes debido a los mismos problemas que asediaban a John, y por las mismas razones por las que él llegaba a casa agotado y muy a menudo desalentado.

La puerta principal se abrió y Abby oyó a su esposo suspirar mientras la cerraba. Las pisadas de él sonaron en la entrada embaldosada. No eran los pasos firmes y vigorosos de primavera o verano, sino los tristes que hacían arrastrar los pies, aquellos que correspondían a una temporada de fútbol que se estaba yendo a pique.

—Aquí estoy —informó ella apartándose de la computadora y esperando.

John llegó al estudio y se inclinó contra el marco de la puerta. Su mirada se topó con la de ella, y le pasó un papel doblado.

—¿Un largo día? —inquirió Abby parándose y agarrando el papel.

—Léelo.

Ella volvió a sentarse, abrió la nota y empezó a leer. El corazón se le oprimió. Querían la renuncia de John. ¿Estaban locos? ¿No bastaba con que lo acosaran a diario? ¿Qué querían los padres? Dobló la nota y la lanzó sobre el escritorio.

—Lo siento —le dijo entonces a John yendo hacia él y deslizándole los brazos por la cintura.

Él la apretó contra sí, abrazándola del modo que lo hacía cuando eran recién casados. Abby se deleitaba con la sensación. Los fuertes brazos de John, el aroma de su perfume, el modo en que se fortalecían mutuamente...

Este era el hombre del que se había enamorado, el que ella casi había dejado ir.

John se irguió y la examinó.

—No es algo por qué preocuparse —comentó inclinándose y besándola.

Una onda de duda se deslizó por las aguas mentales de Abby.

—Dice que enviaron una copia a Herman Lutz. Los directores de deportes despiden a los entrenadores cuando los padres se quejan.

—Esta vez no —contestó John encogiendo los hombros—. Lutz me conoce mejor que eso.

—Ray Lemming te conocía mejor que todos —expresó Abby manteniendo dulce el tono de voz—. Tengo una mala impresión de Herman Lutz.

—Lutz me apoya —opinó él obligándose a sonreír—. Todo el mundo sabe que yo nunca permitiría que mis jugadores bebieran o... ¿qué más era?

—Participaran en carreras callejeras.

—Exacto. Carreras callejeras. Eso quise decir, vamos —manifestó John, e inclinó la cabeza—. Siempre habrá uno o dos padres quejumbrosos. Incluso aunque ganemos todos los partidos.

—Dios tiene el control —comentó Abby sin querer presionar el tema.

—¿Qué se supone que significa eso? —preguntó él parpadeando.

—Significa que Dios te respaldará. Sin importar quién más lo haga o no.

—Pareces preocupada.

—Preocupada no. Solo molesta por la carta.

John se apoyó contra la pared, se quitó la gorra de béisbol y la lanzó al sofá.

—¿Dónde está Sean?

—En su habitación.

El hijo menor de la pareja estaba en sexto grado. En las últimas semanas habían empezado a llamarlo algunas chicas.

—Su vida social lo ha hecho atrasar un poco en la escuela. Si le va bien terminará como a las diez.

—No sorprende que esté tan callado —comentó John soltando la cintura de Abby y acariciándole el rostro con los dedos, bosquejándole los pómulos—. No se supone que fuera de este modo.

—¿La dirección técnica? —indagó ella con un estremecimiento bajándole por la columna debido a la sensación de esas manos en el rostro.

—Ganamos el año pasado —contestó él asintiendo con la cabeza; tenía el tono cansado y los ojos más sombríos de lo que ella había visto en mucho tiempo—. ¿Qué quieren ellos de mí?

—No estoy segura —respondió Abby analizándolo por un momento, inclinando luego la barbilla—. Sin embargo, sé lo que necesitas.

—¿Qué? —preguntó él suavizando la expresión.

—Lecciones de baile —contestó ella casi pudiendo sentir el resplandor que tenía en los ojos.

—¿Lecciones de baile? ¿Para enfrentar el próximo viernes por la noche al Jefferson a paso de vals?

—No, bobo —cuestionó ella dándole un suave empujón—. Deja de pensar en fútbol.

Entonces Abby entrelazó sus dedos con los de él y lo alejó de la pared un paso adelante y otro atrás.

—Estoy hablando de *nosotros*.

Un suave gemido le retumbó a John en el pecho.

—Vamos, Abby. Nada de lecciones de baile. No tengo oído musical, ¿recuerdas? Tampoco tengo ritmo.

Ella lo guió al interior del estudio con algunos pasos más, el cuerpo apretado contra el de él.

—Baila conmigo en el malecón —objetó ella con tono suplicante y haciendo un puchero intencional; igual que Nicole cuando quería salirse con la suya.

—Cielos, Abby... no —titubeó él, los hombros se le encorvaron un poco, pero en sus ojos había una luz que no había estado antes allí—. Bailar en el muelle es diferente. Grillos y crujidos... el viento sobre el lago. Puedo danzar con *esa* clase de música.

Él arqueó el brazo y por debajo de este hizo remolinear a su esposa.

—Por favor, Abby. No me hagas tomar lecciones de baile.

Ella ya había ganado. Sin embargo, le sonrió y levantó un dedo.

—Espera —pidió, y en un instante corrió hacia el escritorio y agarró el pedazo de periódico que temprano ese día había sujetado con un clip—. Mira. Ellos están en el colegio.

Levantó el artículo.

John echó una mirada al titular con un ligero movimiento de ojos.

—¿Baile de salón para parejas *maduras*? —inquirió, poniendo las manos en las caderas y arqueando una ceja hacia ella—. Fabuloso. No solo me estaré moviendo de un lado al otro por primera vez en la vida. Lo estaré haciendo en compañía de personas que me doblan la edad.

Luego echó un poco la cabeza hacia atrás.

—Abby... por favor.

—Mayores de cuarenta, John —explicó ella señalando la letra más pequeña—. Eso es lo que dice el artículo.

—No somos tan viejos.

Ahora era él quien estaba jugueteando con su esposa, burlándose como lo hacía cuando ella cursaba el último año de colegio, sorprendida de que este extraordinario mariscal de campo de edad universitaria que siempre había sido amigo de la familia, quisiera salir con ella. Precisamente con ella.

Una risita brotó de los labios de Abby, y se le acercó una vez más.

—Sí, somos así de viejos.

—No —objetó él dejando abierta la boca por unos instantes, y señalándola primero a ella y después a sí mismo—. ¿Qué edad tenemos?

—Yo cuarenta y uno, y tú cuarenta y cinco.

—¿Cuarenta y cinco? —replicó exagerando las palabras, con la expresión retorcida en una mueca de horror.

—Sí, cuarenta y cinco.

—¿De veras? —inquirió agarrando de manos de ella el recorte de periódico y revisándolo otra vez.

—De veras.

—Bueno, entonces... —balbuceó John dejando caer el artículo al suelo, esta vez agarrándole la mano con la de él y llevándola danzando hacia la puerta—. Supongo que es el momento para lecciones de baile.

Después la guió desde el estudio y la dirigió al pasillo.

—Maduros, ¿eh?

—Sí.

A Abby le encantaban momentos como ese, cuando sentía que John y ella latían al mismo ritmo. Danzaron por el pasillo hacia la cocina.

—Pero *tú* no crees que yo sea maduro, ¿o sí? —cuestionó John, y mientras lo hacía se le enredó el pie con el de ella y cayó hacia atrás, llevándose a Abby consigo.

Chocaron con la pared antes de caer al suelo, uno sobre el otro.

El impacto duró solo unos segundos.

Cuando se aseguraron que los dos estaban bien, soltaron la carcajada a dúo.

—No, John... —balbuceó Abby mientras un ataque de risa la hizo rodar sobre el piso al lado de él—. No te preocupes. No creo que seas maduro.

—Eso está bien —asintió él, riéndose ahora más fuerte que ella, tanto que le salieron lágrimas—. No desearía eso.

—Pero *sí* necesitas lecciones de baile.

—Aparentemente.

John rió más.

—Esto me hace recordar... la época en que tú... —continuó él tratando de relajarse—. La época en que te caíste de las escaleras en Sea World.

—Tienes razón —ratificó ella con dolor en las costillas por reír tan fuerte—. Debí agarrarme de aquel asiento.

—Nunca olvidaré los leones marinos —comentó John imitando ahora cómo ese día los animales balanceaban las cabezas en dirección a Abby.

—No... —susurró ella, sin aliento—. Me estás matando.

—La gente estiraba manos y pies tratando de detenerte —concluyó él sentándose y reposando los codos en las rodillas.

—Somos... una buena pareja —exhaló ella, logrando respirar finalmente.

John luchó por ponerse de pie y se recostó contra la pared.

—Funcionó —dijo estirando la mano para ayudar a Abby a ponerse de pie.

—¿Qué? —preguntó ella sintiendo el corazón más liviano que una brisa veraniega.

Qué bueno era reír de este modo, rodar por el suelo y tontear con John.

—Sé que no crees que sea maduro ahora.

Se tomaron del brazo y entraron a la cocina.

—Definitivamente no.

—Muerto de hambre, quizás —expuso él frotándose la espalda—. Pero no maduro.

Tres

La cena estaba en su máximo esplendor. Era miércoles y todos los asientos en la mesa estaban ocupados. John, Abby y Sean se hallaban en un lado, mientras que Nicole, Matt y sus padres, Jo y Denny Conley, ocupaban el otro.

A Abby le gustaban las noches como esta, cuando el grupo se reunía en la casa de los Reynolds, riendo y poniéndose al día acerca de sus vidas. Abby admiraba el brillo en el rostro de Nicole, que estaba al frente. *Gracias, Señor, por traer a Matt a la vida de ella. Nunca permitas que pasen lo que John y yo...*

El grupo reía por algo que Denny había dicho, algo respecto de un anzuelo atorado en el postizo del pastor el fin de semana anterior.

—El caso es que ninguno de nosotros sabía lo del chisme ese del pelo —comentó Jo bajando el tenedor, con la cara roja de tanto reír—. Quiero decir que el pastor se para allí todos los domingos, tan sincero como una trucha en verano.

Hizo un ademán alrededor de la mesa.

—Ustedes saben lo que quiero decir —continuó ella—. El hombre no es uno de esos tipos con bastante cabello que se ven en la televisión. Él es verdadero. Au-tén-ti-co.

Abby no conocía al hombre, pero sintió lo mismo por él.

—Se debió mortificar mucho —expresó.

Denny encogió los hombros pero, antes de poder responder Jo, se inclinó hacia adelante y levantó el dedo.

—Sepan lo que me dijo: «Jo, no andes contándole a nadie en la iglesia acerca de esto. El buen Señor se llevó mi cabello, pero eso no significa que no pueda usar sombrero» —comunicó ella, entonces golpeó la mesa y el agua de su vaso saltó por el borde—. ¡Un sombrero! ¿No es eso lo más cómico que ustedes hayan oído alguna vez?

Abby analizó a la pelirroja, diminuta y vigorosa mujer a la que nunca habría escogido como suegra de su hija. Pero Jo se había ido ganando el cariño de Abby y Nicole, por lo que ahora descubrían que era encantadora. Un poco locuaz, y quizás demasiado interesada en pescar, pero maravillosamente real y llena de amor. Las reuniones familiares no eran lo mismo sin ella.

—¿Has sabido algo de Kade? —preguntó Nicole después de limpiarse la boca, mirando a John.

—Nada nuevo —contestó él encogiendo los hombros—. Le va bien en la universidad y también en el fútbol.

—Este año él es «camisa roja», ¿verdad? —expresó Denny poniendo los codos en la mesa.

—Así es. Eso le otorgará un año extra de elegibilidad.

—No me cae bien todo ese asunto de los camisa roja —opinó Jo poniendo cara de disgusto—. Me cae como un mal balde de carnada.

—Es una invitación del entrenador —contestó Abby sonriendo—. Hay mucho talento por delante de Kade en la intensa lista de éxitos. Se siente bien como camisa roja.

—No me importa —objetó Jo en tono más alto y apasionado—. Después de todo el joven Kade es bastante bueno para estar desde el inicio de los partidos, y yo se lo diría al entrenador si tuviera su número telefónico.

Luego ladeó la cabeza en dirección a John.

—Tú no lo tienes, ¿verdad?

Todos rieron menos Jo, que miró alrededor de la mesa como si los demás se hubieran vuelto locos.

—Hablo tan en serio como una tormenta en el lago Michigan. El muchacho es bueno.

—Está bien, Jo —expresó John sonriéndole a la mujer, Abby disfrutó el efecto; últimamente la sonrisa de John obraba maravillas en el corazón de Abby; la voz de él era amable al ayudar a Jo a entender—. Kade *estuvo de acuerdo* con ser camisa roja. Tiene mucho que aprender antes de tomarse el campo de juego.

—Sí —terció Nicole mirando a Abby—, y pronto vendrá a casa, ¿verdad?

Abby admiraba la forma en que su hija se comportaba con Jo. En los pocos meses desde el matrimonio con Matt, Nicole se había vuelto experta en tratar a su suegra, sabiendo cuándo conducir la conversación y cómo distraer a Jo cuando se emocionaba demasiado.

—Así es —asintió Abby—. Iowa juega en Indiana el 20 de octubre. Está solo a cuatro horas de aquí por tierra. La universidad tiene vacaciones ese lunes, así que Kade vendrá a casa a estar con nosotros, se quedará el domingo y volará el lunes de vuelta al instituto.

—Sí —dijo Sean levantando la mirada de su cena—. De aquí a diez días.

—Bueno, ustedes saben con seguridad que no quiero meterme en eso más que una pulga en una cabra. Denny y yo estaremos aquí y nos pegaremos detrás de ustedes en la autopista.

Jo lanzó una exclamación.

—Un momento —continuó, dándole un codazo a Denny entre las costillas, el hombre se sobresaltó—. Ese es el fin de semana que tenemos el asunto de la misión, ¿no es verdad?

—Creo que sí —contestó Denny después de cavilar por un momento.

—¿El asunto de la misión? —preguntó Matt levantando la mirada, con el tenedor aún en el aire.

A Matt le gustaba la sazón de Abby, y por lo general pasaba la cena dejando que otros hablaran mientras él se dedicaba a dejar limpio el plato. Abby había preparado bastantes chuletas de cerdo y papas glaseadas, y Matt ya estaba consumiendo su tercera porción. Los ojos le titilaron al toparse con la mirada de su madre.

—¿Qué asunto de la misión?

—Qué tonta soy —observó Jo intercambiando una mirada con Denny, y exhalando luego con fuerza—. No se los íbamos a decir todavía, muchachos. Queríamos que fuera una sorpresa.

—¿Van a hacer un viaje misionero? —preguntó Nicole inclinándose hacia adelante de modo que pudiera ver claramente a su suegra.

—En efecto... —titubeó Denny alargando la mano para tomar la de Jo—. Es un poco más complicado que eso.

Abby pudo sentir la expectativa que surgió alrededor de la mesa. Después de todo, los padres de Matt se habían divorciado cuando él era pequeño. Habían llevado vidas separadas hasta el compromiso de Matt con Nicole. Luego, en una serie de acontecimientos poco menos que milagrosos, Denny primero y después Jo se volvieron creyentes. Hace dos meses se volvieron a casar y se involucraron en la iglesia. Ahora pasaban los sábados pescando con su pastor.

—Mamá... —empezó a decir Matt bajando el tenedor e inclinándose sobre la mesa—. ¿De qué están hablando ustedes?

—Caramba —exclamó Jo lanzando una mirada de disculpa a Denny—. Debo tener la bocaza más grande que un salmón cabeza de acero.

Entonces se volvió y enfrentó a su hijo.

—La verdad es que tu papá y yo estamos pensando pasar un año en México. Trabajando allá en un orfanato y...

Quizás por primera vez desde que Abby conocía a Jo, esta se quedó en silencio. La noticia era tan increíble, tan diferente a cualquier cosa que Jo hubiera hecho alguna vez, que ni siquiera a ella se le ocurrió añadir algo.

—¡Eso es *maravilloso*! —chilló Nicole parándose de un salto de la silla, colocándose detrás de Jo y Denny, y poniendo un brazo alrededor de cada uno—. Les encantará cada minuto que pasen allí.

—Bueno, no es que podamos hacer mucho por ellos, ¿sabes? —replicó Jo encogiendo los hombros, y con las mejillas repentinamente enrojecidas—. Pero estamos dispuestos. El pastor dice que eso es lo importante.

—Ayudaremos a construir un segundo salón para bebés y a hacer mantenimiento general —explicó Denny después de aclararse la garganta—. En cierto modo actuaremos como conserjes del lugar.

—Papá, eso es fabuloso —comentó Matt estirando la mano y estrechando la de su padre—. Me cuesta creerlo. Nunca pensé que mis padres pasarían un año en el trabajo misionero.

—Servimos a un Dios de milagros... sin duda alguna —opinó John lanzando a Abby una rápida ojeada.

Abby bajó la mirada hacia su plato. Comprendió el significado secreto en las palabras de John, y en ocasiones como esta quería desesperadamente hablar con sus hijos del propio milagro de la pareja. De cómo casi se divorcian y cómo después en su propio patio hallaron de algún modo el camino hacia el antiguo muelle. De cómo, allí mismo, en las horas siguientes a la boda de Nicole, Dios les había abierto los oídos para una vez más oír la música, la música de sus vidas... y entonces habían vuelto a recordar cómo danzar.

El milagro era este: al fin ellos habían permanecido juntos y habían hecho algo hermoso de su matrimonio. Eso no habría ocurrido sin la intervención de Dios y, como tal, era un milagro del que valía la pena hablar.

Pero no podían hacerlo. Abby y John no hablaron con nadie lo que casi había sucedido. Los muchachos se habrían impresionado mucho, especialmente Nicole. No, los chicos no tenían idea. Ella dudaba que alguna vez la tuvieran.

Abby levantó la mirada y echó a volar el pensamiento. Las felicitaciones seguían alrededor de la mesa, y Jo y Denny contestaban un montón de preguntas. Si todo salía bien estarían saliendo para México en julio y volviendo un año después.

—Nos preguntaron si podíamos enseñar algo a los niños mientras estuviéramos allí —informó Jo guiñándole un ojo a Denny—. Les dije que en poco tiempo tendríamos a esos chicos poniendo carnadas en anzuelos.

—Si los conozco bien, probablemente ustedes traerán un par de pescadorcitos —expresó Matt en tono tierno y burlón, brindándole a su madre una cálida sonrisa.

—Correcto —asintió Jo, ya sin el indicio de sonrisa, por lo que la risa pareció forzada.

El cambio no fue suficiente para que todos en la mesa lo notaran, pero Abby lo captó. Algo respecto de la mención que Matt hiciera de los huérfanos había hecho sobresaltar el corazón de Jo. Abby tendría que buscar oportunidades en los meses venideros cuando John y ella pudieran hablar. Estaba casi segura que la mujer albergaba profundos sentimientos sobre el tema, sentimientos que tal vez no había comentado con Matt ni con Nicole.

—Espera un momento —asintió Denny moviendo la cabeza en dirección a Matt—. Tu madre y yo no estamos buscando volver a ser padres.

—Lo que él quiere decir es que yo quiero ser abuela. Mientras más pronto mejor.

—¿Abuela? —replicó Nicole boquiabierta debido a una fingida impresión—. Lo siento, Jo. Estamos a años luz de conceder ese deseo.

—Yo diría —añadió Matt deslizando un brazo alrededor de los hombros de Nicole—. Creo que la estrategia es de cuatro años, ¿verdad?

—Exactamente.

—Si solo funcionara de ese modo —corrigió Abby debiendo morderse el labio para contener la risa.

—Es verdad —comentó John entrecerrando los ojos—. Nosotros nos casamos el 14 de julio de 1979. ¿Y cuál era nuestro plan acerca de tener hijos?

—Cinco años, creo.

—¿Y cuándo nació Nicole?

—El 16 de abril de 1980 —contestó Abby, lanzando una rápida sonrisa a Nicole—. Pero está bien, cariño. Puedes aparentar que tienes un plan. Hay menos estrés de ese modo.

Jo aún estaba calculando las fechas al otro lado de la mesa. Movía un dedo a través de los otros, y luego se detuvo abruptamente. Lanzando una exclamación miró a Abby.

—¿Quieres decir que Nicole nació nueve meses y dos días después de la boda? —inquirió; la luz en los ojos de Jo tenía otra vez una intensidad total; se inclinó por sobre el plato de Matt y palmeó a Nicole en una mano—. No extraña que seas tan dulce, cariño. Siempre creí que se debía a tu educación familiar.

La mujer envió una rápida mirada en dirección a John.

—Y también es eso, desde luego —continuó, y volvió a mirar a Nicole—. Pero no tenía idea de que fueras una bebita de luna de miel. Los bebés de luna de miel son mejores que una semana en el lago. Son efusivos y emotivos, y creen en la felicidad eterna.

Jo aspiró rápidamente y cambió la mirada hacia Matt.

—Más te vale que la cuides bien, hijo. Ella no es una chica común y corriente. Es una bebita de luna de miel —continuó, luego bajó la voz hasta el punto que los demás debieron esforzarse para oírla—. Felicitaciones, hijo. Tienes mejor pesca de la que te podría conseguir cualquier vara y carrete. Además, los bebés de luna de miel engendran bebés de luna de miel. En todo caso, eso es lo que siempre he oído.

—Discúlpame —interrumpió Nicole levantando la mano, y con una sonrisa sincera—. *Esta* bebita de luna de miel no estará engendrando nada en menos de cuatro años.

Luego se inclinó contra Matt y lo miró a los ojos.

—Primero mi brillante esposo tiene que terminar una carrera en leyes.

Solo entonces fue que Abby notó la mirada de John. Los dos se habían vuelto distantes en los últimos minutos, como si él ya se hubiera levantado y se hubiera ido a dormir, dejando el cuerpo como una manera de ser educado.

Ella miró con más atención. No era distancia. Era intensidad... intensidad y dolor. Entonces cayó en cuenta. Su esposo estaba pensando otra vez en fútbol americano. El tema no había salido a colación en toda la noche, lo que tenía feliz a Abby. Los dos habían pasado la mayor parte de sus últimos días batallando con las preguntas que se hace todo aquel que se dedica a la dirección técnica: ¿Para qué todo esto? ¿Por qué participo en esto? ¿No hay nada más qué hacer en la vida?

La cena llegó a su fin, Nicole y Matt se fueron con Denny y Jo tras ellos. Sean salió con promesas de concluir su tarea de matemáticas y Abby siguió a John hacia la alcoba.

—¿En qué has estado pensando?

Solo entonces, cuando finalmente estaban solos, los sentimientos de John encontraron palabras. Eran palabras que ella no hubiera esperado que John Reynolds expresara. Él simplemente se frotó la parte trasera de la cabeza y analizó a Abby.

—Renuncio al fútbol, Abby —confesó finalmente con voz llena de convicción y fatiga—. Este es mi último año.

La declaración la golpeó en la mente y vibró al bajar hasta el estómago. Ella siempre había sabido que llegaría ese día. Pero no había esperado que llegara ahora. No al final de una temporada de campeonato. Oh, seguro que esta temporada era más dura que las otras. Pero John había tratado antes con padres quejumbrosos y lidiado con malas actitudes y pérdidas inexplicables. Eso le ocurría a todo entrenador. Pero la idea de que él pudiera estar ahora tirando la toalla, con tantos años de enseñanza todavía pendientes, era más sorprendente que cualquier cosa que John pudiera haber dicho.

Casi tan sorprendente como los sentimientos que surgían en ella.

En lo profundo del corazón, toda la vida Abby le había tenido pavor al día en que el fútbol americano ya no fuera parte de su rutina. Pero aquí, ahora... con los ojos fijos en los de John, ya no sentía ningún pavor.

Sentía alivio.

Cuatro

Aun estacionado, el auto parecía veloz.

Jake Daniels y algunos de sus compañeros de equipo salían del entrenamiento matutino del sábado cuando lo divisaron. Un Acura Integra NSX rojo. Quizás del año 91 o 92.

Sin poder dejar de mirar embobados, se detuvieron. Casey Parker fue el primero en recuperarse. Ese era el auto más hermoso que Jake había visto alguna vez.

«Vaya, amigo», manifestó Casey echándose la mochila deportiva sobre el hombro. «Apostaría a que ese bebé sabe correr».

El auto estaba tan brillante que Jake casi debió entrecerrar los ojos. Era de dos puertas, un alerón aerodinámico en el frente y otro en la parte posterior. La carrocería casi tocaba el suelo, ajustada a un juego nuevo de llantas Momo.

De pronto la oscura ventanilla polarizada se bajó y un hombre agitó la mano en dirección a ellos. Jake entrecerró aun más los ojos. *¿Qué diant...?*

«Hola, Daniels, ¿no es ese tu papá?», preguntó Casey pinchándole el brazo. «¿Dónde está la rubia?»

Jake se quedó sin aliento. Era su papá, de acuerdo; y había aparecido la noche anterior en el partido de fútbol... el primero al que asistía desde que el muchacho se mudara con su mamá a New Jersey. Además había estado con él una chica rubia con una camiseta de tejido elástico, pantalones de cuero y tacones de punta. No tendría más de veinticinco años. Una tonta en su época dorada que hacía bombas de chicle y pestañeaba.

Durante el entrenamiento sabatino los muchachos se la pasaron tomándole el pelo a Jake toda la mañana con relación a la chica.

«¿Está disponible, amigo... o tu papá tiene la prioridad?»

«¿Participa tu padre en el uso compartido, Daniels? Esa es la madrastra más ardiente que yo viera *alguna vez*».

«Ella no es la madrastra de Jake... es su novia. Él y su papá se turnan».

Los comentarios habían bajado el tono después de la primera hora, pero los muchachos los seguían haciendo. Sin embargo, quienquiera que fuera la rubia, ahora no estaba en el Integra. Jake asintió a sus compañeros, se echó la mochila al hombro y se dirigió al auto. Normalmente después del entrenamiento su madre pasaba por él en la vieja, fiel y segura furgoneta, siempre a tiempo.

Pero no hoy.

—Hola... —saludó su papá esperando hasta que Jake estuviera más cerca, y antes de que este pudiera decir algo—. Sube.

Jake hizo lo que se le dijo. El auto debía ser alquilado. Según parecía su papá estaba ganando mucho dinero en la estación de radio. Cuando trabajaba para el periódico Marion, antes del divorcio, nunca habría podido alquilar un Acura NSX. Pero en ese entonces tampoco habría sido tan casquivano como para tener novia. Mucho había cambiado.

—Bueno... ¿qué opinas? —indagó su padre con una sonrisa que prácticamente le recorría todo el rostro.

—¿Dónde está ella?

—¿Quién? —exclamó su papá carente de expresión.

—La chica. Bambi. Bimby... comoquiera que se llame.

—Bonnie.

Una sombra atravesó la mirada del hombre, parecía más viejo que mamá. Eran de la misma edad, pero ahora tenía tantas arrugas en la frente que se las presionó con el pulgar y el índice, y luego aclaró la garganta.

—Le están dando un masaje.

—Oh —exclamó Jake sin estar seguro de qué decir—. Gracias por venir por mí.

Luego palmeó el tablero del auto.

—Bonito auto alquilado —concluyó Jake.

Su papá se inclinó hacia delante, con los lentes de sol en una mano y el brazo apoyado en el volante. Parecía uno de esos tipos en un anuncio de *Sports Illustrated*.

—¿Y si te dijera que no es un auto alquilado?

—¿No es alquilado? —preguntó Jake recuperándose del momento sin poder respirar.

—¿Recuerdas el verano pasado, esa conversación que tuvimos acerca de autos?

—¿Autos?

—Correcto —respondió papá mientras se le bosquejaba una desconocida sonrisa en la boca.

Algo respecto del asunto hizo pensar a Jake que no conocía al hombre. Casi como si este se estuviera esforzando mucho por estar a la moda.

—Este...

Jake intentó no ser impertinente. Sin embargo, ¿adónde llevaban esas preguntas?

—Me preguntaste qué autos eran novedosos, ¿de acuerdo? ¿Se trata de esa conversación?

—Exactamente. Me dijiste que el auto más novedoso sería un Acura NSX usado... quizás del año 91. ¿Recuerdas?

—Así es...

Las palpitaciones del corazón de Jake se duplicaron. No era posible, ¿o sí? Después de todo, él cumpliría diecisiete años la semana entrante. Sin embargo, ¿habría su padre recorrido de veras todo el camino desde New Jersey para traerle un...?

—Papá... —titubeó tragando grueso—. ¿De quién es el auto?

—Es tuyo, hijo —contestó el hombre quitando las manos del volante con más estilo de lo normal, apagando el motor, sacando la llave y pasándosela al muchacho—. Feliz cumpleaños.

—No puede ser —masculló Jake boquiabierto.

—Claro que sí —afirmó el hombre volviendo a sonreír y poniéndose los lentes de sol—. Estaré ocupado la próxima semana, así que te lo traje ahora. De este modo lo tendrás para tu gran día.

Un millón de pensamientos abarrotaron la capacidad mental de Jake. ¿Hablaba en serio su padre? ¡Un auto como ese costaría más de cuarenta mil! ¿Y qué de Jeni, Kindra y Julieanne? Es más, ¿y qué de Kelsey? Todas las bebitas chéveres estarían tras él una vez que vieran esta joya. Vaya, era probable que pasara de cero a cien kilómetros por hora en cinco segundos, y tal vez alcanzaría entre doscientos y doscientos treinta en una carrera callejera.

Jake se quedó sin aliento. ¿Qué pensaría mamá? Ella no querría que él poseyera *ningún* auto todavía... mucho menos el más maravilloso en carreras callejeras en esta parte de la línea estatal de Illinois.

—¿Entonces...? —expresó papá mirándolo, aún con la sonrisa.

—Papá, es imponente. Estoy impresionado.

—Sí, bueno... es lo menos que puedo hacer —confesó el hombre quitándose otra vez los lentes y con la mirada seria—. Me he perdido mucho habiéndome ido, hijo. Ojalá esto te compense. Al menos un poco.

—¿Un poco? Muchísimo.

Todos los dedos de Jake le hormigueaban; toda la carne —de sus brazos y sus piernas— le zumbaba de emoción. Quería pararse en el techo y gritarle a todo el mundo: *¡Soy dueño de un Acura NSX!* Su padre podría haber cambiado, pero el hombre lo amaba, después de todo. Debía amarlo. Y Jake también. Especialmente ahora.

Papá lo observaba otra vez, esperando. Sin embargo, ¿qué podía decir Jake? ¿Cómo le agradecía un chico a su padre por algo como esto?

—No sé qué decir, papá —contestó el muchacho levantando los hombros algunas veces—. Gracias. Es perfecto. No... no puedo creer que sea mío.

El hombre volvió a reír, probablemente con la clase de risa exquisita que usaría a menudo en su programa radial.

—Creo que estás en mi asiento, hijo.

Entonces el hombre liberó el seguro del capó y se bajó. Jake hizo lo mismo. Se encontraron en el frente del vehículo; el muchacho no podía resistir la emoción. El señor Daniels deslizó los dedos por debajo del capó y lo abrió. Jake dejó escapar un corto jadeo. ¡Qué bárbaro! El joven lanzó una rápida mirada por sobre el hombro. ¿Sabía papá que este no era un motor cualquiera? *Actúa normal*, se dijo. *No te delates.*

El bloque del motor estaba levantado, tenía una cámara de combustión reformada y un colector de admisión a medida. Olvídese de la rapidez. Este auto volaría.

—Bonito, ¿eh? —expresó el padre de Jake dándole una palmadita en el hombro y dejando allí la mano.

La sensación hizo que el muchacho extrañara los días idos. Cuando no existía esta... esta situación embarazosa entre ellos.

—Sí... lindo.

—Es un auto veloz, hijo —comentó el hombre tosiendo un poco.

Jake miró alrededor y se topó con la mirada de papá. Quizás lo primero que había planeado el hombre era devolver la máquina la próxima semana.

—Sí, señor.

—Ocultémosle a tu madre este detallito, ¿de acuerdo?

—¿De veras?

Jake tenía la boca seca. ¿Qué dirían los muchachos acerca de esto? Querrían colgársele todos los fines de semana, con certeza. Él sería el chico más solicitado en el Colegio Marion. Mamá se pondría furiosa si supiera cuán rápido era... o cuánto costaba. Pero papá tenía razón. No valía la pena molestarla con los detalles.

—No diré una palabra.

—Pero, ahora, nada de multas, ¿entendido? —desafió papá levantando un dedo y acercándolo al rostro de Jake.

—Ni una —asintió Jake, serio y seguro.

Este era un auto con el que él podría divertirse, pero debía tener mucho cuidado. No debía arriesgarse. Ni participar en carreras callejeras. Bueno... tal vez una carrerita corta, pero nada que entrañara peligro. Algunos de los muchachos del equipo habían empezado a hacer carreras últimamente. Pero aunque él lo hiciera, no serían muchas. Una vez al mes, quizás. Además, tenía la reputación de ser uno de los choferes más seguros del instituto.

—Puedes confiar en mí, papá.

—Bueno —declaró el papá volviéndose a poner los lentes y mirando el reloj—. Mejor que te vayas a casa. Tu madre se estará preguntando qué nos hizo tardar tanto.

Además, Bunny... o llámese como se llame la tipa... está esperando. Jake hizo a un lado el pensamiento. Se movió para pasar a su padre y dirigirse hacia el asiento del conductor. Este era un momento en que, en años pasados, Jake habría abrazado a su padre con fuerza, o lo habría agarrado por el cuello y le habría dado unos golpecitos suaves y juguetones en el estómago.

Pero no ahora.

Todo había cambiado desde el divorcio de sus padres. Primero la dirección y el título del empleo de papá, luego la ropa y la manera en que pasaba los sábados en la noche. Chicas como «llámese como se llamara ella» las había a montones para él. ¿Y por qué no? Era atractivo. Bien parecido, fuerte, ex atleta, voz melodiosa...

A las chicas les gustaba un tipo como papá.

Sin embargo, lo que no entendía Jake era qué veía su padre en las muchachitas. Especialmente con alguien tan maravillosa como mamá viviendo sola en casa.

Con cada segundo que pasaba el momento se hacía más difícil, y finalmente el muchacho extendió la mano. El padre hizo lo mismo, y los dos se las
estrecharon con fuerza.

—Gracias otra vez, papá. Es maravilloso.

Jake rodeó el auto, se subió y encendió el motor. Mientras conducía a
casa, cuidando de no rebasar el límite de velocidad, sentía el vehículo como
uno de esos caballos de carreras desesperados por salir en los instantes anteriores al gran acontecimiento. Algo le decía que su Integra no alcanzaría su
máximo desempeño hasta que estuviera rodando a más de ciento sesenta kilómetros por hora.

Desde luego, no le diría ese pensamiento a su papá. Es más, dudaba que
fuera a decírselo a los muchachos. Este auto rebasaría a todos los que ellos con-
ducían, por tanto, ¿qué sentido tenía? Las carreras solamente lo meterían en
problemas. El solo hecho de poseer un auto como este ya era suficiente. Sonrió.
Papá no tenía nada de qué preocuparse. Jake sería el chofer más cuidadoso que
jamás existiera para un Integra NSX.

El momento en que salió de la casa fueron evidentes los sentimientos de
mamá. Primero la impresión, luego asombro, después un feroz y virulento enojo dirigido hacia el padre de Jake. Apenas miró a su hijo cuando los dos se
bajaron y se instalaron a cada lado del auto.

—¿Qué es esto? —preguntó ella gesticulando hacia el vehículo del mismo
modo que hacía ante los exámenes de matemáticas de Jake que no obtenían ni
siquiera una C.

—¿Esto? —contestó papá cambiando la mirada del auto a mamá—. Un
regalo de cumpleaños para Jake. Voy a estar fuera de la ciudad la próxima
semana, así que se lo compré unos días antes.

—¿Estás hablando del crucero que tú y *Bonnie* van a hacer? —inquirió
mamá con una sonrisa que le puso la piel de gallina a Jake... el gesto era prácticamente diabólico—. Tu amiguita llamó, Tim. La voz se corre.

Jake se estremeció ante el dolor que le atravesaba profundamente el estómago. *Es por el tono de mamá*, insistió para sí. No porque su padre prefiriera
tomar un crucero con alguna rubia, a estar en el cumpleaños de su propio hijo.
El chico levantó la mirada en dirección a su padre.

Papá permanecía boquiabierto, parecía buscar algo que decir.

—¿Cómo te...? —se contuvo y cruzó los brazos—. Mira, lo que hago con
mi propio tiempo es mi problema, ¿de acuerdo?

—Así que para eso es esto.

—¿Qué?

—El lujoso auto deportivo —contestó la madre de Jake riendo una vez más, pero sin que hubiera nada cómico en su voz.

El dolor en el estómago del muchacho empeoró, creyó que podría enfermarse. Odiaba cuando ella actuaba de este modo.

—Ahora entiendo, Tim —continuó la madre de Jake señalando el auto—. Es una clase de compensación por todo lo que no estás haciendo por Jake este año. Un maquillaje por todas las horas que estás pasando con tu amiguita.

—No tienes derecho de decir eso en frente de...

—¿En frente de quién? ¿De Jake? Como si te importara —resopló ella con furia—. Ningún muchacho de la edad de Jake debería estar conduciendo un auto como ese.

Un momento... quiso exclamar Jake pero se contuvo con una mirada al rostro iracundo de su madre.

—Estás loca, Tara. El auto es perfecto.

—¿Por quién me estás tomando, por una tonta? Ese es un *Integra* —cuestionó ella en voz más alta.

A Jake se le contrajo el estómago. Sus padres actuaban como niños peleando por algún ridículo juguete. Solo que *él* era el juguete... y en realidad no era que lo quisieran tanto, sino que cada uno quería ganar.

—¿Y qué?

—Es demasiado rápido, eso es —objetó ella, caminó unos cuantos pasos hacia el apartamento, y entonces se volvió—. Si quieres que él tenga transporte, Tim, cómprale un Bronco o una camioneta.

Los ojos de la mujer se entrecerraron.

—Pero ¿un Integra?

Jake había oído suficiente. Se echó la mochila al hombro y pasó a sus padres, sin que aparentemente ninguno de ellos lo notara. Por eso es que se habían divorciado. Las peleas y los gritos. Los insultos. Jake detestaba eso, especialmente hoy. Odiaba la manera en que todo eso le disparaba dardos a sus buenos sentimientos.

El joven se dejó caer pesadamente en la cama y sepultó el rostro en la almohada. ¿Por qué no podían amarse como solían hacerlo? ¿Y por qué tenían que pelear todo el tiempo? ¿No sabían cuánto lo hería eso? Otros muchachos tenían padres divorciados, pero al menos trataban de llevarse bien. No así los de él. Cada vez que estaban juntos era como si se odiaran mutuamente.

Jake se dio vuelta y miró al techo. ¿Por qué estaba permitiendo que los problemas de ellos le arruinaran el día? Nada cambiaría la emoción de lo que acababa de ocurrir. El auto era de él, y eso era un sueño. Muchísimo mejor que el cacharro oxidado que manejaba el menso de Nathan Pike.

Las peleas de sus padres eran problema de ellos. No importaba lo decididos que estuvieran en arruinarse el fin de semana, el lunes sería el más fabuloso día en la vida de Jake por una simple razón.

Él era el orgulloso dueño de un reluciente Integra NSX, un auto más veloz que casi cualquier otro en Illinois.

Cinco

La madurez no tenía nada que ver con ello.

A los treinta minutos de estar en las lecciones de baile en el gimnasio del Colegio Marion, John se sentía como un estudiante novato esforzándose en la clase de educación física, andando torpemente sobre los pies y sin estar seguro de su próximo paso.

La instructora era una mujer de cabello canoso y de casi sesenta años llamada Paula. Usaba audífonos y llevaba puesta una malla para gimnasia y medias gruesas. Su tono mostraba un aire de superioridad, con una alegría forzada que hacía sentir a John menos que maduro. Para colmo, a menudo llevaba el ritmo con las palmas.

—Está bien, alumnos —enunció y dejó que la mirada recorriera la línea de quince parejas.

Dos, quizás tres tazas de café de más, pensó John haciendo una mueca.

Paula volvió a palmotear.

—Alinearse —ordenó; las cejas parecían permanentemente arqueadas—. Intentémoslo otra vez.

Abby se defendía muy bien, excepto cuando John la pisaba. El problema era que su esposo lo hacía a menudo, incorporándolo como parte de su rutina de danza.

—Aquí vamos de nuevo —le dijo a Abby con una amplia sonrisa—. Espero que tus pies aguanten.

—Basta ya, John —contestó ella con una risita nerviosa—. La maestra te va a oír.

—La vivaracha Paula, querrás decir —replicó él; la música había empezado y ellos ya estaban luchando para mantenerse al paso con las otras parejas; John siguió hablando en susurros—. Está muy ocupada llevando el ritmo.

—Muy bonito —asintió Abby mientras John la hacía girar hacia él.

—Seguro, lo siguiente que sabrás es que subiré allá con Paula.

John bailó un poco más erguido e intentó la siguiente serie de pasos sin mirar. Al hacerlo pisó el pie de Abby, cuyo zapato salió rebotando por el suelo del gimnasio.

Paula les dirigió una mirada severa, de las que generalmente reservaba para estudiantes que lanzaban escupitajos.

—Por favor... —pidió ella cloqueando la lengua—. Vuelvan rápido a la línea.

Abby tenía los labios apretados, la última línea defensiva antes de soltar la carcajada. Corrió tras el calzado andando en puntillas, como si eso les pudiera ayudar a pasar inadvertidos. Cuando se puso otra vez el zapato volvió al lado de John, y ambos hicieron lo posible por armonizar de nuevo con los demás.

Con razón John no podía concentrarse en los pasos de baile. Abby se veía espectacular. Fácilmente podía haber sido diez años más joven, y el brillo en los ojos de ella lo hacía sentir tan mareado como cuando salieron por primera vez. ¿Por qué no había visto esa belleza el año pasado o el antepasado? ¿O el trasantepasado? ¿O el año anterior a ese? ¿Cómo es posible que se hubiera distraído por otra mujer?

¿Qué le pudo haber hecho creer que alguien podría llenar el lugar en su corazón del modo en que lo hacía su preciosa Abby?

—¿En qué piensas? —susurró ella, y las palabras lo flecharon directo al corazón.

Ya no importaba que los pasos de baile de ellos no tuvieran perfecta armonía con las otras parejas alrededor.

—En que estás hermosísima. En que siempre has sido la mujer más maravillosa del mundo.

—Te amo, John Reynolds —expresó ella ruborizándosele las mejillas.

Los pies de él se detuvieron, Abby se le acercó bailando. Mientras ella hacía eso, él se agachó y la besó.

—Gracias Abby... por amarme.

La pareja volvió a su lugar en la línea tropezando con los demás y siguiendo después su propio camino.

—Sigan moviéndose —ordenó Paula llevando el ritmo con las manos, y con los ojos fijos en John y Abby—. Esta es una clase de baile... no la fiesta de grado del colegio.

Se volvieron a alinear con los otros una vez más. Pero ningún regaño de la instructora podía impedir que Abby y él se miraran fijamente, que dejaran que el resto del mundo se desvaneciera mientras bailaban como siempre habían deseado. ¿Dónde estarían ahora mismo de no haber sido por la gracia de Dios? En realidad, ¿dónde se encontraría Dios en la miscelánea de asuntos? ¿Y con quién estaría John compartiendo la cama?

Un estremecimiento le agarró el estómago.

Dios... gracias por no haber caído como pude haberlo hecho. Permite que siempre ame a Abby como ahora. No dejes que nos alejemos otra vez uno del otro. Ni que nos alejemos de ti... por favor.

La cuerda de tres hilos no se rompe fácilmente, hijo mío.

El silencio le susurró en el alma, el recuerdo de un versículo bíblico que él y Abby habían usado en su boda bastó para romper la concentración de John. Casi en ritmo perfecto con la música, se volvió a parar sobre el pie de su esposa.

Esta vez ella lanzó un rápido chillido y saltó. Detrás de ellos en la línea otras dos mujeres realizaron la misma clase de salto, aparentemente creyendo que era parte del baile. Abby perdió el ritmo cuando comprendió lo que estaba sucediendo.

La risa de ella era silenciosa pero incesante. Y lo único que podía hacer John era unírsele. Paula les lanzó varias veces una mirada de frustración pura, meneando la cabeza como para decir que John y Abby nunca serían bailarines maduros. Ni en cien años.

Al terminar la lección, Abby cojeaba.

Estaban a mitad de camino del auto cuando John se dobló frente a ella.

—Tu carroza, querida.

La risa de ella sonaba igual que las campanillas de cristal del muelle en el patio trasero durante la primavera. John estaba embelesado con el sonido, deleitándose en la cercanía de su esposa.

—No tienes que hacer eso, John —expresó ella dándole un golpecito en la espalda—. Puedo caminar.

—No, vamos. Te dañé los dedos de los pies. Te puedo llevar.

John echó las manos para atrás hacia las piernas de Abby, y entonces ella se le montó en la espalda. Al principió él anduvo, pero aumentó la velocidad hasta galopar mientras ella reía más. John pasó el auto e hizo un pequeño círculo alrededor del estacionamiento. Todo en ese momento se sentía libre, indefinido y vivo. Como si el tiempo se les hubiera detenido para celebrar el gozo de estar juntos. Entonces soltó un grito que resonó contra la pared del instituto.

—¡Huuuurra!

—Me pregunto... —empezó a decir Abby, pero las palabras fueron interrumpidas por los brincos de la cabalgata—. ¿Qué pensará la vieja Paula de *este* movimiento de baile?

Finalmente volvió corriendo al auto y bajó a Abby cerca de la puerta del pasajero. El estacionamiento estaba vacío, todos los bailarines maduros se habían ido a casa a tomarse un té de manzanilla y a dormir. Abby se inclinó contra la puerta del auto, sin aliento debido al paseo y las risas.

—Qué noche.

John se calmó y se colocó junto a Abby, inclinándose cerca de tal modo que sus cuerpos se moldeaban de manera perfecta. La pasión matizaba el momento, por lo que él examinó en silencio a su esposa. Los únicos sonidos eran el sonsonete ocasional de un vehículo en la distante carretera y el embriagador susurro de los latidos del corazón de Abby contra él. John le recorrió con el dedo la barbilla y la fina línea de la mandíbula.

—Me siento como un adolescente enamorado.

—Pues... —balbuceó ella inclinando la cabeza hacia atrás, mostrando la garganta pequeña y curvada a la luz de la luna; había un sonido áspero de deseo en la voz, del modo que John la había oído a menudo en los últimos meses—. Tal vez se deba a que estamos en el estacionamiento de un colegio.

—No —negó él inclinando la cabeza para no bloquear nada de luz; quería verle el rostro... todo... quería memorizar todo respecto de ella—. No es por eso.

—¿Ah, no?

—No —volvió a negar, y le pasó ligeramente los dedos a lo largo de los brazos—. Eres tú, Abby. Tú me haces sentir de este modo.

Se quedaron callados por un momento, moviendo sus cuerpos con delicadeza hasta quedar más cerca que antes. John le acarició el rostro con la nariz, respirando el aroma del perfume femenino mientras le pasaba los labios por el costado del cuello.

Cuando levantó la mirada vio que Abby tenía los ojos húmedos. El temor lo zarandeó... había jurado que nunca más la haría llorar.

—¿En qué estás pensando, nena?

—Es un milagro, John —contestó Abby mientras una lágrima solitaria le bajaba por la mejilla—. Lo que siento... lo que sentimos el uno por el otro. Hace seis meses...

No terminó la frase, y John se alegró.

—¿Te he dicho últimamente cuán hermosa eres? —elogió él poniéndole un dedo en los labios.

—Sí.

Ella bajó la barbilla e hizo algunos lentos pestañeos. Era una mirada tanto de timidez como de coqueteo, mirada que había enloquecido a John desde que era un colegial.

—¿Cuándo te lo dije?

—Durante la lección de baile, ¿recuerdas? —explicó Abby mientras las comisuras de los labios se le levantaban y los ojos le brillaban.

—Eso fue hace mucho tiempo —replicó él estampando un suave beso, uno a la vez, en cada uno de los ojos—. Quiero decir últimamente. ¿Te he dicho *últimamente* cuán hermosa eres?

Otra lágrima brotó, y ella emitió un sonido más de risa que de llanto.

—Creo que no.

—Bien... eres más hermosa que una salida de sol, Abby Reynolds. Más hermosa que la primavera. Quiero que lo sepas, en caso de que no te lo diga con suficiente frecuencia. En esa lección de baile no podía pensar en nada más —él entonces le lanzó una sonrisa torcida—. No cuando lo único que quería hacer era...

De pronto se quedó sin palabras. En el mismo lugar, él se movió hacia ella en un paso de baile al que estaba más habituado. Entonces la besó como había deseado hacer durante una hora.

Cuando respiraron, se les habían acelerado los latidos del corazón.

—Oye... —dijo él, la besó dos veces más, y luego la miró fijamente—. ¿Quieres regresar a mi lugar?

—No para bailar, espero —contestó ella arqueando un poco las cejas, como hacía siempre que le tomaba el pelo—. Tengo los pies bastante lastimados.

—No... —balbuceó John enmarcándole el rostro con las yemas de los dedos, y dejando que una ligera sonrisa le cruzara la boca—. No en el salón de baile, en todo caso.

—Humm —exclamó ella, le pasó rozando los labios con los suyos, y luego le puso las manos en los hombros y lo hizo retroceder unos centímetros—. Marque el camino, señor Reynolds. Dirija el camino.

Entraron a la casa como una pareja de delincuentes violando el toque de queda. No es que importara. Sean estaba pasando la noche en casa de un amigo, así que tenían la casa para ellos solos.

Mientras seguía a John a la sala, Abby se sentía mejor que en años.

—Muy bien, ¿dónde está el salón para este baile?

—Se lo mostraré, señora Reynolds —contestó él tomándola de la mano y dirigiéndola hacia las escaleras que llevaban a la alcoba—. Sígame.

La hora que siguió a continuación fue más maravillosa que lo que Abby se atrevía a soñar. Había sabido de otras mujeres que, después de tiempos tambaleantes en sus matrimonios, nunca había sido igual la intimidad física. En especial si había estado involucrada otra mujer.

Pero desde el momento en que John y ella estuvieran en el embarcadero del patio trasero de su propiedad en las horas siguientes a la boda de Nicole, y reconocieran la imposibilidad de alejarse uno del otro, Abby se había vuelto a enamorar completamente de su esposo. En realidad eso era un milagro. La relación actual de ellos era como una liberación intensa y apasionada de todas las emociones que habían enterrado durante esos tres horribles años.

Ahora pasaban sus momentos íntimos reconciliándose mutuamente. Celebrando el gozo de haber vuelto a descubrir algo que casi habían perdido para siempre. No importaba que la sabiduría convencional los tuviera batallando en esta parte de su relación, necesitando un año o más para reconstruir lo que esos años malos les había costado.

Abby confiaba totalmente en John. Y él en ella.

—¿Te he dicho últimamente...? —preguntó John antes de que se quedaran dormidos, rodando hacia su lado y examinándola.

—Sí, me lo has dicho —contestó ella sonriendo mientras la luz de la luna le hacía resaltar el rostro.

—¿Sabes lo que más me gustó respecto de esta noche?

—¿La danza? —inquirió ella pegándosele a su lado hasta quedar frente a frente.

—Siempre eso —respondió él con una suave sonrisa—. ¿Pero sabes qué más?

—¿Qué?

—Me hizo olvidar los entrenamientos. Aunque sea por una noche.

—¿Así de mala es la situación? —exclamó ella sintiendo una punzada de dolor traspasándole el corazón.

—Es peor —replicó él en tono serio; en vez de la sonrisa de un momento antes se lo veía ahora más triste que frustrado—. ¿Sabes lo que leí ayer en el periódico?

—¿Qué?

—Los padres de un jugador de básquetbol colegial están demandando al entrenador del muchacho por siete millones de dólares.

—¿Siete millones? —indagó Abby apoyando el codo en la almohada—. ¿Por *qué*?

—Por frustrar la posibilidad del chico de hacer carrera en la Liga Nacional de Baloncesto.

—¿Qué? —cuestionó ella; la historia no tenía sentido—. ¿Qué culpa tiene el entrenador en eso?

—Que... —titubeó John con una prolongada respiración—, el entrenador puso al chico en el equipo de suplentes y no en el de titulares.

—Estás bromeando, ¿verdad? —objetó Abby jadeando.

—No —indicó John con una mueca tan triste que casi destroza el corazón de su esposa—. Hablo en serio. Eso es lo que está ocurriendo, Abby. A veces creo que no sobreviviré a la temporada.

—Lo siento —señaló ella quitando el codo y dejando reposar el rostro en la almohada—. Me gustaría que hubiera algo que yo pudiera hacer.

—Me la paso pensando en esa nota. Con qué saña uno de los padres de mis jugadores quiere despedirme, como para ir al nivel del distrito a intentar que suceda —dijo John volviéndose a poner boca arriba—. ¿Yo? ¿Dejar que los jugadores beban y hagan carreras en sus autos? ¿No me conocen en absoluto? ¿No valoran lo que he hecho por ese colegio desde que he estado allí?

El dolor en el corazón de Abby se le extendió hasta el alma. ¿Cómo era posible que atacaran el carácter de este hombre? Si ella pudiera, iría hasta el colegio, agarraría el sistema de altoparlantes y les diría a todos que el entrenador Reynolds nunca hizo ni haría nada inmoral que afectara a sus jugadores.

Exigiría que reconocieran los esfuerzos del director técnico y que lo trataran con el respeto y la gratitud que merecía.

Pero no podía hacer eso.

Ni siquiera podía escribir una carta a favor de él, aunque quisiera hacerlo. Por mucho que lo anhelara.

—Solo hay una cosa que puedo hacer, John. Pero es la más importante de todas.

—¿Orar? —preguntó él volviéndose para que ella pudiera verlo otra vez.

—Eso mismo —manifestó ella pasándole ligeramente la yema de los dedos por el cabello—. Orar para que Dios te muestre cuánto te aman todavía los chicos, los chicos que no jugarían para ningún otro instructor.

—Está bien —asintió él sonriendo, y por primera vez desde que había sacado el tema a colación se le relajaron los músculos del rostro—. Ora. Es solo por tus oraciones que he aguantado tanto tiempo.

—¿Sabes lo que creo? —preguntó Abby apoyando la cabeza en el hombro de John y acurrucándose cerca de él.

—¿Que la temporada se me está viniendo abajo?

—No —declaró ella poniéndole la mano sobre el corazón—. Creo que está a punto de ocurrir algo muy grande.

—¿Como ganar tres juegos seguidos?

—Otra vez, no —contestó Abby soltando una risa sofocada—. Algo espiritual. Como que Dios va a hacer que suceda algo importante. Tal vez por eso la temporada empezó tan mal. Quizás no veamos cómo todas las piezas encajan ahora. Pero es probable que lo veamos pronto. ¿Sabes?

John se quedó callado.

—¿Estás despierto?

—Sí. Estaba pensando —asintió, y el pecho se le alzaba al inhalar—. Había olvidado eso.

—¿En que Dios tiene un plan?

—Hummm —titubeó él—. Debe ser eso.

—Sí. Y sea lo que sea, va a ser algo grande.

—¿Cómo sabes?

—Lo presiento.

—Oh. Está bien —ratificó John respirando más despacio y arrastrando las palabras como hacía justo antes de quedarse dormido—. Lo siento.

—¿Por qué?

—Por pisarte los pies esta noche.

—No te preocupes. Tendremos otra lección la semana entrante.

—Te amo, Abby. Buenas noches.

—Buenas noches... yo también te amo.

Se quedó dormida, con la cabeza aún en el hombro de John y la mente llena con todos los alegres recuerdos de la noche.

Y con la creciente sensación de que de alguna manera, de un modo u otro, Dios estaba tramando algo muy grandioso en el Colegio Marion. Algo que involucraba el fútbol americano, los padres y, en manera más especial, a su maravilloso esposo.

El entrenador John Reynolds.

Seis

Nicole tenía miedo.

No había otra manera de decirlo. Después del torbellino del fin de semana en casa con Kade, ella no solo estaba cansada sino rendida. Demasiado agotada. Ahora era miércoles, y tenía planes de salir a comer con Matt. Pero mientras Nicole se ponía un par de jeans y un suéter sentía los brazos y las piernas como si fueran de plomo. Cada movimiento era un esfuerzo colosal.

No podía ser gripe. Ella no tenía fiebre, tos ni malestar estomacal. Se levantó el cierre y examinó su reflejo en el espejo del baño. Pálida... incluso cadavérica. Cierto que ya había desaparecido el bronceado veraniego, pero Nicole no recordaba haber visto alguna vez tan pálido su rostro.

Suspiró. Quizás los acontecimientos de los meses anteriores finalmente le pasaban factura. Después de la luna de miel habían venido a casa, y de inmediato había ayudado a Matt a preparar el currículum para un empleo en la oficina del fiscal del distrito. Ahora que lo habían contratado, Nicole estaba metida de lleno en los estudios, tratando de equilibrar el trabajo en casa con las exigencias de ser estudiante de último curso en la universidad.

Además de eso, discutía constantemente con Matt acerca del inminente viaje misionero de los padres de él por todo un año. Y luego del hermano menor de ella, Kade.

La semana pasada cuando Kade estuvo en casa había algo diferente con relación a él. Más maduro, más callado. Estaba ansioso porque le tocara jugar en la Universidad de Iowa y tenía muchas cosas en la cabeza. El domingo por la noche el chico había pasado por el apartamento de Matt y Nicole. Hablaron hasta las tres de la mañana acerca de si él había cometido una equivocación al aceptar la beca en Iowa en vez de estar jugando más cerca de casa en Illinois.

—Es demasiado lejos —confesó Kade una hora después de estar conversando.

Matt se había ido a dormir desde el principio de la plática, dejando a Nicole con Kade en la sala. El muchacho agitaba bruscamente las manos en el aire.

—Me siento como si estuviera en otro planeta —expresó sentado en el suelo y con la espalda contra la pared.

—Solo es un día manejando desde aquí —opinó Nicole sin querer empujarlo a que saliera de Iowa solo por estar nostálgico—. El primer semestre siempre es difícil.

—Sí, pero papá ha sido mi entrenador toda la vida, Nic —objetó el muchacho con las rodillas levantadas y las piernas separadas como se sentaba siempre que tenían esas conversaciones a lo largo de los años—. Me gustaría al menos verlo en las gradas, ¿sabes?

Entonces reposó los antebrazos sobre las rodillas.

—Este fue el primer fin de semana que él y mamá estuvieron en un partido.

—¿Por qué no pensaste antes en Illinois? —preguntó Nicole, viendo el punto de vista del chico—. Te enviaron una carta, ¿no es verdad?

—Sí —respondió Kade frunciendo el ceño—. Un montón de cartas. Creí que sería divertido estar fuera de casa.

—Tal vez lo será. Solo has estado allá dos meses.

—Lo sé... pero ahora anhelo estar aquí. ¿Tiene sentido eso?

La discusión volvía a lo mismo hasta que Nicole pudo decirle lo único que él quería oír.

—Transfiérete, entonces —susurró ella con una risa cansada—. Nos encantará tenerte cerca, camarada. Entonces podríamos tener estas charlas todos los fines de semana.

—Exactamente como en los viejos tiempos —asintió Kade sonriendo.

—Correcto. Como en los viejos tiempos.

Los recuerdos de la conversación se desvanecieron y Nicole se revisó otra vez en el espejo. Ella tuvo clase a las ocho de la mañana del día siguiente a la última charla con su hermano. Desde entonces había estado ocupada cada hora del día y de la noche. Con razón estaba agotada; su cuerpo simplemente intentaba nivelarse.

A menos que...

Nicole tragó grueso y se volvió del espejo. Se puso un chorrito de perfume en el cuello. *No pienses en eso... es imposible.* Pero la mente no quería cambiar el tema. Especialmente a la luz de un recuerdo que no se iría.

Sucedió tres semanas después de su luna de miel. Habían acordado esperar tres o cuatro años antes de tener hijos, así que era necesaria la planificación familiar. Esperando ese tiempo, Nicole podría terminar la universidad y conseguir un trabajo de maestra. Enseñaría dos años y luego se tomaría una década libre para tener bebés. Cuando los niños estuvieran en la escuela, ella volvería a enseñar. De esa manera podría estar con ellos después de clases sin perderse casi nada de su tiempo familiar en casa.

De todos modos, ese era el plan de diez años. Y pretendían seguirlo al pie de la letra. Eso quería decir que debían tener mucho cuidado. No solo debido al plan de diez años sino a algo más. Algo que Nicole no quería decirle a nadie. Algo que ni siquiera podía decírselo a sí misma.

Habían hablado de píldoras para el control natal, pero a Nicole le preocupaban los efectos colaterales. Al final decidieron más bien usar condones.

—Probablemente en el colegio les informaron acerca de los condones —dijo el doctor cuando Nicole fue a hacerse un chequeo el día anterior a la boda.

—Así fue. Es uno de los métodos más seguros para evitar el embarazo, ¿no es cierto?

—No exactamente —informó el médico con una mueca—. Todos los meses viene a mi consultorio alguna mujer embarazada cuyo esposo usa condón.

Nicole se había sorprendido, pero también estaba casi segura de que el médico exageraba. Era evidente que los condones funcionaban, o no los venderían.

Sin embargo, hubo esa única vez que...

Tarde esa noche, solo semanas después de la luna de miel, en los momentos posteriores a tener intimidad física, Matt había salido del baño con una extraña mirada en la cara.

—¿Qué pasa? —había preguntado Nicole, que se había sentado en la cama cubriéndose con la sábana.

—Creo que se rompió —anunció Matt pasándose los dedos por el cabello y meneando la cabeza—. Yo creía que eso pasaba solo en las películas.

Nicole sintió una oleada de preocupación que luego se fue. No había manera de que se rompiera.

—Quizás solo pareció haberse roto.

—Esperemos eso —dijo Matt volviendo a la cama.

Ahora, diez semanas después, Nicole recordaba la conversación a cada momento. No solo porque estaba más cansada de lo normal, sino porque no había tenido el período desde antes de la boda.

Había oído antes a su madre hablar acerca de quedar embarazada; le contaba cómo había sabido desde el momento de la concepción, sin duda alguna, que dentro de ella había empezado a gestarse una nueva vida.

Nicole había buscado tales señales, pero no las encontraba. Su período siempre había sido irregular. A veces lo había perdido por tres meses seguidos antes de que volviera a aparecer. Así que no había ningún motivo verdadero para creer que podría estar embarazada.

¿O sí...?

La puerta de la habitación se abrió, y Nicole se sobresaltó. Matt asomó la cabeza.

—¿Lista?

—Por supuesto —contestó ella forzando una sonrisa—. Bajo en un minuto.

Estuvo callada durante la cena, y finalmente al terminar de comer Matt apartó el plato y la miró.

—Está bien, Nic. ¿Qué pasa?

—Nada.

La respuesta fue demasiado rápida. Ella miró la comida. Aún no había tocado más de la mitad de su hamburguesa con queso.

—Estoy bien —expresó levantando la mirada y encontrándose con la de él.

—No estás bien. Has estado durmiendo tarde a pesar de ir temprano a la cama. Bostezas todo el tiempo y apenas tienes apetito —declaró Matt con voz afable pero inquieta—. Estoy preocupado por ti.

Ella volvió a bajar la mirada, pasando un tenedor a través del pequeño plato de fríjoles junto a la hamburguesa. La comida se veía rancia y poco interesante. Un suspiro se le deslizó por los labios. Era hora. Si iban a construir un matrimonio de cercanía y confianza no debía ocultarle un minuto más los temores a su esposo.

—Está bien —expuso exhalando rápidamente, mirándolo otra vez—. Creo que podría estar embarazada.

Nicole había esperado que él pareciera impactado, incluso molesto por la confesión. Después de todo, un bebé ahora significaba tirar por la ventana los planes que tenían.

En vez de eso, el rostro de Matt se iluminó como un árbol de Navidad.

—¿Nicole? ¿Hablas en serio?

—Matt... —titubeó ella bajando la cabeza para que las personas en las otras mesas no la oyeran—. Es demasiado pronto. *No puedes* estar emocionado con esto.

El rostro de él se puso en blanco por un momento, luego soltó una sola y tranquila carcajada.

—Sí, puedo. Los bebés son un milagro, cariño. Vengan cuando vengan.

El corazón de ella se le fue a los pies. El entusiasmo de Matt hacía que toda la posibilidad pareciera más real. ¿Y si realmente estuviera embarazada? ¿Cómo podía ser madre sin haber terminado la universidad? ¿Y qué de sus peores temores, los que ni siquiera se podía admitir a sí misma? Pregunta tras pregunta la asaltaban hasta que sintió las manos de Matt en las suyas.

—Mi amor, no entiendo. ¿Estás alterada porque crees estar embarazada?

—¡Sí! —exclamó Nicole sintiendo la picazón de las lágrimas en los ojos—. Queríamos esperar cuatro años, ¿recuerdas?

—Desde luego —asintió él volviéndose a sentar y parpadeando—. Pero si estás embarazada ahora, no tiene sentido que te alteres. Dios solucionará los detalles.

Entonces entrelazó los dedos de ella entre los suyos.

—Además, quizás no lo estés. Hemos tenido mucho cuidado.

—Sí, pero ¿qué acerca de esa única noche en que creíste que se había roto?

Una mirada de reconocimiento llenó los ojos de Matt.

—¿Crees que fue cuando...?

—Tal vez. El médico me dijo que sucede todo el tiempo —declaró ella echando la cabeza para atrás por un momento y volviendo a mirarlo a los ojos; mientras lo hacía, dos lágrimas se le deslizaban por las mejillas—. No le creí.

—Está bien —dijo Matt tomándole la mano—. Sin embargo, cariño, siempre dijiste que deseabas ser madre. Así que, ¿por qué... estás llorando? Quiero decir, nuestro plan se puede ajustar, ¿o no?

—Imagino que sí.

—Entonces... ¿por qué las lágrimas? No entiendo.

Nicole quiso treparse hasta el otro lado de la mesa y abrazarlo. Él era un chico muy bueno, totalmente lleno de amor por su esposa y por la familia que algún día iban a levantar. Entonces se calmó y decidió contarle sus temores; los que la habían mantenido despierta durante la noche aunque desesperadamente necesitaba dormir.

—Creo que estoy asustada.

—¿De qué? —inquirió Matt mientras su preocupado rostro se llenaba de empatía.

—¿Recuerdas el año pasado? —expresó ella sentándose y tomando un sorbo de agua—. ¿Cuando planeábamos la boda?

—Desde luego —respondió él examinándola, con el cuerpo medio atravesado sobre la mesa al inclinarse hacia su esposa.

—Algo pasaba en el matrimonio de mis padres —explicó Nicole apretando con suavidad los dedos de Matt—. Creo haberte dicho que ellos me preocupaban.

—Así es. Orabas por ellos, y cuando nos registrábamos en el hotel la noche de nuestra boda sentiste que el Señor había contestado tus oraciones. Que todo iba a estar bien.

—Desde entonces he pensado en eso y he concluido que quizás... y solo quizás el matrimonio de ellos no es lo que parece ser —dijo ella asintiendo—. ¿Sabes?

—De acuerdo —expuso Matt, que parecía tan confundido como un niño a solas en el zoológico—. Por tanto...

—Por tanto creo que he entendido.

—¿Entendido?

—Sí —asintió Nicole mirándolo—. La razón de que mis padres en realidad no sean tan felices como creí que lo fueran.

—Apenas hace un mes o algo así les dijiste que parecían recién casados.

—Eso fue antes de que juntara las piezas. Fue algo que tu madre dijo una noche en la cena —confesó ella soltándole los dedos y volviéndose a sentar; si tan solo él comprendiera—. Ahora creo saber el problema.

—El cual es...

—Fui una bebita de luna de miel, ¿recuerdas?

¿Cómo no lograba verlo Matt? Ella se esforzó por poner tono paciente.

—Tuvieron hijos demasiado temprano.

—Lo siento, Nic —declaró Matt sentándose esta vez y cruzando los brazos—. No lo capto.

—¿Cómo que no puedes captarlo? —desafió ella levantando las manos con las palmas hacia arriba—. Mis padres no tuvieron esos años decisivos, los años en los que los dos pudieron haber establecido vínculos afectivos y construido su amor.

Matt la miró por un instante. Luego se paró, rodeó la mesa y se sentó en un banco al lado de ella, poniéndole el brazo sobre los hombros y jalándola contra sí.

—Tengo la más segura impresión de que estás equivocada, Nicole. Tus padres se aman muchísimo. Tener hijos temprano en el matrimonio no les ha perjudicado la relación. Ni entonces ni ahora.

La cercanía del esposo, la cálida protección de su brazo alrededor de ella, mejoró todo de algún modo. Las defensas de Nicole cayeron como hojas en otoño. Tal vez Matt tenía razón; sin embargo, esto era algo en lo que Nicole había pensado desde que volvieron de la luna de miel.

—¿No crees que eso les hizo daño?

—No —negó él, besándola en el costado del rostro y alisándole el cabello detrás de las orejas—. Pero si eso te preocupa, ¿por qué no le preguntas a tu madre? Ella te dirá la verdad.

¿Preguntarle a su madre? ¿Por qué no había pensado Nicole en eso? En vez de imaginar por qué sus padres habían batallado el año pasado, no la lastimaría preguntar. Entonces cambió de posición para poder ver más claramente a Matt.

—Está bien. Lo haré.

—Bueno, ¿qué te parece si pagamos esta cuenta y vamos a comprar algo antes de ir a casa? Creo que hay una pequeña cosa que debemos conseguir antes de que pase otro día.

El corazón de Nicole se sentía más descargado de lo que lo había sentido en semanas. Con Dios de su parte y un esposo como Matt, todo iba a estar bien.

—¿Qué cosa?

—Una prueba de embarazo —contestó él sonriendo.

Siete

Toda la información estaba allí, en Internet.

Cualquier investigación que Abby hubiera hecho para su artículo podía complementarse fácilmente con datos de la red. Suspiró y esperó la conexión. Había estado tan ocupada poniéndose al corriente en cuanto al fin de semana con Kade que no había tenido tiempo de trabajar en su artículo sobre los entrenadores hasta tarde esa noche. La velada anterior ella pudo haber tenido la computadora por algunas horas, pero John necesitaba usarla. Él debía mirar un nuevo sitio de Internet que proporcionaba consejos y trucos defensivos a los entrenadores. John había oído al respecto por parte de uno de los otros profesores.

A Abby no le había importado. Tenía bastante tiempo para armar el artículo.

La pantalla cobró vida y una voz digital anunció: «Usted tiene correo».

Por el más breve instante recordó cuán ansiosamente un año atrás esperaba con expectación esas palabras. En ese entonces John y ella iban a toda prisa en direcciones opuestas, encaminándose directo al divorcio. Abby había estado enviando correos electrónicos casi todos los días a un editor, un tipo que quería pasar tiempo con ella.

De no haber hallado el diario de John después de la boda de Nicole, y de no haberlo leído ni haberse enterado de la verdadera manera en que él se sentía con relación al matrimonio de ellos y a las equivocaciones que había cometido, quizás ella nunca lo habría perdonado. En realidad, ahora mismo podría hallarse en medio de una verdadera relación con el editor.

El pensamiento le hizo revolver el estómago, por lo que lo desechó tan rápidamente como había llegado. Ahora su correo electrónico se relacionaba casi todo con negocios. Estaba trabajando con varias revistas nuevas y mantenía relaciones con editores en un nivel estrictamente operativo. De vez en cuando había un correo de una amiga o un reenvío de una de las mujeres de la iglesia.

Pero eso era todo.

Además, aunque John estaba pasando más tiempo en la computadora, no accedía al correo. Simplemente navegaba en la red en busca de estrategias y jugadas de fútbol americano en que antes no había pensado. De vez en cuando revisaba un sitio de venta de fincas y le informaba a Abby que debían comprar una de cuarenta hectáreas en el norte de Montana. Pero solo estaba bromeando, buscando únicamente una manera de calmar la tensión provocada por la temporada de fútbol.

Abby pinchó el buzón e inmediatamente apareció una lista de correos, que era más de lo acostumbrada, tardó un momento en revisarla. Algo de una nueva revista, tres de sus editores actuales, luego...

El corazón se le paralizó.

El siguiente correo en la lista tenía un asunto que rezaba: «¡*Más excitación de la que te puedes imaginar!*» Era de alguien llamada *Candy* en el sitio web denominado *Sexodivertido*.

El corazón de Abby retumbó con fuerza y siguió palpitándole al doble de velocidad que antes. Sus ojos revisaron rápidamente el resto de la lista; había cinco correos más como ese, todos de chicas en sitios web con similares nombres que el primero.

La mente le gritó que eso no era así. No podía ser. En todas partes a donde iba alguien estaba hablando de pornografía en Internet. Ella y John habían hablado acerca del fenómeno, pero ninguno de los dos había entendido realmente la fascinación. No había manera de que John hubiera ingresado a sitios pornográficos, ¿o sí? Él había estado en la Internet, sí. Pero solo para mirar páginas de directores técnicos, ¿correcto?

Había una forma de averiguar.

Abby maniobró el ratón a través de una serie de clics hasta que en la pantalla apareció una lista de sitios web. Los últimos cincuenta sitios a los que se habían accedido por medio de la computadora familiar. Los más recientes eran tres relacionados claramente con el fútbol americano. Pero aparte de esos, la lista era horrorosa.

Nombres de páginas web que Abby apenas podía leer y mucho menos pronunciar en voz alta. Cerró los ojos. *Dios, no... no permitas que esto esté sucediendo. Por favor.* Después de todo lo que ella y John habían pasado, y aunque él parecía estar enamorado de ella... no podía estar volviéndose a la pornografía. Era imposible.

Sin embargo, ¿qué otra explicación había? Ellos eran los únicos que usaban Internet en esa computadora, además de Sean, que la usaba solo para sus tareas. Abby rememoró. Había pasado al menos un mes desde que Sean la usara.

Por tanto eso quería decir...

—¡No, Dios! No lo soporto —exclamó cubriéndose la cara con las manos.

Una cosa había sido tratar con la fascinación de su esposo por otra mujer. ¿Pero esto?

Nos recobraste de esa época, Dios... así que, ¿por qué esto? ¿Por qué ahora?

Esperó, pero no hubo palabras tranquilizadoras en su alma, ningún versículo que le viniera a la mente. Solo un horrible hueco vacío en el estómago, un foso que se agrandaba con cada instante que transcurría.

Abby abrió los ojos y miró la lista. Tal vez no eran sitios pornográficos. Quizás fueran páginas de entrenamiento con nombres ridículos. Sí, eso debía ser. Un débil velo de sudor le apareció en la nariz y la frente. Se sintió débil, desesperada, aterrada. El corazón no podía absorber el impacto, ni podía creer en la lista de nombres de sitios web que miraba.

Solo había una forma de averiguar.

Escogió la primera, algo acerca de chicas desnudas, e hizo clic en la conexión. *Que sea información de entrenamiento... jugadas defensivas... cualquier cosa menos...*

Una imagen comenzó a formarse y Abby lanzó un grito ahogado. Inmediatamente descubrió la *X* en la esquina superior derecha y cerró la ventana. No eran jugadas estratégicas sino exactamente lo que se esperaría ver en una página web con ese nombre.

Pornografía.

De alguna manera, en medio de la angustia y el desánimo, John había usado sus horas nocturnas en Internet para ingresar a un sórdido inframundo de pecado. A borbotones subió la ira por el estómago de Abby, la que la llenó de ardiente furia. *¿Cómo se atrevía él...?*

Apagó la computadora e hizo girar la silla hacia la oscura ventana. La luna era solo una rodajita esa noche, pero de todos modos Abby miró hacia afuera. ¿En qué estaba pensando su esposo? La habían estado pasando muy bien, disfrutando juntos como amigos y amantes. ¿Cómo podía él...?

Entonces le llegó otro pensamiento.

Quizás por eso es que últimamente él había disfrutado tanto del amor físico entre los dos... tal vez no estaba pensando en ella en absoluto, sino en estas... estas...

Náusea le brotó en el interior y se preguntó si no estaría enferma del estómago. ¿Cómo se atrevía él a dormir escaleras arriba como si nada estuviera mal, cuando todo el tiempo le estaba ocultando a ella tan terrible secreto? ¿Y cómo se podía comparar alguna vez el cuerpo y el amor de ella con las imágenes en la pantalla de la computadora?

El conjunto de emociones que la asaltaban era casi imposible de soportar. Tristeza... furia... arrepentimiento. Había confiado en él, después de todo. Creyó que él quería ser como el águila: fuerte a su lado hasta que la muerte los separara. ¿Por qué demonios empezaría a experimentar con páginas web de pornografía, especialmente cuando él sabía por amigos de la pareja lo destructivas y adictivas que podrían ser?

Abby se quedó sentada allí por más de una hora, con nudos en el estómago, hasta que finalmente subió las escaleras y examinó a su esposo. El año pasado ella no había tenido dificultad en darse cuenta de que John se interesaba en otra mujer. El distanciamiento de él, las horas que pasaba fuera de casa, las extrañas llamadas telefónicas. Todas las señales se evidenciaban. ¿Pero esto... este asunto de pornografía? Él había sido un experto en ocultarle eso. Ella pestañeó en la oscuridad, asqueada por la inocencia en el rostro del hombre.

Se acostó en el otro lado de la cama, le dio la espalda y se quedó dormida. Pero no antes de que dos pensamientos le colmaran la mente...

¿Cómo podrían estar juntos ahora?

Y más que nada, ¿por qué ella no había sido suficiente para él?

El partido terminó ese viernes, y las Águilas de John ganaron con un gol de campo en el último minuto. Se oían rumores acerca de jugadores que bebían licor y que participaban en carreras callejeras. La situación era tan mala que John casi podía oír a los padres de los chicos susurrándole.

«El entrenador Reynolds no es el hombre que creíamos que era...»

«Necesitamos un individuo con mejor carácter moral que ese...»

Por supuesto que las verdaderas razones eran tan obvias como el historial de John. Las Águilas habían ganado tan solo tres partidos. Una deprimente hazaña al considerar las esperanzas que todos habían puesto en ese equipo. Ganar sería una forma de acallar las críticas. Perder era tener permiso para atacar inmediatamente al director técnico.

Abundaban entre los padres las opiniones de que habrían puesto cuatro defensas o que habrían pasado la pelota al primero. Los peores eran aquellos cuyos hijos no jugaban mucho. La mayoría suponía que el equipo ganaría si solo sus muchachos estuvieran en la alineación. Aquellos cuyos hijos jugaban tenían otra respuesta: entrenador mediocre.

De una u otra forma el mal inicio en esa temporada caía sobre la cabeza de John, que esa noche solo sintió un poco de alivio por la victoria mientras abordaba el autobús del equipo para volver al Marion. La mente de Jake Daniels no había estado en el partido a pesar de lo que John intentara hacer para inspirarlo. Ya había visto el nuevo Integra NSX de Jake. Todo el colegio estaba hablando al respecto.

Se rumoraba que Jake esperaba correr en el auto tan pronto como terminara la temporada de fútbol americano.

John miró por la sucia ventanilla del bus y apretó los dientes. ¿En qué estaría pensando el padre de Jake al obsequiarle un automóvil como ese? ¿Cómo se suponía que un adolescente se enfocara en los estudios y en su papel de mariscal de campo con un auto de carreras en el estacionamiento?

No solo eso, sino que Jake, Casey y algunos jugadores habían aumentado sus burlas contra Nathan Pike y sus góticos amigos. John había hablado a la administración acerca de las horribles palabras garabateadas: *muerte a los deportistas*. Aparentemente el director había hecho ir a Nathan a la rectoría para interrogarlo. Nathan actuó de manera tranquila y casual.

«Se trata de una canción, amigo», expuso el chico meneando la cabeza. «Ustedes viven en un mundo irreal».

El rector no tuvo más alternativa que creerle a Nathan y hacerle una advertencia. Fuera o no una canción, el chico no escribiría amenazas de muerte. Nathan asintió y el incidente pasó. Al menos hasta donde incumbía a la administración.

La realidad era totalmente distinta. Nathan y sus sombríos amigos se habían vuelto más repulsivos y distantes. Al mismo tiempo eran mucho más frecuentes los comentarios crueles y arrogantes de Jake, Casey y los demás. A veces había tanta tensión entre los dos grupos que John tuvo la certeza de que la situación estaba a punto de estallar.

En varias ocasiones llevó a un rincón a Jake y Casey y les había dicho algo, pero la respuesta de ellos siempre era la misma: «Solo estamos divirtiéndonos, entrenador».

A los padres de los muchachos no les importaba que sus hijos intimidaran a chicos como Nathan Pike. Estaban muy preocupados con el registro de los partidos ganados y perdidos de las Águilas, y demasiado ocupados en susurrar, murmurar y tratar de que despidieran a John, llenando las tribunas con suficiente energía negativa como para acabar con el resto de la temporada.

Con razón Abby no había querido ir esa noche.

Hasta este partido ella no se había perdido ninguno desde el inicio de la temporada. John había estado apurado al pasar como un rayo por la casa, agarrar la mochila de entrenamiento y volver a salir para el juego.

—Vas a ir, ¿verdad? —indagó, y se dispuso a plantarle a Abby un rápido beso en los labios, pero en el último instante ella se volvió y el beso fue a parar en la mejilla.

El gesto había parecido extraño, pero John no tenía tiempo para hacer hincapié en ello. Debía abordar un bus.

—Esta noche no —contestó ella como distraída.

Es más, así parecía estar desde el jueves por la mañana. No precisamente enojada sino... distante.

El viaje en autobús pareció más largo de lo normal, por lo que John se reclinó en el asiento. En todo caso, ¿qué la estaría consumiendo? Él pensó por un momento, luego se le ocurrió. Podría ser el artículo de la revista. A veces Abby se quedaba callada antes de la fecha de entrega de una gran obra. John había descubierto que la mejor solución era dejarla ser ella misma. Darle tanto tiempo y espacio como fuera posible para que hiciera su trabajo, luego estaría bien.

No obstante, la había extrañado esta noche. Siempre era mejor dirigir desde el costado de la cancha sabiendo que Abby estaba en alguna parte detrás en las tribunas. Todos los demás podrían quejarse de él, pero Abby ovacionaría. Especialmente esta noche, puesto que habían sacado un victoria.

John se enderezó. Basta de pensamientos negativos. Jake Daniels... Nathan Pike... padres quejumbrosos. Todo eso solo era parte de una temporada pasajera. Oraría por los muchachos y buscaría oportunidades de extenderse a ellos.

Pero todo lo relacionado con el Colegio Marion era algo que estaba aprendiendo a dejar atrás al terminar el día.

La vida era demasiado corta para llevar sus problemas a casa. En especial cuando la situación con Abby era increíblemente maravillosa.

Eran casi las once cuando entró a la casa. Las luces estaban apagadas. Abby debió haber terminado de escribir y se debió ir a dormir. John cerró la puerta tras él y dio tres pasos. Entonces oyó la voz de ella.

—John... estoy aquí.

Él entrecerró los ojos en la oscuridad y encendió la luz de la entrada.

—Abby, ¿qué estás haciendo?

—Orando —respondió ella e hizo una pausa—. Ven acá, por favor. Debemos hablar.

John no estaba seguro si debía sentirse honrado o preocupado. Era evidente que su esposa había esperado levantada hasta que él llegara a casa, queriendo hablarle. Pero no había brillo en el tono de ella. Entonces depositó la mochila en el suelo y se sentó en una silla frente a Abby.

—¿Qué pasa?

—Esto —contestó ella moviéndose como una anciana para agarrar del suelo una hoja de papel—. Lo encontré hace unos días, pero me ha llevado un buen tiempo saber cómo plantearlo.

¿Plantearlo? ¿De qué estaba hablando ella? John agarró el papel y miró el contenido a la escasa luz del vestíbulo. En un instante pudo ver de qué se trataba, y se le revolvió el estómago.

—¿De dónde salió esto? —preguntó él, acercándose la página al rostro para poder leerla claramente.

Era una lista de sitios pornográficos. Uno tras otro y tras otro. Probablemente veinte en total. John echó un vistazo hacia arriba y vio la dirección de correo electrónico de ellos en la parte superior. De repente comprendió. Abby estaba aquí, esperando en la oscuridad porque había hallado esta lista en el registro de Internet en la computadora y quería una explicación.

Ella no había dicho nada todo el tiempo que él estuvo mirando la lista.

—¿Sacaste esto de *nuestra* computadora?

—Sí —afirmó ella con los brazos doblados contra la cintura—. Además de mí, tú eres la única persona que usa la computadora, John.

La voz se le quebrantó.

—Es obvio que debemos hablar —concluyó Abby.

Él quiso gritarle. ¿Creía ella sinceramente que él estaba visitando sitios porno en su tiempo libre? Con todo lo que ocurría en el colegio y el equipo, ¿cómo podría estar tan loco para involucrarse en obscenidades por Internet? ¿Y estando casado con la única mujer a la que había amado?

La idea era vergonzosa.

—¿Crees que *yo* miré esas páginas? —inquirió señalándose el pecho con el dedo.

—¿Qué se supone que crea?

John arrugó el papel y lo lanzó contra la pared. Luego se puso de pie y dio algunos pasos en toda dirección.

—Abby, ¿estás *loca*? Nunca he mirado un sitio pornográfico en la red en toda mi vida —aseguró en un tono más severo que las palabras—. ¿Cómo puedes pensar algo así?

—No me mientas, John —objetó Abby claramente tan enojada como él, pero quedándose en la silla—. Has estado en la Internet más a menudo de lo normal siempre en la noche. ¿Por qué?

—Realmente dudas de mí, ¿verdad? —expresó él mirándola asombrado—. Sigues desconfiando de mí después de todo lo que hemos pasado.

—*Sí* confié en ti —afirmó ella bajando la voz, pero con la misma intensidad—. Pero también confié en ti hace tres años. Cuando tú y Charlene pasaban juntos todas las mañanas.

John sintió que se le escurría la sangre del rostro.

—Eso no es justo, Abby, y lo sabes —reclamó él inclinándose por la cintura y lanzándole con fuerza las palabras—. *Los dos* estuvimos equivocados entonces, pero esos días quedaron atrás. ¿Recuerdas?

—Así creía yo también —adujo ella, dejando el tono de pelea—. Hasta que encontré esta lista.

Ella muy bien pudo haberlo abofeteado. Lastimado, furioso y sin estar seguro de qué decir, John se dejó caer en la silla y ocultó el rostro entre las manos.

—No me conoces mejor que los padres de mis jugadores.

Abby se quedó en silencio, por un momento ninguno de los dos dijo nada.

Debía haber una explicación para los sitios. Es obvio que Abby no los había visto, pero él tampoco. ¿Y cómo se atrevía ella a acusarlo aun después de haber negado tener algo que ver con ellos?

Dios, dame las palabras aquí... ¿cómo puede Abby dudar de mí en esto?

El amor no se enoja fácilmente...

La santa respuesta le resplandeció en el marcador de la mente y le suavizó el carácter. Los hombros se le bajaron y sacudió la cabeza. Desde luego que Abby no le creía. Después de los momentos que él había pasado con Charlene... después de las mentiras que le había dicho a Abby cuando el matrimonio se les estaba deshaciendo...

Por primera vez desde su reconciliación John se dio cuenta de algo que no había comprendido antes.

Pasarían años antes de que alguno de los dos se volviera a sentir totalmente seguro del otro. Sin importar cuán bien estuvieran las cosas entre ellos. El pecado siempre tenía consecuencias. Las dudas que ahora Abby tenía respecto a él eran una de esas consecuencias.

—¿No vas a decir algo? —preguntó Abby rompiendo al fin el silencio—. He estado cargando esto por todos lados durante dos días, preguntándome por qué no te basto.

Ahora ella se puso a llorar. No con iracundos sollozos o llanto descontrolado, sino con grititos inaudibles que le estrangulaban el corazón a John.

Él cayó a tierra y se arrastró de rodillas hasta quedar contra las piernas de ella.

—Abby... —empezó a decir con voz tranquila, más silenciosa que antes, levantándole la barbilla para hacer que lo mirara—. Te aseguro de todo corazón que no hice esto. Nunca he mirado un sitio porno. Nunca.

Ella inhaló por la nariz y se pasó el dorso de la mano por las mejillas. Nada le salía de la boca, pero John podía vérselo en los ojos. Duda... temor... inquietud. Pensamientos de que había vuelto a pasar de algún modo, que el matrimonio se les estaba destrozando.

Dios... dame sabiduría por favor. Debe haber una respuesta.

Pasaron dos segundos, luego tres, y de pronto él supo la respuesta. Comprenderla le produjo dolor y alivio al mismo tiempo. La explicación estaba destinada a satisfacer a Abby, pero los dejaba con un problema que ninguno de ellos había sospechado.

—¿Lo olvidaste? —inquirió él aún mirándola a los ojos—. Kade estuvo aquí el fin de semana pasado. Se quedó con nosotros hasta el lunes por la tarde.

La información tardó un momento en registrarse.

Entonces John pudo ver el cambio en la expresión de su esposa. Como cera derretida se le suavizó el rostro y desapareció la ira. En su lugar quedaron tristeza y culpa, tan brutales que era doloroso mirarla.

—¿Kade? —exclamó Abby casi un minuto después.

—Él estuvo aquí. No estoy seguro si estuvo en la computadora, pero debió haber sido. Porque... —titubeó y la miró directamente a los ojos—. Lo único que miré fueron páginas de entrenamiento. Yo... revisé tres de ellas.

Abby miró hacia lo profundo de la noche, con la mirada distante. Después de un rato levantó la mirada de nuevo hacia la de John.

—El domingo por la noche él estuvo con Nicole. Pero el sábado... el sábado estuvo aquí. Sé que no se fue a dormir hasta después de la una porque me levanté y...

—¿Y qué? —exclamó John agarrándole las manos entre las suyas.

—Bajé por un vaso de agua —anunció con lágrimas en los ojos—. Él estaba en la computadora. No... me di cuenta hasta que estuve a mitad de las escaleras y oí el repiqueteo. Lo había olvidado por completo.

John no tenía nada que decir. Las dudas de Abby lo hirieron en lo más profundo del corazón, pero no podía negar que eran merecidas. Gracias a Dios la pornografía por Internet era algo en lo que nunca había pensado. Sin embargo, apenas podía enojarse con Abby por pensar en la posibilidad.

—John... —balbuceó ella tomándole el rostro entre las manos y examinándole la mirada—. Lo siento mucho. ¿Cómo pude haber creído...?

—Shh, Abby. No —expresó él inclinando la cabeza contra la de ella y acariciándole el cabello—. La culpa es mía. Si no te hubiera defraudado en el pasado nunca habrías dudado de mí.

—Pero soy una imbécil —emitió Abby mientras las lágrimas se le convertían en sollozos, aferrándose a John como si la próxima respiración de ella dependiera de que él estuviera allí—. ¿Por qué no te *pregunté* primero? ¿En vez de acusarte?

—Está bien.

El corazón de John se le llenó de paz. Esta era su Abby, luchando por su matrimonio, decidida a deshacerse del pasado. Lo que él había visto al llegar a casa solo fue un desliz momentáneo de confianza, la clase de situación vinculada a lo sucedido a la luz de los sufrimientos que ellos habían capeado.

—Por supuesto que vas a tener dudas, cariño. Acabemos con esto. Olvidémoslo.

Abby luchó por erguirse, tenía los ojos inyectados de sangre y la respiración rápida y entrecortada.

—No quiero volver a dudar de ti, John Reynolds —expresó sorbiendo por la nariz y moviendo la cabeza de lado a lado; la voz era poco más que un susurro—. No está bien. Lo que tenemos es demasiado precioso para perderlo dudando uno del otro.

Ella tenía razón. No había manera de que pudieran edificar sin confianza el amor y el gozo de los meses pasados. De pronto él se preguntó si esta era la primera vez.

—¿Has tenido dudas antes de esto? ¿Respecto a mí, quiero decir?

—No. Yo... —titubeó ella comenzando a menear la cabeza pero se detuvo—. Bueno... a veces.

Entonces tomó una rápida inhalación. Por un largo momento no dijo nada.

—A veces me pregunto si un día aparecerá otra Charlene, o si yo te bastaré. Adecuadamente bonita... bastante inteligente. Suficientemente joven.

Si él no hubiera estado ya de rodillas, la confesión de Abby lo habría puesto en esa posición.

—*Siempre* has sido equilibrada. No fuiste tú; fue la vida. El tiempo. Estar muy atareados. Dejamos que pasaran demasiadas cosas entre nosotros.

—Lo sé —admitió ella con voz más tranquila y controlada—. Pero las charlenes de este mundo siempre estarán allí.

—Nunca más, Abby. ¿Recuerdas el águila?

—La composición de inglés de Kade —asintió Abby con una inclinación de cabeza—. Él escribió cómo las águilas toman pareja de por vida... se aferran a su compañera, la acompañan hasta la muerte y no la abandonan.

—Correcto —expuso John levantando los dedos por sobre los brazos de ella hasta tocarle el rostro—. Me estoy aferrando como nunca antes.

Entonces se inclinó hacia delante y la besó en la frente.

—Nada me podría alejar de ti. Nada.

—Te creo —anunció ella deslizándose hasta el borde de la silla y abrazándolo—. Te he creído desde la boda de Nicole. Las dudas son solo... no sé, creo que ridículas.

Él examinó su propio corazón y supo que había algo más. Si iba a ser totalmente sincero, también debía contarle sus pensamientos a su esposa.

—No eres la única.

—¿De veras? —preguntó su esposa con ternura en la mirada.

—De veras.

John dejó caer la mirada por un momento antes de volverla a levantar. Las cosas habían ido tan bien entre Abby y él que no había querido admitir sus efímeros pensamientos. Ni siquiera para sí mismo.

—En ocasiones me pregunto qué habría sucedido si yo no hubiera vuelto la noche de la boda de Nicole. Quiero decir, estaba allí, dispuesto a irme para siempre. Solo Dios pudo haber hecho que yo detuviera el auto y regresara —confesó él y se mordió el labio—. Sin embargo, ¿y si yo no hubiera venido? ¿Estarías saliendo con ese editor o teniendo alguna clase de relación por Internet con él?

—Nunca debí haberte dejado ir —declaró Abby pasándole los dedos por el cabello, con brillo en los ojos—. Entonces no tendrías que cuestionarte cosas así.

—No me preocupo por ti ahora. Solo cuestiono el pasado y me pregunto dónde estaríamos si yo no hubiera regresado.

Ella reposó otra vez la cabeza contra él y se abrazaron. Mucho después Abby volvió a dejarse caer en la silla.

—No obstante, aún tenemos un problema, ¿no es así?

—¿Kade? —inquirió John, pudiendo ahora leerle el alma tan fácilmente como soliera hacerlo cuando ella era jovencita.

—Kade —asintió Abby entrecerrando los ojos, más por confusión que por ira—. ¿Por qué haría él eso, John? No lo criamos así. Esa basura le estrangulará la vida.

—Hablaré con él.

—¿Por teléfono? ¿Y si lo niega?

Su esposa tenía razón. Esto requería más que una llamada telefónica.

—Ellos pasan a la siguiente vuelta en la segunda semana de noviembre. Hagamos que Kade venga a casa. Hablaré con él entonces.

—¿Y si es adicto? Ocurre todo el tiempo —opinó Abby e hizo una pausa—. Me gustaría que no tuviéramos que esperar.

—No tenemos que hacerlo —expresó John volviendo a tomarle las manos, doblándolas con las suyas—. Podemos hacer algo ahora mismo.

Entonces con manos y corazones estrechados de un modo que llenó el ser de John, inclinaron la cabeza y oraron por su hijo mayor. Porque fuera honesto con relación a los sitios de Internet que había mirado. Porque estuviera dispuesto a analizar el asunto con su padre.

Y porque juntos pudieran eliminar el problema. Antes de que fuera demasiado tarde.

Ocho

Con certeza la vivaracha Paula los iba a echar a patadas.

Abby se dio cuenta de eso en el momento que vio a Jo y a Denny en la puerta del gimnasio. Era el primer sábado de noviembre, y ella había invitado a los suegros de Nicole... como si no fuera suficiente sufrimiento por ahora el hecho de que John le bailara sobre los pies. Habían acordado encontrarse en la entrada.

Abby usaba vestido, y John unos bonitos pantalones y una camisa caqui con botones en el cuello. Ropa de iglesia. Después de todo, se trataba de un *salón* de baile. En la mente de Abby eso implicaba elegancia y gusto. Aunque John le pisara los dedos de los pies.

Por otra parte, Jo y Denny parecían listos para una pachanga.

Abby habría sentido pesar por ellos, pero a los padres de Matt parecía importarles poco cómo estaban vestidos. *Quizás nunca han visto un salón de baile*. En realidad era muy probable que ni hubieran visto antes una sala de fiestas.

Denny usaba botas puntiagudas de vaquero y un alto sombrero negro. Jo estaba apretada en una minifalda rosada y negra que hacía juego con una blusa de franjas rosadas y botas rosadas.

—¿No les dijiste qué usar? —susurró John al oído de Abby mientras ellos se acercaban.

—Creí que lo sabían —le respondió Abby también en susurros, agitando la mano hacia Jo.

Ambas parejas se registraron y se ubicaron en sus puestos.

—¿Estás segura que a la instructora no le importará que estemos aquí y todo lo demás? —preguntó Jo acercándosele a Abby.

—Segurísima —contestó Abby mientras John y Denny iban por delante—. La clase es algo progresivo.

—¿Estás contento? —preguntó John echándole una rápida ojeada a Denny.

—Me divertiré mucho, estoy seguro —respondió Denny con una sonrisa ladeada y haciendo girar el dedo en el aire.

—Oh, alto ahí —exclamó Jo dándole un fuerte golpe en el brazo a su esposo—. Te encanta bailar conmigo y lo sabes.

Paula había estado moviéndose rápidamente, relacionándose con varias parejas. Ahora se acercó a Abby y a John con una sonrisa apresurada.

—Bienvenidos otra vez, veo que han traído a sus... —saludó Paula, y al instante la sonrisa se le convirtió en un fruncimiento de ceño mientras escudriñaba a Jo y Denny—. Dios mío... es totalmente inadecuado.

Hizo el comentario entre dientes en voz suficientemente alta para que ellos lo oyeran. Luego meneó la cabeza y se dirigió hacia el frente del gimnasio.

Abby podía sentir la ira de Jo a dos metros de distancia. *Aquí vamos.* Abby tomó a John de la mano y esperó.

—¡Qué desfachatez de mujer! —exclamó Jo dando la vuelta con el ceño fruncido—. ¿Qué problema tiene ella con que estemos vestidos así?

—Ninguno —declaró John dándole a Jo una palmadita en la espalda—. La profesora se toma muy en serio su baile.

Abby casi pudo ver el cabello de Jo erizándosele en el cuello mientras se plantaba con las manos en las caderas.

—Yo tomo en serio mi pesca, pero no me verás atrapando con anzuelos a los primerizos.

Las parejas se alinearon mientras Paula ponía a funcionar el tocacintas. Entonces Abby y John se instalaron al lado de Jo y Denny.

—Además, *¡mírala!* —dijo entre dientes Jo en dirección a Abby—. ¡Vestida a su edad con medias gruesas y una malla para gimnasia!

—Jo... —amonestó Denny dándole un discreto codazo.

—¿Qué? Ella se ve ridícula —exclamó la mujer lanzando una mirada como de láser a la espalda de Paula—. Más le vale que no me mire otra vez de ese modo o le... bueno...

Entonces captó la mirada de Denny y se relajó un poco.

—No importa. Lo siento —continuó ella brindando una débil mirada a Abby y a John—. Me dejé llevar un poco.

—Está bien —asintió Denny usando los ojos para disculparse por su esposa—. Además, el agua empapa un poquito.

—No te preocupes por esto, Jo —expresó Abby sonriendo, apretando una vez más la mano de John, y lanzando a su consuegra una tierna sonrisa e intentando imaginar qué haría Nicole en esta situación; luego respiró profundamente—. Oye, ¿cómo va el asunto de la misión? ¿Siguen todavía pensando en pasar un año en México?

—Por supuesto que sí —asintió Jo, ya sin el ceño fruncido—. Nos cuesta esperar. Esos bebitos necesitan personas que los amen, y Denny y yo somos exactamente los indicados.

Entonces le guiñó un ojo a su esposo.

—Además, la pesca allá será celestial —continuó ella—. Como si me muriera y el Señor me recibiera con caña y carrete nuevos allá en las nacaradas puertas.

Una de las parejas estaba hablando con Paula, de modo que aún tenían unos momentos antes de que la clase comenzara.

—Cuidado con los pies de tu esposa —advirtió John pinchando a Denny con el codo—. Tuve que sacar cargada a Abby después de nuestra primera lección.

—¡No! —exclamó Jo dándole a John una palmada en el brazo—. ¿El gallardo y superestrella mariscal de campo de la Universidad de Michigan? No puedo creerlo.

—Es verdad —apoyó Abby haciendo una mueca de dolor y riendo al mismo tiempo—. Aún tengo magullados los dedos de los pies.

—Oigan, ¿han visto últimamente a los chicos? —inquirió Jo encogiendo de modo exagerado los hombros y extendiendo las manos sobre la cabeza en un estiramiento total del cuerpo; dos de las parejas cerca del frente de la línea la observaron y comenzaron a susurrar.

—Este... —titubeó Abby intentando recordar la pregunta de Jo—. Sí. Nicole pasó ayer por casa.

—Bueno... ¿qué crees?

Denny intercambió una mirada desconcertada con John, como para decir que no tenía idea de qué estaba hablando su esposa. Otra vez.

—¿Creer qué?

—Acerca de Nicole —respondió Jo haciéndose un poco la ofendida—. ¿No está radiante?

—No creo haberlo notado —opinó Abby después de cavilar por un momento.

—Muy bien, clase —anunció Paula palmoteando—. Todos en posición, por favor. Hagamos un rápido ensayo de los pasos que aprendimos la semana pasada. ¿Listos? Y uno y dos y...

La música empezó.

John y Abby se pusieron en acción tambaleándose, yendo hasta la mitad del gimnasio antes de que él le pisara el pie.

—¡Ay! —exclamó Abby tropezando un poco y volviendo luego a agarrar el paso; esta vez dieron la vuelta al salón sin incidentes y ella le sonrió—. Nada mal. Estás madurando muy bien.

—Eso es más de lo que puedo decir de Jo y Denny —comentó John señalando hacia algo detrás de Abby.

Ella miró por sobre el hombro y casi tropieza.

Jo y Denny estaban haciendo total caso omiso a la guía de Paula. En vez de eso se habían entrelazado los brazos y bailaban de un lado a otro con paso redoblado al estilo country, totalmente ajenos a las parejas que bailaban alrededor.

—¡Paula los va a echar a patadas! —expresó Abby girando con los ojos bien abiertos para enfrentar a John.

—No lo crco —objetó él con ojos centelleantes—. Ella los ha estado observando todo el tiempo. Está demasiado impactada como para decir algo.

Resulta que Paula no dijo una palabra hasta mitad de lección, cuando Jo lanzó un fuerte *¡yuuuu-ju!* en medio de una suave pieza clásica.

Entonces la profesora se ajustó los audífonos y volvió a palmotear.

—Los alumnos no deben lanzar ningún grito. Simplemente deben seguir a la pareja en frente de ustedes o tendré que pedirles que se vayan.

Ante esto Jo lanzó una mirada furiosa a Paula, abrió la boca, y quiso gritar de nuevo.

—¡Yuuu-j...!

Denny no tuvo más remedio que apretar firmemente la mano sobre la boca de Jo antes de que esta pudiera concluir el sonido.

—Vaya —comentó Abby mirando por sobre el hombro de John para observar mejor, esforzándose por contener la risa—. La mujer es increíble.

—Tú la invitaste —rezongó John poniendo juguetonamente los ojos en blanco—. Pude haber predicho que esto iba a suceder.

—Vamos... solo es más intensa que la mayoría de las personas.

—Del modo en que un tornado es más intenso que una ráfaga de viento.

Jo y Denny estaban ahora en el ritmo «dos pasos» de baile country, y él le susurraba a su compañera a medida que bailaban. Entonces algo cercano al remordimiento inundó los ojos de Jo; luego pareció tranquilizarse. Abby estaba asombrada. Obviamente era considerable la influencia de Denny sobre Jo.

Por el resto de la hora, cada vez que Abby los miraba ellos estaban perdidos en su propio mundo de dos pasos y baile en línea. Ni una vez durante la sesión ninguno de los dos intentó siquiera uno de los pasos del salón.

Al terminar la clase las parejas se quedaron fuera del gimnasio conteniendo el aliento.

—Creo que la instructora tenía algo contra mí.

—No... ¿Te parece? —objetó Denny poniendo el brazo alrededor del cuello de Jo y acercándola hacia sí, brindando una resplandeciente sonrisa a John y Abby.

—¿Por qué la profesora nos enseñaba ese estilo de baile para viejitos? Alguien debería llevarla a un salón de baile country y mostrarle cómo soltarse un poco antes de que quede demasiado ensimismada y...

—Lo que Jo quiere decir es: gracias por pedirnos que viniéramos —la interrumpió Denny volviéndole a tapar la boca con la mano—. La pasamos muy bien.

—Oigan —terció Abby conteniendo una risa sofocada y recordando algo—. ¿Qué es lo que estabas diciendo hace un momento acerca de Nicole?

Jo comenzó a hablar pero los dedos de Denny le apagaron el sonido. Él rió entre dientes y bajó la mano.

—Gracias —dijo Jo arqueando una ceja y volviéndose hacia Abby—. Solo que está más radiante que una trucha arcoíris, si no lo han notado.

—¿*Radiante*? ¿Qué se supone que quería decir eso?

—¿Esa mirada de recién casada?

John y Denny intercambiaron otra ojeada curiosa.

—No... —balbuceó Jo inclinándose como si tuviera una información secreta—. Esa mirada *radiante*.

—¿Qué quieres decir...?

Abby estaba desesperada porque Jo se explicara. No podría estar sugiriendo...

—Está bien —declaró Jo volviéndose a enderezar—. Nicole es una bebita de luna de miel, ¿verdad?

John se apoyó en la otra pierna y miró el reloj, señal para Abby de que la conversación podría esperar.

—Correcto, ¿Entonces qué? —contestó Abby deseando que su consuegra clarificara lo que deseaba decir.

—Entonces... —expuso Jo sonriendo—. Los bebés de luna de miel procrean bebés de luna de miel. Así es como funciona.

—Jo, vamos —intervino Denny riendo entre dientes—. ¿No pensarás que Nicole está embarazada?

—Bueno, bueno —expuso ella sosteniendo la mano en alto e irguiendo la barbilla—. No oíste que yo dijera eso.

Un nudo se le formó a Abby en el estómago. Seguramente si Nicole *estuviera* embarazada no se lo habría dicho primero a Jo y a Denny. ¿Lo habría hecho? Pero entonces, quizás no había dicho una palabra al respecto. Tal vez...

—¿Te lo dijo Matt?

—No. Nada de eso. Los muchachos no han dicho una palabra —manifestó Jo, y se toqueteó la sien con un dedo—. Solo es una corazonada. Eso y la manera en que Nicole ha estado radiante.

John dio un suave tirón al brazo de Abby. Ella reaccionó retrocediendo unos pocos pasos.

—Bien, estamos apurados y debemos salir. No pensaría mucho en que Nicole esté embarazada. Los chicos están planeando esperar un tiempo.

—Creo que todos sabemos cómo funcionan los planes como ese, ¿no es así? —opinó Jo mirando a Denny, pero esta vez no había nada divertido con relación al tono de voz de ella.

Es más, si Abby no tuviera tanta prisa habría pasado más tiempo con Jo, porque la mirada que ella y Denny intercambiaron entonces era casi de tristeza.

Las parejas se despidieron, pero más tarde esa noche Abby no podía dejar de pensar en las palabras de Jo. Ya en casa ella y John ayudaron a Sean a elaborar una casita en miniatura de un nativo estadounidense, trabajo que el muchacho debía completar para el lunes. Cuando lo hubieron hecho, Abby hizo señas a John de que la siguiera afuera al patio.

Sin decir una palabra ambos pasearon por el muelle tomados de la mano. Cuando uno de los dos tenía algo en el corazón, poder saber qué hacer era tan instintivo como respirar.

Al llegar al final del embarcadero se sentaron en una banquita que John había puesto allí un mes atrás. Abby esperó un minuto antes de decir algo, y en vez de eso observó la franja de luz a través del agua. Le encantaba este lago y el hecho de que habían vivido allí desde que los niños eran pequeños. Desde que la pequeña bebita de ellos, Haley Ann, muriera repentinamente mientras dormía.

No había un momento en que se sentaran aquí juntos en que Abby no recordara a su segunda hija, aquella cuyas cenizas habían rociado en esta misma agua. Con los años ambos habían venido a este sitio para hablar de los altibajos de la vida. Cuando el tornado Barneveld mató a la madre de Abby... cuando el padre de John murió de un ataque cardíaco... cuando John llevó a las Águilas a su primer título estatal... y cuando las quejas de los padres afectaban a John.

Se sentaban hasta que llegaban las palabras. Entonces, cuando terminaron de hablar, John la agarraba de la mano y se mecía con ella de atrás para adelante. No era la clase de baile que requería lecciones, sino la que requería escuchar. Las hojas crujían en los árboles más allá del muelle, y se oían grillos y chirriantes tablas. El susurro del viento. Los débiles estribillos de recuerdos lejanos.

—¿Puedes oírlo? —preguntaría él.

—Mmmm —contestaría ella reposando la cabeza en el pecho de su esposo—. La música de nuestras vidas.

—Baila conmigo, Abby... nunca te detengas.

Abby inhaló una larga y lenta bocanada de frío aire nocturno. Prueba del invierno venidero, helado y húmedo. No pasaría mucho tiempo antes de que debieran venir aquí abrigados en noches como estas. Y Abby tenía la sensación de que en medio de los problemas de la dirección técnica de John y las preocupaciones que ellos tenían respecto a Kade, habría varias de esas noches.

Entonces se volvió hacia John y lo tomó de la mano. Él la miraba, examinándola.

—Me pregunto si él lo admitirá —preguntó Abby sosteniéndole la mirada por un momento.

—Probablemente —respondió él mirando hacia el agua—. Por lo general no me tiene secretos.

—Sí, pero...

—Creo que me lo dirá.

—Estoy nerviosa por eso.

Aún tenían trabados los dedos, cuando John le acarició el dorso de la mano con el pulgar.

—Yo no. Él es un buen chico, Abby. Sea lo que sea que esté haciendo en Internet... dudo que sea adicto a eso.

—Lo sé. No obstante, ¿y si se enoja porque lo sabemos? —preguntó ella tratando de alejar el nudo que tenía en el estómago—. Cosas como esta podrían ocasionar una fisura entre él y nosotros. Una fisura que incluso lo podría alejar de Dios.

—Abby... —vaciló John volviéndola a mirar y observándola del mismo modo que hacía con los chicos siempre que se acercaba una fea tormenta, transmitiendo tranquilidad, confianza y discreta comprensión—. Hemos orado por ese muchacho desde que nació. Dios no va a abandonarlo tan fácilmente.

Ella asintió y algo en el estómago se le relajó.

—Tienes razón.

—¿Qué más tienes que decir?

—Me conoces demasiado bien.

—Sí —expuso él haciendo centellear la sonrisa que más le gustaba a su esposa—. Por consiguiente, ¿qué más?

—¿Recuerdas ese chico del que me hablaste? ¿Nathan Pike? —inquirió Abby con los pensamientos yéndosele por las ramas esta noche, algo que a John no le molestaría.

John estaba acostumbrado a conversaciones como esa. Disparos neurales al azar, las llamaba.

—¿Cómo podría olvidarlo? Está en mi clase todos los días.

—No me gusta el asunto —confesó Abby acelerándosele el ritmo cardíaco—. El chico me preocupa, John. ¿Y si hace algo alocado?

—No lo hará. Muchachos como ese no son de los que compran una pistola y salen como fieras —aseguró él soltándole la mano y entrelazándose los dedos detrás de la cabeza—. Nathan desea llamar la atención, eso es todo. La apariencia gótica, las amenazas casuales... esas son su manera de conseguir que alguien finalmente se fije en él.

—No me gusta eso.

Volvieron a quedarse en silencio, y en lo alto un águila bajó en picada sobre el agua, enganchó un pez, y voló sobre un área llena de árboles.

—Debe estar llevando comida al nido —dijo John viéndola desaparecer.

—Probablemente —concordó Abby inclinando la cabeza hacia atrás.

Esta era noche de luna llena, una que eclipsaba el brillo de las estrellas. Abby se sintió relajada. John tenía razón. Todo iba a salir bien con Kade... y con Nathan Pike. Incluso con el equipo de fútbol americano. Dios lo resolvería de alguna forma.

—No crees que Nicole esté embarazada, ¿verdad?

John se puso de pie y se estiró, doblándose primero a la derecha y luego a la izquierda. Al terminar, exhaló con fuerza y alargó una mano hacia su esposa.

—No, no creo que esté embarazada. Los muchachos quieren esperar un poco antes de tener hijos, ¿recuerdas?

—Lo sé —contestó Abby agarrándose firme a los dedos de él mientras él la ayudaba a ponerse de pie—.Pero ¿y si Jo tiene razón? Ahora que lo pienso, Nicole sí ha tenido cierta clase de esplendor.

—Créeme, mi amor —expresó John consolándola entre sus brazos—. Si nuestra hija estuviera embarazada se lo habría dicho primero a Matt, y después a ti. Simplemente está feliz, eso es todo. ¿Quién no estaría radiante?

—Tienes razón —asintió ella y luego titubeó—. Pero y si lo estuviera... ¿no indicaría eso algo? ¿Tú y yo, *abuelos*?

—Supongo que entonces yo *debería* ser maduro —bromeó John sonriendo.

—Es extraño pensar que estemos envejeciendo —ratificó ella examinando los rasgos de su esposo: las sutiles líneas a través de la frente y el indicio de canas en las patillas.

—¿Extraño? —cuestionó John acercándosele—. No sé, creo que es agradable.

—Sí —afirmó Abby imaginándose a los dos juntos de este modo: bailando en el muelle, riendo, amándose y fortaleciéndose mutuamente—. Será divertido envejecer contigo, John Reynolds.

—Un día pondremos nuestras mecedoras aquí.

—¿Para que cuando nos cansemos de bailar podamos mecernos?

—Correcto —asintió él levantando las comisuras de los labios, y Abby sintió cosquilleo a lo largo de la columna—. ¿Recuerdas nuestra primera cita?

—Viniste con tu familia a Michigan para un partido de fútbol americano.

—Por fin —ratificó John con las cejas arqueadas.

—Yo tenía diecisiete años, mi amor —manifestó ella bajando la barbilla, recordando la chica tímida que había sido.

Las familias de los dos se habían conocido desde siempre, pero John era mayor que Abby. Ella no había creído tener alguna posibilidad con él hasta ese importante partido de fútbol.

—¿Cómo podía creer que John Reynolds, célebre mariscal de campo de los Wolverines, querría salir conmigo?

—Lo había estado planeando durante dos años —confesó él rastreándole la línea de la mandíbula y mirándola fijamente—. Solo esperaba que crecieras.

—Ahora la tortilla se ha volteado.

—¿De veras?

—Hummm. Ahora estoy esperando que tú crezcas —bromeó Abby dando un pícaro pisotón a los pies de su esposo—. Al menos en la pista de baile.

—Puedo bailar cuando es importante de veras —se defendió él mirando hacia arriba y después al lago, disfrutando la belleza de ese predilecto lugar; entonces empezó lentamente a mecerse volviendo la mirada hacia ella, como lo había hecho muy a menudo a lo largo de los años—. Baila conmigo, Abby.

Las tiernas palabras le derritieron el corazón a ella.

—Siempre, John —consintió ella moviéndose al ritmo de su esposo—. Por siempre y para siempre.

Abby apoyó la cabeza en el hombro de él, sacando fortaleza de cada latido del corazón masculino. Se movieron juntos al remoto chillido de un halcón y al chapoteo del agua del lago contra la playa privada de la casa. Abby cerró los ojos. ¿Qué sería de su vida sin su esposo? ¿Una vida en que no podrían venir a este lugar, a este malecón que a los dos les fascinaba, el lugar donde yacían las cenizas de su hija y donde habían compartido tanto uno con el otro? ¿Una vida en que no habría noches como esta?

Era imposible imaginarse eso.

Pero no podían negar que estaban envejeciendo. Y un día, cuando hubieran acabado sus años de ser abuelos y bisabuelos, se detendría la música. Terminaría el baile. Era inevitable.

Abby presionó una vez más la mejilla contra el pecho de John, saboreando la cercanía de su marido. *Gracias, Dios... gracias por salvarnos de nosotros mismos.*

Más tarde esa noche, antes de quedarse dormida, ella musitó otra oración. Una que había expresado muy a menudo en los últimos meses.

Dios, nunca he estado más enamorada de John. Por favor... permítenos tener mil noches más como esta. Por favor.

Nueve

LA CONFRONTACIÓN ESTABA FIJADA PARA EL SÁBADO POR LA TARDE.

Kade no lo sabía, por supuesto, pero John tenía el día planeado desde hace tiempo. Las Águilas habían ganado su partido de fútbol la noche anterior, así que había un entrenamiento suave esa mañana sabatina. Kade había venido, y disfrutaba la oportunidad de ponerse al corriente con docenas de sus ex compañeros de equipo.

«Oye, papá, creo que iré a lanzar algunas pelotas para los principiantes», anunció Kade señalando hacia la cancha adyacente, donde practicaban los más jóvenes de las Águilas.

John observó desde su puesto cerca del equipo colegial. El momento en que Kade apareció en medio de ellos, los principiantes se reunieron a su alrededor, estrechándole la mano y mostrándose impresionados de que el famoso joven estuviera allí. El gran mariscal de campo universitario Kade Reynolds había regresado al colegio. Eso bastaba para mejorarles la semana.

John dirigió la mirada hacia sus antiguos jugadores.

«Muy bien. Alinearse; hagámoslo de nuevo. Esta vez quiero hombro a hombro a los defensores de línea. Ustedes son una muralla, no una valla de estacas. ¡Recuerden eso!»

Cuando el entrenamiento estaba en marcha, John miró una vez más hacia la otra cancha. Kade estaba lanzando pases a los jóvenes receptores, haciéndolos correr de tal manera que dejaba boquiabierto hasta a John. El muchacho tenía potencial, sin duda alguna. John no podía estar más orgulloso de él.

Sin embargo, más tarde ese día Kade no sería el «Señor Atleta» en apogeo. Simplemente sería el hijo de John Reynolds. Y la conversación padre-hijo no sería acerca de los talentos del muchacho.

Dame las palabras, Señor... la manera en que lidie con esto podría afectarle para siempre.

Dos horas después estaban en casa y acababan de almorzar. Sean necesitaba nuevos guayos de fútbol, y Abby había dispuesto llevarlo al almacén. De ese modo John y Kade podían estar solos.

—Ahhh... fútbol americano sabatino —declaró Kade dirigiéndose al televisor—. Hora de revisar la competencia.

—En vez de eso saquemos el bote —pidió John antes de que su hijo pudiera agarrar el control remoto—. Tú y yo.

—Claro. ¿Por qué no? —asintió Kade encogiendo los hombros después de titubear—. Puedo ver lo más destacado en *SportsCenter*.

El día estaba más cálido de lo común, como si el otoño estuviera haciendo todo lo posible por robarle algunas horas al inminente invierno. Una capa de nubes livianas mantenía delicado el brillo del sol, pero no se pronosticaban lluvias. Era la tarde perfecta para algunas horas en el lago.

Al principio hablaron de nimiedades, bromeando acerca de la época en que Sean tenía cuatro años de edad. Abby había ido al supermercado y John se quedó cuidando los niños. Él, Nicole y Kade se hallaban jugando con el disco volador sobre la ladera cubierta de hierba detrás de la casa, cuando Sean se escabulló, se puso un chaleco salvavidas, se trepó al bote de remos de la familia, y soltó las amarras. Para cuando John se dio cuenta de la desaparición del niño, este se había distanciado cien metros de la orilla, y se hallaba de pie en el bote pidiéndoles ayuda a gritos.

—Yo estaba muerto de miedo —comentó John moviendo los remos del bote mientras reía por el recuerdo.

—¿Creíste que Sean se ahogaría?

—¿Estás bromeando? —dijo John resoplando—. Tenía salvavidas. Además sabía nadar.

Entonces le guiñó un ojo a Kade.

—Tenía miedo de tu madre —continuó—. ¡Ella me habría matado de haber llegado a casa y descubierto a Sean solo en medio del agua!

El lago era privado, frecuentado solo por los propietarios cuyas casas estaban a lo largo de los cinco kilómetros de orilla. La tarde de hoy solo había unas cuantas embarcaciones en el extremo opuesto. John hizo adelantar un poco más el bote y luego detuvo los remos.

—Había olvidado lo bien que se siente. Silencio. Tranquilidad —expresó Kade recostándose con la cara hacia el sol ligeramente escondido, lanzándole una rápida sonrisa a John—. Buena idea, papá.

—Aquí afuera puedo pensar —opinó John titubeando—. O tener una verdadera conversación.

Se necesitó un momento, pero Kade volvió a mirar hacia adelante hasta topar la mirada de su padre.

—¿Hay algo de lo que quieras hablar, papá?

—En realidad sí.

—Está bien, desembucha.

John examinó los rasgos de su hijo en busca de una señal... algún parpadeo de sospecha o culpa. Pero la expresión de Kade era la imagen de la viva inocencia. El corazón de John se oprimió. ¿Estaba Kade tan metido en esto que ni siquiera sentía algún indicio de culpa?

Aquí voy, Señor... dame las palabras. John reposó los codos en las rodillas y miró profundo dentro de los ojos de Kade.

—Después de tu última visita tu madre y yo hallamos algunas direcciones de sitios web cuestionables en la página historial de la computadora.

—¿Cuestionables? —preguntó el muchacho con el rostro pálido.

—Bueno, en realidad peor que cuestionables —explicó John conteniendo la urgencia de retorcerse—. Lo que estoy diciendo es que encontramos una lista de sitios de pornografía, Kade.

—¿Pornografía? —inquirió el joven con las cejas arqueadas por la perplejidad—. ¿Estás... acusándome de revisar sitios porno?

—Mira hijo —expuso John mientras le asaltaban dudas—. Tu madre pensó que *yo* las había mirado. Y sé que no fui. Obviamente no fue tu madre. Sean no ha estado en la computadora durante un mes, y aun así él tiene su propio nombre de usuario que no le permitiría esa clase de sitios.

Se señaló a sí mismo.

—¿Qué se supone que crea?

La boca de Kade permaneció abierta por un latido o dos. John logró ver la lucha en los ojos del chico, que quería negar la acusación, quería gritarle a su padre que se mantuviera alejado de sus asuntos y que dejara de fisgonear. Pero con cada segundo que pasaba la ira desaparecía del rostro del joven. En su lugar había una mezcolanza de emociones, dirigidas por una fuerte e innegable sombra de culpa. Era fácil reconocerla porque no hacía mucho tiempo John se había visto de igual modo.

Al quedarse Kade callado, John volvió a hablar en voz normal.

—Tengo razón, ¿no es así?

Un cansado suspiro se deslizó por la garganta del muchacho. La mirada se le fue a los pies.

—Debemos hablar al respecto, hijo. ¿Cuándo empezaste a hacer eso?

Los hombros del chico se abatieron, y luego levantó la cabeza.

—No soy el único —confesó cruzando los brazos—. Todos los muchachos lo hacen.

Había dureza en las facciones de Kade, casi desafío. Era algo que John nunca había visto en ninguno de sus hijos, lo cual lo asustó.

—Eso podría ser verdad, pero está mal, Kade. Tú lo sabes mejor que cualquiera en tu equipo.

—Es como una novia virtual, papá. ¿No te das cuenta? —expresó el joven en tono tirante, y miró alrededor como si buscara un modo de hacer que John entendiera—. Sin compromisos, sin ataduras, sin sexo.

Tenía encendidas las mejillas.

—Bueno... realmente no, después de todo —concluyó.

—Sigue siendo inmoral, hijo. Y para muchas personas se convierte en obsesión.

—Está bien, ¿me dirás entonces qué se supone que haga? Soy cristiano, por tanto no se me permite tener relaciones sexuales hasta que me case... *así* es la cosa aunque pasen muchos años para eso. Soy un jugador de fútbol americano, así que no tengo tiempo para una novia. Y no tengo dinero, aunque tuviera tiempo —expresó malhumorado—. ¿No lo entiendes? La Internet soluciona todos esos problemas con unos cuantos clics. Está allí siempre que siento deseos. Además, es mejor que embarazar a una chica.

—No hay nada mejor con relación a eso —declaró John queriendo gritar; ¿creía de veras Kade que la pornografía no era algo grave? ¿Había la cultura universitaria socavado tan rápido todo lo que le habían enseñado a su hijo?—. A los ojos de Dios la pornografía es tan mala como el sexo ilícito, Kade. Es lo mismo.

—*No* es lo mismo —objetó Kade iracundo—. No hay personas involucradas, papá. Solo fotografías.

—Sí —añadió John inclinándose al frente, con el corazón acelerándosele por dentro—. Fotografías de personas.

Kade estaba tranquilo. Los rasgos en su expresión se habían calmado un poco.

—Les pagan por lo que hacen. Es decisión de ellas.

—Escucha lo que afirmas, hijo. ¿Crees que a esas mujeres les *gusta* ganar dinero de esa manera? Algunas de ellas están esclavizadas a ese negocio, maniatadas, amenazadas, obligadas a punta de pistola a hacer cosas horribles. Otras son fugitivas, adolescentes apenas con la suficiente edad para conducir automóviles, desesperadas por una manera de vivir en las calles. Otras son drogadictas, con tanta necesidad de ese próximo viaje que les brinda la droga que harían cualquier cosa —explicó John, haciendo una pausa y continuando en tono más suave y más triste que antes—. ¿Es esa la clase de industria que quieres apoyar?

—Los muchachos dicen que eso es bueno, que no hay nada malo al respecto —siguió defendiéndose Kade con las manos y la mirada otra vez en el piso del bote—. La mayor parte del tiempo... pareciera que tienen razón.

—Por supuesto que parecería así —objetó John analizando a su hijo y deseando que entendiera—. Eso es lo que el diablo quiere que creas. Caramba, solo se trata de un montón de fotos, no tiene importancia. Pero fotos como esas llevan a alguna parte, Kade. ¿Has pensado en eso?

—¿Qué quieres decir? —indagó Kade levantando la mirada.

—Que las fotografías llevan a videos... y muy pronto ni siquiera eso es suficiente —advirtió el padre; Kade se estremeció y el corazón de John se le fue a las rodillas—. ¿Has entrado también a videos?

—Solo algunas veces —confesó Kade mirando primero de un lado al otro del lago y luego a su padre—. Después del entrenamiento los muchachos a veces se reúnen en uno de los dormitorios. Tienen gran cantidad de películas, y bueno...

El bote muy bien pudo haber desaparecido. John se sintió como un hombre ahogándose, sepultado en una clase de agua de la que no podía escapar.

—No pasa mucho tiempo antes de que los videos tampoco sean suficientes. Luego el asunto se convierte en prostitución.

—¡No! —llegó rápido la respuesta de Kade—. Nunca he hecho eso.

—¿Y los muchachos?

Kade titubeó.

—Algunos de ellos... una o dos veces. Antes de que empezara la temporada —expresó, mientras el sudor le atravesaba la frente—. Pero yo no, papá. ¡Lo juro!

El problema era peor de lo que John había imaginado. *Vamos, Dios... dame algo vehemente aquí.*

—La pornografía es una mentira, hijo.

—¿Una mentira? —cuestionó el joven en tono avergonzado.

Por la expresión del muchacho, John supo que aún no veía la gravedad del problema.

—Sí, una mentira. Hace parecer a las mujeres solo como objetos sexuales sin otro propósito que agradar a los hombres —indicó John e inclinó la cabeza—. Esa es una mentira, ¿no es verdad?

—Sí, imagino.

—¿Lo imaginas? —objetó John con los músculos de la mandíbula tensos—. Piensa en tu hermana... o en las chicas con las que has salido. ¿Cómo te sentirías si a través de una serie de clics de computadora encontraras *sus* fotos desnudas en Internet?

—¡Papá! — exclamó Kade entrecerrando los ojos—. ¿Cómo puedes decir algo así?

—Bueno... las muchachas que tú has estado mirando también pertenecen a alguien. Son hermanas de alguien e hijas de alguien. Madres de alguien, en muchos casos. Futuras esposas de alguien. ¿Por qué podría estar bien tratarlas de ese modo? —desafió John respirando rápidamente—. Esa es la primera mentira: que una mujer es tan solo un cuerpo.

Kade levantó la mirada. ¿Estaría escuchando más atentamente, o era solo imaginación de John?

—La segunda mentira es que la verdadera satisfacción sexual puede resultar de una conducta pecaminosa —continuó John, y miró al cielo por un momento; las nubes se estaban aclarando, y de pronto supo exactamente qué decir; entonces se topó una vez más con la mirada de su hijo—. Aquello podría hacer que tu cuerpo se sienta bien, pero no tu alma. El placer nunca puede venir sin intimidad.

—¿Te refieres a tener realmente relaciones sexuales?

—No. Intimidad y coito son asuntos totalmente distintos, hijo. Intimidad... es el vínculo que Dios produce entre dos personas casadas. Viene de años de compromiso, de compartir, hablar y solucionar problemas. Viene de años de conocer a esa persona mejor que a cualquier otra en la vida. Una relación física con alguien así... eso es intimidad. Y cualquier cosa menos es una mentira.

—¿Quieres decir como tú y la señora Denton? —acusó Kade nivelando la mirada con la de su padre.

John necesitó algunos segundos para volver a respirar. ¿Era posible que...? ¿Sabía Kade que John casi se había involucrado con Charlene Denton? Ella dictó clases con John en el colegio. Por años, aunque ambos estaban casados, Charlene le coqueteaba despiadadamente. Después de divorciarse de su esposo, ella a menudo buscaba la manera de meterse en el salón de clases de John.

El año antes que la profesora se mudara, Kade había entrado al salón de clases de su padre, y lo había encontrado con ella más de una vez, pero John siempre había logrado salir de la situación. Una vez Kade los pilló tomados de la mano... John había mentido diciendo que estaba orando con la mujer. Por incorrecto que eso hubiera sido en esa época, John siempre pensó que Kade le había creído.

Al menos hasta ahora.

—¿Qué pasa con la señora Denton y yo? —preguntó John desesperado, intentando ganar tiempo; la mirada en el rostro de su hijo le informaba que había dudado desde el principio de la equivocada relación de su padre.

—Vamos, papá. Ella estaba contigo todo el tiempo. Los muchachos en el equipo hasta hablaban de eso. La señora Denton venía a los entrenamientos, se ponía a tu lado y pasaba tiempo en tu salón de clases... No soy estúpido.

—¿Cómo nunca antes dijiste algo de eso? —inquirió John sintiéndose moribundo.

—Me dijiste que ella solo era una amiga. Que necesitaba tus oraciones —expresó Kade encogiéndose de hombros—. Imagino que yo deseaba creer en eso.

Una brisa que atravesaba el lago se llevó cualquier fingimiento que le hubiera quedado a John.

—Todo acerca de mi relación con la señora Denton estuvo mal. Fue una mentira, así como la pornografía es una mentira.

—¿Dormiste entonces con ella? —contraatacó Kade como si estuviera a punto de llorar.

—No —respondió su padre pensando en contarle a Kade acerca de las dos ocasiones en que él y Charlene se besaron; pero no tenía sentido; eso ya había quedado atrás—. Hice cosas de las que no estoy orgulloso, hijo. Pero nunca crucé esa línea.

—Por tanto, es verdad —expresó el joven meneando la cabeza; los hombros se le desplomaron, y John no pudo saber si las sombras en el rostro del chico eran de disgusto o desesperación—. Los muchachos solían burlarse de mí siempre que los mandaba a freír espárragos. Mis padres eran diferentes. Se amaban. Y ahora... todo el tiempo... qué ironía.

—Espera un momento. Eso no es justo.

—Sí, lo es. El asunto de la pornografía no es la única mentira. Tú y mamá también lo son. Todo es una mentira. ¿Qué sentido tiene entonces...?

—¡Basta! —prorrumpió John inclinándose hasta que las rodillas tocaron las de Kade—. Lo que tu madre y yo tenemos no es una mentira. Batallamos, sí. Y volvimos a unirnos más fuertemente que antes.

Luego miró fijamente a los ojos de Kade, tratando de verle el interior del alma.

—¿Sabes por qué nos alejamos?

Kade no contestó, tenía los labios apretados.

—Porque dejamos de tener intimidad. Dejamos de hablar y compartir nuestros sentimientos mutuos. Permitimos que la vida y las actividades gobernaran nuestra relación, y debido a eso casi nos alejamos de un amor que, aparte del de Dios, es más grande que cualquier amor que conozco —reconoció John y rió—. No hijo, lo que tu madre y yo compartimos es tan sincero como cualquier cosa que alguna vez yo haya tenido. Charlene Denton... bueno eso fue una mentira. Y todos los días le agradezco a Dios por haberme hecho reconocer esa realidad antes de que fuera demasiado tarde; le agradezco por ayudarnos a tu madre y a mí a recordar la importancia de la intimidad.

—¿Así que... están ustedes bien? ¿Tú y mamá? —balbuceó Kade enderezándose un poco, con las cejas aún unidas en actitud de duda.

—Estamos mucho mejor que bien. Creo que nos amamos ahora más que nunca antes —explicó John apretándole un poco el hombro—. Pero estamos preocupados por ti.

—Estoy bien.

—No, no lo estás. Si crees ahora la mentira, si te convences que la satisfacción se puede hallar en irrealidades virtuales, ¿cómo compartirás alguna vez la intimidad con una verdadera mujer?

—Eso es diferente.

—Un día conocerás a alguien, y ella querrá saber respecto a ti. Todo acerca de ti. Si descubre que te han fascinado los sitios porno, imagino que eso le caerá como un mal pase. ¿Qué chica desearía ponerse al mismo nivel de esa clase de imágenes? Además, no te respetará, no si ves a las mujeres solo como objetos, como esclavas sexuales.

La expresión de Kade cambió. Esta vez John estaba seguro de eso. El muchacho finalmente estaba escuchando.

—Las relaciones exigen esfuerzo, hijo. Horas, días y años de lograr acercarse a esa persona. Eso es verdadero amor, auténtica intimidad. Si entrenas la mente para creer que el esfuerzo no es importante, no solo te estarás yendo contra todo plan que Dios tiene para tu vida, también perderás la oportunidad de experimentar el más grande obsequio que él nos ha dado. El regalo del amor verdadero.

—¿Así que crees realmente que es pecado?

—Sí —contestó John manteniendo su tono tranquilo y razonable—. Claro que sí.

Kade alejó la mirada.

—Algunos de los muchachos y yo hablamos de eso. Me dijeron que no era algo incorrecto porque las chicas estuvieron de acuerdo en que les tomaran las fotos, y que en realidad no estábamos haciendo nada malo —expresó, mostrando confusión en el rostro—. Pero en lo más profundo de mi ser... creo que siempre supe que eso no podía estar bien.

—El otro asunto es la tentación de volver a participar en eso cada vez que te sientas frustrado con lo íntegro.

Kade suspiró.

—La pregunta es... —continuó John volviéndose a recostar en el borde del bote—. ¿Qué tan difícil será parar?

—Mucho —aceptó Kade mirando de reojo la línea de árboles a la distancia.

—Has... —preguntó su padre a quien esa única palabra lo había golpeado como una roca—. ¿Has tratado antes de salirte?

—Una vez —reconoció el muchacho, pareciendo como de ocho años de edad—. Pero mi computadora está justo ahí en el dormitorio, y... no sé... te llegas a acostumbrar a eso.

Por primera vez John lograba tener un atisbo de por qué la pornografía por Internet era tan adictiva. Los aparatos estaban en todas partes, y el acceso a la red era tan fácil como encontrar un teléfono. Si alguien acudía una vez a uno de esos sitios y experimentaba placer, el cuerpo clamaría por más.

—Hay filtros que puedes adquirir. Eso podría ayudar.

—Sí. Uno de los muchachos hizo eso. También debió buscar consejería. Quizás él y yo podamos ayudarnos mutuamente.

—Podemos conseguirte ayuda, hijo. La que sea necesaria. Tienes que creerme que esto es algo malo. Si dejas que continúe, te destruirá.

—Creo que nunca lo pensé de ese modo —dijo Kade asintiendo lentamente con la cabeza—. En realidad no pensé a dónde podría conducir esto.

—Esa vez... cuando trataste de dejar el vicio... —titubeó John reposando otra vez las manos en las rodillas—. ¿Le pediste ayuda a Dios?

—Sinceramente no. No creí que sería tan difícil parar.

—Es algo de lo que te debes alejar, hijo, y nunca regresar a ver. Nunca jamás.

—Lo sé —manifestó Kade moviéndose nerviosamente y con la mirada fija en las manos—. Compré un libro que habla de renunciar a eso. Antes de venir aquí. Está en mi maleta.

—¿Un libro? —preguntó John, sintiendo un gran alivio en el alma—. ¿Cómo entonces me discutiste, Kade? Actuaste como si los sitios porno fueran algo bueno.

—Creo que me sentí acorralado. En todas partes que regreso a ver alguien me dice que eso está mal —admitió el joven, luego levantó la mirada; tenía los ojos llorosos—. ¿Y si... y si no puedo parar?

John se deslizó hasta el lado de su hijo y lo abrazó.

—Pararás, compañero. Dios te dará las fuerzas —le dijo, y pensó otra vez en Charlene—. Él te puede dar la fortaleza para alejarte de cualquier cosa mala, por atrapado que te sientas.

Kade gimoteó y se agarró del cuello de John. Estaba a punto de llorar.

—Ora por mí, papá. ¿Lo harás, por favor?

John necesitó un momento para desvanecer el nudo que tenía en la garganta.

Cuando lo hizo, juntó la frente con la de Kade, y allí en el bote de remos, en medio del lago, oró por su hijo con una intensidad que no había conocido antes. Pidió que el joven tuviera la fortaleza para alejarse del sórdido y pecaminoso mundo de la pornografía. Que encontrara amistades adecuadas, consejería y apoyo que le ayudaran a abrir los ojos ante el horror de ese mundo.

Que Dios borrara esas imágenes captadas por la mente de Kade, y que las reemplazara con una verdadera comprensión de la belleza de una mujer. Y que Kade asimilara la realidad de la verdadera intimidad en el ejemplo que John y Abby le proporcionaban. Que así como ellos aprendieron de las equivocaciones, también lo hiciera Kade.

Y al final pidió que, a causa de todo eso, el muchacho fuera un hombre más firme y más piadoso.

Diez

Las cartas anónimas llegaban ahora con más frecuencia.

No solo acusaban a John de ser un mal ejemplo ético para los jóvenes del Colegio Marion, sino que francamente lo señalaban como «un entrenador cuya época ya pasó». La administración, que al principio le aseguró estar totalmente de su parte, ahora respondía vagamente.

«Las personas están preocupadas en cuanto al programa», le comunicó esa semana Herman Lutz. «Como director de deportes del colegio, eso me inquieta. Creo que puedes entender mi posición».

Aunque un año antes habría sido incomprensible pensar así, John llevaba ahora consigo el atormentador sentimiento de que lo iban a despedir antes de que pudiera renunciar al trabajo. Que Lutz iba a permitir que los padres intimidaran a John, con una decisión que sería la más fácil para el director de deportes. John trataba de no pensar en eso. Si duraba suficiente, renunciaría después del pitazo final de la temporada.

La situación era que el rendimiento del equipo había mejorado últimamente.

John empacó la mochila y se dirigió al autobús del equipo. Habían ganado los últimos cuatro partidos, y una victoria esa noche sobre los infortunados Bulldogs en el Condado Norte enviaría a las Águilas a los distritales.

Todo eso significaba que la temporada aún no había terminado.

Pero esa tarde los futbolistas y los padres fanáticos ni siquiera estaban en la lista de las principales preocupaciones de John. Él estaba a punto de hacer algo que no había hecho desde que empezara a dirigir. La oficina de deportes de los chicos estaba abierta y John entró. Solo tenía unos pocos minutos antes de que el autobús saliera.

El teléfono sonó tres veces antes de que Abby contestara.

—¿Aló?

—Abby, soy yo.

—¿John? —titubeó ella—. ¿No se supone que estés en el bus?

—Sí. Oye, de prisa. No vayas al partido esta noche.

Hubo otra pausa y John oró porque ella entendiera. No tenía suficiente tiempo para darle largos detalles.

—¿Por qué no? —inquirió ella recuperándose finalmente.

—Hoy se recibió una amenaza en la oficina. Algo acerca del partido —explicó John afirmándose contra el escritorio—. La policía cree que es una broma de mal gusto, pero nunca se sabe... No quiero que vayas. Solo por si acaso.

—¿La hizo Nathan Pike?

—No están seguros. Podría ser —expuso él y miró el reloj—. Mira, debo apurarme. Solo quiero que sepas que te amo. Y, por favor... no vengas al partido.

—Pero John...

—No vengas, Abby. Debo irme.

—Está bien —contestó ella con preocupación en la voz—. No iré. Yo también te amo.

—Te veré en pocas horas.

—Espera... —titubeó ella—. Ten cuidado, John

—Lo tendré.

El hombre colgó y corrió hacia el bus. Fue el último en subir. El viaje hasta el Condado Norte sería de quince minutos, y aunque el equipo tenía la moral en alto, John miraba el campo por la ventanilla, preguntándose cómo es que la situación llegó a esto. No le había contado todos los detalles a Abby. La habrían aterrado.

Aparentemente llamaron por teléfono a la oficina como a la una de esa tarde. Una voz áspera anunció a la secretaria del colegio que un bombardero suicida se presentaría esa noche en el partido.

—Va a ser grandioso, señora —dijo riendo burlonamente quien llama-ba—. ¿Me oye?

—¿Quién... quién habla? —reaccionó la secretaria haciendo señas al rector para que levantara el teléfono, pero este se encontraba ocupado en la ventanilla frontal hablando con uno de los padres.

—¿Entendido? —exclamó la persona que llamó, volviendo a reír—. Usted ya sabe suficiente. Solo dígale al entrenador que es demasiado tarde para ayudarme. Esta noche es la gran noche.

—Si esto es una travesura, más le vale que lo diga —expresó la secretaria buscando una hoja de papel y un bolígrafo—. Es un delito grave hacer esta clase de amenazas.

—Esta no es una amenaza, señora. Esta noche van a morir personas. Usted lo está oyendo aquí primero.

Entonces el individuo colgó.

Pálida y temblorosa, la secretaria llevó al rector a una oficina privada y le contó lo sucedido. A los quince minutos la policía estuvo en las instalaciones haciendo preguntas. ¿Había hecho alguien amenazas de muerte antes en el colegio? ¿Cómo se manejaron tales incidentes? ¿Sabía alguien acerca de un estudiante con acceso a explosivos? ¿Dónde se iba a realizar esa noche el partido? ¿Cuántos accesos tenía el lugar? ¿Tenía alguien algo contra el equipo de fútbol americano?

Una y otra vez las respuestas señalaban a Nathan Pike, pero la policía no podía hacer nada. Ni siquiera podían hablar con el muchacho acerca de la llamada telefónica.

Nathan Pike se había enfermado ese día.

Decidida a preguntarle, la policía había ido a la casa de Nathan. Según parece la madre del chico había abierto la puerta, con una mirada de desconcierto en el rostro. Hasta donde ella sabía, su hijo estaba en el colegio. No lo había visto desde la mañana.

Todo eso le revolvía el estómago a John. Pues bien, eso significaba que en el partido habría policías apostados en cada entrada y esparcidos entre la multitud. ¿Qué se conseguiría con eso? Los bombarderos suicidas no suelen anunciarse. Simplemente ingresan a un lugar atestado de gente y se vuelan en pedazos junto con todos a su alrededor. Para cuando la policía divisara a Nathan Pike, él sería solo otro cuerpo entre un montón de cadáveres.

No consolaba que John y el equipo estuvieran en la cancha a una distancia segura de las tribunas. Esa noche habría centenares de adolescentes en el partido. Incluso miles. Si un bombardero explotaba entre esa multitud...

John no podía pensar en eso. Desde luego que el bombardero podría esperar hasta después del partido cuando la gente de las tribunas se volcara al campo de juego. Entonces la policía estaría imposibilitada para impedir que un chico...

—¿Entrenador?

Los temores de John se disiparon mientras él se volvía. Era Jake Daniels.

El chico había sido uno de los puntos positivos en las semanas anteriores. Había dejado un poco tranquilo a Nathan. Tres veces había acudido a John para hablar de las presiones del colegio y de sus preocupaciones por su madre. Según parece ella estaba furiosa con el papá del muchacho. Sus padres peleaban siempre que se veían obligados a hablar, y Jake se sentía atrapado en el medio. El joven siempre parecía más tranquilo después de media hora de charla con John.

Por eso es que John seguía entrenando, para ayudar a jóvenes como Jake. Y desde que habían vuelto a conversar, el chico parecía más contento y tranquilo. Sería menos probable que se juntara con Casey Parker y los otros que creían dirigir el colegio.

John incluso había llegado a preguntarse si por eso es que les estaba yendo mejor en la cancha. No había duda de que las anotaciones de Jake les habían dado las recientes victorias. Pero ahora el joven parecía atribulado.

—Hola Jake —manifestó John esforzándose por sonreír.

—Este... —balbuceó el muchacho mirando alrededor como si quisiera asegurarse de que nadie los viera conversando—. ¿Me puedo sentar aquí un momento?

—Claro —contestó John haciéndose a un lado—. ¿Qué tienes en mente?

—Circula un rumor de que... bueno, que Nathan Pike va a disparar a la gente en el partido esta noche.

John contuvo la respiración. Si los medios de comunicación tuvieran que competir con los adolescentes a fin de lograr un flash informativo para el público, los chicos ganarían todo el tiempo.

—Hicieron una amenaza en la oficina —informó exhalando con fuerza—. Es verdad. La policía ha hecho las averiguaciones. No les preocupa mucho el asunto.

—¿En serio? ¿Hubo realmente una amenaza? —preguntó Jake abriendo bien los ojos—. Entrenador, ¿y si la policía estuviera equivocada? Nathan Pike es un monstruo; ¿no lo saben ellos?

—La policía sabe de Nathan —declaró John tratando de parecer tranquilo, pero por dentro estaba tan ansioso como Jake.

¿Qué sentido tendría aparecerse en un partido donde cundía el caos y las amenazas de muerte? ¿Qué partido de fútbol podría ser tan importante?

—¿Así que nadie está haciendo nada al respecto?

—La policía estará en el estadio.

—Sí, pero eso no lo detendrá. Quiero decir, ¿y si a él no le importa morir?

—La policía está muy segura de que no tratan con una amenaza seria, Jake. Si lo fuera, habrían pedido que se cancelara el partido.

—Lo dudo —dijo Jake sosteniendo el casco en las rodillas y luego ciñéndolo contra el pecho—. Lo que a todo el mundo le interesa es ganar este partido, usted lo sabe; así podríamos ir a los distritales.

Jake estaba más cerca de la verdad de lo que John creía.

—Tienes razón.

—Entrenador... —titubeó el joven mirando a John a los ojos, pero solo por un instante—. Sé quién escribió las cartas.

—¿Cartas?

—Sí, las que piden que usted sea despedido.

El alma de John se le fue al piso. Bastaba que *él* supiera respecto de la nube de protestas parentales en su contra sin que sus jugadores lo supieran. Especialmente chicos como Jake, que siempre había admirado a John. Quiso saber lo que el muchacho sabía, pero no se lo iba a preguntar.

—Un entrenador siempre tendrá sus críticos —expresó dándole una palmadita a Jake en las rodillas.

—Casey Parker estaba hablando en el vestuario el otro día. Dijo que su papá le tenía antipatía a usted. Se han estado reuniendo.

—¿Su papá y él?

—Su papá y algunos otros padres de familia. Al principio las otras personas no querían asistir pero... bueno, después perdimos el partido y se unieron otros padres. Han hablado con el señor Lutz.

—Están en su derecho, creo —expuso John obligándose a sonreír—. Lo único que puedo hacer es dar lo mejor de mí.

—Pero usted no se está yendo, ¿verdad? —objetó Jake con los ojos bien abiertos; John deseó poder decir algo para animar al muchacho—. Quiero decir, no nos abandonará, ¿verdad que no? Yo aún tengo un año más aquí.

—Me gustaría estar aquí el año entrante, Jake.

—Y estará, ¿verdad?

—Veremos.

John no quería dar a conocer mucha información, pero tampoco deseaba mentir. Las probabilidades de dirigir otra temporada en el Colegio Marion disminuían todo el tiempo.

—¿Quiere decir que usted podría renunciar?

—Quizás no tenga que renunciar si el señor Lutz me despide antes —expresó John suspirando.

—¡No lo despedirá! Mire todo lo que usted ha hecho por el fútbol americano en el Colegio Marion.

—Las personas no lo ven de ese modo. Ven que a sus hijos no los ponen a jugar bastante tiempo, que el equipo no está ganando suficientes partidos. Si el padre equivocado se enoja contigo, bueno... a veces no se puede hacer nada.

John se abstuvo de decir algo más acerca de Herman Lutz. No le convenía socavar la autoridad del hombre frente a un estudiante. Pero definitivamente el destino profesional de John estaba en manos de Lutz, que tenía la mala fama de permitir que los padres se salieran con la suya. Si el papá de Casey Parker quería a John fuera, probablemente obligaría a Lutz.

Si John no renunciaba primero.

—Si sirve de algo, entrenador, esta noche ganaré el partido en gran manera por usted.

John sonrió. Si fuera así de sencillo.

—Gracias, Jake. Eso significa mucho para mí.

—¿Qué puedo hacer con relación a Nathan Pike y a todo el asunto de la amenaza? —indagó Jake jugueteando con la correa de la barbilla en el casco.

—Ora por eso.

—¿Yo? —exclamó el joven abriendo desmesuradamente los ojos y la boca por un momento.

—No solo tú... todo el equipo —pidió John bajando la ceja pero manteniendo la mirada fija en la de Jake—. Ustedes muchachos no han sido precisamente amables con Nathan este año. La amenaza no es una sorpresa, de veras.

—¿Así que usted quiere que yo ore por esto con los muchachos? —inquirió el joven tragando saliva y mirando el asiento frente a él.

—Tú lo pediste.

—Entrenador, creo que él está celoso de mi auto —opinó Jake después de un rato en silencio.

—¿El Integra?

—Sí. Unos días después de tenerlo vi a la mamá de Nathan dejándolo en el colegio. Ella tiene una vieja y destartalada camioneta ranchera con una abolladura en el costado. Él miró mi auto y luego a mí. Por lo general me mira con odio, pero esa vez era más como si quisiera *ser* yo. Como si daría cualquier cosa para cambiar de lugar conmigo.

—¿Es por eso que te suavizaste con él estas últimas semanas?

—Yo no estaba actuando bien —confesó Jake asintiendo con la cabeza—. Antes me comporté como un tonto.

—Lo eras.

—Pero ahora... ¿y si es demasiado tarde? ¿Y si él realmente hace algo?

—Te dije lo que debes hacer —aconsejó John mirándolo directamente a los ojos.

—Está bien, entrenador —admitió Jake apretando el casco con más fuerza—. Oraremos. Haré que eso ocurra.

Nada en el mundo podría haber alejado a Abby del partido esa noche.

Sí, John se molestaría con ella, y tendrían que tratar después con eso. Pero si alguien iba a lastimar estudiantes o jugadores, o incluso a su esposo, Abby quería estar allí. ¿Y si ella pudiera hacer algo, un estudiante a quien pudiera ayudar, o una vida que pudiera salvar? ¿Y si fuera la última vez que viera vivo a su esposo?

Esos pensamientos le llegaron a la mente como un relámpago en cuanto John le contó lo sucedido ese día en el colegio. A él se le hacía tarde para abordar el autobús, por lo que no pudo hacer que hablara más. Pero por nada del mundo Abby se quedaría en casa.

Entró a las tribunas y se colocó en el extremo más lejano, cerca de la gente del otro colegio. Con amenazas de bomba o no, ella no disfrutaba sentarse con los padres de los jugadores de John. No este año, al menos. En realidad casi nunca. No sirvió de nada involucrarse de ese modo.

Después de que John aceptara el trabajo en el Colegio Marion, Abby se había deleitado en su papel como esposa del entrenador principal. Tenía la idílica sensación de que debía sentarse con los padres de los jugadores, charlar con ellos, hacer amistad. Y al principio hizo precisamente eso. Esos fueron los años en que invitaba a los padres de familia a la cena de Acción de Gracias y a socializar los sábados por la noche.

«Ten cuidado, Abby —le advertiría John—. Crees que ellos son amigos ahora, pero espera y observa. A veces las personas maquinan algo».

Abby había detestado la insinuación de John de que las maravillosas personas con quienes se sentaba en los partidos estaban simplemente siendo amables para lograr que sus hijos estuvieran bien con el entrenador Reynolds. Discrepó con su esposo una y otra vez, insistiendo en que la gente no era tan superficial; el fútbol no era tan importante.

Pero al final John había tenido toda la razón.

Una pareja, personas cristianas que habían comido muchas veces con los Reynolds, fue la primera en acudir a la oficina del colegio para quejarse del entrenador John cuando el hijo de ellos no jugó bastante tiempo. Otros padres también resultaron ser falsos, hablaban de Abby a sus espaldas y luego le brindaban tremendas sonrisas y alegres saludos cuando ella llegaba.

No todos eran así, por supuesto, pero ella había aprendido su lección respecto de los padres de los jugadores, y no volvió a arriesgarse. Por años se sentaba ahora sola o con la esposa de otro entrenador.

No obstante, esa noche no tenía intención de sentarse con alguien. Se acomodaría en el extremo opuesto de las tribunas y observaría. No el partido sino las gradas, examinaría a los estudiantes buscando algún indicio de conducta extraña, alguna señal de Nathan Pike. Lo había visto suficientes veces en el colegio como para poderlo reconocer. Desde luego, era fácil distinguir a Nathan y sus compinches vestidos como solían hacerlo con ropa negra y collares de púas. Esa noche Abby quería ser la primera en notarlos, la primera en reconocer cualquier indicio de que alguno de ellos pudiera estar a punto de hacer estallar el estadio en añicos.

El reloj marcó los minutos y llegó el medio tiempo, todo sin incidentes. Había policías apostados en todo el estadio, algunos en ropa de civil, supuso Abby. Pero hasta aquí lo más excepcional que había sucedido en todo el partido fueron cinco pases anotadores [touchdowns] que hiciera Jake Daniels. Abby estaba muy segura de que ese era un récord en la liga. Kade había sido uno de los mejores mariscales de campo en llegar a ese puesto, y nunca había estado tan cerca de lanzar cinco touchdowns en la primera mitad de juego.

La otra mitad también fue tranquila. Jake fue sacado en el tercer cuarto y reemplazado por Casey Parker, a quien le interceptaron dos pases. A pesar de eso, las Águilas siguieron anotando hasta ganar por treinta puntos. Cuando sonó el pitazo final la multitud se volcó a la cancha, abrazando a las Águilas como si esa no hubiera sido una temporada forjada con controversia y quejas de los padres.

¿Qué importaba ahora? Las Águilas irían a los distritales.

Abby se paró y bajó hacia el campo de juego. *¿Dónde está él, Señor? ¿Dónde está Nathan Pike? Si está aquí, por favor Padre, muéstramelo.* Revisó el gentío... y titubeó. ¿Se había movido algo a lo largo de la valla del estadio? Unos maizales rodeaban a la enorme estructura por tres costados, había un estacionamiento en el cuarto.

Abby escudriñó, entrecerrando los ojos... Sí. Allí entre los elevados maizales... podría jurar que vio movimiento.

Tomando las escaleras en una manera casi como en trance, Abby caminó a lo largo de las tribunas descubiertas, acercándose más al lugar en que John y sus jugadores recibían felicitaciones de cientos de alumnos y de la banda de guerra. Todo el tiempo miraba fijamente el lugar en el maizal.

De pronto surgió una figura... un personaje vestido de negro.

Antes de que Abby pudiera hacer algo, antes de que pudiera acercarse suficiente para que John y los demás la oyeran, huyeran, se tiraran a tierra, o llamaran la atención de algún oficial de policía, la figura se deslizó a través de un hueco en la valla y corrió entre la multitud hacia el esposo de ella.

—¡John, cuidado! —logró gritar Abby, y alrededor de ella un grupo de padres dejaron de hablar y la miraron.

Ella les hizo caso omiso y salió corriendo a toda velocidad, bajando las escaleras tan rápido como podía. *Por favor, Dios... sálvalos de esto. Por favor, Dios. En el nombre de Jesús, te ruego...*

Abby llegó ahora a la cancha, pero la figura se acercaba rápidamente a John, situándose en el centro de la multitud de estudiantes y jugadores. Aun desde casi cincuenta metros de distancia, Abby pudo ver la cara del muchacho.

Era Nathan Pike.

Vestía de negro como de costumbre, pero esta vez tenía una nueva prenda. Una abultada chaqueta.

—John... ¡corre! —dijo Abby lanzando a gritos la advertencia y captando las miradas de docenas de estudiantes—. Todos ustedes, ¡corran! ¡Rápido!

Algunos de los estudiantes hicieron lo que ella pedía, pero la mayoría se quedaron plantados en su lugar, inmóviles, mirando a Abby como si hubiera enloquecido.

Ella estaba a tres metros de John cuando Nathan llegó hasta allí y le puso una mano en el hombro al entrenador. Al mismo tiempo cuatro oficiales salieron entre la multitud y arrojaron a Nathan al suelo.

—¡John! —exclamó ella, débil para cuando llegó al lado de su esposo; tenía el estómago revuelto y no podía respirar; entonces lo agarró del brazo—. Vamos. Salgamos de aquí.

—¿Qué diablos...? —expresó John con el rostro pálido y los ojos desorbitados.

El círculo de estudiantes se había agrandado y estrechado alrededor del lugar donde la policía había inmovilizado a Nathan contra el suelo. El muchacho parecía estar cooperando. Muchos oficiales llegaron de todas partes y en cuestión de minutos alejaron de la acción a los estudiantes y los enviaron al estacionamiento. John instruyó a sus colaboradores que acompañaran al bus del equipo de vuelta al colegio.

—Está limpio —anunció un policía—. No tiene explosivos.

Abby sintió que cada músculo del cuerpo se le relajaba. Agarró las mangas de la chaqueta de John y le hundió el rostro en el pecho.

—Creí que iba a matarte, John. Yo... estaba muy asustada.

Susurraba las palabras para que los demás entrenadores no pudieran oírla. Todo el personal tenía conocimiento de la amenaza de bomba, por lo que ninguno se sorprendió de lo que estaba sucediendo.

—Está bien, Abby. Todo acabó ya.

John le pasó la mano por la espalda y después le tomó los dedos entre los de él. Luego se dirigieron hacia el lugar en que Nathan yacía aún en tierra con las manos esposadas.

El policía señaló con la cabeza que todo estaba bien, y John se colocó al lado del muchacho.

—¿Lo hiciste tú, Nathan? ¿Hiciste la llamada?

Nathan movió la cabeza de lado a lado, aterrado y con los ojos desorbitados.

—Están preguntándome eso todo el tiempo —se quejó y tragó saliva, las palabras se le atascaban en la garganta—. No sé de qué están hablando.

Abby estaba aferrada al brazo de John; el cuerpo le temblaba debido al torrente de adrenalina. El chico estaba mintiendo; debía ser él.

—Hoy no estuviste en clase —siguió intentando John.

—Yo... —titubeó el muchacho parpadeando—. Fui a la biblioteca. Tenía que entregar un trabajo de inglés y necesitaba un lugar tranquilo. Lo juro, señor Reynolds. No sé de qué me están hablando.

—¿Por qué te metiste por el hueco en la valla —le preguntó a Nathan un policía que se hallaba cerca.

—Yo venía de... de la biblioteca y pensé que cabría por ahí. Vi el marcador y quise... felicitarlo señor Reynolds. Fue un partido fabuloso.

La historia tenía más huecos que un cernidor, pero ese no era problema de Abby. Lo importante era que John estaba bien. Él, los estudiantes y los jugadores. Ella cerró los ojos y recostó la cabeza en John. *Señor, gracias... muchísimas gracias.*

Los policías pusieron de pie a Nathan y lo llevaron a una patrulla que esperaba.

—¿Cree usted que el chico está diciendo la verdad? —preguntó uno de los policías acercándose a John, antes de que todos se fueran.

—Es difícil saberlo con Nathan —contestó él pensando por un instante—. Pero sí puedo decir algo. En todo el tiempo que he conocido a ese muchacho nunca lo había visto tan asustado como hoy. Si no conociera su pasado juraría que está siendo sincero con ustedes.

—Gracias —declaró el oficial anotando algo en su libreta—. Tomaremos eso en consideración.

Al poco tiempo John y Abby eran las únicas personas que quedaban en el estadio.

—Estás temblando —expuso él pasándole los brazos alrededor y acercándola hacia sí.

—Pensé... pensé que iba a volarte allí en pedazos. Antes de que yo pudiera hacer algo por ayudarte.

—Te pedí que no vinieras —reprendió John; a pesar de eso la voz era amable, y Abby se alegró; él no estaba enfadado con ella.

—De acuerdo. Como si fuera fácil sentarme en casa mientras alguien podría estar aquí afuera tratando de hacerte daño —reaccionó ella echándose hacia atrás y mirándolo a los ojos—. Tenía que venir, John. Nada podía haberme mantenido lejos.

—¿Por qué no me sorprende eso?

—¿Sabes qué? —preguntó ella sonriendo.

—¿Qué?

—¡Ganaron!

—Lo hicimos.

—Felicitaciones.

—Gracias —contestó él mientras el tablero del marcador seguía prendido, así como las luces del estadio; los encargados limpiarían por algunas horas antes de cerrar el lugar—. Ahora pasamos a los distritales.

—No pareces emocionado —concluyó ella acariciándole el rostro.

—No lo estoy. Esos padres me odian, ¿recuerdas?

—No si estás ganando —aseguró ella pasándole ligeramente un dedo por la ceja.

—Estos padres son diferentes. Jake Daniels me contó quién está escribiendo las cartas. Es el papá de Casey Parker.

—Esa no es ninguna sorpresa.

—Oye —exclamó él acercándole el rostro y besándola—. Gracias por estar aquí esta noche. Aunque te pedí que no vinieras. Significa mucho para mí.

—De nada —contestó ella correspondiéndole el beso, respirando el aroma de él y tratando de no imaginar qué distinta pudo haber sido la noche si...

No pudo terminar el pensamiento.

—Te ves cansada.

—Lo estoy. Nunca había estado tan asustada en mi vida.

—Ahhh, Abby —exclamó John haciendo rozar el rostro contra el de ella, aferrándose a su esposa del modo que ella se aferraba a él—. Adorable Abby. Lo siento. Odio pensar en que te asustes de ese modo. ¿Por qué no vas a casa y descansas un poco?

—¿Y tú?

—Estoy un tanto ocupado con eso —expresó echándose la mochila de gimnasio al hombro y guiándola hacia el estacionamiento—. Creo que volveré al colegio y corregiré algunos trabajos. Estoy atrasado casi dos semanas. ¿Me puedes llevar?

—Me encantaría —respondió Abby sonriendo.

—Mi auto está en el colegio.

Durante el recorrido hablaron del partido, y cuando Abby se detuvo frente al colegio se volvió hacia John y bostezó.

—¿Llegarás tarde?

—Tal vez. El asunto podría llevarme una o dos horas si tengo suficiente energía.

—No olvides nuestra lección de baile mañana —anunció ella dándole un rápido beso en la mejilla cuando él se disponía a bajarse.

—No llegaré tan tarde, no te preocupes.

—Sí, pero quiero que tengas suficiente energía. Sabes que Paula es muy exigente.

—Te veré luego —asintió John riendo—. Te amo.

—Yo también te amo.

Abby se fue conduciendo, sabiendo que lo que se habían dicho nunca fue más cierto que ahora.

Once

La fiesta estaba repleta de jóvenes, y Jake Daniels se hallaba en la cumbre del mundo. Por todo menos por una cosa.

No podía dejar de pensar en Nathan Pike y Casey Parker.

En Nathan, porque Jake había observado todo el asunto del arresto. Es más, tuvo mejor vista que cualquiera, puesto que había estado a pocos pasos del entrenador Reynolds cuando sucedió. Al principio se aterró, seguro de que Nathan iba a sacar un arma y que todos morirían.

Pero entonces vio los ojos de Nathan.

Jake y Nathan nunca habían sido buenos amigos, pero unos años antes tuvieron cierta amistad. Se conocían lo suficiente para saludarse y ayudarse mutuamente con alguna tarea ocasional. Mientras Jake ascendía en los deportes y obtenía popularidad, Nathan tomaba la dirección opuesta.

Jake había sido sincero cuando le dijo al entrenador Reynolds que Nathan era un monstruo. En eso se había convertido el muchacho. Pero esa noche en el campo de juego, cuando vio los ojos de Nathan, supo en lo más profundo de su ser que este no había tenido nada que ver con la amenaza ese día. Estaba tan asustado como cualquiera.

Y eso molestaba a Jake por dos razones. Primera, porque no era correcto que a Nathan lo arrestaran por algo que no pudo haber hecho. Y segunda, porque si Nathan no lo hizo, ¿quién entonces? Quienquiera que hubiera sido, era muy probable que aún estuviera dando vueltas por ahí, haciendo planes.

Después estaba Casey Parker.

Antes del partido esa noche Jake había entrado a los vestuarios y les comunicó a todos que los rumores eran verdaderos. Que alguien llamó al colegio y amenazó con matar gente en el partido esa noche.

Cuando la conmoción se calmó, Jake les dijo a los muchachos que solo podían hacer una cosa con relación a las amenazas. Podían orar. Dos y tres a la vez, habían dejado en el suelo los efectos personales para hacer caso a Jake. En menos de un minuto todo el equipo se había reunido en un solo grupo... todos menos Casey Parker.

—Este es un colegio público —les reconvino Casey bruscamente—. Orar es contra la ley.

En las tres semanas anteriores, desde que Jake había vuelto a reunirse con el entrenador Reynolds y se había vuelto amable con muchachos como Nathan Pike, la amistad con Casey se había enfriado. Cuando estaban en el vestuario, Jake pudo haber rebatido, pero uno de los otros jugadores lo hizo primero.

«Uno puede orar dondequiera que desee».

Otros más reiteraron esta verdad refunfuñando: «Sí, es verdad», y cosas por el estilo.

Casey se quedó sentado lejos mientras los demás oraban pidiendo la protección de Dios, no solo con el partido sino con todos los asistentes. Cuando la oración terminó, los jugadores formaron un estrecho círculo con el fin de entonar su canción acostumbrada y lanzar vítores para motivar el partido.

Casey no se unió a lo uno ni a lo otro, se quedó sentado solo toda la noche. El entrenador no citó su número hasta que Jake había hecho seis *touchdowns*. No sorprendió a los demás del equipo que Casey saliera a la cancha y de inmediato lanzara cuatro pases retrasados y lo interceptaran dos veces. Después de algo así los entrenadores suelen apurar el partido para matar tiempo.

En el viaje en autobús de vuelta al colegio, Casey no articuló una sola palabra con alguien. Cuando se habló de la fiesta venidera, salió sin despedirse ni nada. Jake trató de olvidarse del asunto. Después de todo, esa era *su* noche. Su equipo había sobrevivido a alguna clase de misteriosa amenaza de muerte y había ganado el partido. A lo grande. Hasta iban a los distritales.

Era tiempo para celebrar. Era una gran ocasión.

Miró alrededor. La fiesta era en casa de una muchacha, una porrista de primer año, pensó Jake. La chica tenía una casa enorme, mucha comida, y padres a quienes no les importaba que se reunieran allí. La mayor parte del equipo había llegado, pero no Casey. Unos muchachos a los que Jake no conocía muy bien se le acercaron.

—Precioso juego, Jake... qué manera de lanzar.

—Sí, ¿fue ese un récord o algo así? ¿Seis *touchdowns*?

Hasta el momento le habían preguntado lo mismo a Jake centenares de veces, pero él era cortés al contestar.

—Un récord colegial. Empatado con un récord de la liga.

—Qué chévere. Fabuloso.

Los muchachos se despidieron, y Jake se recostó en el mesón de la cocina. Algunos de los chicos tenían cerveza afuera en sus autos. Entraban y salían, se engullían unas cuantas cervezas y luego volvían a la casa. A los padres de la chica no les importaba que los muchachos bebieran mientras no fuera en su propiedad.

Eso estaba bien para ellos, pero no para Jake. No esta noche. Había prometido a su padre no beber y manejar, y desde que recibió el auto nuevo había cumplido la palabra. Entonces agarró un vaso plástico y lo llenó con agua helada. Además, deseaba disfrutar la noche, no perdérsela en un velo de alcohol, cosa que hiciera muchas veces en el verano. Ahora era más inteligente.

La fiesta ya había durado dos horas y era más de medianoche. Jake quería estar fresco para el entrenamiento en la mañana. Unos minutos más y pondría fin a la noche.

La puerta principal se abrió en ese momento y Jake volteó a mirar. Casey entró, abrazando a Darla Brubaker... la chica a la que Jake pensaba pedirle que fuera con él al baile de graduación. Jake bajó el vaso y apretó los dientes. Cualquiera que fuera el truco que Casey intentara llevar a cabo, no le funcionaría. Casey examinó la sala hasta que posó la mirada en Jake. Entonces se volvió hacia Darla y la besó en la mejilla.

Jake alejó la mirada. De todos modos, ¿cuál era el problema de Casey? Estaba actuando como un total perdedor. Si Darla quería codearse con un imbécil como ese, allá ella. Sin embargo, Jake no resistió volver a mirar a la pareja, parada aún cerca de la puerta de entrada.

Casey susurró algo al oído de Darla, la muchacha rió tontamente y fue a sentarse en un rincón de la sala. Una vez que ella se fuera, Casey se dirigió a la cocina; algo en su expresión parecía casi detestable.

—Jake —saludó asintiendo una vez con la cabeza y se recostó en el mesón opuesto—. Precioso partido esta noche.

—Gracias —contestó Jake volviendo a agarrar el vaso y tomando un trago de agua—. Oye, ¿qué te pasa, amigo? No eras tú mismo allá afuera.

—Digamos que me asustó el asunto de la oración, ¿de acuerdo?

—Funcionó, ¿verdad que sí? —expresó Jake riendo una sola vez—. Nadie nos disparó mientras jugábamos el partido.

—Basta de oraciones, ¿entendido? —amenazó Casey golpeando el puño en el mesón—. Si no estuvieras en penúltimo año te asesinaría por cometer una tontería como esa antes del partido.

—¿Tontería? —objetó Jake frunciendo el ceño; no le había gustado la insinuación de Casey.

—Te vi... hablando con el entrenador todo el viaje hasta el Condado Norte —manifestó Casey cruzando los brazos—. Lo que no entiendo es que ahora ya eres su chicuelo de confianza. ¿Tienes realmente que dejar que te hable de orar? Quiero decir, ¿no has lisonjeado suficiente en las últimas semanas? Entrando al salón del entrenador y actuando como todo un «íntimo».

—¿Qué se supone que signifique eso? —objetó Jake bajando el vaso y acercándosele tres pasos a Casey.

—Oh, vamos. Eres parte de la cuadrilla C del entrenador. Gente como yo no tiene espacio allí.

—¿Cuadrilla C? —inquirió Jake con la mente dándole vueltas; ¿de qué estaba hablando Casey, qué diablos era una cuadrilla C?

—Tú sabes, Jake. La cuadrilla *cristiana*. El entrenador siempre pone a los chicos cristianos en los mejores puestos. Todo el mundo sabe eso.

—Estás loco, Parker —refutó Jake sintiendo que se le acaloraba la cara, pero luego se tranquilizó—. Esa es una mentira, y cualquiera en el equipo te lo confirmará.

Casey agarró a Jake por la camiseta y lo acercó tan bruscamente, que los rostros de los dos muchachos quedaron a solo centímetros de distancia.

—Soy el mejor mariscal de campo del equipo —expresó Casey susurrando las palabras y dándole otro sacudón a Jake para resaltar las palabras—. Entonces dime por qué yo estoy sentado en el banco y tú estás obteniendo todo el tiempo de juego.

—El tiempo de juego *se gana* —declaró Jake poniendo de lleno las manos en los hombros de Casey y empujándolo—. Todo aquel que ha jugado para el entrenador Reynolds sabe eso.

—¿Ah, sí? —exclamó Casey dándole un empellón a Jake, lanzándolo contra el mesón de la cocina.

Antes de que Jake pudiera desquitarse, un grupo de muchachas entró corriendo a la cocina gritándoles.

—Basta chicos.

—Sí, vamos... dejen eso.

Jake se arregló la camisa y miró a Casey. Cuando las chicas se fueron, Casey le lanzó una fiera mirada con expresión amenazante.

—Es hora de que lleguemos al fondo de esto.

—Salgamos.

—Bueno. Pero no en el césped.

—¿Dónde entonces?

—En las calles —declaró Casey mirándolo con aire despectivo—. ¿Te crees el único con un auto veloz?

Entonces le lanzó un escupitajo.

—Pues te equivocas —concluyó.

—¿Estás hablando de una carrera? —preguntó Jake con un hormigueo corriéndole por la columna.

Nadie escuchaba la conversación entre ellos. No sería gran cosa, solo una simple carrera entre ambos. Entonces Casey aprendería de una vez por todas a no meterse con Jake Daniels.

—Cuando quieras, Parker. Tu auto se verá como si estuviera estacionado al lado del mío.

—Solo hay una manera de averiguarlo.

—¿Dónde quieres hacerlo?

—En la calle Haynes... —informó Casey con voz tensa por la ira y los ojos entrecerrados—. El tramo de kilómetro y medio frente al colegio.

—Trato hecho.

—Encuéntrate conmigo en Haynes y Jefferson en media hora —expuso Casey volviéndose y dirigiéndose hacia Darla.

Jake solo tenía una cosa más que añadir, y lo dijo en voz suficientemente alta para que Darla oyera.

—No olvides llevar el trofeo para el ganador.

Las horas nocturnas después de un partido eran las favoritas de John para poner al día su labor en el aula. Dictaba cada jornada seis clases de higiene y salud, por lo que era fácil atrasarse. Especialmente durante la temporada de partidos. Era bueno que esa noche tuviera más energía de lo normal.

Generalmente habría entrado a la oficina y se habría puesto a revisar un montón de papeles de todo un día hasta que empezara a sentir cansancio. Luego habría ido a casa y se habría acostado con Abby en algún momento alrededor de las once. Pero esa noche tenía suficiente energía para trabajar hasta la madrugada. No que iría a hacerlo. Le había prometido a su esposa no quedarse fuera hasta muy tarde. Además, ella tenía razón. Necesitaba energía para las lecciones de baile del sábado por la noche.

Revisó una serie de documentos y anotó los exámenes en su libro de pruebas.

Nunca había sido uno de esos entrenadores que las noches de los viernes observaban filmaciones de juegos. Con tanta energía como se necesitaba para dirigir un partido de fútbol americano, debía llenar la mente con algo totalmente distinto. Calificar exámenes era simplemente eso. Hasta el momento esa noche había revisado documentos de más de tres días.

No obstante, hasta aquí no podía dejar de pensar en Nathan Pike.

Algo en su interior le decía que Nathan no había ido al estadio por ninguna otra razón que la que había dado: felicitar a John por llevar al equipo a una victoria. John hizo una pausa y pensó en la escena que se había desarrollado después del partido. Sin duda había piezas inquietantes en la manera en que resultaron las cosas. ¿Por qué Nathan no había entrado al estadio por las puertas principales como todos los demás? ¿Y por qué pasaría todo el día en la biblioteca solo para recorrer dieciséis kilómetros hasta un partido de fútbol? En toda la temporada, John no recordaba haber visto a Nathan en ningún otro partido hasta ese momento.

Sin embargo, como profesor era experto en mirar a los chicos a los ojos y descubrir la verdad. Y algo respecto de la historia de Nathan parecía más veraz que todo lo que el chico hubiera dicho antes.

El instructor corrigió otro montón de exámenes y luego se estiró. Le llamó la atención la foto enmarcada puesta casi al borde del escritorio. Él y Abby, en la boda de Nicole. Abby la había considerado una rara escogencia. Después de todo, había más de medio metro de espacio entre ellos, y hasta un extraño podía verles la tensión en los rostros. Difícilmente era una foto feliz.

Pero era sincera.

Habían tomado la decisión de divorciarse y, esa noche, cuando los chicos se fueran de luna de miel, John había planeado agarrar sus cosas y mudarse con un profesor compañero... un tipo que se había divorciado de su esposa un año antes. Es más, cuando tomaron la foto las pertenencias de John ya estaban empacadas dentro del auto.

Prácticamente todo estaba listo.

Kade y Sean pasaban la noche con sus amigos y Abby tenía planeado volar a Nueva York para reunirse con su editor. Las vidas de los Reynolds se destruían por completo, y los hijos no sabían nada al respecto.

Esa noche después de la boda John ya estaba casi a mitad de la cuadra cuando se detuvo y estacionó el automóvil. No sabía cómo dar media vuelta, no sabía cómo borrar las equivocaciones que había cometido... pero sí sabía que no podía conducir un centímetro más para alejarse de la única mujer a la que alguna vez había amado. La mujer a la que Dios deseaba que amara por siempre. Hasta ese momento los planes de divorcio estaban razonados y acordados, con un acuerdo sobre cómo se lo dirían a los chicos y cómo dividirían el tiempo... todo estaba dispuesto. Todo menos un detalle problemático.

Todavía amaba a Abby. La amaba de todo corazón y con toda el alma.

Así que se bajó del auto y regresó caminando a casa. Encontró a su esposa afuera, donde sabía que la iba a encontrar. En el embarcadero, en el lugar privado de ellos. Y en la hora siguiente se derrumbaron los muros que ambos habían levantado alrededor de sus corazones, hasta que lo único que quedó fueron dos personas que habían desarrollado una vida, una familia y un amor que no se podía desechar.

John suspiró.

Cómo amaba a Abby... ahora más que nunca.

Recordó la voz de Abby la última vez que ella estuviera en el salón de clases.

—Quita esa foto, John —había dicho al mirarla, y el rostro se le había llenado de disgusto—. Es horrible. Parezco una vieja amargada.

—No. Me hace recordar.

—¿Recordar qué?

—Lo cerca que estuvimos de perderlo todo.

Además, esa no era la única fotografía sobre el escritorio; exactamente junto a ella había otra. Una foto más pequeña de John y Abby riendo en una función familiar hace unos pocos meses. Abby tenía razón. Parecía diez años más joven en la última fotografía. Era asombroso lo que la felicidad podía hacer por el rostro de una persona.

El profesor levantó la mirada hacia el reloj en la pared del salón de clases. Doce y media. Abby ya estaría dormida. De repente la idea lo hizo sentir cansado. Lanzó una mirada a los exámenes sobre el escritorio. La pila estaba medio terminada, pero el resto podría esperar. Si tuviera que hacerlo, también el lunes en la noche podría quedarse hasta tarde.

La inquietud que sintiera antes había desaparecido. Si iba a casa ahora no se quedaría despierto preguntándose acerca de este partido u otro. Se arrimaría junto a Abby, respiraría la fragancia de ella durmiendo a su lado y se quedaría dormido en cuestión de minutos.

Decidió hacer eso.

Recogió los exámenes, los apiló organizadamente y los puso en las carpetas adecuadas. Agarró las llaves, cerró su aula de clases y se dirigió al estacionamiento.

Al empujar la puerta de entrada al colegio estiró los músculos de las piernas. Estaba más cansado de lo que creía. Las calles se hallaban desiertas desde hacía rato, y puesto que John y Abby vivían a pocos minutos del colegio, él casi tenía la seguridad de que estaría en cama —al lado de Abby— en cinco minutos exactos.

Miró en ambas direcciones, comenzando por abrocharse el cinturón de seguridad y haciendo luego virar el auto hacia la calle Haynes.

De pronto un sonido llegó detrás de él. En un instante John recordó que no había vía férrea en esa parte de Marion. Miró por su espejo retrovisor exactamente cuando una serie de luces lo cegaron por detrás.

¿Qué diablos? Lo iban a chocar. *Querido Dios... ¡Ayúdame!*

No había tiempo para reaccionar... ni tiempo para pensar en si debía pisar el freno o el acelerador. El estrepitoso ruido detrás de él se volvió ensordecedor, y luego hubo una terrible sacudida. Chirrido de frenos y vidrios rompiéndose inundaron los sentidos de John... junto con algo más.

Un dolor ciego le ardió por la columna, un dolor indescriptible como nunca había sentido en la vida.

La visión se le hizo borrosa, esforzándose por respirar en medio de la oscuridad total. Logró encontrar la voz y gritó lo único que le llenó la mente, lo único que podía expresar en palabras.

—¡Aaaaby!

La voz le resonó por lo que parecía toda una eternidad. Le fue imposible respirar otra vez.

Luego no hubo más que silencio.

Doce

La bolsa de aire se infló inmediatamente.

Un segundo antes Jake iba a toda máquina por la calle Haynes, asombrado por la velocidad con que Casey Parker conducía su Honda. Al siguiente segundo se producía el choque más espectacular que Jake jamás se imaginara que podía suceder.

El auto se había detenido por completo, pero la bolsa le apretaba el rostro. La empujó con fuerza, esforzándose por respirar. ¿Qué había sucedido? ¿Se reventó una llanta o perdió el control? Intentó librarse de la mareante sensación. No, no había sido eso. Había estado corriendo... compitiendo contra Casey Parker.

Jake iba adelante, pero apenas por poco margen. Había pisado el acelerador y observado el velocímetro subiendo hacia la marca de los ciento sesenta kilómetros por hora. Iba más rápido de lo que alguna vez intentara conducir, pero la carrera terminaría como en ochocientos metros. Entonces había visto movimiento, un camión o un auto girando en la calle exactamente por delante de él.

¿Fue eso lo que aconteció? ¿Había golpeado a alguien? Tenía la boca seca; no podía respirar. *Oh, Dios... eso no.* Jake pateó la bolsa de aire, liberándose lo suficiente para poder abrir la puerta. Puso el pie en el pavimento, inhalando con fuerza. ¿Por qué no lograba absorber una bocanada de aire?

¡Párate, idiota! Pero el cuerpo no le cooperaba. Tenía los músculos como fideos lacios y sin vida, incapaces de moverse. Pasaron algunos segundos hasta que los pulmones comenzaron a llenarse poco a poco. Entonces comprendió. Se le había cortado la respiración.

Respira... vamos, respira.

Finalmente sintió que le recorría oxígeno por el sistema. Mientras lo hacía, las piernas le reaccionaron súbitamente. Se puso de pie y miró alrededor. Casey Parker había desaparecido.

—Dios, no...

El corazón le latía con fuerza contra las paredes del pecho mientras se volvía y miraba la calzada frente a su auto. Allí, como a veinte metros adelante, estaban los restos retorcidos de lo que parecía una camioneta. Era imposible saber el color del vehículo. Jake quiso vomitar pero en vez de eso comenzó a llorar. No tenía teléfono celular, no había manera de pedir ayuda. Todo el colegio estaba rodeado por campos descubiertos, así que ningún residente habría oído el choque.

Miró el retorcido metal y supo sin duda alguna que el conductor estaría muerto. Los pasajeros también, si los había. En las clases de conducción enseñaban que se debía usar cinturón de seguridad porque generalmente durante una violenta colisión casi siempre había una manera de quedar con vida dentro de un vehículo.

Pero no en este. El frente era lo único que había quedado. La parte trasera estaba arrugada como papel aluminio, y la cabina... bueno, la cabina parecía haber sido tragada por las otras piezas.

Algo dentro de él le dijo que saliera corriendo, que huyera tan rápido como pudiera. Si acababa de matar a alguien pasaría varios años en prisión. Volvió a mirar su auto. El frente estaba totalmente destrozado, pero había una oportunidad si aún rodaba.

Sacudió la cabeza y el pensamiento desapareció.

¿En qué estaba pensando? Por imposible que pareciera, ¡alguien podría estar vivo en medio de los restos! Se acercó. Cualquier cosa... quienquiera que yaciera dentro de la despedazada camioneta, él realmente no quería verlo.

El corazón se le aceleró ahora y pensó que podría morir. El temblor que sintiera antes se había convertido en verdaderas convulsiones. El sonido de los dientes castañeándole llenaba el aire nocturno mientras se aproximaba a la parte trasera del otro vehículo.

De repente algo le llamó la atención.

Bajó la mirada al suelo y allí, a los tres metros que lo separaban de la destrozada camioneta, estaba la placa. Jake se acercó poco a poco, y el corazón se le paralizó.

ÁGUILAS.

¿Águilas? No, Dios... por favor... no puede ser. Solo una persona tenía una placa como esa. Y conducía una camioneta.

—¡Entrenador! —exclamó Jake sintiendo que los ojos se le dilataban y que el corazón se le paralizaba mientras corría los pasos restantes hasta el costado de los hierros retorcidos.

Del interior salió un quejido, pero las puertas estaban tan destrozadas que Jake no lograba ver nada, mucho menos hallar un modo de ayudarlo.

—Entrenador, ¿es usted?

Por supuesto que era él. Jake se agarró los costados del rostro y giró bruscamente en una docena de direcciones distintas. ¿Por qué no venía alguien? ¿Dónde estaba Casey Parker?

—¡Entrenador! —gritó, jalándose el cabello—. Conseguiré ayuda. ¡Resista!

Jaló con todas las fuerzas que pudo reunir la que parecía ser parte de una puerta. *Abre, tonta puerta... abre. Vamos.*

—Entrenador, no flaquee.

Le entró pánico como un tsunami. ¿Qué había hecho? Había corrido su auto a más de ciento sesenta kilómetros por hora, para chocar al entrenador Reynolds... ¿Cómo era posible que eso hubiera ocurrido? El entrenador debió haber estado en casa horas atrás. ¿Y ahora qué? El hombre se estaba muriendo dentro del metal retorcido, y no había nada que Jake pudiera hacer al respecto.

—Entrenador... ¿me puede oír?

Nada.

—Dios... —oró el muchacho echando la cabeza hacia atrás y levantando los brazos al aire. Lloraba, gritando como un demente.

—Por favor, Dios, ¡ayúdame! ¡No dejes que el entrenador muera!

En ese momento Jake oyó un auto que venía detrás de él. *Gracias, Señor... no importa lo que me pase a mí, permite que el entrenador viva. Por favor.*

Se colocó en medio de la calle, moviendo frenéticamente los brazos. Casi al instante reconoció el auto. Casey Parker. El Honda frenó chirriando los frenos y Casey se bajó.

—Creo que fue la camioneta del entrenador —dijo Casey, que parecía sentirse tan mal como Jake; temblaba, pálido, profundamente impresionado—. Yo... tenía que volver.

Levantó un teléfono celular.

—Ya llamé al 9-1-1.

—Él... él está... —balbuceó Jake temblando violentamente, demasiado aterrado para hablar.

—Ayúdame, Jake —pidió Casey corriendo hacia los restos del vehículo—. Debemos sacarlo.

Los dos muchachos pusieron manos a la obra con frenética determinación, tratando de hallar una manera de entrar a la camioneta. Pero no la había. No renunciaron, ni siquiera cuando oyeron sirenas... ni hasta que los vehículos de emergencia se detuvieron y los paramédicos les ordenaron que se alejaran del vehículo.

—Ese es... ¡ese es mi entrenador! —exclamó Jake sin poder pensar correctamente, sin poder hacer funcionar la boca—. *¡Ayúdenlo!*

—Nuestro entrenador está atrapado adentro —informó Casey haciéndose cargo. Estamos seguros que es él.

—¿El entrenador John Reynolds? —preguntó titubeando uno de los paramédicos.

—Sí —asintió Casey, pasándose la lengua por los labios.

El chico parecía que se iba desmayar en cualquier momento, pero al menos logró hablar. Jake se metió las manos en los bolsillos y miró hacia el suelo. Deseó meterse en una alcantarilla para nunca salir, o quedarse dormido y luego tener a su lado a su madre, despertándolo, prometiéndole que solo se trataba de un mal sueño.

En vez de eso, una patrulla policial se detuvo.

Jake y Casey permanecían a tres metros del auto siniestrado, observando por turnos el rescate y el asfalto. Jake no le había puesto mucha atención a la policía. Estaba demasiado preocupado viendo si los paramédicos lograban sacar al entrenador Reynolds, y si podrían salvarlo o no cuando lo hicieran.

Estaba tan distraído que cuando los policías se pusieron frente a él y Casey, Jake se hizo a un lado para ver mejor.

—¿Eres el conductor del Integra rojo? —preguntó el oficial alumbrándole el rostro con una linterna.

Jake sintió que el corazón se le paralizaba, y entrecerró los ojos. *Oh, Dios... ayúdame...*

—Sí... sí, señor.

—¿Estás herido?

—No, señor —contestó el muchacho con la garganta tan tensa que debió hacer salir las palabras a la fuerza—. Yo tenía bolsa de aire.

—¿Conduces el Honda? —averiguó el otro policía alumbrando la cara de Casey.

—Sí —respondió él, castañeándole los dientes.

—Recibimos un aviso de una conductora a kilómetro y medio, reportó haber visto un Honda amarillo y un Integra rojo corriendo a toda velocidad como un par de demonios por la calle Haynes —expuso el primer policía, dando un paso hacia Jake—. ¿Es verdad eso?

Jake miró a Casey. Esta era una pesadilla. ¿Qué estaban ellos haciendo aquí? ¿Por qué aceptó correr con Casey? ¿No iba a ir a casa? Solo unos minutos más y se habría ido a dormir, ¿no era eso lo que se había prometido?

—Dame tu licencia —ordenó el policía señalando el auto de Jake, y haciendo luego un gesto hacia el Honda de Casey—. Tú también.

Ambos obedecieron.

—Inicia una verificación —pidió el primer oficial pasándole las tarjetas laminadas al segundo, luego se volvió a Jake—. Escuchen, jovencitos. Por su bien, faciliten la situación aquí. Los equipos de forenses nos dirán a qué velocidad iban ustedes... con exactitud. Si no cooperan ahora, haremos que el proceso sea una pesadilla para ustedes *y* sus padres.

El sonido de una poderosa herramienta llenó el aire. *Por favor, Dios... permite que lo saquen de ahí.*

Jake intentó tragar, pero no pudo. Tenía la lengua pegada al paladar. Esta vez no miró a Casey.

—Sí, señor... nosotros... nosotros estábamos compitiendo, señor.

—¿Están conscientes que hay una ley en contra de eso?

Jake y Casey asintieron al unísono.

—Ninguno de los dos tiene antecedentes —informó el primer oficial volviendo a unírseles.

—No después de esta noche —contestó el policía asintiendo con la cabeza a su compañero—. Espósalos. Luego llama a sus padres.

La sangre de Jake se le heló... no porque iría preso sino porque los estaban alejando del entrenador. Quiso gritar, chillarles a todos que no se los llevaran aún hasta saber que todo estaba bien. Al comprender la situación, sintió el corazón más pesado que el cemento. El entrenador podría morir... y quizás ya estuviera muerto. E incluso si no lo estaba, nada volvería a estar bien. Jake era lo peor, la más horrible clase de individuo, y merecía cada minuto de lo que le pasara después de esto.

El primer policía le agarró las muñecas y se las sujetó bien fuerte detrás de la espalda. El metal le pinchó la piel, lo que casi le agradó a Jake. En segundos estuvo esposado, y el oficial regresó a su patrulla. El otro policía hizo lo mismo con Casey, y luego se fue, de modo que los dos muchachos quedaron solos en la calle, esposados y mirando el destrozado vehículo del entrenador Reynolds.

Los paramédicos seguían trabajando frenéticamente en lo que quedaba de la camioneta del entrenador, desesperados por sacarlo. Jake cerró los ojos, anhelando que se apuraran. *Dios, ¿cómo pudiste dejar que esto sucediera? Yo debería estar allí, no el entrenador. Él no hizo nada malo. Sácalo, por favor...*

—¡La tengo! —gritó uno de los paramédicos entre el grupo; luego lanzó detrás de él una destrozada puerta de camioneta, la cual aterrizó en el bien recortado césped que bordeaba el estacionamiento del Colegio Marion—. Necesito una tabla médica inmovilizadora de espalda. Y un transporte aéreo. No resistirá por tierra.

¡Lo iban a sacar! Las rodillas de Jake le temblaban, y volvió a tener dificultad para respirar. Una violenta rociada de esperanza matizó el momento y el muchacho luchó con la necesidad de gritar el nombre del entrenador por sobre todo ese caos.

El paramédico comenzó a vociferar órdenes, gritando palabras que Jake nunca antes había oído. Lo único que entendió fue: ¡El entrenador Reynolds aún está vivo! Eso significaba que había una oportunidad... ¡una oración que quizás él pudo haber hecho! Las piernas de Jake ya no podían sostenerlo, por lo que cayó de rodillas y con el corazón palpitándole fuertemente contra las paredes del pecho. *Resista, entrenador... vamos. Señor, no lo dejes morir.*

Jake no tenía idea de cuánto tiempo él y Casey permanecieron allí, aún petrificados, observando el rescate. Finalmente apareció un helicóptero en lo alto, y se posó en la calle vacía. Casi al mismo tiempo uno de los paramédicos gesticuló con la mano a los demás.

—Lo estoy perdiendo.

—¡No!

Nadie oyó a Jake por sobre el sonido del helicóptero. El muchacho obligó a los pies a sostenerlo, dio tres pasos hacia el montón de médicos, y luego volvió a su lugar.

A su lado, Casey empezaba a sollozar.

Hubo una rápida actividad y alguien comenzó a hacer reanimación cardiopulmonar al señor Reynolds.

—¡Saquémoslo de aquí!

Un grupo de paramédicos levantó una tabla y, por primera vez Jake pudo ver al hombre en el que trabajaban. No había duda de que se trataba del entrenador Reynolds. Aún tenía puesta su chaqueta de las Águilas de Marion.

Una ola de sollozos estranguló el corazón de Jake. ¿Qué clase de monstruo *era* él para correr de ese modo en una calle urbana? ¿Y qué iría a pasar con el entrenador, el hombre que en los últimos tres años había sido más padre para él que su propio padre?

—¡No lo dejen morir, por favor!

Una vez más el agonizante grito se sofocó en el ronroneo del motor y las aspas del aparato.

Subieron al entrenador Reynolds al helicóptero, el cual se levantó del suelo y desapareció en el cielo. Jake lo observó irse hasta que ya no pudo oír el ronroneo del motor. Una vez ido el helicóptero se hizo un espeluznante y sepulcral silencio en la calle. Miró alrededor, de pronto consciente de la actividad que se realizaba cerca de los autos siniestrados. Otro policía había llegado y estaba tomando medidas, marcando el lugar desde el auto de Jake hasta los restos de la camioneta del entrenador. Dos grúas aparecieron cuando los paramédicos se alejaban de la escena. Los choferes bajaron y esperaron al pie de sus equipos.

Jake comenzó a temblar otra vez, y los brazos le dolían a causa de las esposas por detrás.

—Estamos acabados —susurró Casey a su lado—. Fritos, Jake. Lo sabes, ¿de acuerdo? Se nos acabó la temporada.

¿*La temporada?* Jake quiso vomitar. Caramba, ¿qué clase de individuo era Casey? ¿La *temporada*? ¿A quién le importaba la apestosa temporada?

—¿Es eso en lo único que puedes pensar? —objetó volviéndose a Casey, con los ojos tan hinchados de tanto llorar que apenas podía ver.

—Por... por supuesto que no —balbuceó Casey, que ya no lloraba, pero que temblaba como si tuviera un ataque epiléptico—. Estoy preocupado por el entrenador. Solo que... esto permanecerá con nosotros el... el resto de nuestras vidas.

—Sí, y lo *merecemos* —advirtió Jake centelleando de ira y enjugándose las lágrimas.

Casey abrió la boca, al principio pareció estar a punto de discrepar. Entonces bajó la cabeza y finalmente las lágrimas le volvieron a fluir.

—Yo... yo lo sé.

Jake estaba disgustado con los dos. Los policías tenían razón. Un par de hijitos de papi conduciendo autos demasiado veloces. El joven hizo crujir los dientes hasta que le dolió la mandíbula. No importaba qué clase de problema se les venía encima. En cuanto a Jake, la policía podía meterlos a la cárcel y botar la llave. Es más, daría gustosamente la vida por lo único que aún importaba.

Que el entrenador Reynolds sobreviviera esa noche.

Porque si el entrenador no vivía, Jake estaba muy seguro de que él tampoco podría seguir viviendo.

Trece

Era una pesadilla.

Tenía que ser. Abby miró con los ojos entrecerrados el reloj y vio que eran más de las dos de la mañana. No había manera de que John hubiera estado fuera hasta tan tarde. A hombres como él... que ahora deberían haber estado durmiendo en casa, no les ocurrían accidentes automovilísticos.

Sí, solo se trataba de una pesadilla. Abby casi se había convencido, a no ser por un problemático detalle: el lugar de John en la cama a su lado estaba vacío, intacto. Trató de tragar saliva, pero tenía demasiado tensa la garganta. ¿Por qué intentaba asustarse? No era muy extraño que John no estuviera en cama a esa hora. No después de un partido de fútbol americano. Podría estar abajo viendo televisión o comiéndose un plato de cereal. Hacía eso muchas veces.

Sin embargo, por convencida que estuviera debía decirle algo a la persona que llamaba.

—¿Me oyó, señora Reynolds? ¿Está despierta? —preguntó la serena y gentil voz; sin embargo, era innegable la urgencia—. Dije que la necesitamos aquí en el hospital. Su esposo ha tenido un accidente.

El hombre era inexorable.

—Sí —contestó ella contrariada—. Estoy despierta. Estaré allá en diez minutos.

Colgó, entonces llamó a Nicole. Si el sueño iba a ser persistente, ella muy bien podría entenderlo, y eso significaba representar el papel que se esperaba que hiciera.

—Tu padre ha tenido un accidente.

—¿*Qué?* —exclamó la voz de Nicole entre alarido y grito—. ¿Está herido?

Abby se obligó a estar tranquila. Si perdía la calma ahora no llegaría al hospital. Y solo siguiendo las fórmulas convencionales podría liberarse de la horrible pesadilla.

—No me lo dijeron. Solo que nos necesitaban allí.

Los ojos de Abby se le cerraban y supo que tenía razón. Esta debía ser una pesadilla. Y con toda razón, especialmente después de la amenaza de bomba horas antes. Sus sueños estaban destinados a ser malos.

—Mamá, ¿estás allí?

—Sí —contestó, obligándose a concentrarse—. ¿Está Matt en casa?

—Desde luego.

—Haz que te lleve. No quiero que salgas sola en la noche.

—¿Y tú? Quizás deberíamos pasar por ti.

—Sean ya está vestido y esperándome.

—¿Está bien él?

—Lo estará tan pronto como acabe esta pesadilla.

A Abby le impresionó lo real que sentía todo durante el viaje al hospital. La brisa helada en el rostro, el volante en las manos, la calzada debajo de las llantas. Nunca en la vida había sentido un sueño como ese.

Pero eso es lo que debía ser.

John no había estado haciendo nada peligroso esa noche. El peligro había estado en el estadio de fútbol, cuando lo pudieron volar en pedazos. Pero, ¿conduciendo del colegio a la casa? No podía haber un alma en la calle.

Abby ingresó el auto al estacionamiento del hospital y vio a Matt y Nicole delante de ella. Entraron juntos a la sala de emergencia y de inmediato los condujeron a un pequeño cuarto detrás de las puertas dobles, fuera de la vista del resto del público.

—¿Qué pasa? —preguntó Nicole empezando a llorar, mientras Matt le ponía el brazo alrededor—. ¿Por qué nos han traído aquí?

Abby apretó el puño mientras la resignación la golpeaba ahora de frente. No tenía ninguna información. Ni acerca de la clase de accidente, ni si había otro auto involucrado. Nada sobre la gravedad de las heridas de John ni de cómo llegó al hospital. Ella estaba en total oscuridad, y de alguna manera eso la consolaba. Los sueños eran así: extraños, sin muchos detalles, desligados...

Al lado de ella Sean también comenzaba a llorar.

—Shh —lo calmó Abby abrazándolo de costado y acariciándole la espalda—. Todo está bien.

De pronto un médico entró a la sala y cerró la puerta detrás de él. Lo primero que Abby le observó fue el rostro. Estaba marcado con tensión y tristeza. *No, Dios... no permitas que esto esté sucediendo. No realmente. Hazme despertar. No puedo resistir un minuto más.*

No te apoyes en tu propia inteligencia... Yo estoy aquí contigo ahora.

Las palabras parecían venir de ninguna parte y hablarle directamente al alma. Le proporcionaron a Abby las fuerzas para levantar la vista, mirar directo a los ojos del médico y hacerle la pregunta más difícil de la vida.

—¿Cómo está él?

—Está vivo.

Los cuatro se enderezaron un poco ante las palabras del médico.

—¿Podemos verlo? —preguntó Abby empezando a pararse, pero el doctor meneó la cabeza.

—Lo tenemos en apoyo vital dentro de la unidad de cuidados intensivos —informó el galeno frunciendo el ceño—. En los próximos días estará en carácter precario. Todavía hay enormes posibilidades de que lo perdamos.

—¡No! —gritó Nicole y luego ocultó el rostro en el pecho de Matt—. No, Dios... mi papi no. ¡No!

Abby cerró los ojos y apretó con más fuerza a Sean. Se acordó entonces que no había llamado a Kade. Él se hallaba a más de ocho mil kilómetros de distancia y no sabía que su padre estaba entre la vida y la muerte. Esta era otra pieza desconectada, una parte de la pesadilla.

Pero cada momento el sueño se hacía más aterradoramente real.

Al final Nicole se calmó, con el rostro sofocado aún contra la camisa de cuadros escoceses de Matt.

Era sensato permanecer tranquila. Abby bajó la mirada y vio que las manos le temblaban, pero se las arregló para mirar a los ojos del médico.

—¿Cuál... cuáles son las heridas?

—Sufrió rotura en la tráquea, señora Reynolds. Esa clase de lesión es fatal en la mayoría de casos. Creo que el modo en que el cuerpo se tensó después del accidente mantuvo de algún modo la tráquea en su lugar el tiempo suficiente para salvarle la vida. Tan pronto como lo movieron dejó de respirar. Lo mantuvieron vivo con apoyo vital hasta que llegó aquí en helicóptero.

—¿Helicóptero? —exclamó Abby viendo luces ante sus ojos, luces circundantes que amenazaban con invadirle todo su campo de visión; entonces meneó la cabeza; no, no se podía desmayar; no ahora—. ¿Qué... qué sucedió?

—Aparentemente fue víctima de corredores de carreras callejeras... un par de chicos colegiales —anunció el médico con los ojos fijos en el portapapeles y gesticulando.

—¿Carreras...? —titubeó Abby mientras su mundo empezaba a girar alrededor de ella—. ¿Carreras callejeras?

No hay duda de eso, se trataba de una pesadilla. La vida real no tenía esa clase de coincidencias. ¿John Reynolds, el entrenador acusado de hacerse el de la vista gorda mientras sus futbolistas participaban en carreras callejeras... golpeado por adolescentes que hacían exactamente eso? Eso era demasiado ridículo, no podía ser real.

—Es probable que los muchachos fueran a ciento sesenta kilómetros por hora cuando su esposo salía del estacionamiento. Lo golpearon por detrás.

—¿Y la...? —flaqueó Abby, entonces se presionó fuertemente los dedos en ambos lados de la cabeza; otra vez el cuerpo se quiso desmayar, pero ella no lo permitiría; no hasta que lo oyera todo—. ¿Y la tráquea? ¿Es ese el problema?

—Ese es el problema más crítico por el momento —contestó el médico con una expresión más sombría que antes.

—¿Hay más?

Nicole gimió y se aferró a Matt. Abby miró a Sean y se dio cuenta de que estaba sollozándole en la manga. Pobres criaturas. No deberían haber oído esto. Sin embargo, si solo era un mal sueño, no les haría ningún daño. Además, mientras más pronto lo desentrañara, más rápido despertaría.

El interno volvió a revisar sus anotaciones.

—Parece que el paciente se rompió el cuello, señora Reynolds. En realidad no estamos seguros de eso, pero creemos que está paralizado. Desde la cintura para abajo, al menos.

—¡Noooo! —volvió a gritar Nicole, y esta vez Matt le lanzó a Abby una mirada suplicante.

Pero no había nada que ella pudiera hacer. Las palabras aún se le abrían paso a través de la conciencia. Paralizado. ¿*Paralizado*? Era totalmente imposible. John Reynolds acababa de llevar a las Águilas a la victoria. Había acompañado a Abby hasta el auto y había subido las escaleras del colegio hacia su oficina. Esa noche los dos asistirían a lecciones de baile.

¿Paralizado?

—Lo siento —expresó el médico moviendo la cabeza—. Sé que esto debe ser muy difícil para usted. ¿Hay alguien a quien yo pueda llamar por teléfono?

Abby quería decirle que llamara a Kade. En vez de eso se puso de pie y apretó a Sean contra sí.

—¿Dónde está? Debemos verlo.

El médico examinó el grupo y asintió. Abrió la puerta y les hizo señas.

—Síganme.

Parecían una fila de heridos ambulantes marchando detrás del médico por un pasillo y por otro. El repiqueteo de los tacones del hombre contra el piso de cerámica le hizo recordar a Abby un macabro reloj contando las horas que le quedaban a John. Pensó en gritarle al doctor que hiciera más silencio al caminar, pero eso no tendría sentido. Ni siquiera en un sueño.

Finalmente el galeno se detuvo y abrió la puerta.

—El grupo entero solo puede quedarse unos minutos —decretó, luego miró a Abby—. Señora Reynolds, usted puede permanecer al lado de él toda la noche si lo desea.

Abby entró primero y los demás la siguieron, y solo entonces cedió la apariencia de conmoción e incredulidad. Al instante se desplomó quedando como un bulto al pie de la cama, mientras la cabeza le daba vueltas.

Era real. *Amado Señor... esto está sucediendo de veras.*

La luz disminuyó y todo se le oscureció.

—Me estoy desmay...

Eso fue lo último que Abby recordó.

Cuando volvió en sí se hallaba sentada al lado de la cama de John. Nicole, Matt y Sean estaban reunidos a su lado.

—Lo siento, señora Reynolds —le informó una enfermera que, agachada, le aplicaba sales aromáticas—. Usted se desmayó.

Abby miró por sobre ellos hacia la cama, hacia su precioso John acostado allí con tubos entrándole y saliéndole del cuerpo por la boca, el cuello, los brazos y las piernas. Tenía un collar ortopédico sujeto a la cabeza y la garganta, haciéndolo parecer atrapado. Abby quiso quitárselo, liberarlo y llevárselo.

Pero no era posible.

Lo único que podía hacer el resto de la noche era quedarse al lado de su esposo y tratar de no llorar demasiado fuerte. Porque si él estaba aquí, entonces no se encontraría en casa. No estaría viendo televisión, comiendo cereal o calificando exámenes a altas horas de la madrugada. Se hallaba atrapado en una cama de hospital, tratando de vivir.

Y eso solo podría querer decir una cosa.

Que ella no estaba soñando en absoluto.

Su amado esposo, el hombre que había corrido como el viento por la cancha de fútbol americano en la Universidad de Michigan... el hombre que jugaba tenis y corría con ella, y que entrenaba a sus jugadores corriendo con ellos cuando un dibujo no era suficiente... el hombre que bailaba con ella en el muelle en la parte trasera de la casa en cien ocasiones distintas... quizás nunca volvería a bailar.

Esta no era la clase de pesadilla de la que se puede despertar.

Era de las que duraba toda una vida.

Las horas se volvieron poco más que un trazo confuso.

Para el sábado por la tarde Kade se les había unido en el hospital. Llegó en algún momento entre el almuerzo y la merienda, Abby no estaba segura. Pero allí estaban todos, reunidos alrededor de la cama de John. Orando por él. Jo y Denny habían venido, y con ellos un montón de personas de la iglesia y el colegio.

La noticia se extendió.

El entrenador Reynolds había tenido un accidente; tal vez no volvería a caminar. Jugadores de fútbol con ojos llorosos mantenían vigilia en la sala de espera junto a los demás. En la habitación solamente permitían a la familia inmediata, la cual significaba Abby, los chicos y Matt. Abby solo se apartaba del lado de John para asearse. Evitaba completamente cualquier conversación en la sala de espera acerca de quiénes habían sido arrestados y qué castigo podrían enfrentar por golpear el vehículo de John. Eso no le interesaba ahora. Lo único que le importaba era que John sobreviviera.

Hasta ahora él no había vuelto en sí, aunque los médicos creían que sucedería en cualquier momento.

Desde hacía mucho tiempo Abby había abandonado la idea de que lo que estaba pasando solo era una pesadilla. Esto era real. Pero una realidad por la que oraba que resultara distinta de lo que los médicos imaginaban que sería. John despertaría en algún momento esa noche, miraría alrededor, y haría resplandecer esa boba risita que lo caracterizaba.

Entonces movería los dedos de las manos y los pies, y le pediría a la primera enfermera que pasara que le quitara el collar ortopédico. Le dolería la garganta, por supuesto, inevitablemente eso le ocurría a toda persona que se lesionaba la tráquea, pero por lo demás estaría bien. Algunos días en el hospital y podrían alejarse del miedo al accidente y seguir con los asuntos de vivir, amar y tomar lecciones de baile con la vivaracha Paula.

Así es como acontecería. Abby estaba segura de eso.

Por ahora el grupo estaba en silencio. Kade permanecía anclado a una pared, con la mirada fija en su padre. Con ojos húmedos y rostro pálido, el joven no se había movido de su puesto durante dos horas. A su lado en el suelo estaba Sean, con las rodillas levantadas hasta el mentón y el rostro entre las manos. La mayor parte del tiempo Sean lloraba en silencio para sí. A veces cuando dejaba de llorar Abby podía ver que no se debía a que la tristeza hubiera pasado, sino a que el chico estaba demasiado asustado hasta para llorar.

Matt y Nicole se habían ubicado en la pared opuesta, Nicole en una silla y Matt de pie a su lado. El doctor les había pedido que hablaran, explicándoles que era más probable que John despertara si les oía las voces. De vez en cuando Abby y los chicos expresaban algunas palabras, pero Nicole era la que más decía algo. Cada diez minutos más o menos atravesaba el cuarto y se ponía cerca de la cabecera de la cama.

—Papá, soy yo —decía, y entonces le salían más lágrimas—. Despierta, papito. Todos estamos aquí esperándote y orando por ti. Vas a estar bien; lo sé.

Después de unas pocas frases las lágrimas eran demasiado abundantes para seguir hablando, y entonces rodeaba la cama para abrazar a Abby por largo rato. Luego volvía a su lugar al lado de Matt. Ocasionalmente uno o más de ellos salían de la alcoba para comer o beber algo.

La única buena noticia del día había llegado esa mañana cuando el médico recalificara la condición de John de crítica a grave.

«Tuvo una gran noche. Yo diría que son muchas las posibilidades de sobrevivir».

Abby no tenía idea de cuánto tiempo había pasado o si la noche había vuelto o no. Solo sabía que no deseaba irse, ni pensaba en estar fuera del cuarto cuando John abriera los ojos por primera vez y les dijera toda la verdad: que después de todo no estaba tan mal.

Finalmente, mientras las enfermeras empujaban los carritos de comida por el pasillo, John dejó escapar un silencioso gemido.

«¡John!», exclamó Abby acercándose más a la cama y tomándole la mano con cables y tubos. «Todos estamos aquí, querido. ¿Puedes oírme?»

Los muchachos se acercaron más, esperando la reacción del papá. Pero no la hubo. Abby examinó la cara de su esposo, la que se veía magullada e hinchada, pero ella estaba casi segura de que John movía los ojos debajo de los párpados. Eso no había ocurrido desde que ella llegó al hospital.

Nicole pasaba ligeramente los dedos sobre la otra mano de su padre, cuidando de no toparse contra los diversos cables que tenía adheridos.

«Papito, soy yo...» balbuceó ella sorbiendo dos rápidos respiros y luchando por contener las lágrimas. «¿Estás despierto?»

John hizo un leve movimiento de cabeza, suficiente para que Sean susurrara un suave «*¡Sí!*» en voz baja. Una cosa era tener a John herido y enfrentando una vida que quizás no volvería a ser igual, pero perderlo... eso era algo que ninguno de ellos soportaba siquiera pensar.

Hasta el más ligero movimiento ahora era como una señal divina de que pasara lo que pasara, John iba a vivir.

Otro gemido escapó de la garganta del entrenador y se le movieron los labios. Una enfermera entró al cuarto y vio lo que estaba ocurriendo.

«Retrocedan. Por favor. No se le puede estimular demasiado ahora mismo, no mientras esté entubado», pidió revisando los monitores y acercando la cabeza al rostro de él. «John, debemos mantenerlo muy quieto. ¿Me puede entender?»

Otra vez la cabeza se movió de arriba abajo, no más de un centímetro en ambas direcciones, pero suficiente para mostrar que había oído a la enfermera. El corazón de Abby le palpitó con fuerza. Ella siempre tuvo razón. Él iba a estar bien. Sencillamente debían ayudarle a superar las heridas, y luego todo estaría bien.

«¿Estás adolorido, John?»

Esta vez movió la cabeza de lado a lado. Una vez más el movimiento era apenas perceptible, pero igual que el anterior.

«John, tuviste un accidente. ¿Sabes eso?»

Él mantuvo quieta la cabeza. Pero desde donde Abby estaba parada pudo ver que intentaba mover los ojos, tratando de abrirlos. Finalmente, con mucho dolor, los párpados se le levantaron y el hombre entreabrió los ojos. Casi al mismo tiempo movió los brazos y se llevó una mano a la garganta.

¡Vaya! ¿Lo ven? Abby quería gritar. ¡Se podía mover! Si podía levantar las manos, entonces no estaba paralizado, ¿de acuerdo? Ella pestañeó, y el alma se le fue al piso. Aunque John no estuviera paralizado, debía sentirse desdichado. Con tubos atorados en la garganta entubada, la cabeza y el cuello inmovilizados por un collar ortopédico, y sin poder hablar. Detestaba que le tomaran la temperatura, peor aún esto. Antes de que John lograra arrancarse los tubos, la enfermera le agarró la mano y se la volvió a poner al costado.

«Necesito que tenga quieta la garganta, John. Usted está lesionado y debemos mantener los tubos en su lugar. ¿Comprende?»

La voz de la mujer de blanco era firme y moderada, como si él fuera un niñito tonto. Desde donde estaba apoyado en la pared, Kade lanzó una feroz mirada a la enfermera, pero a Abby le agradó la franqueza que mostraba. De otro modo su esposo podría hacer algo que lo lastimara, y ellos no lo resistirían.

«¿Me escucha, John? No debe hacer ningún movimiento repentino, ni tratar de quitarse los tubos. Nada de eso. ¿Entendido?»

John parpadeó, y abrió un poco más los ojos. Por primera vez pareció como que sí pudiera ver. Encontró la mirada de la enfermera y asintió de manera más definida. Entonces, sin esperar que esta volviera a hablar giró la cabeza y, usando principalmente los ojos descubrió a cada uno de ellos alrededor de la habitación. Primero Kade, luego Sean, Nicole y Matt. Y finalmente su esposa.

Abby no tenía idea de qué interpretaban los chicos en los ojos escudriñadores de John, pero lo que ella vio expresaba más que las palabras. Los ojos de él le decían que estuviera tranquila, que él estaba bien y que todo iba a ser bueno. Pero también había algo más allí. Un amor tan profundo, fuerte y verdadero que no podía expresarse en palabras aunque John pudiera hablar.

«Voy a dejar que su familia esté con usted por unos minutos, John, pero después tendrá que dormir —anunció la enfermera dando un paso adelante—. Debe permanecer muy quieto. Nos estamos esforzando al máximo para que se mejore».

Ella no le preguntó por las piernas, si las podía mover o sentir. ¿Era porque el personal ya no creía que él tuviera problema? ¿O porque no tenía caso que le dieran esa clase de susto emocional después de que recuperara la conciencia? Abby trató de no pensar al respecto.

En vez de eso se acercó más a la cama, con los ojos todavía fijos en los de él. *Contrólate, Abby; no dejes que vea tus lágrimas. No ahora.* Contuvo el aliento y obligó a las comisuras de los labios a levantarse, donde pertenecían.

«John...»

Él levantó los dedos de la sábana y ella los tomó entre los suyos. John no podía hablar, pero le apretó los dedos. Abby no quiso notar el modo en que las piernas y los pies de él aún no se habían movido.

Ella exhaló un poco de aire, inhaló otro poco y lo volvió a contener. Era la única manera de evitar los sollozos.

«Dios es muy bueno con nosotros, John. Vas a estar bien».

La expresión de él cambió, y ella supo instintivamente lo que acontecía en la mente de su esposo. ¿Qué había sucedido? ¿Quién lo había chocado? ¿Dónde estaba el otro conductor, y si estaba bien? Abby sabía pocos detalles, así que meneó la cabeza.

«No importa lo que sucedió. No fue culpa tuya, John. Lo importante es que estás despierto y con nosotros aquí ahora. Te están dando el mejor cuidado posible, ¿bueno?»

Los músculos de la cara de John se relajaron un poco y asintió.

Al pie de la cama, Nicole agarraba los dedos de los pies de su padre. Pero no fue sino hasta cuando ella lo llamó por su nombre que él la miró.

—Papá, Matt y yo tenemos algo que decirte.

—Hola —expresó Matt poniendo la mano en el hombro de Nicole; su jovialidad parecía forzada—. Qué bueno verte despierto.

Nicole se puso los dedos en la garganta, y Abby supuso que la tenía demasiado hinchada para hablar. Después de varios segundos dolorosos la joven tragó saliva y sacudió la cabeza.

—Queríamos decírselo esta noche, antes de que tú y mamá tomaran su clase...

La voz se le quebrantó y por un momento bajó la cabeza.

—Teníamos una noticia que queríamos anunciar a la familia —notificó Matt haciéndose cargo de la situación—. Cuando supimos lo de tu accidente, íbamos a esperar, pero Nicole...

—Quiero que sepas, papito. Porque tienes que hacer todo lo posible por mejorarte —interrumpió Nicole acariciándole el pie a John sin dejar de mirarlo fijamente—. Vamos a tener un bebé, papá. No fue lo que planeamos, pero igual es un milagro.

Ella sorbió por las narices un par de veces.

—Nosotros... queríamos que fueras el primero en saberlo, porque te necesitamos, papi. Yo te necesito. Nuestro bebé te necesita.

Los ojos de John se le llenaron de lágrimas que se le desbordaban por las mejillas. Luego asintió de manera muy pausada y las comisuras de los labios se le levantaron lo suficiente para que supieran lo que estaba sintiendo. No importaba que estuviera atrapado en una cama de hospital... no importaba lo que yacía por delante en su jornada de recuperación, John iba a ser abuelo. Y estaba emocionado con la noticia.

Abby no sabía si reír o llorar. Después de todo, Jo tenía razón. La mirada radiante de Nicole era exactamente lo que su suegra había supuesto. ¡Estaba embarazada! Aquí, en medio de la peor pesadilla, había un rayo de esperanza, una razón para celebrar.

Las conflictivas emociones batallaban dentro de Abby. Salió del lado de John y puso los brazos alrededor de Matt y Nicole.

—No puedo creerlo. ¿Desde cuándo lo han sabido?

—Hace unas pocas semanas. Queríamos estar seguros antes de contarlo.

Felicitaciones surgieron de parte de Sean y Kade, aunque sus voces difícilmente estaban entusiasmadas. Abby dejó descansar la cabeza en el hombro de Nicole. Estaba demasiado agotada para hacer algo que no fuera quedarse allí, inmóvil. Ella y John iban a ser abuelos. Eso era algo de lo que habían hablado desde el matrimonio de Nicole, solo que siempre pareció algo muy lejano. Un hecho que les sucedía a otras personas, a gente vieja. Cuando Nicole se casó, supieron que la posibilidad estaba más cerca que nunca, sin embargo...

Nadie había esperado que la joven se embarazara tan pronto. Nadie menos Jo.

Un océano de tristeza turbó a Abby mientras la asaltaban terribles pensamientos. ¿Lograría John correr y jugar alguna vez con este primer nieto? ¿Podría llevar al niño a dar vueltas a la manzana o hacer cabalgar en las rodillas al bebé de Nicole?

Por favor, Señor... permite que los médicos estén equivocados con relación a las piernas de John. Por favor...

En este mundo afrontarán aflicciones, pero ¡anímense! Yo he vencido al mundo.

John y Abby habían revisado este versículo un mes atrás, cuando se intensificaran los problemas en el Colegio Marion. Había habido muchas ocasiones en la vida en que esas palabras del libro de Juan no la consolaban sino que le producían temor. ¿Afrontar aflicciones en este mundo? ¿Qué paz se podría recibir de eso?

Pero con los años ella había llegado a entender mejor el asunto.

Las aflicciones eran parte de la vida... incluso acontecimientos como perder a su segunda preciosa hija a causa de un repentino síndrome de muerte infantil, o que el tornado Barneveld matara a su madre. Algunas aflicciones eran causadas por acciones de otras personas... como los años que ella y John perdieran debido al propio egoísmo que tenían. Otras desolaciones eran parte de un ataque espiritual, como lo que ocurría este año en el colegio.

Pero a veces uno simplemente se quedaría hasta tarde en el colegio corrigiendo exámenes, saldría del estacionamiento para dirigirse a casa, y encontraría que la vida ha cambiado en un instante.

Vendrían aflicciones. John y Abby lo supieron después de más de dos décadas juntos. El planteamiento del versículo no radicaba en la certeza de tiempos difíciles sino más bien en tener la seguridad de la victoria de Dios en todo eso. Si el Señor entrara ahora mismo por la puerta del cuarto de hospital de John, lloraría con ellos y sentiría dolor por ellos.

Pero antes de salir les brindaría una sonrisa de tranquilidad y complicidad, y estas palabras de despedida:

—Pero ¡anímense! Yo he vencido al mundo.

Era verdad.

La nueva vida que crecía dentro de su hija era la prueba.

Catorce

La celda estaba extremadamente helada.

Jake se acurrucó sobre un catre en el rincón. Tenía un compañero, un muchacho drogadicto de quien dedujo que habían encarcelado por intento de robo. Jake lo vio la primera vez que lo metieron a la celda, pero ninguno de los dos había dicho nada desde entonces.

Las veinticuatro horas anteriores habían sido como una película de terror.

Los paramédicos les hicieron un rápido examen a Jake y a Cascy, y luego la policía se los llevó a la estación. De allí los enviaron en direcciones distintas. Casey ya tenía dieciocho años, era adulto. A los diecisiete Jake aún era menor de edad. Eso significaba que debía pasar la primera noche en una celda llena de adolescentes, todos de mal comportamiento.

El policía encargado le dijo que su madre estaba en el vestíbulo, pero como lo acusaban de un delito grave no podía tener visitas hasta que lo reseñaran adecuadamente y lo llevaran a su propia celda, todo lo cual ocurrió el sábado por la tarde.

Hasta ahora no había podido ver a su madre.

Sucedió exactamente lo que ella le había advertido. Podía oír la voz de mamá en una docena de ocasiones que él saliera con amigos desde que le regalaron el auto.

—Quédate en casa, Jake. Recibirás mucha tentación. Un auto como ese podría matar a alguien...

Este había sido el motivo principal de los recientes altercados de sus padres. Mamá creía que el auto solo era la forma de su padre compensar el tiempo perdido, una disculpa por mudarse a otro estado y llevar la vida de un hombre soltero y sin compromisos.

En más de una ocasión la madre de Jake le había gritado por teléfono a su ex esposo, tratando de convencerlo de que el muchacho era demasiado joven para manejar un automóvil como el Integra rojo.

—Como padre dejas mucho que desear. Si amaras a tu hijo estarías aquí en Illinois, no galanteando por ahí con una... una ramera de la Costa Este.

Lo último que Jake había querido hacer era demostrar que su madre tenía razón, profundizando así el distanciamiento entre sus padres. Sí, bueno... sin duda había hecho exactamente eso.

Rodó de costado y recogió las piernas. Estaba solo, asustado y aquejado del estómago. ¿Y si el entrenador hubiera muerto? Y si aún estuviera vivo, ¿dónde se hallaría y cómo le estaría yendo? ¿Qué heridas tendría? Aunque Jake tenía pavor de enfrentar a su madre, quizás ella sabría qué pasaba con el entrenador.

Por eso, cuando el guardia hizo repiquetear las barras de la celda, Jake se paró de repente.

—Jake Daniels —llamó el hombre usando una llave para abrir la puerta.

Frente a Jake el andrajoso adolescente fijó una vez más la mirada en la desnuda pared.

—Tienes visitas —espetó el hombre con la llave.

Jake se sintió hecho un desastre. Le habían quitado la ropa de calle y usaba un sencillo mono azul de algodón... de los que se ven en los criminales cuando testifican en la corte, y luego las fotos de los tipos salen en los periódicos.

—Por acá —ordenó el hombre bruscamente.

El guardia condujo a Jake por un pasillo de celdas pequeñas y lo hizo entrar a una especie de salita. Había una docena de sillas frente a una sólida pared de vidrio, cada una con paneles divisorios que formaban una serie de pequeños cubículos. En cada silla había un teléfono.

—Allí —expresó el oficial señalando la última silla en el extremo de la línea.

Los pasos de Jake sonaban apagados mientras caminaba hacia la última silla y se sentaba. Solo entonces la vio. Su madre estaba sentada al otro lado del cristal, con un teléfono en la mano. Tenía hinchada la cara y los ojos inyectados de sangre. *Mira lo que le he hecho.* Jake se agarró de los costados de la silla, con el corazón palpitándole a un ritmo extraño y espantoso que no reconocía.

Le he arruinado la vida. He arruinado la vida de todo el mundo.

La mujer señaló el teléfono, Jake levantó el auricular. Le brotaba sudor de la frente y tenía húmedas las palmas. El desayuno de la cárcel se le había atragantado en alguna parte de la base de la garganta.

—¿Aló? —empezó ella a hablar, luego agachó la cabeza sobre la mano libre y en vez de hablar lloró.

—Mamá... lo siento.

Jake deseó ponerle los brazos alrededor y abrazarla, pero el vidrio se lo impedía. ¿Podría romperlo? De ser así, quizás el cristal le destrozaría las muñecas y él moriría del modo que merecía. Entonces calmó los pensamientos y carraspeó.

—Yo... lo siento mucho.

Ella finalmente levantó la mirada y se pasó las yemas de los dedos por debajo de los ojos. Había manchas negras allí, restos del rímel de ayer.

—¿Qué pasó, Jake? La policía afirma que competías en carreras callejeras.

Los deseos de huir le volvieron. Tal vez podría salirse por alguna puerta en alguna parte y dejar atrás todo respecto de Jake Daniels...

Pero las puertas a cada lado estaban cerradas, y el montón de miseria frente a él no iría a desaparecer. Jake se masajeó las sienes.

—Así es. Estábamos corriendo.

La expresión de su madre cambió, Jake sintió que la respiración se le atoraba en la garganta. En toda la vida nunca olvidaría la impresión, la tristeza y la desilusión que en ese instante marcaba el rostro de mamá. Ella abrió la boca, pero por un buen rato no dijo nada. Luego solo pronunció dos desesperadas palabras.

—¿*Por qué?*

Jake bajó la cabeza. No había una buena respuesta, ninguna en absoluto. Levantó la mirada y vio que su madre esperaba.

—Yo... este... Casey me desafió —balbuceó, repentinamente desesperado por justificarse—. Nadie debería haber estado en la calle a esa hora, mamá. Cuando apareció el entrenador, no hubo tiempo para...

La voz del joven se apagó.

A través del sucio cristal los párpados de su madre se cerraron en lo que parecía un movimiento lento.

—Cielos, Jake... esto es más de lo que puedo soportar.

—¿Va... va a venir papá?

—Estará aquí mañana por la tarde —asintió ella mordiéndose el labio y moviendo la cabeza de arriba hacia abajo.

La pregunta le estaba corroyendo un hueco en el estómago. Todo el día había querido preguntar por el entrenador, pero ahora que su madre estaba aquí Jake tenía terror de hacerlo. Finalmente no le quedó más alternativa que expresar los pensamientos en palabras.

—¿Cómo está el entrenador?

—Él... —empezó a responder la madre, sorbiendo por las narices, ahora con nuevas lágrimas en los ojos—. Logró sobrevivir la noche.

Un frenético alivio explotó en el alma de Jake, un lenitivo como nada que hubiera experimentado. Afortunadamente estaba sentado, porque de otro modo sin duda las rodillas se le habrían doblado. ¡El entrenador estaba vivo! Podrían encerrar a Jake por siempre y ahora no le importaría. No mientras el entrenador Reynolds estuviera bien. Volvió a mirar a los ojos de su madre, entonces frunció el ceño.

Ella parecía molesta, como si hubiera algo que aún no le había dicho.

—Jake, hablé con la señora Parker. Ella conoce una familia de la iglesia de los Reynolds —anunció su madre, entonces bajó la cabeza por un momento antes de levantar la mirada—. El entrenador está en malas condiciones, hijo. Si sobrevive, es casi seguro que quede paralizado de la cintura para abajo.

¿Paralizado? ¿El entrenador? ¿Paralizado... de la cintura para abajo? De ningún modo, ¡no el entrenador! Jake sintió como si se lo tragara arena movediza. El entrenador no podía estar paralizado. Él era fuerte como un roble. Los muchachos le hacían bromas en el sentido de que el profesor estaba en mejor condición que cualquiera del equipo.

—Tal vez la señora Parker esté equivocada. ¿Qué dicen las noticias?

—Aún no se ha sabido nada. El accidente ocurrió demasiado tarde para que saliera en el periódico de ayer.

Jake se puso a temblar otra vez, pasándose la mano por la parte superior de la cabeza y bajándola por la nuca.

—Mamá, no me puedes dejar así aquí. Debo saber lo que le está ocurriendo a mi entrenador. ¡Todo es por mi culpa!

Ella entrecerró los ojos y se quedó totalmente serena. Había visto que ella hiciera esto solo en otra ocasión: cuando papá dejó la casa unos pocos años antes. Jake no estaba seguro, pero tal vez la reflexión significaba que ella estaba teniendo una crisis nerviosa. Una vez más deseó agujerear el vidrio, treparse y abrazarla, pero ni siquiera podía hacer eso. Muchas vidas se habían destrozado en un solo instante, y todo por culpa de él.

—Mamá, basta. Te necesito. El guardia me está vigilando y en cualquier momento me llevará otra vez a la celda —pidió Jake en tono apremiante que obligó a su madre a volver a abrir los ojos—. Debo saber lo que le está sucediendo al entrenador.

—El policía me dijo que estarás aquí hasta el lunes, quizás hasta el martes, cuando puedan llevarte ante un juez. Te están acusando de... —se le quebrantó la voz y nuevas lágrimas se le derramaron por las mejillas—, de delito grave y flagrante negligencia en conducción vehicular. También algo relacionado con carreras callejeras y uso de un auto como arma mortal. Te quieren tratar como adulto, Jake. Eso tal vez quiera decir...

La voz se le debilitó.

—Permanecer aquí un buen tiempo —Jake terminó la frase aferrado al teléfono—. Está bien, mamá. Lo merezco.

—Más que un buen tiempo, Jake. El policía afirmó que tendrías suerte si sales en cinco años.

Mamá no entendía. Pudo haberle dicho que lo condenarían a treinta años y no habría importado. ¿Qué iba él a hacer? Sus días de futbolista habían acabado, así como sus días detrás del volante. Difícilmente podría volver al Colegio Marion donde todos sabrían que fue él quien había arruinado la vida del entrenador Reynolds. No obstante, el chico solo era estudiante de penúltimo año, sin título o entrenamiento, no tenía ni idea de cómo sobrevivir. Difícilmente podría mudarse a otro estado y empezar de nuevo.

No, estaba atrapado, y por ahora eso le sentaba bien. Aquí era donde pertenecía. E incluso aquí podía caminar por el pasillo o andar de un lado a otro por la celda.

Si lo que su madre decía era verdad, eso era más de lo que el entrenador Reynolds podía hacer.

Colgar el teléfono y alejarse de Jake esa tarde fue lo más difícil que Tara Daniels había soportado alguna vez. Pero ver a Tim en el vestíbulo de la cárcel la tarde siguiente fue muy parecido.

El hombre entró, con la corbata ladeada y los ojos bien abiertos y consternados; la halló de inmediato. Después de oír las noticias había tomado el primer vuelo que encontró. Esto fue lo más rápido que pudo estar aquí.

Tara podía pensar en cien cosas que hubiera querido decirle al hombre. Cuando llegó la llamada telefónica del departamento de policía comunicándole que habían arrestado a Jake por grave asalto vehicular y que el joven había estado compitiendo al momento del accidente, deseó que arrestaran también a Tim. ¿No se lo había dicho ella? ¿No les había advertido a los dos que un auto tan veloz era peligroso para un chico adolescente? Igual como le había dicho a Tim que valía la pena luchar por el matrimonio de ellos, que al partir para New Jersey el hombre solamente había perdido todo lo que más importaba: el amor que una vez compartieran, el hijo que habían criado, y la cercanía en fe que alguna vez fuera tan importante para ellos.

Ella había tenido razón entonces, y ahora también la tenía.

Pero cuando Tim se le acercó, con el rostro lleno de agonía y arrepentimiento, no importaba que ella tuviera razón o que él estuviera equivocado. Lo único que importaba era que el hijo de ambos casi había matado a otra persona, a quien posiblemente había dejado paralizada. Además, la vida nunca volvería a ser igual.

Difícilmente era momento para acusar. En todo el mundo solo una persona podía entender el dolor que Tara Daniels experimentaba en ese instante. Y esa persona era el hombre parado ante ella. Un hombre a quien aún amaba, aunque habían pasado años desde que le gustara la forma de ser de él.

—Tim... —balbuceó ella tendiéndole los brazos.

Él se le acercó, lentamente, como un moribundo alargando sus últimos momentos. Los brazos masculinos rodearon la cintura de Tara y los de ella se movieron alrededor del cuello de él. Allí, entre mezquinos criminales andando por ahí dando tumbos con ojos vacíos, y rodeados de una diversa cantidad de policías y empleados de la cárcel dedicados a sus propios asuntos, Tara y Tim hicieron algo que no habían hecho en años.

Se abrazaron con fuerza y lloraron.

Quince

La hinchazón a lo largo de la columna vertebral de John empezó a reducirse dos días después.

El médico explicó que era imposible saber si la parálisis sería permanente hasta que la columna se deshinchara por completo. Hasta el momento John no era consciente de esta posibilidad. Aunque todo el tiempo había tenido visitantes entrando y saliendo de su habitación desde el sábado, normalmente se hallaba sedado. Demasiado tiempo despierto significaba demasiado movimiento, y eso podría interferir con el respirador y el tubo traqueal.

Ya casi era lunes por la tarde, y Abby y Nicole estaban solas en un tranquilo rincón en la parte posterior de la sala de espera. John dormitaba ligeramente, por lo que ellas habían decidido dormir un poco. Pero en vez de eso se sentaron, agotadas pero muy despiertas, mirando por la ventana del hospital las cambiantes hojas en los árboles que bordeaban el estacionamiento.

No habían estado allí diez minutos cuando el doctor Robert Furin apareció. Abby y Nicole se levantaron. El corazón de Abby palpitó con fuerza en su interior. La sonrisa del médico solo podía querer decir una cosa. ¡Que John había movido los pies!

Ella sintió que las comisuras de los labios se le alzaron un poco, a pesar del agotamiento que se le aferraba como una doble pesadez.

—¿Está moviendo las piernas?

—Este... —titubeó el médico cambiando de expresión—. No, señora Reynolds. Aún estamos esperando para determinar eso. Podría ser en algún momento en la próxima hora.

Con el costado del bolígrafo el hombre se dio toquecitos en el muslo por sobre el pantalón.

—Pero sí tengo buenas noticias.

Al lado de ella, Abby sintió que el cuerpo de Nicole reaccionaba a la decepcionante noticia. Debió haber estado pensando lo mismo acerca de las piernas de John.

—Está bien. Oímos entonces.

—Parece que la tráquea no estaba tan grave como creímos originalmente. Esta mañana pudimos tener una mejor perspectiva, y parece estar intacta. Eso sucede a veces cuando una persona recibe un fuerte golpe en la garganta.

El médico hizo una pausa.

—La buena noticia es que podemos sacarle el respirador. Es más, ahora mismo lo están haciendo. Así que la próxima vez que lo vean, él debería poder hablar —declaró el médico y meneó la cabeza—. Es realmente un milagro. No debería estar vivo alguien que resulte golpeado por un auto a tal velocidad.

Abby se alegró por la buena noticia. No era lo que había esperado oír, pero el doctor tenía razón. Dios había liberado a John de lo que pudo haber sido una muerte segura. Tenían mucho por qué estar agradecidos.

—¿Cuándo sabremos lo de las piernas?

—Le estaremos tomando más radiografías antes de que pase el efecto de los sedantes —informó el médico y movió una vez la cabeza de lado a lado—. Yo diría que debemos tener noticias dentro de una hora.

Dentro de una hora.

La noticia que les alteraría la vida de una u otra manera vendría igual que cualquier otra pieza de información que les había sacudido la existencia en estos últimos días. Mediante una simple frase, expresada de manera efectiva.

—Gracias, doctor —expresó Abby sonriendo, pero sintiendo extraña la sonrisa—. Estaremos aquí. Por favor, háganoslo saber tan pronto tenga cualquier información.

—¿Trajiste el artículo? —preguntó Nicole después de que el médico saliera.

—Sí. No estoy segura de cuándo se lo mostraré, pero en algún momento él querrá conocerlo.

Matt había traído ayer por la mañana el periódico que narraba la historia. Había una fotografía de la camioneta de John, la que no era reconocible en absoluto. Abby se había tapado la boca con las manos al verla.

El médico tenía razón. Realmente era un milagro que John estuviera vivo.

El artículo informaba que dos adolescentes habían sido arrestados por correr en las calles, incluyendo al que chocara el vehículo de John cuando este salía del estacionamiento del colegio. Esa información no le había sorprendido a Abby, pues desde el principio supo que su esposo había sido víctima de una carrera callejera ilegal. Fueron Los nombres de los adolescentes lo que la dejó sin aliento.

Jake Daniels y Casey Parker.

Los mariscales de campo de John. Buenos muchachos que habían tomado una serie de malas decisiones y que pagarían el precio por el resto de sus vidas. Según el artículo, a Casey lo estaban acusando de conducción temeraria, de participar en una carrera callejera ilegal, y de ser cómplice en asalto vehicular. Le habían dado libertad condicional bajo fianza y se esperaba que el joven se declarara culpable de varias de. las acusaciones durante un juicio público a celebrarse el mes entrante.

Las acusaciones de Jake eran más graves.

En primer lugar, la fiscalía del distrito estaba decidida a tratarlo como adulto. Si lo conseguían, y las posibilidades de lograrlo eran muchas, probablemente Jake acabaría en un proceso judicial enfrentando un montón de acusaciones, incluyendo delito muy grave de asalto con arma mortal. La combinación de crímenes podría enviar a Jake a una penitenciaría estatal hasta por diez años.

«Esta ciudad está cansada de carreras callejeras ilegales —manifestó el fiscal del distrito—. Si se toma la decisión de hacer un ejemplo del caso de este joven, podría recibir la sentencia máxima».

Otra cita en el periódico correspondía a la madre de Jake, Tara, que aparentemente hacía vigilia por su hijo en la cárcel del condado: «Jake se siente horrorizado con lo que pasó y está dispuesto a aceptar cualquier castigo que le impongan».

El artículo seguía diciendo que la señora Daniels esperaba que la fiscalía del distrito fuera clemente con su hijo puesto que él no presentaba antecedentes previos.

Abby no sabía qué pensar al respecto. Si el conductor del auto a exceso de velocidad hubiera sido un adolescente distinto, alguien que ella no conociera, presionaría a la fiscalía del distrito esperando que le pusieran la pena más dura.

Sin embargo... ¿Jake Daniels?

El chico había cenado muchas veces en casa de los Reynolds, había nadado en el lago y había saltado al agua desde el muelle. ¿Cómo podía ella esperar que un joven como Jake pasara en prisión la siguiente década de su vida? Abby no lo podía imaginar pasando allí diez días, mucho menos diez años.

—¿Has pensado en la madre de Jake? —inquirió mirando a Nicole—. ¿En lo horrible que se debe sentir?

—Está pidiendo misericordia para su hijo —respondió Nicole cruzando los brazos—. Esa es la única parte que me sobresale en la mente.

La amargura en la voz de Nicole quebrantó el corazón de Abby. Su hija nunca había sido amargada ni cínica. Toda la vida había sido la primera en orar respecto a una situación, la única que siempre ofrecía un poco de sabiduría, un versículo bíblico o esperanza a una persona en necesidad.

La amargura no era parte de la naturaleza de la joven.

—Jake es un buen muchacho, Nic.

Su hija no dijo nada y Abby olvidó el tema. No podía imaginarse cuán horrible tendría que ser la experiencia desde la perspectiva de la madre de Jake. Qué extraño era que solo unas semanas antes Abby y Tara Daniels hubieran estado hablando del mismísimo auto que casi matara a John.

—¿En qué estaba pensando Tim al regalarle a Jake un auto como ese? —había manifestado Tara—. ¿Sabes lo que *cuesta* esa cosa? Casi cuarenta mil dólares. ¡Qué exagerado! Con eso le pudo haber dado cuatro años de universidad. Y lo único que se consigue con eso es tentar a un chico como Jake a hacer algo malo.

Palabras proféticas, en realidad. Jake, que solo poco tiempo antes tomara la decisión de pasar menos tiempo con tipos como Casey Parker... que había dejado de burlarse de los Nathan Pike en el Colegio Marion, y que había empezado a hablar más a menudo con John acerca del futuro. Jake, que pudo haber ganado una beca universitaria en fútbol... había tomado una decisión que alteraría la vida de todos. Para siempre.

En vez de estar allí para amar y apoyar a Tara en su momento más nefasto, Abby estaba viviendo su propia pesadilla, y leyendo en el periódico los detalles de la historia, exactamente como todos los demás en Marion.

Debajo de un pequeño titular en la parte posterior del diario había un breve artículo sobre la amenaza de bomba en el Colegio Marion. Mencionaba que después del partido interrogaron a un estudiante, que luego fue entregado a sus padres.

Abby recortó el artículo relacionado con el accidente, lo dobló, y lo metió en la cartera. Un día, en fecha cercana, John querría leerlo. Hasta aquí no habían discutido el accidente porque su esposo no podía hablar. Ahora que le estaban quitando los tubos de la garganta haría preguntas.

Abby oraba porque él también sobreviviera a las respuestas que ella le daría.

—¿Te puedo comentar algo? —indagó Nicole con el cuerpo tenso, volviéndose hacia su madre—. No con relación al accidente, sino a otra cosa.

—Por supuesto —contestó Abby alargando la mano para tomar la de la joven—. ¿Qué tienes en mente?

Había finas líneas en la frente de Nicole. Abby pudo sentir tan fuertemente la tensión en su hija como si la experimentara ella misma.

—Se trata del bebé.

—¿Está todo bien, verdad?

Nicole asintió.

—Es solo que... bueno, quise decirte que yo estaba embarazada hace unas semanas, pero no pude —titubeó y levantó la mirada hacia Abby—. Al principio no me hizo feliz.

Pobre Nicole. Como si ella no tuviera suficiente de qué preocuparse con la condición de John, también tenía que considerar la suya propia.

—Eso es muy normal, cariño —respondió Abby mirándola fijamente—. Especialmente cuando no estaban planeando tener bebés por algunos años.

—Cuatro años.

—Así es —asintió Abby después de un rato para dar a su hija tiempo de que expresara sus pensamientos.

—Me encantan los niños; no es eso... —titubeó Nicole mientras su cara reflejaba la lucha que había en su interior—. No me gustaría que interfirieran entre Matt y yo.

Luego hizo una pausa.

—Del modo en que yo interferí entre papá y tú —concluyó.

Abby se echó un poco hacia atrás. ¿De qué diablos estaba hablando Nicole?

—Cariño, tú no interferiste entre tu padre y yo.

—Sí, así fue —objetó Nicole soplándose un mechón del flequillo y volviéndose a recostar contra el vinil del sofá del hospital—. Por eso... por eso tu matrimonio no siempre fue lo que pudo haber sido.

—Nic, eso no es...

Abby no podía poner en palabras sus pensamientos. Era obvio que su hija estaba más consciente de lo que casi había ocurrido el año pasado, de lo que

Abby sospechaba. No obstante, ¿qué estaba pensando Nicole? Las peleas entre ella y John nunca tuvieron algo que ver con los hijos.

—Mamá, sé que parece alocado, pero he tenido eso clavado en la cabeza desde que Matt y yo nos casamos. Siempre quise creer que papá y tú tenían la mejor relación en el mundo. Pero el año pasado hubo muchas ocasiones en que constaté que eso no era verdad. Desde luego, digo que ustedes parecen recién casados, pero eso es solamente lo que yo *quiero* creer —confesó Nicole extendiendo los dedos a través del pecho—. Muy profundo en mi interior sé que ustedes no siempre son felices. Y creo que eso se debe a que no tuvieron esos años de estar solos. Sin hijos.

Una risita se escapó de la garganta de Abby y al instante se cubrió la boca. Nicole era perceptiva, pero su razonamiento estaba totalmente equivocado. Tanto que casi era cómico.

—Mamá... —balbuceó Nicole frunciendo el ceño—. ¿Cómo puedes reírte?

—Querida, no me estoy riendo de ti. Es solo... que ese no era el problema entre tu papá y yo. En absoluto.

Nicole se quedó callada por un momento.

—Me he estado muriendo de miedo desde que supe que estoy embarazada. Muy dentro de mí. Porque no ha habido suficiente tiempo para que Matt y yo afiancemos nuestros vínculos afectivos, a fin de edificar la clase de matrimonio que dure toda la vida.

—Oh, Nic —exclamó Abby deslizándole los brazos alrededor del cuello y abrazándola—. Tener hijos solo afianzará lo que Matt y tú ya tienen. Eso mismo hicieron nuestros hijos por tu padre y por mí.

—¿Qué pasó entonces? —objetó Nicole echándose para atrás y mirando fijamente a su madre—. Sé que papá y tú han tenido problemas. Has intentado ocultarlos, pero a veces son evidentes.

—¿Has notado algún problema últimamente? Es decir, ¿desde tu boda?

—¿Desde mi boda? —preguntó Nicole liberándose del abrazo de Abby y mirando por el extenso ventanal—. Creo que no.

Ella dio media vuelta.

—¿Cómo es eso?

Abby se paró y se unió a Nicole cerca del ventanal. ¿Exactamente qué debía decirle a esta preciosa hija? ¿Cuánto debería informarle?

—Porque tenerte nueve meses en medio de nuestro matrimonio no fue la causa de nuestros problemas.

—¿Y cuál fue entonces?

—En resumidas cuentas, nos olvidamos de bailar.

—¿Qué quieres decir? —preguntó Nicole entrecerrando los ojos.

—Quiero decir que desde que tu papá y yo nos mudamos a la casa en que vivimos, salíamos a la parte posterior a bailar en el muelle —explicó Abby mientras por la garganta se le deslizaba una risita de fatiga—. No un verdadero baile, sino algo como bambolearnos de atrás para adelante mientras escuchábamos los sonidos que nos rodeaban y recordábamos lo que era importante.

—¿De veras?

—Mmmm.

Abby sintió un nudo en la garganta. ¿Habían tenido ellos su último baile? ¿Estaba John realmente tendido sin poderse mover en un cuarto de hospital por el pasillo? Desterró los pensamientos y volvió a encontrar las palabras.

—Nosotros... hablábamos de ti y de tus hermanos, de los momentos buenos y malos con el trabajo de tu padre como director técnico, de las victorias y tragedias con que la vida nos ha tratado a lo largo de los años.

—¿Hablaban de Haley Ann?

—Siempre —aseguró Abby, y entonces desapareció la delicadeza en la voz de Abby—. Pero hace como tres años dejamos de reunirnos allá, dejamos de sacar tiempo para hablar de la vida y de pasar momentos en nuestro lugar.

—¿Fue ahí cuando papá empezó a tener amistad con la señora Denton?

—Pero él no fue el único que cometió equivocaciones —asintió Abby—. Yo pasaba más tiempo hablando con un editor amigo que con tu padre. Nada de eso ayudó en absoluto. Muy pronto tu padre y yo nos sentimos como extraños.

—Yo no sabía que las cosas fueran tan malas.

—Fueron peores —declaró Abby e hizo una pausa.

Si le contaba toda la historia a su hija, ella podría hastiarse para siempre de su matrimonio. Pero si no lo hacía, tal vez Nicole no maduraría.

—¿Nunca consideraron...? —titubeó la joven con voz apagada.

—Lo hicimos. En realidad el año pasado —comunicó Abby mirando al exterior del ventanal; un par de pajarillos se posaban en el árbol afuera—. ¿Recuerdas el día en que Matt y tú anunciaron el compromiso?

—Sí —asintió Nicole echando un poco la cabeza hacia atrás—. Se supone que tendríamos una reunión familiar, pero Matt apareció y entonces sorprendimos a todos.

—A nosotros, más que nada —aseguró Abby volviéndose para mirar a los ojos a Nicole—. Habíamos escogido ese día para decirles que todo había terminado. Nos íbamos a divorciar.

—¡Mamá! —exclamó la joven retrocediendo un paso, con ojos desorbitados—. ¡No puede ser!

—Es verdad. Cuando hiciste tu anuncio, tu papá y yo nos reunimos en la cocina y decidimos que debíamos esperar. No podíamos llevar esto a cabo hasta que ustedes volvieran de la luna de miel.

—Todo tiene sentido ahora —expresó Nicole agarrándose la cabeza y volviendo lentamente al sofá.

—¿Qué? —exclamó su madre dando media vuelta e inclinándose contra la ventana.

—Cada vez que yo oraba, no importa por qué lo hiciera, papá y tú estaban siempre en mi corazón. Hablé de eso con Matt. Él creyó que era porque ustedes estaban bajo mucho estrés debido a nuestro matrimonio —analizó Nicole soltando una triste risita—. Siempre creí que se trataba de algo importante. Pero no así de grande.

—Estuvimos al borde del colapso, Nicole. Lo único que puedo decirte es que sentimos tus oraciones.

—Lo que quiere decir que cuando el abuelo estaba muriendo ese día y todos nos encontrábamos reunidos alrededor de su cama de hospital... ¿papá y tú planeaban divorciarse?

Abby asintió con la cabeza.

—Eso es increíble. No tenía idea —opinó Nicole mientras una repentina mirada de preocupación le llenaba los rasgos de la cara—. ¿Tuvo papá una aventura amorosa?

Durante meses se las había ingeniado para evitar que Nicole y los muchachos supieran eso. Ahora... ahora se daba cuenta que ocultar la verdad había sido un error. *Dios... Tú quieres que ella lo sepa, ¿verdad?*

La verdad los hará libres...

Abby dejó que el versículo se le asentara en la base del corazón. ¡Por supuesto! La verdad no solo haría libre a Abby... también liberaría a Nicole. Después de todo, su hija era una mujer casada. Quizás un día podría enfrentar algo parecido. Era crucial que ella viera la verdad en todo eso... que cualquier matrimonio podría salvarse mientras los dos integrantes estuvieran dispuestos a oír la voz de Dios por sobre la de ellos mismos.

Abby respiró de manera tranquilizadora. *Dios, ayúdame a decir esto de modo que ella pueda entender...*

—Casi la tuvo. Ambos casi la tuvimos.

Nicole se puso de pie, fue hasta la ventana y regresó.

—Me cuesta creerlo —opinó a mitad de zancada con voz enojada—. ¿Qué sucedió? ¿Cómo es que nunca hicieron el anuncio?

—La noche de tu boda... papá tenía empacadas sus cosas. Se iba a mudar con una amistad después que Matt y tú salieran para la luna de miel.

—¿La señora *Denton*? —averiguó Nicole, que tenía pálidas las mejillas y más pronunciadas las ojeras debajo de los ojos.

—No, nada como eso. Para entonces la señora Denton se había mudado lejos. Su amistad con tu padre había terminado.

—¿Quién entonces?

—Un hombre divorciado, un profesor del colegio.

—Eso es terrible —consideró Nicole volviéndose a hundir en el sofá—. ¿Qué ocurrió entonces?

—Sean y Kade fueron a casas de unos amigos, y después de que te fuiste, tu papá también lo hizo. O empezó a hacerlo. Llegó hasta la mitad de la cuadra antes de volverse y regresar. Dios no le permitió alejarse.

—¿Y tú? —preguntó Nicole todavía con dudas en el tono, pero se veía menos asustada que antes.

—Yo estaba enojada y desilusionada. Devastada, en realidad. Pero demasiado obstinada para impedir que se fuera. Subí al cuarto y me puse una de las camisetas gruesas de tu padre. Mientras lo hacía, encontré el diario de John —declaró Abby imaginándose el momento con tanta claridad como si acabara de suceder—. Ni siquiera sabía hasta entonces que él tuviera un diario.

—¿Qué decía?

—Hablaba de lo apenado que estaba por permitir que nuestro matrimonio se enfriara, de cuán equivocado había estado al trabar amistad con la señora Denton. De cuán desesperadamente hubiera deseado que las cosas funcionaran conmigo, pero de lo seguro que estaba de que yo no estaría dispuesta a intentarlo de nuevo.

—¿Fue entonces cuando papá vino a casa?

—No —contestó Abby con la vista turbia y los ojos llenos de lágrimas a medida que recordaba el episodio—. Terminé de leer y salí al muelle, pasé por las mesas aún dispuestas de tu boda, las copas vacías, el papel crepé y las serpentinas, hasta por el lugar en que tu padre y yo siempre nos habíamos conectado.

Hizo una pausa y miró a su hija.

—Unos minutos más tarde tu papá se colocó detrás de mí y me dijo algo que nunca he olvidado.

—¿Qué? —inquirió Nicole con un asomo de esperanza en los ojos, y Abby supo entonces que había hecho lo correcto; su hija debía oír esta historia, especialmente a la luz de todos los años que Matt y ella tenían por delante.

—Me dijo que necesitaba hablarme del águila —respondió cerrando los ojos por un momento.

—¿El águila?

—Cuando el águila se aparea lo hace para toda la vida —explicó Abby volviendo a mirar a la distancia, recordando a John del modo en que esa noche había entrado al muelle, con las manos extendidas—. En algún momento en el cortejo de las águilas, la hembra vuela hasta las mayores alturas y luego cae en picada hacia el suelo. El macho entonces desciende también en picada y traba las garras con ella. Al hacerlo le está expresando un simple mensaje: que está comprometido con ella.

—Yo no sabía eso —expuso Nicole con los rasgos más suaves de lo que habían estado toda la tarde—. Es hermoso.

—Tu padre me tomó de las manos y me dijo que no quería renunciar a lo nuestro otra vez. Nunca más. Que si eso lo mataba quería amarme como un águila ama a su compañera. Como el Señor quería que me amara. Aferrados uno al otro hasta que la muerte se lo llevara finalmente.

Abby pestañeó y el recuerdo se desvaneció. Miró a Nicole y le notó los ojos llorosos.

—Por tanto... ¿fue ese el momento decisivo para ti?

—Sí, muy decisivo —respondió Abby acariciando la mano a su hija—. Ahora somos más felices que nunca. Fue un verdadero milagro. Mira por tanto, cariño. No te asustes por el bebé. Dios usará esto, y cualquier otra etapa de tu vida, hasta las difíciles, para que se acerquen más uno al otro, y al Señor.

Nicole lanzó una exclamación repentina.

—Espera un momento. Acabo de recordar algo —dijo y miró a su madre—. Esa noche, cuando Matt y yo nos registramos en el hotel tuve la más extraña sensación de que Dios me había hablado.

—¿Acerca de qué?

—Acerca de papá y tú. Como que el Señor extendía la mano hacia abajo, como que me daba una palmadita en el hombro y me decía que había oído mis oraciones por ustedes —anunció ella y reflexionó por un instante—. Hasta le conté la experiencia a Matt.

Un frío le bajó a Abby por la columna. *Realmente fuiste tú, Señor... gracias... gracias.*

—Dios es mucho más grandioso de lo que reconocemos que es. Vemos algo como este accidente y pensamos: «Si tan solo el Señor mejorara todo». Pero nada se le escapa, absolutamente nada. Él lo tiene todo planeado, y de un modo u otro hace que todo suceda por una razón.

Alguien se les acercaba, Abby se volvió. Era el doctor Furin. Esta vez no sonreía. Sus pasos eran lentos y acompasados, y miró tanto a Abby como a Nicole antes de sentarse frente a ellas.

—Señora Reynolds, temo que no tengo buenas noticias.

Nicole se deslizó más cerca de su madre y le agarró las manos. *Tranquila, Abby... ten calma. Recuerda las palabras que acabas de expresar... Dios está en control.*

—¿Hicieron... hicieron las pruebas? —logró balbucear.

—Sí —contestó él con el ceño fruncido—. Hicimos varias. Todas señalan lo mismo. El accidente lesionó la médula espinal de su esposo en una parte muy delicada. El resultado es algo que nos ha estado preocupando desde el principio.

El hombre hizo una pausa.

—Señora Reynolds, su esposo está paralizado desde la cintura para abajo. Lo siento.

Por malo que hubiera sido el accidente, por cerca que hubiera estado de perder a John, Abby nunca creyó ni por un instante que este sería el diagnóstico final. No para John Reynolds. El médico estaba diciendo algo acerca de que si la herida hubiera sido un centímetro más abajo, no lo hubiera lesionado... pero que si hubiera sido un centímetro más arriba, pudo haberlo matado. Y algo relacionado con rehabilitación y sillas especiales de ruedas.

Nicole lloraba ahogadamente, asintiendo como si todo lo que el médico afirmaba tuviera perfecto sentido.

Pero Abby apenas oía algo. Ya no se hallaba sentada en una congestionada sala de espera de hospital recibiendo la peor noticia de su vida.

Tenía catorce años otra vez, estaba estirada sobre una manta cerca de la hoguera al lado del lago, con un joven llamado John a su lado que lanzaba al aire un balón de fútbol, sonriéndole, con sus ojos azules centelleándole y con el reflejo de la luna en el agua. *¿Tienes novio, pequeña señorita Abby Chapman?* Después tenía diecisiete años, viéndolo por primera vez en tres años, exactamente antes de que jugara en el partido de fútbol de Michigan. *Eres hermosa, Abby. ¿Sabes eso? Sal conmigo esta noche, después del partido...* Y de pronto él estaba en el campo de juego, corriendo hacia atrás y lanzando un balón como si hubiera nacido para eso, corriendo con ese balón, sintiéndose más grande que nada en la vida, y con el viento debajo de los pies. La imagen desapareció y ella se vio en una iglesia, John mirándola con todo el amor que podía demostrarle. *Yo, John Reynolds, te tomo, Abby Chapman, como mi legítima esposa.* Después estaban bailando, pero la imagen cambió y se hallaban en el gimnasio del Colegio Marion, y Paula les estaba diciendo que mantuvieran el ritmo.

—¿Señora Reynolds?

—¿Sí? —contestó ella parpadeando mientras los recuerdos desaparecían.

—Dije que ustedes dos podían verlo ahora. Él sabe del diagnóstico. Preguntó y, bueno... creímos que tenía derecho de saberlo.

—No quiero ir —manifestó Nicole con el temor grabado en la expresión, meneando la cabeza hacia Abby—. No puedo verlo. No todavía.

—¿Ahora? —preguntó Abby mirando al doctor Furin; se sentía como si estuviera debajo del agua, como si todo a su alrededor estuviera sucediendo en cámara lenta en un nivel que ella no lograba comprender.

—Sí. Él preguntó por usted —informó el médico poniéndose de pie—. Lo siento, señora Reynolds.

Abby asintió con la cabeza, pero tenía entumecida la mente, desesperada por la oportunidad de regresar en el tiempo aunque fuera por unos instantes. De vuelta al lugar donde aún hubiera una posibilidad de que John pudiera volver a caminar. Ellos habían perdido tantos años... ¿era de veras este el plan de Dios? ¿Que precisamente cuando todo estaba mejor que nunca, John quedara paralizado?

El corazón de Abby se aceleró. ¿Cómo enfrentaría a su esposo? ¿Qué le diría ella? John había pasado la vida usando las piernas. Incluso ahora, alrededor de los cuarenta y cinco, corría tan fácilmente como respiraba. En el salón de clases era el profesor más activo en el campus, inventando improvisadas rutinas de comedias o saltando más que los jugadores de básquetbol en su clase para ver si ese día tendrían un examen sorpresivo.

Una vez habían ido a Chicago a ver Riverdance. Al día siguiente John entraba a cada clase bailando a lo irlandés hasta el frente del salón. Con razón los chicos lo amaban. Muy profundo en el corazón seguía siendo uno de ellos. Y eso era especialmente cierto ahora que él y Abby volvían a ser felices. Era como si una década del proceso de envejecimiento se hubiera escabullido para ambos.

Y ahora... *¿esto?*

¿Qué harían ahora que John no volvería a caminar? ¿Tal vez nunca le volvería a hacer el amor? El alma se le hundió como un ancla. Ella no había pensado antes en eso, en la idea de nunca volver a conocer a su esposo de ese modo. Era inimaginable que su amor físico pudiera ser cosa del pasado. ¿Qué diablos se supone que ella le diría al respecto?

Abby no tenía respuestas. Estaba demasiado aterrada para llorar, y también impactada para sentir algo que no fuera la seguridad de una cosa: John la necesitaba. Y debido a eso iría a estar con él. Aunque no tenía nada que ofrecer: ni palabras de consuelo ni un poco de esperanza.

Lo abrazaría, lo amaría y se le aferraría, mano a mano, aunque la vida nunca jamás volviera a ser igual.

Abby entró en silencio al cuarto, pero la mirada de él se encontró al instante con la de su esposa. Ella recorrió la habitación con la mirada y se sentó al borde de la cama.

—John... —balbuceó, y solo entonces vinieron las lágrimas—. Lo siento.

John tenía una venda nueva en el cuello, donde le habían quitado el tubo. El cuerpo le parecía de algún modo más viejo y más pequeño. Como si hubiera perdido ocho centímetros de su estructura de un metro noventa. Entonces, por primera vez desde el accidente la miró fijamente a los ojos y habló.

Su voz era lo único que no había cambiado.

—Dime qué sucedió, Abby —expresó él con palabras dolorosamente lentas; la garganta debió haber estado herida después de tener allí tubos en los días anteriores—. Dime. Debo saberlo.

Y durante la siguiente media hora ella lo hizo.

Él no dijo nada mientras Abby le leía el artículo y cuidadosamente le contaba todos los detalles de los que ella estaba consciente. Al terminar, cuando los hechos estaban planteados para que él los aceptara o los enfrentara con furia, John habló. Lo que le dijo afirmó a Abby que el John que amaba aún estaba allí, que un accidente podía quitarle las piernas pero no el corazón y el alma.

—¿Cómo...? —titubeó, buscando con los ojos los de ella—. ¿Cómo se encuentra Jake?

Dieciséis

CHUCK PARKER NO PODÍA DORMIR.

Seguro que su hijo enfrentaba centenares de dólares en multas y quién sabe cuántas horas de servicio comunitario por estar involucrado en ese estúpido accidente. Y sí, el muchacho había tirado cualquier posibilidad de una beca atlética o hasta la aceptación a alguna de las mejores instituciones.

Pero ese no era el problema de Chuck, sino el entrenador Reynolds.

El hombre iba a vivir, y Chuck suponía que eso era bueno... pero había un detalle acerca del accidente que le preocupaba. ¿Qué estuvo haciendo el entrenador en el colegio después de medianoche?

Ese detalle, combinado con otros que habían salido en el periódico de ayer, lo mantuvo despierto la mayor parte de la noche. Y eso nunca le ocurría a Chuck. Nunca.

En realidad antes del accidente había dormido mejor, principalmente debido al cansancio. La campaña difamatoria que había organizado contra el entrenador desde el inicio de la temporada era una tarea difícil.

En los últimos meses Chuck había manejado las opiniones como un vendedor de autos, acercándose de manera furtiva a los padres de familia y cambiándolos sutilmente a su modo de pensar. El entrenador Reynolds debería irse.

—Es un buen tipo —decía Chuck a quienquiera que se sentara a su lado—. No me malinterpreten. Pero aquí en el Colegio Marion tenemos los muchachos más talentosos de todo el estado. Nuestros chicos necesitan un visionario, un director con fuego en la sangre. Alguien que comprenda a los jóvenes de hoy. Además, el entrenador Reynolds debe descansar. Debería concentrarse en su hijo más joven, pasar más tiempo con su familia.

A menudo Chuck sonreía mientras hacía estas declaraciones y al poco tiempo, casi nunca fallaba, los otros padres estaban asintiendo, aviniendo y prometiendo asistir a una de las reuniones del hombre.

Entonces se acababan las contemplaciones. En esas reuniones se redacta-ban cartas y se hacían planes. El entrenador Reynolds sería despedido. Debía ser así. Era la prerrogativa de los padres. Hasta aquí habían tenido tres de esas reuniones, y después de cada una Chuck Parker se aseguraba de que al director de deportes le llegara un informe.

«Herman, los padres quieren fuera a Reynolds. Las Águilas necesitan una nueva dirección».

La mayor parte del tiempo Lutz retrocedía en la silla de su oficina, con la boca cerrada. Entonces, solo para sellar su plan, Chuck le recordaba lo del consumo de bebidas alcohólicas y de las carreras callejeras en que los jugadores habían participado durante el entrenamiento de verano.

«¿Es esa la clase de entrenador que usted quiere en el Colegio Marion?», instigaba Chuck levantando suficientemente la voz como para poner nervioso a Herman». ¿Alguien que hace la vista gorda mientras los muchachos violan todas las reglas de la institución? Necesitamos un entrenador con valor, un hombre que exija lo mejor de nuestros chicos sin comprometer el carácter moral.

El plan también estaba funcionando.

La última vez Lutz le había asegurado que estaba tomando notas y haciendo preparativos. Finalmente el hombre admitió lo único que Parker anhelaba oír.

«No estoy planeando renovarle el contrato, si eso ayuda».

Chuck apenas podía creerlo. Lutz no tenía ni pizca de carácter. Pero eso era lo hermoso de la situación. Chuck podía hacer lo que quisiera con el hombre, y el entrenador Reynolds estaba a punto de ser despedido. Unos partidos más y sería trato hecho.

Desde luego, Chuck no creía que el entrenador Reynolds supiera realmente lo de las borracheras y las carreras callejeras. Por desgracia, ni siquiera era un mal entrenador.

Pero John había cometido una equivocación fatal: decidió sentar en el banco al hijo de Chuck.

Casey era uno de los mejores mariscales de campo en el estado. Es verdad, tenía algunas malas notas en su informe escolar. Y sí, se metió algunas veces en problemas por ser insolente con un profesor. ¿Y qué? Casey era un chico inten-so, motivado como todos los muchachos, uno de esos superatletas que algún día llevarían a un equipo de la División NCAA a un campeonato nacional; Chuck estaba convencido de eso.

O lo *estaría*, si el entrenador Reynolds no hubiera sido tan particular res-pecto a las actitudes de sus jugadores. Jake Daniels no era un mariscal de campo mejor. Solo un mejor adulador. Y ahora era demasiado tarde para Casey, a quien los ridículos estándares elevados del entrenador Reynolds le habían arruinado toda la carrera colegial y universitaria.

Pero no era demasiado tarde para Billy.

El hijo menor de Chuck tenía un brazo aun mejor que el de Casey. El chico era alumno de primer curso este año, y arrancaba deportivamente en el equipo del noveno grado. Una beca universitaria completa era segura para un muchacho como Billy, y eso tan solo sería el inicio. Chuck estaba convencido de que un día Billy usaría un anillo del Supertazón. Podía imaginar a su hijo aceptando el premio del jugador más valioso de la Liga Nacional de Fútbol Americano.

Qué lástima que la actitud de Billy fuera peor que la de Casey.

Sin embargo, eso no representaba ningún problema para Chuck. Pero ¿para un hombre como el entrenador Reynolds? Si Chuck no hacía algo, Billy acabaría sentado en el banco exactamente como su hermano mayor. Y Chuck simplemente no podía aceptar eso.

Por tanto seguiría con la campaña contra el entrenador Reynolds, sin importar que las Águilas ganaran o perdieran ese año. El hecho de que hubieran perdido muchos más partidos de los debidos facilitó bastante el trabajo de Chuck. Especialmente con Herman Lutz de director; lo que este tipo sabía acerca de planificación, entrenamiento y deportes en general podía caber en un cenicero. Pero Lutz sabía una cosa: lo que se necesitaba para conservar su empleo. Y ya que el hombre estaba teniendo un mal desempeño, insistía absolutamente en que sus entrenadores ganaran.

Todo, las noches que había pasado trabajando con los padres de los jugadores, las reuniones después del horario laboral, las discusiones con Herman Lutz, estaba saliendo exactamente como Parker planeara, y ni una sola vez se había desvelado.

Hasta el accidente.

Desde entonces habían aparecido dos artículos. El primero se atenía a los hechos. Narraba la historia de las carreras callejeras y la gravedad de las lesiones del entrenador Reynolds. Había habido una posibilidad de que el hombre muriera. Por supuesto, igual que todos los demás, Chuck Parker oraba porque el entrenador viviera. E igual que todo el mundo, también se sintió aliviado cuando do el artículo del lunes informó que la condición del hombre había mejorado.

Pero eso no era lo único que decía el artículo del lunes.

El periodista había entrado a la sala de espera del hospital y entrevistó a cuanto chico encontró allí. Fue la historia *de ellos*, junto al hecho de que el entrenador estuviera en el colegio hasta tan tarde esa noche, lo que Chuck hallaba más problemático.

Según el artículo, los muchachos del Colegio Marion apreciaban tanto al entrenador Reynolds como al fútbol americano. Un jugador afirmó que el fútbol y el entrenador eran lo mismo, y que lo serían eternamente para cualquiera que se llamara Águila.

Las citas de los muchachos contaban la historia.

«Él llega algunos sábados por la mañana con bolsas llenas de hamburguesas, suficientes para todo el equipo».

«El entrenador se preocupa por más que fútbol. Es alguien con quien puedes hablar y siempre te dará el consejo adecuado. Para muchos de nosotros él es como un segundo padre».

«Cada temporada vamos a la casa del entrenador para su famoso asado en el patio la noche anterior a los partidos locales. Trata a cada uno de nosotros como a un hijo. La realidad es que el entrenador nos ama».

Las declaraciones de los chicos parecían estar escritas en tinta indeleble en las tablas de piedra del corazón de Chuck Parker. Si el entrenador Reynolds era tan maravilloso, ¿por qué no le había ido mejor a Casey?

La respuesta de Reynolds nunca había cambiado con relación al tema: Casey tenía un problema de actitud. Chuck siempre desestimó eso. Su hijo simplemente era tan intenso como competitivo.

Pero desde el accidente, Chuck se preguntaba si quizás... solo quizás... el entrenador tuviera razón.

Después de todo, ¿por qué estaba Casey corriendo? Según la historia, él y Jake habían discutido en una fiesta, y Casey lo desafió a resolverlo en las calles. Al menos, el muchacho había sido sincero con la policía. La idea de correr fue de Casey, con el propósito de vencer a Jake Daniels por lo menos en algo, aunque eso significara violar la ley.

¡Ni hablar de mala actitud! La de Casey era una actitud insolente y privilegiada que seguramente no le ayudaría a triunfar en la vida.

Todo eso dejó a Chuck preguntándose si quizás no había estado equivocado con relación al entrenador Reynolds. A Chuck solo se le ocurría una razón para estar en el colegio después de la medianoche el día del partido. Reynolds debió haber estado poniéndose al día en lo que hacen los profesores cuando no están dictando clase. Tareas escritas... planificando tiempo de clases... corrigiendo exámenes. Algo así.

Eso era algo que Chuck nunca hubiera considerado. El entrenador Reynolds simplemente era un tipo muy trabajador, honesto y dedicado... y Chuck había pasado toda la temporada tratando de anularlo; estaba consciente de que no había nada de cierto en lo que había querido que la gente pensara acerca de Reynolds. La verdad estaba allí en el artículo.

Con razón no podía dormir.

Era martes por la mañana, y después de otra noche de insomnio, Chuck estaba tan cansado que se sentía drogado. Se levantó tambaleándose, se lanzó agua a la cara, y se las arregló para bajar las escaleras hasta el porche principal. El periódico era su ventana hacia el mundo en esos días. Casey había vuelto al colegio, pero lo habían sacado del equipo y no podía conducir autos. No servía para informarle a Chuck respecto al caso.

Pero el periódico tendría algo. La historia había aparecido en primera página cada uno de los dos días anteriores. Probablemente esa mañana habría más datos recientes. El hombre recogió el periódico, entró a la cocina arrastrando los pies y lo extendió sobre el mesón.

El titular en la parte superior de la página lo dejó helado, hizo que el corazón casi se le paralizara, le revolvió el estómago: *Entrenador del Colegio Marion queda paralizado en accidente de carreras callejeras.*

Debía haber una equivocación. Reynolds estaba en gran condición física. El tipo era alto y musculoso, probablemente tan fuerte ahora como lo había sido en su apogeo universitario. Un hombre así no podía estar paralizado.

Chuck leyó el artículo.

Los médicos anunciaron el lunes que el entrenador John Reynolds del Colegio Marion resultó con una lesión permanente de columna cuando su vehículo fue chocado la madrugada del sábado por un adolescente durante una carrera callejera. La lesión ha dejado a Reynolds paralizado de la cintura hacia abajo.

Chuck aventó el periódico. Se le enfermó el estómago y salió disparado hacia el baño. No sentía las rodillas y tuvo náuseas. Los intestinos se le contrajeron una y otra vez hasta sentir que iba a vomitar.

Cayó para atrás con un gemido. ¿Qué clase de asqueroso era él al dirigir un ataque contra un hombre como John Reynolds? En cada oportunidad el entrenador solo había hecho lo que era mejor para los muchachos. Incluso con el propio hijo de Chuck.

El estómago se le revolvió otra vez.

Inclinó la cabeza en el brazo, respirando entrecortadamente. El entrenador Reynolds no era el problema sino Casey. Casey y Billy... y principalmente el mismo Chuck. Había usado su encanto y su influencia entre los padres de familia para convencerlos de mentiras, para influirles la manera de pensar y básicamente arruinar a un hombre que había dado dieciséis años de servicio al equipo de fútbol americano del Colegio Marion. Un hombre que había desarrollado el programa solamente con arduo trabajo y determinación.

Los espasmos en el estómago finalmente se detuvieron y Chuck Parker se esforzó por ponerse de pie. Al agacharse para lavarse las manos y la cara, estaba seguro que le había brotado una montaña entre los omoplatos.

¿Cuánto de lo que le acontecía al entrenador Reynolds era culpa del mismo Chuck?

Si hubiera escuchado al entrenador, si hubiera hecho algo respecto a la actitud de su hijo unos años atrás, quizás Casey no hubiera desafiado a Jake a correr. Tal vez ellos estarían hoy a punto de ser otro colegio en entrar a las eliminatorias distritales, y no uno en aparecer en las noticias de primera plana con un entrenador sin la facultad de caminar.

Todo por culpa de Chuck.

No solo eso, sino que él había sido responsable de hacer que la última temporada del entrenador con las Águilas fuera nada menos que una pesadilla.

Chuck se secó las manos y se alejó del espejo. No podía mirar, no podía enfrentar el rostro del hombre en que se había convertido. Pero había algo que podía hacer, algo que debió hacer al principio de la temporada. Y en ese instante tomó la decisión de hacerlo.

Llamaría para decir que estaba enfermo y pasaría el día asegurándose que aquello ocurriera.

Si se apuraba, quizás no sería demasiado tarde.

Jake Daniels compareció ante un juez en la corte juvenil. Todavía usaba el color azul de la cárcel, y como su juicio exigía aparecer en público, el policía escolta se aseguró que el chico estuviera esposado.

El momento en que Jake entró a la corte supo que algo estaba mal. Su padre y su madre se encontraban casi juntos en una de las bancas, pero cuando entró apenas lo miraron. Papá había pagado un abogado, un hábil y elegante tipo llamado A. W. Bennington, que tenía un despacho en el centro de la ciudad y reputación de sacar fácilmente a tipos malos. La clase de individuo con que Jake no se habría relacionado... hasta ahora.

—El juez leerá tus acusaciones y te preguntará cómo te declararás —había explicado A. W. en la reunión que tuvieron el lunes por la tarde—. Te declararás inocente. Yo haré el resto.

—¿Me mantendrán aquí?

Jake no supo por qué preguntó eso. En realidad no le importaba. ¿A dónde iría si lo dejaban salir? No al hospital con los demás compañeros, que habían estado haciendo vigilia allí. No al cuarto del entrenador Reynolds. Difícilmente. Tampoco de vuelta al colegio. Había sido un monstruo, alguien de quien los otros chicos murmuraban, se burlaban, y a quien odiaban total y absolutamente. El entrenador Reynolds era sin duda el profesor más popular del colegio. La lealtad hacia él quizás había sido poco firme entre los padres de las Águilas, pero era más fuerte que el concreto entre los muchachos del campus.

Además, Jake pertenecía a la cárcel.

Pero A. W. había meneado la cabeza.

—Estarás fuera tan pronto como termine el juicio.

El padre y la madre del muchacho se habían turnado para visitarlo después de que el abogado se fuera el día anterior. Papá había ido a casa, ¿por qué entonces se veían los dos como si los hubieran sentenciado a muerte?

Condujeron a Jake a la corte y lo sentaron en una larga mesa. A. W. ya estaba allí, se veía mucho más elegante que todos los demás adultos. Quién sabe cuánto le habría pagado su padre a ese hombre. Cualquier cosa para evitar que Jake pasara una década en prisión.

—El entrenador está paralizado —le informó A. W. frunciendo el ceño e inclinándose más—. Tus padres dijeron que salió esta mañana en los periódicos. La noticia podría dificultar un poco las cosas.

Jake giró la cabeza y miró a su madre, que lo observaba; cuando sus miradas se encontraron, él vio que ella lloraba. Mamá asintió lenta y firmemente con la cabeza y vocalizó algo que Jake no pudo comprender. El chico cambió la mirada hacia su padre, que solo se mordía el labio y miraba al suelo.

Los músculos en el cuello de Jake se relajaron, sus ojos volvieron a mirar hacia el frente del salón. Deseaba morir, contener el aliento y dejar que Dios se lo llevara del horror de vivir.

El entrenador Reynolds estaba paralizado. No, eso para nada era así. Jake lo había paralizado. Esa era la verdad del asunto. Había visto la camioneta frente a él esa noche, ¿verdad? Pudo haber girado bruscamente el volante y haber volcado el auto. Seguramente habría muerto, pero el entrenador estaría bien. Había sido un estúpido egoísta al chocar el auto contra la camioneta. Ahora la vida del hombre estaba arruinada. Un hombre al que Jake admiraba y respetaba, un hombre que era un héroe para al menos mil muchachos.

El entrenador no volvería a dar la vuelta a la pista con ellos, ni volvería a jugar con el equipo, ni les haría hacer ejercicios. Los muchachos no volverían a ver al profesor caminando por la cancha, el sitio de entrenamiento, con la bolsa deportiva colgándole del hombro y la gorra de béisbol casi cubriéndole los ojos. Nunca más.

Y todo era por culpa de Jake. Dejó caer la cabeza entre las manos. ¿Qué había dicho A. W. un momento antes? ¿Que eso podría hacer las cosas un poco más difíciles? Entonces hizo rechinar los dientes. ¿Era eso lo único que le importaba a esta gente? ¿No entendían lo que Jake había hecho? ¿Lo que le había robado al entrenador Reynolds?

—Todos de pie.

La jueza era una mujer que se veía formidable con el cabello canoso y el rostro rechoncho. *Muy bien. Tal vez ella me encierre para siempre.*

A. W. estaba de pie. Indicó a Jake que hiciera lo mismo.

—Jake Daniels, se le acusa de una serie de crímenes que incluyen los siguientes —empezó ella, y leyó la lista, pero no había nada nuevo; las mismas cosas que el policía y su madre le habían dicho, las mismas que A. W. le había dicho personalmente ayer—. Por el momento lo trataremos como menor. ¿Cómo se declara ante las acusaciones?

—Culpable, señora —fueron las primeras palabras que le vinieron a la mente.

—Espere un momento, Su Señoría —exclamó A.W. dando un gran paso al frente de Jake y agarrándole la mano—. ¿Podría hablar con mi cliente en privado?

—Apúrese —respondió la jueza con las cejas arqueadas—. Este es un lugar ocupado, abogado. Debió haber preparado a su cliente antes de venir aquí esta mañana.

—Sí, Su Señoría —asintió A. W. sentándose, agarrando con firmeza a Jake de la manga azul de algodón, y obligándolo a agacharse; entonces le habló entre dientes moviendo los labios casi en lo alto de la oreja del joven—. ¿Qué estás haciendo?

—Ella me preguntó cómo quería declararme —contestó Jake sin preocuparse de que lo oyeran.

—Mantén baja la voz —ordenó A. W. mirándolo; el sujeto estaba tan cerca que parecía tener un gigantesco glóbulo ocular—. Se supone que le dirías: «Inocente». ¿Recuerdas? Como hablamos.

—Pero *soy* culpable. Lo hice. Choqué el vehículo de entrenador, ¿para qué mentir entonces?

Jake estaba seguro de que al abogado le iba a dar una crisis nerviosa, y ya le aparecía sudor en el labio superior.

—No estamos hablando de si golpeaste al tipo sino de qué clase de crimen se te debería acusar —explicó A. W. con temblor en las manos—. Lo que estamos diciendo hoy es que no creemos que seas culpable del delito mayor de asalto con un arma mortal.

Sin orden definido, las palabras revoloteaban alrededor de Jake. Parecía que todos en el salón lo estuvieran mirando, incluyendo sus padres. Sin importar qué pretendería el juicio, no tenía más alternativa que cooperar. Se recostó entonces contra la silla, con los brazos cruzados.

—No importa.

A. W. miró al chico un poco más prolongadamente, como si no estuviera seguro de que Jake estuviera listo para dar la respuesta adecuada.

—Estamos listos, Su Señoría —afirmó luego girando un poco la cabeza hacia la jueza.

—Muy bien —asintió ella, parecía aburrida—. ¿Se puede parar el acusado, por favor?

La magistrada hizo una pausa para causar efecto.

—De nuevo —concluyó.

Jake se puso de pie.

—¿Cómo se declara usted ante las acusaciones en su contra?

El muchacho lanzó una rápida mirada al abogado, que miraba su libreta de anotaciones, negándose a ver directamente.

—Inocente, Su Señoría —expresó Jake volviendo a mirar a la jueza.

—Muy bien. Se puede sentar.

Inmediatamente el otro tipo, el fiscal del distrito, se levantó y se acercó a la jueza.

—El estado quisiera solicitar que se tratara a Jake Daniels como adulto, Su Señoría. Tiene diecisiete años, a solo meses de la mayoría de edad legal —pidió el abogado del estado inclinando la cabeza por un breve instante; cuando volvió a mirar a la jueza parecía que el sujeto estaba a punto de llorar—. Nos enteramos esta mañana que la víctima en este caso quedó paralizada en el accidente. Su condición es permanente, Su Señoría. Por tanto, debido a la gravedad del crimen estamos convencidos que se debería tratar como adulto al señor Daniels.

Jake no estaba seguro de cuál exactamente era la diferencia, solo que A. W. no quería que lo trataran como adulto. A Jake no le importaba. El otro abogado tenía razón. Él no era un niñito; había sabido sin ninguna duda lo peligrosas que eran las carreras callejeras, pero de todos modos lo había hecho.

La jueza dijo algo respecto de tomar en dos semanas la decisión de si a Jake se le debería tratar como adulto o no. Entonces el turno de A. W. llegó otra vez. El tipo pidió que Jake fuera entregado a sus padres porque en realidad era básicamente un buen chico. No tenía antecedentes previos, no se le encontró alcohol en el sistema la noche del accidente. Solo se trataba de una estúpida equivocación con trágicas consecuencias.

—Quiero que se le revoque de inmediato la licencia —determinó la jueza haciendo una anotación en una hoja de papel—. También lo quiero inscrito en un bachillerato extracurricular para que no esté asistiendo a clases con el otro joven involucrado en el accidente. Con esas estipulaciones se le concede su petición, abogado. El señor Daniels podrá irse con sus padres en espera del resultado de su proceso.

El juicio acabó tan rápido como había empezado, y un uniformado se acercó a Jake.

—Dese vuelta.

El joven obedeció, y el hombre le quitó las esposas de las muñecas.

—Te estás yendo a casa, Jake —comentó A. W. sonriéndole—. Eres hombre libre.

Pero era mentira.

El entrenador Reynolds estaba paralizado.

Mientras viviera, nunca, pero nunca más, Jake volvería a ser libre.

Diecisiete

ERA COMO ARRASTRAR CINCUENTA KILOS DE PESO MUERTO.

Habían pasado cuatro semanas desde el accidente y los médicos habían llevado a John a un cuarto en la unidad de rehabilitación. Tenían ciertos objetivos, ciertos puntos de referencia para que él lograra transferirse de una cama a una silla de ruedas, y de una silla de ruedas al baño y volver otra vez. Querían que se vistiera solo y que aprendiera a buscar dolores en las piernas y el torso.

La lección de hoy era sobre reconocer cuándo una herida abierta necesitaba tratamiento médico.

—Las llagas representan una amenaza insidiosa, señor Reynolds —explicó el espigado terapeuta físico de menos de cuarenta años de edad; era claro que al hombre le apasionaba el trabajo, pues estaba decidido a brindar independencia a aquellos como John, que recientemente se había unido a los parapléjicos.

John esperaba que el hombre lo perdonara por ser menos que entusiasta.

—Señor Reynolds, ¿está usted escuchando?

—¿Hmmm?

John no se había dado cuenta de cuántas personas lo llamaban *entrenador* hasta que lo ingresaron al hospital. Aun después de cuatro semanas no le parecía bien... *Señor Reynolds* y no *entrenador Reynolds*. Era como si los médicos, las enfermeras y los técnicos en rehabilitación estuvieran hablando acerca de alguien totalmente distinto al hombre que él había sido una vez.

Pero la verdad es que eso estaba precisamente bien, ¿no es así? Él no era el hombre que había sido antes del accidente.

—Lo siento. Dígalo de nuevo.

—Las llagas... mire, se desarrollan en áreas donde el cuerpo se frota de manera regular. El problema es que con parálisis usted no puede sentir la frotación. La situación se vuelve especialmente peligrosa después de que haya estado en esa condición por varios meses o más. Es entonces cuando el cuerpo empieza a mostrar señales de atrofia muscular. Se sabe que sin la barrera de músculo, los huesos se frotan contra la piel. Así que usted podrá ver el problema, señor Reynolds.

John deseó derribar al hombre con la silla de ruedas. Mejor aún, quiso gritar: «¡Basta ya!» a todo pulmón y observar a una docena de sacasillas entrar corriendo a la escena para decirle que se podía levantar ahora. Que la función había terminado.

Por supuesto, la verdad es que no podía hacer ninguna de las dos cosas. Si quería estar en casa antes de Navidad solo podía sentarse aquí y escuchar a un extraño diciéndole cómo se le consumirían las piernas y cómo le aparecerían llagas en el cuerpo durante el proceso. John se afincó en el respaldar de la silla de ruedas, mirando fijamente la boca del hombre, que aún se estaba moviendo, todavía explicándole la realidad de la situación de John con detalles meticulosamente vívidos.

Pero John ya no estaba escuchando. Quizás su cuerpo estuviera prisionero, pero su mente podría ir adonde quisiera. Y ahora mismo quería pensar en el mes pasado.

John supo que estaba en problemas desde el instante en que había vuelto en sí esa tarde sabatina después del accidente. No tenía recuerdos del accidente, ninguno en absoluto. En un momento estaba saliendo del estacionamiento del Colegio Marion, al siguiente despertaba en una cama de hospital, sintiéndose agobiado a muerte. Y algo más, algo peor aún.

Al principio había estado demasiado distraído para notarlo.

Abby estaba allí, además de Kade, Sean, Nicole y Matt. Debía haber sabido lo que estaba sucediendo, tenía que ser grave si todos estaban reunidos alrededor de él. Había estirado la mano hacia la garganta y entonces la enfermera había entrado para advertirle que se estuviera quieto. Mientras más quieto mejor.

Tranquilízame, Señor. Y en segundos sintió que el cuerpo se le relajaba. Los tubos no lo estaban ahogando; solamente lo sentía así. Mientras más relajado, más fácil le era respirar.

Fue solo entonces, cuando pudo respirar de modo más normal que John lo comprendió. Algo estaba terriblemente mal. El cuerpo le dolía por estar en una sola posición y quiso enderezarse. Al instante el cerebro le envió una serie de órdenes. Dedos de los pies: échense hacia atrás... pies: señalen hacia adelante... tobillos: giren... piernas: cambien de posición.

Pero el cuerpo no obedecía ni una sola orden.

El sobresalto hizo añicos la apacibilidad de John, pero se negó a revelarlo. Su familia estaba observando, mirándolo para darle fortaleza. Además, al principio esperaba equivocarse. Quizás eso fuera parte de la medicación que le habían dado, algo para hacerlo sentir cansado y letárgico. Tal vez un analgésico. Posiblemente las piernas se le hubieran lesionado en el accidente y aún estarían bajo el efecto de profunda anestesia.

El domingo estuvo durmiendo casi todo el tiempo, pero tenía suficiente consciencia para saber que nada de eso le debía haber quitado la sensación en las piernas. Esa noche comenzó a hacer intentos siempre que estaba despierto. Durante los pocos minutos en que no había nadie en el cuarto deslizaba la mano por debajo de la sábana y se palpaba alrededor. Primero el estómago, luego las caderas y los muslos.

Sobre el ombligo podía sentir la mano de modo muy normal. Sentía la frescura de los dedos y el dolor al pellizcarse. Pero más abajo, nada. Ninguna sensación en absoluto. Era como si tocara a alguien más, como si alguien le hubiera quitado la mitad inferior y la hubiera reemplazado con la de un extraño.

Entonces revisaba para todos lados en el cuarto, y si no venía nadie se miraba una parte de su cuerpo y le ordenaba que se moviera. La pelvis o las piernas. Incluso los dedos de los pies.

Siempre era lo mismo: nada. Ningún movimiento.

Así que cuando le quitaron los tubos de la garganta, y le tomaron una serie de radiografías y exámenes en la espalda, John supo qué estaban buscando. Les pudo haber ahorrado el tiempo. Finalmente preguntó qué pasaba, qué le estaba ocurriendo. Cuando el doctor Furin entró al cuarto, cerró la puerta y le anunció que tenía malas noticias, John se le adelantó.

—Estoy paralizado, ¿verdad?

—Sí —contestó el médico cariacontecido, como si prefiriera haberse convertido en plomero, abogado o contador; cualquier cosa menos un doctor obligado a decirle a un hombre saludable como John Reynolds que no volvería a caminar—. Eso temo. Estábamos esperando que la hinchazón se normalizara...

El médico luchaba por encontrar las palabras adecuadas.

—Teníamos esperanzas de que la parálisis fuera temporal.

El momento en que John supo la verdad solo tuvo una preocupación. ¿Cómo tomaría Abby la noticia? En esas primeras horas él se había negado a sentirse devastado. Superaría el reto, ¿verdad que sí? Se adaptaría a una silla de ruedas y haría todo lo que había hecho antes. Y un día aprendería a caminar otra vez, dijeran lo que dijeran los médicos. No solo a caminar, sino a correr. Sí, volvería a correr en pocos meses o en pocos años. El tiempo que se necesitara. Les demostraría a los médicos cómo se podía hacer algo así.

Lo único que importaba era si Abby soportaría el impacto.

Tan pronto como la vio supo que no debió haberse preocupado. El rostro de ella era un reflejo directo del corazón y del amor que sentía por él. Un amor que no podía afectarse con algo como una parálisis. En la mirada su esposa tenía una fortaleza que reflejaba la de él mismo. Lucharían contra esto, batallarían. Y un día, juntos, lo vencerían.

Entonces, cuando Abby le habló del accidente, que lo había chocado nada menos que Jake Daniels, las preocupaciones de John se enfocaron por completo en el muchacho. Jake estaría devastado por la noticia, angustiado más allá de su capacidad de soportar. En las dos semanas siguientes John sobrevivió orando por Jake, suplicando a Dios que sacara algo bueno de lo sucedido, pidiéndole que le diera al joven el valor para que lo visitara. De ese modo el chico constataría por sí mismo que a John no se le iba a acabar la vida debido a una falta de sensación en las piernas.

Difícilmente.

Uno de sus visitantes esa primera semana había sido Nathan Pike. El muchacho parecía incómodo, vestido en su acostumbrado atuendo negro. Pero había algo distinto... John tardó pocos minutos en darse cuenta, pero luego todo estuvo claro. La rebeldía había desaparecido.

—Supe lo que ocurrió —expresó Nathan rayando el piso con los pies y con las manos en los bolsillos—. Tenía que venir. La clase de hábitos de salud no es divertida sin usted.

—De todos modos los hábitos sanos no son divertidos —contestó John sonriendo.

—Así es —asintió el chico encogiendo los hombros—. Usted sabe lo que quiero decir.

Luego hubo un silencio y el muchacho pareció incómodo.

—¿Estás bien, Nathan?

—En realidad... respecto a lo que sucedió en el partido... yo iba a llamarlo al día siguiente, pero entonces... bueno... —balbuceó y bajó la mirada hacia el suelo—. Usted sabe. Resultó lesionado.

—¿De qué habrías querido hablarme?

—De la amenaza... o lo que haya sido —expresó Nathan levantando la cabeza, con la mirada más seria que John había visto alguna vez en esos ojos—. Señor Reynolds, yo no hice eso. Lo juro. He hecho muchas cosas estúpidas, pero eso no. Estuve todo el día en la biblioteca. De veras.

—Está bien —declaró John; aquello iba contra toda razón, pero le creía—. Lo que digas.

—Me cree, ¿verdad?

—Te creo —indicó John apretando un puño con los nudillos por encima hacia Nathan.

—¿Sabe algo, entrenador?

—¿Qué?

—Usted es el único que me cree.

Después de eso hubo otros visitantes, docenas de estudiantes y jugadores. Todos ellos ayudaron a que John se distrajera de la gravedad de la situación. Pero cuando empezó la rehabilitación la realidad lo golpeó con fuerza.

John le había dicho a Abby que sin duda alguna después de unos días de terapia tendría otra vez movimiento en los dedos de los pies. Por lo menos.

En lugar de eso, un terapeuta pasó casi dos días enseñándole cómo deslizarse de la cama hasta la silla de ruedas. Mover los dedos de los pies o cualquier otro órgano por debajo de la cintura era tan imposible como querer que se moviera alguna parte del cuerpo de otra persona.

—¿Cuánta rehabilitación se necesitará antes de que yo pueda mover los pies? —preguntó John al doctor Furin la noche del segundo día de terapia.

El médico ya se disponía a salir del cuarto cuando se paró en seco.

—Señor Reynolds, su parálisis es una condición permanente. Algunas personas han logrado avances milagrosos, dependiendo de su situación. Pero en este punto no esperamos que usted alguna vez vuelva a tener sensación en las piernas. No importa cuánto tiempo pasemos rehabilitándolo.

—¿Por qué molestarse entonces? —objetó John, siendo esta la primera vez que sentía ira desde el accidente.

—Porque... —respondió el doctor Furin con amabilidad en la voz—. Si no lo hacemos usted nunca saldrá de la cama.

La respuesta enfureció a John, por lo que esa noche se lo dijo a Abby.

—Al menos me podrían dar un motivo para tener esperanza.

Abby había sido fuerte como el acero, casi nunca lloraba... al menos no frente a su esposo. Pero él la conocía lo suficiente para saber que a veces ella estaba llorando en alguna parte. Pero apreciaba el hecho de que mantuviera la barbilla levantada frente a él.

—¿Desde cuándo encuentras tu esperanza en lo que dicen los médicos, John Reynolds? —desafió ella acercándose a la cama y deslizando los dedos sobre la agotada frente de él.

—No lo había pensado así —contestó ya sin ira.

—Sí —expuso ella con una sonrisa en el rostro—. Por eso es que me tienes a mí. Para recordarte la verdad.

—Que mi esperanza solo se puede hallar en Dios, ¿es así?

—Exactamente.

—Muy bien entonces, Abby... tienes que hacer algo por mí.

—¿Qué?

—Ora por un milagro —pidió él con lágrimas en los ojos y parpadeó dos veces para verla más claramente—. Nunca dejes de orar.

En los días siguientes las Águilas de Marion terminaron su temporada de fútbol americano perdiendo en la segunda ronda de eliminatorias. Los entrenadores asistentes de John habían dirigido desde el accidente, y trajeron un mariscal de campo del equipo de reservas para comandar el partido. Casi todos los jugadores y entrenadores habían ido a ver a John, la mayor parte de ellos apareciendo solo por unos instantes para traerle un balón firmado, una tarjeta o un ramo de globos.

Al final de la temporada las visitas disminuyeron y John se entregó de lleno a la rehabilitación.

Gradualmente aprendía los ejercicios que los terapeutas le exigían. Ya podía equilibrar el torso con la fuerza de las manos y balancearse dentro de la silla de ruedas. Sus esfuerzos por sentarse en el inodoro eran más difíciles, pero podía hacerlo ahora sin ayuda. Es más, el doctor Furin le había asegurado que tal vez estaba a una semana de irse a casa.

«Definitivamente antes de Navidad», le había informado el otro día, sonriendo. «Apuesto a que esa es la mejor noticia que ha oído en mucho tiempo».

Debería haber sido así, pero de alguna forma no lo era. Después de un mes en el hospital, un mes de no llegar a tener ni un solo centímetro de movimiento en los pies o las piernas, la generalmente feroz determinación de John se enfriaba a toda velocidad.

¿Navidad? ¿En una silla de ruedas?

Los días anteriores seguía clamando un milagro a Dios, pero no con algún verdadero sentido de que eso sucediera de veras. Ya no pensaba en luchar contra el diagnóstico, en superar las posibilidades o en volver a recuperar de alguna manera la capacidad de caminar.

Al contrario, pensaba en todo lo que había perdido.

Anoche fue la primera vez que Abby lo notó. Ella lo puso al día respecto a Jake. El juez había postergado la decisión de si trataban al muchacho como adulto y al mismo tiempo el fiscal del distrito estaba rechazando cualquier clase de declaración negociada. El juicio sobre cómo lo tratarían se había fijado para dentro de diez días. Pero de cualquier forma, parecía que Jake sería procesado.

—John Reynolds —expresó Abby dejando de hablar y colocándose las manos en las caderas—. Ni siquiera estás escuchando.

—Estoy escuchando —refutó John parpadeando—. Eso está muy mal. Acerca de Jake, quiero decir.

—¿Muy mal? —objetó Abby enfadada—. Cuando resultaste lesionado no podías soportar el pensamiento de que Jake fuera a la cárcel. ¿Ahora solamente eso está «muy mal»?

—Lo siento.

—No lo sientas, John, debes *enojarte*. Debes estar furioso. Enfadado. Pero no te quedes ahí tirado con esa monotonía y diciendo que lo sientes. Ese no es el hombre con que me casé.

—Tienes razón —contestó él con el mismo tono de voz.

—¿Qué significa eso?

—No soy el hombre con quien te casaste, Abby. He perdido la batalla.

—¿Que tú *qué*? —cuestionó ella furiosa, yendo de un lugar a otro en el cuarto del hospital—. No me hables de perder la batalla, John. ¡La batalla ni siquiera ha comenzado! No me puedes pedir que ore por un milagro si ya te has dado por vencido. Es decir, vamos...

La conversación continuó de ese modo por una hora hasta que finalmente Abby se quebrantó y lloró. Luego se disculpó por esperar demasiado y le aseguró que tenía derecho de desanimarse. Antes de salir admitió que él no era el único. Ella también estaba desanimada.

Con razón él no podía concentrarse en el terapeuta y las llagas. Durante horas enteras del día, incluso en medio de la rehabilitación, no podía hacer nada más que recordar. Cómo había sentido al mundo debajo de los pies mientras volaba por la cancha de fútbol americano; con cuánta facilidad había recorrido el aula día tras día en los últimos veinte años. Cómo sus hijos se le habían balanceado de niños sobre las rodillas, y cómo los había cargado en la espalda cuando caminaban por el zoológico.

Cómo había sentido las piernas de Abby cerca de las suyas cuando bailaban en el extremo del muelle. Cómo se había sentido el cuerpo de ella debajo del de él cuando...

—Señor Reynolds, me gustaría que me lo vuelva a explicar ahora —expresó el delgado terapeuta dando golpecitos en el portapapeles y con expresión de poca tolerancia—. ¿Con cuánta frecuencia debe revisar su cuerpo por si tiene llagas, especialmente después de comenzada la atrofia? ¿Ha oído algo de lo que le he dicho? ¿Señor Reynolds?

John miró al hombre, pero no pudo responder. Los milagros que había esperado no estaban aconteciendo y ya había llegado a la etapa siguiente, en la que estaría el resto de la vida. La vida sin bailar, sin correr o sin hacer el amor con Abby. Era una etapa que no había previsto, que no había planificado. Y por una sola razón eso era ahora más doloroso incluso que los primeros días tras saber que había quedado paralizado.

La realidad se había asentado.

Dieciocho

ABBY NUNCA SE HABÍA SENTIDO MÁS ESTRESADA EN TODA LA VIDA.

En parte quería un glorioso regreso a casa. Era Navidad, después de todo. Deberían haber armado y decorado el árbol, que la casa pareciera festiva como siempre había sido en esta época. Se imaginaba una casa llena de invitados que estuvieran allí para saludar a John cuando llegara y así sostener una amena conversación toda la noche.

Pero John no quería nada de eso.

«Solo llévame a casa y déjame sentar en la sala con mi familia, Abby. Nada más».

Abby se mantenía despierta tratando de hacer cualquier cosa que John necesitara en el momento preciso. Cuando él se desanimaba, ella era el apoyo silencioso. Cuando se enojaba, la paciente oyente. Y ella lo animaba cuando él mostraba señales de determinación, de buena disposición para luchar contra la terrible maldición que le había caído encima. Si Abby no lograba interpretarle el humor, entonces mantenía una falsa sensación de euforia... era su manera de convencerlo de que ella estaba bien con la parálisis de él y que los cambios en sus vidas no eran suficientes para quitar el gozo de esta mujer.

Pero todo era mentira.

Abby no estaba feliz. No lo había sido desde el accidente de John. Pero ante él debía parecer feliz y positiva. Él necesitaba eso de ella. El problema era que no tenía ningún sitio dónde bajar la guardia, dónde llorar y quejarse contra los giros inesperados que la vida había tomado.

Y así esta esposa mantenía todo eso enfrascado dentro del corazón, donde lo único que conseguía era tenerla al borde del abismo. Ansiosa, tensa y sola.

Al final Abby hizo como John le pidiera y mantuvo a lo mínimo la celebración de regreso a casa. Kade, que había vuelto a la universidad para terminar la temporada de fútbol y el semestre, se encontraba en casa debido a las vacaciones de Navidad. Él y Sean habían escogido un árbol y lo habían llevado a casa antes de la llegada de John. Nicole, Matt, Jo y Denny habían ayudado a decorarlo.

El doctor Furin dio de alta a John a la una esa tarde, y una hora después él y Abby llegaban al frente de la casa. Ella apagó el motor, por un instante ninguno de los dos se movió.

—¿Te puedes imaginar, Abby? —inquirió John mirando la puerta principal de su casa—. Nunca volveré a conducir. ¿Has pensado en eso? Quiero decir, nunca más.

—Conducirás, John. Se hacen vehículos creados para personas con...

—Abby, ¿me puedes dejar que acepte la verdad por un momento? —objetó él en tono áspero, pero inmediatamente recostó otra vez la cabeza contra el asiento—. ¡Uf! Lo siento.

La miró, ella pudo verle la profunda fatiga en los ojos y los rasgos.

—No quería ser brusco contigo.

—Solo intentaba ayudar. Hacen autos especiales... con ascensores... esa clase de dispositivos —balbuceó Abby mientras le temblaban las manos, sin poder respirar a fondo.

¿Cómo se sentiría empujar a John al interior de la casa? ¿Sabiendo que él nunca más volvería a subir caminando a su lado hasta la puerta? Apretó los dientes. Había mantenido la tristeza a raya aunque esta la matara. Es lo menos que John merecía.

—¿Sabes cuánto damos por sentado? ¿Las pequeñas cosas en la vida? Como subir a un auto, conducir y subir la acera hasta la puerta principal.

—Lo sé —contestó Abby conteniendo la respiración.

¿Quería John que ella llorara con él o que representara el papel de animadora? ¿Y los sentimientos de *ella*? ¿La pérdida que estaba sufriendo?

—Entremos —expresó ella exhalando débilmente y volviendo a llenar los pulmones—. Los chicos están esperando.

John asintió y abrió la puerta. Como el atleta que aún era, hizo oscilar las piernas fuera del auto. Abby trató de no observar la grotesca manera en que estas colgaban y caían sobre la acera. El hombre hizo lo que pudo por enderezarlas, pero eso no ayudó.

—Traeré la silla —dijo ella poniéndose rápidamente en acción después de que él volteara a mirarla.

John bajó la cabeza mientras su esposa rodeaba el vehículo, abría la cajuela y empujaba la silla de ruedas por la calzada. Abby se abrochó la chaqueta. Hacía frío, pero al menos no nevaba. Por casi un minuto luchó con el seguro, rompiéndose una uña en el proceso.

—¡Ay! —exclamó sacudiendo la mano para tratar de aliviar el dolor.

—¿Qué pasa? —inquirió John estirando la cabeza, pero sin poder verle la base sangrante de la uña.

—Nada —contestó ella pestañeando para contener las lágrimas.

Qué extraño era estar luchando de ese modo sin tener la ayuda de John. Él estaba a tres metros de distancia. A solo tres infelices metros. Pero no podía pararse y ayudarle.

—Estoy... estoy tratando de abrir la silla, pero está atorada.

—Los seguros están a ambos lados. ¿Los puedes ver?

John trataba de hacer lo mejor por ayudarla, pero ella necesitaba más que sus sugerencias. Necesitaba su fortaleza.

—No se mueven —anunció ella volviendo a jalar, esta vez con más fuerza; *no permitas que él me oiga llorar, Señor...*—. Esto no funciona.

Abby batalló un momento más y entonces, en una ráfaga de iracunda frustración, tiró la silla sobre el césped al lado de la acera.

—¡*Odio* esa cosa! —gritó apoyándose en el costado del auto y ocultando la cara en los brazos—. ¡La odio!

—Abby, ven acá —manifestó John con voz amable.

Ella deseó dar media vuelta y salir corriendo a cien kilómetros de distancia, a algún lugar donde John no necesitara una silla de ruedas para entrar a casa. Pero desearlo no serviría de nada.

Dios, me estoy derrumbando. Agárrame, Señor... agárrame, por favor.

No te apoyes en tu propia inteligencia...

Ese era el mismo versículo que le había llegado la última vez que se sintió de igual manera. Sin embargo, ¿qué podía significar? ¿No apoyarse en su propia inteligencia? ¿Había una forma distinta de entender las situaciones que ocurrían en las vidas de ellos? ¿Podría haber un *buen* aspecto en la parálisis de John...?

Abby no lo veía.

—¿Me oíste, Abby? Me estás matando —expresó John en tono más fuerte ahora—. Estás llorando, y no puedo hacer nada al respecto. Nada. Al menos ven acá para que te pueda abrazar.

Un dolor agudo la traspasó, hiriéndola en lo más profundo. No había pensado en eso. Cuán indefenso se sentiría él. Antes, si ella se enfadaba, él siempre se le acercaba. Ahora no podía hacerlo. Abby se enjugó las lágrimas y llegó hasta donde John, cayendo de rodillas frente a él. Las piernas de John le molestaban, así que le puso las manos en las caderas y las apartó. Esta no era la primera vez que ella las había movido en bien de él, pero aún no se acostumbraba a la sensación. No se movían fácilmente, sino de modo lento y pesado, como las piernas de un muerto.

Cuando el espacio entre las rodillas de él fue suficientemente grande, ella se acercó, presionando el cuerpo contra el de él y poniéndole la cabeza en el hombro.

—Perdóname por llorar. Se supone que este sería un momento feliz.

—Aahhh, Abby —exclamó John acariciándole el rostro con el de él—. No hay nada de felicidad en esto.

—Sí, la hay —dijo ella acercándosele al oído—. Estás *vivo*, John. Y estás en casa para Navidad. Eso es bastante por lo cual estar feliz.

—¿Así que esas lágrimas son de alegría? —cuestionó él pasándole ligeramente los labios por el cuello.

—Detesto tu silla.

—Es mi única fuente de libertad. Mi única manera de moverme de hoy en adelante, Abby.

—Lo sé. Perdóname.

—Está bien —afirmó él acercando los labios a los de ella y dándole un beso, suave y delicado; al apartarse para respirar, la miró a los ojos—. Yo también la odio.

Se oyó un sonido detrás de Abby, y ella volteó a mirar por sobre el hombro. Era Kade, acercándose saltando por el sendero de entrada.

—Hola, ¿por qué se demoran tanto? Estamos esperando adentro, ¿y ustedes dos aquí abrazándose o haciendo qué?

Abby examinó a su hijo mayor. El sufrimiento en los ojos de él era muy profundo, pero su sonrisa era sincera.

Ella se puso de pie y se sacudió las manos en los jeans. Aún le dolía el dedo con la uña rota.

—No puedo abrir la silla.

—¿Eso es todo? —preguntó Kade estirando la mano hacia la silla de ruedas y revisando los bloqueos a ambos lados, luego con la punta del zapato hizo girar un tercer seguro cerca de la base; con un simple giro de muñeca la silla se abrió, y Kade la puso en posición; entonces hizo una dramática reverencia—. Su carruaje, señor.

—Luché una eternidad con esa estúpida silla —dijo Abby retrocediendo, asombrada, y luego meneó la cabeza—. ¿Cómo supiste hacerla funcionar?

—Practiqué en el hospital —respondió Kade encogiéndose de hombros—. Demasiado tiempo sobre mis manos, supongo.

Abby observó mientras Kade colocaba la silla frente a John, deslizaba los antebrazos debajo de las axilas de su padre, y lo sentaba sobre el acolchado asiento. La escena le oprimía el corazón a Abby. ¿Cómo debió sentirse John? Él siempre había sido más fuerte que Kade... John el mentor, profesor y entrenador... ¿teniendo que ser levantado ahora sobre una silla de ruedas? ¿Por su hijo? ¿Y qué de Kade? El chico solo tenía dieciocho años, pero dio la impresión de que ayudar a su padre de este modo era un acontecimiento rutinario.

Una vez que John estuvo abrochado a la silla, Kade agarró los manubrios y empujó por la entrada.

—Bueno, papá... —dijo el muchacho abriendo la puerta principal y empujando a John al interior—. Bienvenido a casa.

Y con eso empezó un nuevo capítulo en las vidas de todos.

La nube negra que se había asentado alrededor de John estaba más oscura que nunca.

Valoraba la recepción y se sentía agradecido por estar en casa rodeado de su familia. Pero no importaba dónde se le posara la mente, siempre iba a parar al mismo lamentable lugar: sumida en autocompasión y remordimiento. Un sitio del que sencillamente no podía escapar.

Por supuesto, fingió estar bien. Aceptó las tarjetas, los buenos deseos y las declaraciones de ánimo de su familia respecto de lo bien que se veía así como cuán maravilloso era que hubiera sobrevivido.

Pero solo podía pensar en una cosa todo el tiempo: *¿Por qué yo, Señor? ¿Por qué ahora, precisamente cuando todo estaba yendo bien entre Abby y yo? ¿Cuando estábamos aprendiendo a bailar otra vez?* Desde la llegada a casa había sido seco con Abby, y con todo aquel que tuviera una reacción a la mala actitud de él. No quería una camioneta con silla de ruedas ni una invitación a las Olimpiadas Especiales.

Quería caminar. Solo una vez más... para poder saborear cada paso y apreciar la sensación de los zapatos en los pies, para poder maravillarse del equilibrio en las piernas y de la elegante manera en que corría alrededor de la pista en el Colegio Marion.

Solo un día más para despedirse de las piernas que le habían ayudado en todo acontecimiento importante de la vida. No es que eso le ayudara, de veras. Un solo día no sería suficiente. Pero si tan solo pudiera ahora volver a mover las piernas las valoraría cada día por el resto de la vida.

Qué malo que eso no fuera a pasar. Y hasta que pudiera encontrar en Dios la fortaleza para alejar la nube negra, también era malo no volver a gozar de cualquier otra ventaja.

Dos horas después de llegar a casa los muchachos habían vuelto a sus actividades. Abby estaba en la cocina, pero John seguía sentado en la silla, mirando por la ventana principal.

Señor, sé que aún estás allí, observándome, amándome. Tienes un plan para mi vida, incluso ahora...

«Sin embargo, ¿cuál podría ser? —susurró furioso en medio del silencio que lo rodeaba—. ¿Para qué soy bueno?»

Pasó otra hora. Al menos tres veces John pensó en algo que quería lograr, mirar o revisar en alguna parte en la casa. En cada ocasión agarraba los apoyabrazos de la silla e intentaba pararse.

Cada vez el cuerpo le daba un tirón al cinturón de seguridad y lo asentaba bruscamente. Comprendió entonces cuál era el problema. Aún no pensaba como una persona paralizada. El cerebro todavía le daba razones para moverse, pararse y caminar, pero las piernas ya no obedecían los argumentos. Se preguntó si lo mismo pasaba con todos los que sufrían parálisis repentina. Y de ser así, ¿cuánto tiempo pasaría también hasta que la mente cediera? ¿Hasta que el cerebro ya no pensara en sus piernas sino solo como en un peso muerto?

A John le había gustado siempre mirar por la ventana principal de su casa. Los árboles y una zigzagueante calzada que parecían algo salido de una pintura. Pero ahora no podía elegir otro momento para sentarse en algún lugar. Esforzó los músculos de la mandíbula y deslizó las manos alrededor de las ruedas en cada lado de la silla.

Especialmente diseñada para parapléjicos, personas que aún tenían el uso de los brazos, la silla de ruedas se manejaba más fácilmente que la mayoría. John dio dos fuertes empujones a las llantas, y retrocedió tan rápido que chocó contra la mesita de centro.

—¿John? —se oyó la voz de Abby llena de inquietud y apareció en la puerta, secándose las manos con una toalla—. ¿Estás bien?

—Estoy bien, Abby —contestó él mirándola, bajando luego la mirada hacia las rodillas—. Cada vez que choque la silla con algo no significa que haya una crisis.

Se arrepintió de las palabras en el momento en que las pronunció. ¿Por qué tenía que descargar su frustración en su esposa?

—No me preocupa la mesa —dijo ella acercándosele poco a poco, vacilante.

John pudo olerle el perfume y sentir la presencia de Abby a su lado. Normalmente en un día como ese le haría cosquillas o la presionaría de manera juguetona contra la pared hasta que ella pidiera misericordia. Entonces, si los chicos estaban ocupados, terminarían en la cama por casi una hora.

Los deseos por ella aún eran fuertes, pero ¿cuán espontáneos podrían ser ahora? Aunque hallaran un modo de tener intimidad física, lo cual el terapeuta insistió en que era posible, requeriría la clase de planificación que nunca había marcado la intimidad sexual entre ellos.

—¿Hay algo en que yo pueda ayudar? —indagó Abby poniéndole la mano en el hombro.

—Nada —contestó él alargando la mano y tomando la de ella, disfrutando la piel femenina contra la suya, esperando que Abby pudiera sentir cuán locamente la quería—. Lo siento, mi amor. Últimamente he sido muy grosero. No lo mereces.

—Tomará tiempo. El doctor Furin... los terapeutas... todos lo afirman —balbuceó ella inclinándose y besándole la barbilla—. No siempre sentirás la vida de este modo.

—Lo sé —respondió agarrándole el rostro entre los dedos y acercando los labios a los de ella; se volvieron a besar, más largo que afuera unas horas antes—. Ora porque encontremos una manera de volver a vivir, ¿de acuerdo?

—Lo estoy haciendo, John.

Los ojos de Abby centellearon, él supo lo que ella sentía. Lo más probable es que hubiera estado orando constantemente por él. Más de lo que él había orado por sí mismo.

—Llévame afuera, Abby —pidió él comprendiendo ahora dónde deseaba estar—. Al muelle, ¿podrías hacer eso?

—¿El muelle? —titubeó ella—. Está un poco frío, ¿no crees?

Abby tenía razón. Ese día las temperaturas apenas superaban uno o dos grados Celsius. Pero a John no le importó. Quería sentarse allá afuera en ese lugar conocido y observar el lago, buscar señales de que Dios estaba escuchando, que no se había alejado dejando que John viviera sus días sofocándose debajo de una nube triste y sombría.

—Usaré la chaqueta. Por favor, Abby. Necesito estar allá afuera.

—Está bien.

La mujer exhaló más fuerte de lo normal. Tan fuerte como para decirle a John que no creía que esa fuera una buena idea. Las personas con parálisis casi nunca hacían suficiente ejercicio para expandir los pulmones. La función pulmonar reducida significaba un enorme riesgo de neumonía. Conociéndola, Abby habría preferido que John se quedara dentro de casa todo el invierno.

Encontró la chaqueta de él, aquella con la insignia de las Águilas de Marion en la espalda y sobre el bolsillo frontal izquierdo. Después le ayudó a ponérsela, y lo llevó afuera por la puerta trasera hasta el patio.

Abby había contratado un habilidoso obrero para construir una rampa por sobre los rieles de la puerta, que bajaba desde la plataforma hasta el jardín. Una vez que llegaron al césped, el viaje estuvo lleno de baches, pero a John no le importó.

Había otra rampa desde la tierra hasta el muelle, Abby se esforzó por trepar a John a la superficie plana.

—¿Bien?

—Más cerca del agua.

—John, piensa en tu seguridad —expresó ella poniéndose al frente de él donde la pudiera ver—. El desembarcadero tiene una inclinación. Si te falla el freno...

Si fallaba el freno, la silla de ruedas saldría rodando hacia delante y caería al agua, llevándose a John. El lago era tan profundo al final del muelle que a menos que alguien viera lo sucedido, John no tendría ninguna posibilidad de sobrevivir.

—No fallará —aseguró él mirándola fijamente—. Vamos, Abby. No puedo ver el lago desde acá atrás.

—Está bien —concordó ella soltando el freno con el pie y empujando a su esposo casi hasta el borde; él la oyó trancar la palanca y asegurarse que estuviera firme—. ¿Está mejor así?

—Gracias —pronunció John girando la cabeza para poder verla; estaba enojada.

—¿Cuándo quieres entrar? —preguntó Abby con las manos en las caderas.

De no ser por el freno, él se las habría arreglado para volver solo. Pero cuando el freno trasero estaba puesto, John no se podía mover sin que alguien lo soltara.

—Una hora.

—Lo siento, John —dijo Abby volviendo a poner las manos a los costados—. Tendremos que hallar la manera de superar esto. Simplemente... no sabría qué hacer si te caes, y...

Entonces bajó la cabeza por un momento antes de volver a mirarlo a los ojos.

—No puedo perderte, John. Te necesito mucho.

—Estaré bien, Abby —asintió él con el cuello dolorido por estirarlo hacia ella—. Lo prometo.

Abby le sostuvo la mirada por algunos segundos más, luego se volvió y regresó a casa.

John relajó el cuello y miró por sobre el lago. Ya habían sanado las otras heridas: la garganta, unas cortadas y unos moretones en el rostro y los brazos. El accidente lo había lanzado sobre el piso de la camioneta, rompiéndose el cuello durante el repentino sacudón.

Aparte de eso, le había ido milagrosamente bien. Pero ¿por qué? ¿Qué le pudo haber dejado Dios ahora? Algunos de los próximos meses estarían enfocados en la rehabilitación, lo cual significaba que él no podría dictar clases. Volvería en el otoño si lo deseaba, pero sería difícil. La constante lástima que de seguro iba a recibir lo volvería loco a los pocos días, por no mencionar por otros diez años.

John observó una pareja remando hacia la mitad del lago, dejando una estela en el agua. Toda la vida él se había destacado en los deportes. ¿Cuán bueno era ahora, estando *así*? ¿Y qué sentido tenía que Jake Daniels pasara el resto de su vida pagando por eso? Sí, Jake no debió aceptar esa carrera. Pero ¿qué acerca de su padre, Tim? ¿No era culpable en parte por comprarle al muchacho un auto que pedía ser conducido a altas velocidades?

John no tenía idea de cómo le estaba yendo al muchacho. Jake y su familia le habían enviado una tarjeta en que pedían perdón y le deseaban una rápida recuperación. Ninguno de ellos había ido a verlo.

«¿Qué voy a hacer con el resto de mi vida, Señor?», preguntó, y las palabras se disiparon en medio de la brisa fría que soplaba del lago.

Recordó un versículo que le encantaba de niño, y que le había ayudado el año pasado cuando parecía que él y Abby se divorciarían: Jeremías 29.11: *«Yo sé muy bien los planes que tengo para ustedes —afirma el Señor—, planes de bienestar y no de calamidad, a fin de darles un futuro y una esperanza».*

Pues bien, si este versículo era cierto, ¿cuáles eran los planes... y cómo se supone que pasaría las próximas décadas sintiendo todo menos perjuicio? Más que nada, ¿dónde estaba la esperanza?

Los pensamientos se le interrumpieron al abrirse la puerta trasera. Los músculos del cuello aún le dolían por la manera en que antes había girado para ver a Abby. Esperó hasta que ella se parara frente a él.

—Era el fiscal del distrito al teléfono. El juicio para determinar si tratarán a Jake como adulto es mañana por la mañana —anunció Abby con voz seca—. Dijo que era probable que la jueza decidiera a nuestro favor si estás allá en persona.

—¿Qué significa a nuestro favor? —inquirió John inclinando la cabeza hacia un lado.

—Obviamente, la fiscalía supone que queremos que Jake sea tratado como adulto —explicó ella, y suspiró—. Las sanciones penales son mucho más fuertes de ese modo.

La cabeza de John le dio vueltas. Ver a Jake sentenciado a prisión como adulto sería un golpe tan devastador como el accidente.

—Parece que estuvieras de acuerdo.

Abby se puso en cuclillas, haciendo descansar las rodillas en el muelle y sentándose sobre los talones.

—No sé qué pensar —contestó ella dirigiendo la mirada hacia la silla de ruedas—. Las personas no deberían hacer correr sus autos en las calles.

—¿Meter a Jake en prisión cambiaría eso?

—No sé —expresó ella con voz apenas audible.

—¿No crees que Jake aprendió su lección? —inquirió él inclinándose hacia delante y acariciando el hombro de su esposa.

—No estoy segura —respondió y lo volvió a mirar—. Supongo.

—Hablo en serio, Abby. ¿Crees que llegará el día en que Jake Daniels aceptará volver a correr de ese modo?

—No —negó ella meneando la cabeza, con la mirada siempre fija en su esposo—. No lo hará. Estoy segura de eso.

—¿Por qué entonces enviar al muchacho a prisión? —objetó John, sorprendido de la repentina pasión en la voz y el corazón—. Enviémoslo a una docena de colegios donde pueda pedir a otros chicos que no corran. Enviémoslo a la universidad y roguemos porque a centenares de chicos como él les llegue a enseñar, dirigir o transmitir el gozo de jugar fútbol. Entonces sacudió la cabeza y alejó la mirada antes de volver a mirarla a los ojos.

—El fiscal del distrito está haciendo lo que cree que es mejor. Ese es su trabajo. Pero conozco a Jake Daniels. La prisión no le ayudará a él, ni a mí ni a nadie más. Y no evitará que un próximo chico acepte participar en una carrera callejera.

Un indicio de entusiasmo chispeó en los ojos de Abby, algo que él no había visto desde el accidente. En un destello de comprensión, John entendió. Oír determinación en su voz era una victoria, un hecho memorable.

—¿Qué debo decirle al fiscal? —preguntó ella con las comisuras de los labios levantadas un poco.

John apretó los dedos alrededor de las llantas de la silla. Por primera vez en semanas tenía un propósito.

—Dile que estaré allí.

Diecinueve

Jake Daniels estaba sentado entre sus padres y su abogado cuando vio algo que le provocó retortijones en el estómago.

La visión momentánea de una silla de ruedas.

Antes de que pudiera hacer algo para detener el momento, antes de poderse ocultar, cubrirse los ojos, o dar media vuelta y huir, apareció el resto de la silla de ruedas. En ella estaba el entrenador Reynolds, siendo empujado por su esposa.

Los adultos alrededor de Jake voltearon a ver lo que el chico miraba, y A. W. lanzó una palabrota entre dientes.

—No tenemos posibilidad si él testifica —dedujo.

Los padres de Jake volvieron a mirar rápidamente hacia el frente de la sala. Pero Jake no podía dejar de mirar, no podía dejar de ver a su entrenador. De no haber sido por la gorra de las Águilas de Marion, apenas lo habría reconocido. Había perdido peso... mucho peso. Y parecía más pequeño, y de algún modo más viejo.

Por un momento el entrenador no vio a Jake, pero luego se volvió antes de que este pudiera mirar hacia otra parte, y los ojos de ambos hicieron contacto. Jake se quedó perplejo, sin poder parpadear, respirar o moverse. Había pasado horas imaginando cómo sería el entrenador en silla de ruedas, imaginando cuán triste sería ver a un hombre tan alto y fuerte condenado a pasar sentado el resto de su vida.

Pero Jake no había esperado esto.

El entrenador Reynolds le sonrió desde el otro lado de la sala. No la tremenda sonrisa de rostro entero que exhibía en los vestidores después de una victoria de las Águilas ni la sonrisa tonta que solía tener cuando hacía una broma en la clase de higiene y salud. Sino una clase triste de sonrisa que le decía al corazón del asombrado Jake que su entrenador no lo odiaba.

John asintió con la cabeza una vez a Jake, luego la señora Reynolds lo empujó hasta el rincón de la sala del tribunal al final de una de las bancas de espectadores. Ella se sentó a su lado, los dos comenzaron a susurrar.

—Jake, debes saber cuán grave es esto —expresó A. W., a quien pareció molestarle el intercambio de miradas que acababa de ocurrir entre el muchacho y el profesor—. Si el señor Reynolds testifica, casi con seguridad la jueza decidirá tratarte como adulto.

—El entrenador.

—¿Qué? —objetó el abogado subiéndose los anteojos sobre el puente de la nariz.

—*Entrenador* Reynolds —resaltó Jake mirando directamente a los ojos a su abogado—. No *señor* Reynolds. ¿De acuerdo?

—Jake, A. W. solo está tratando de ayudar —comentó el padre del chico poniéndole un brazo alrededor de los hombros y mirando al abogado—. Esta es la primera vez que ve al entrenador Reynolds desde el accidente.

—Lo importante es que Jake está en problemas —informó el abogado haciendo girar la mano cerca del rostro como si la información del padre de Jake fuera trivial—. Si la jueza decide tratarlo como adulto tendríamos que solicitar un considerable aplazamiento. Si lo condenan, esperemos de tres a diez años.

—Usted realmente no cree que eso ocurra, ¿verdad? —opinó la madre de Jake frotándose las manos, hábito que había desarrollado en las seis semanas pasadas—. Aunque lo trataran como adulto, mi hijo podría ser absuelto, ¿no es cierto?

—Es muy complicado —advirtió A. W. sacando un bloc de notas y un bolígrafo, y empezando a diagramar—. Existen varias maneras en que un jurado podría mirar el caso, comenzando con acusación de delito grave de asalto y...

Jake dejó de prestar atención y posicionó la cabeza un poco de lado a fin de poder ver al entrenador Reynolds y su esposa, quienes aún hablaban con las cabezas inclinadas. A los pocos segundos el fiscal del distrito se les unió. La conversación entre los tres no duró mucho, luego el fiscal se sentó al otro lado de la mesa.

Jake estaba siendo maleducado; lo sabía. Pero no podía obligarse a mirar hacia otro lado. Ver al entrenador en una silla de ruedas era lo más horrible que podía imaginarse. *Levántese, entrenador... corra por la sala y díganos que todo es un gran truco. Algo que usted diría en una de sus clases de higiene y salud. ¡Por favor!* Pero el hombre no se movió en absoluto.

El juicio empezaría en cualquier momento y, por primera vez desde que chocara contra la camioneta del entrenador, Jake no quiso salir corriendo. Deseaba levantarse e ir hasta donde el hombre, decirle cuánto lo había extrañado y cuán apenado estaba. Cuán apesadumbrado estaría siempre.

Entonces Jake vio algo peor aun. El pie del entrenador se le cayó de la silla y quedó colgando a un costado. ¡Y la parte horrible era que el entrenador ni siquiera se dio cuenta! Fue su esposa quien lo vio primero. Ella se agachó y le *levantó* el pie, como si fuera un libro, una planta, o alguna cosa, y lo volvió a subir a la silla.

Jake sintió que le brotaban lágrimas. *¡Entrenador, no!* ¿Cómo era posible esto? ¿No podía el profesor sentir sus propios pies? ¿Tan grave era la situación? El chico se secó una lágrima del pómulo. Desde el divorcio de sus padres había pasado poco tiempo orando. Pero lo había hecho una vez. Cuando desesperadamente necesitó ayuda, los momentos siguientes al choque contra la camioneta del entrenador. Entonces había clamado ayuda a Dios.

Y Dios se la había dado.

¿Por qué entonces no hacer lo mismo aquí y ahora? Jake cerró los ojos.

Dios, soy yo... Jake Daniels. Estoy seguro que sabes que he arruinado todo. Toda mi vida está destrozada, pero lo triste es que la de mi entrenador también está arruinada. Y no fue culpa suya, en absoluto. Como ves, Señor, tengo que pedirte este favor. Creo que puedes hacer cualquier cosa, Dios. Puedes hacer que los ciegos vean y los sordos oigan... al menos eso es lo que mi maestro de escuela dominical solía decir.

Las lágrimas bajaban por el rostro del chico, pero ninguno de los adultos alrededor de él pareció notarlas. *Dios, recuerdo una historia acerca de un paralítico. Estaba en una camilla, creo. Y tenía un grupo de amigos. Y Señor, sé que hiciste que volviera a caminar. Estoy muy seguro que el hombre estaba tendido allí en un instante y que en el siguiente estuvo caminando.*

Jake abrió los ojos y rápidamente miró con disimulo al entrenador.

De modo que, Señor, por favor... ¿podrías hacer lo mismo por el entrenador Reynolds? ¿Podrías hacer que vuelva a caminar y correr? Haz lo que hiciste con ese otro tipo y permite que mi entrenador vuelva a tener sus piernas. Por favor, Dios.

¿Cuánto tiempo había pasado desde que orara de ese modo? No estaba seguro, pero se sintió maravillosamente. Y aunque sus padres le aseguraran que el entrenador iría a estar siempre paralítico, Jake tuvo la seguridad de que Dios podría cambiar eso si lo deseaba.

El profesor le pilló la mirada, Jake giró rápidamente la cabeza hacia sus padres. Se secó las mejillas y miró a su papá y a su mamá, detestando la manera en que escuchaban todo lo que A. W. decía. El abogado veía al entrenador como el enemigo... pero sus padres no lo sentían de ese modo, ¿verdad? No muchos años atrás ellos habían sido amigos de los Reynolds.

Jake sorbió por la nariz y examinó a sus padres.

¿Qué iba a pasar con ellos, de todos modos? Ahora que el proceso judicial estaba a punto de iniciarse, su padre había pedido un permiso de ausencia en el trabajo. Se hospedó en un hotel cerca de donde Jake y su madre vivían. El joven pasaba los días en un instituto extracurricular, preguntándose por qué no estaba en la cárcel a donde pertenecía.

Pero ¿y su papá? ¿Dónde pasaba últimamente los días? ¿En casa de su ex esposa? Si era así, ¿estaban llevándose bien o solo trataban de imaginar qué hacer si Jake iba a prisión? Ellos aún se sentaban separados, así que no podría estar sucediendo nada bueno.

El espacio entre sus padres fue la primera señal de que había habido problemas entre ellos, incluso antes de que la peleadera entre ellos dominara la casa. Sin embargo, últimamente no habían peleado una sola vez. No desde todo el lío del accidente.

Entonces la jueza entró y comenzó el juicio. La mujer ya había oído de parte de los padres de Jake por qué lo debían tratar como un menor, pero ahora miraba alrededor de la sala y luego hizo una pregunta a A. W.

—¿Existe alguna evidencia nueva que la corte debiera considerar antes de tomar una decisión en este asunto?

—Ninguna, Su Señoría —contestó A. W. parándose por un momento.

—¿Abogado? —inquirió la jueza volviéndose hacia el fiscal del distrito.

—Sí —expresó él levantándose y mirando hacia el fondo de la sala—. Al estado le gustaría llamar al estrado al señor John Reynolds.

Jake apenas podía respirar mientras la señora Reynolds empujaba al entrenador hacia el frente de la sala del tribunal. Esta era la parte donde el entrenador diría lo malas que eran las carreras callejeras, y cómo Jake debía haber sabido lo que estaba haciendo.

Pero a Jake no le importaba. Merecía cualquier cosa que pasara a continuación. Lo único que le importaban eran las piernas del entrenador y si sería este el momento que Dios escogería para sanarlo.

O si el milagro llegaría más tarde.

Veinte

TODAS LAS MIRADAS ESTABAN PUESTAS EN JOHN.

Abby sabía que lo miraban a él, considerándolo terriblemente débil con sus piernas inútiles amarradas a una prisión de metal con ruedas, pero no importaba. Ella no pudo haber estado más orgullosa de él. La espalda de John aún tenía llagas, y esa mañana el dolor había sido tan fuerte que apenas se podía sentar. Pero aún así había venido.

El fiscal del distrito no sabía lo que le esperaba.

Abby estacionó la silla de ruedas cerca del estrado de los testigos y se sentó en primera fila, no lejos de John. Una vez que él indicara su nombre para el registro, y que la jueza le explicara el papel en el juicio, esta se dirigió al fiscal.

—Proceda con su testigo.

—Gracias, Su Señoría.

El fiscal del distrito era un tipo poco agraciado, cuya mandíbula cuadrada era su característica más prominente. Usaba camisa de manga corta y módicos pantalones de vestir, pero parecía amable. Abby confiaba en que el hombre entendiera lo que John estaba a punto de hacer.

El fiscal le hizo a John una serie de preguntas rápidas, diseñadas para meterlo a la pelea y comprobarle a la corte que la parálisis era consecuencia directa de la carrera callejera de Jake Daniels.

—Señor Reynolds, hablemos del acusado por un momento —anunció, manteniendo la distancia; tal vez para no obstaculizarle a la jueza la vista de John en su silla de ruedas—. ¿Conoce usted a Jake Daniels, verdad?

El corazón de Abby se le aceleró. Llegó la hora.

—Sí, lo conozco —asintió John lanzando una mirada a Jake; Abby le siguió la mirada, pero el muchacho estaba examinando sus manos cruzadas; John se volvió hacia el fiscal del distrito—. Lo he conocido por varios años.

—¿Diría usted que lo ha visto crecer, señor Reynolds?

—Sí —contestó John con las manos en el regazo—. Lo he visto crecer.

—Ahora, señor Reynolds, ¿está usted consciente de que esta corte está a punto de decidir si se debería tratar al acusado como adulto, verdad?

—Sí, estoy consciente.

—¿Sabe usted que el acusado está a solo meses de cumplir dieciocho años, una edad que lo convertiría legalmente en adulto?

—Así es.

—Muy bien entonces, señor Reynolds, ¿opina que a un joven de casi dieciocho años, que acepta participar en una carrera callejera ilegal, se le debería tratar como adulto?

Abby miró de reojo a los padres de Jake. Ambos gesticulaban, conteniendo la respiración mientras esperaban la condenación de parte de John.

Esta no llegó.

—No señor, no creo que se deba tratar a Jake Daniels como adulto —afirmó John mirando al joven—. Él es en realidad uno de los mejores muchachos. En los meses anteriores al accidente mostró gran madurez, prefiriendo seguir su propio camino antes que imitar a sus compañeros.

—Bueno, permítame ver si estoy entendiendo esto correctamente, señor Reynolds —comentó sobresaltado el fiscal del distrito mientras John hacía una pausa—. Usted vio gran madurez en el acusado en los meses que precedieron al accidente, pero no cree que se le debería tratar como adulto. ¿Es correcto eso?

—Exactamente —asintió John sonriéndole al fiscal—. Mire, el hecho de que alguien como Jake pueda estar en una fiesta y negarse a beber, y en general ser un buen ejemplo para los demás parece probar que sea capaz de someterse a juicio como un adulto.

Abby volteó a mirar a los padres de Jake. Tara lloraba en silencio, con la mano sobre la boca. Tim tenía el brazo alrededor de Jake. Sus rostros mostraban incredulidad.

—Pero si un buen muchacho como Jake acepta algo tan terriblemente malo como una carrera callejera, solo puedo suponer una cosa —continuó John, y entonces titubeó—. Todavía es un chiquillo. Un chico que usó un mal juicio para tomar una mala decisión.

Luego miró a Jake, y esta vez el muchacho levantó la mirada. Estaba llorando, y en ese momento todos en la sala debieron haber visto la verdad. Jake no era un hombre; era un niño. Un pequeño asustado y lleno de vergüenza y culpa, y que daría la vida por retractarse de las consecuencias de sus decisiones en esa horrible noche de viernes.

—¿Es eso todo, señor Reynolds? —preguntó el fiscal del distrito desinflado como una llanta baja.

—En realidad no —continuó John girando la silla para poder ver mejor a la jueza—. Su Señoría, me gustaría declarar públicamente, y que quede constancia, que no creo que un tiempo en la cárcel sea lo mejor para un muchacho como Jake. Otra cosa sería si fuera reincidente. Pero Jake no es un chico rebelde. No está ansioso por recuperar la licencia para salir otra vez a participar en carreras callejeras. Él no necesita pasar tiempo en prisión; lo que necesita es llevar su historia a los colegios, hablar con los muchachos y decirles la verdad acerca de las carreras callejeras. Apostaría que todos los que lo oigan sentirán lo mismo que *él* está sintiendo. Y quizás entonces evitaríamos que esto le ocurra a alguien más.

John asintió una vez.

—Eso es todo, Su Señoría.

Se empujó otra vez hacia Abby, que vio esperanza en los ojos de su esposo. Una esperanza que temía que se hubiera ido para siempre.

—Lo hiciste muy bien.

—Gracias.

Al fondo Abby oyó vagamente al abogado defensor pedir audiencia con la jueza. Antes de pensarlo mucho, el juicio había concluido y el abogado de Jake estaba al lado de John y Abby. Tenía agachada la cabeza y agarradas las manos a la espalda, una mirada adecuadamente sumisa en vista de la condición de John. Pero era innegable la efusividad que mostraba en el rostro.

Eso asqueó a Abby. John no había dado su discurso para hacer lucir bien a un abogado defensor. Lo había hecho para salvar a Jake, un muchacho al que conocía, y en quien confiaba y aún creía.

El abogado irradiaba felicidad por la gentileza y el acto de amabilidad de John. Pero antes de que este pudiera responder, la jueza pidió orden en la sala.

—A la luz del testimonio dado hoy por la víctima de este caso... —declaró ella y miró en dirección a Jake—, he decidido transferir al acusado para que sea tratado como menor.

Detrás de ellos, Abby oía a la madre de Jake contener el llanto. El zumbido de susurros eclipsaba las palabras de la jueza, que golpeó la mesa con el martillo.

—Basta ya —ordenó la mujer, entonces se hizo silencio una vez más en el salón, y miró al abogado de la defensa—. El fiscal por el estado ha pedido tiempo para hablar con el abogado de la defensa respecto de una negociación. Acordarán esa reunión, y nos volveremos a reunir dentro de tres semanas para determinar si el caso requerirá un proceso judicial o no.

Abby miró rápidamente al abogado de Jake. El hombre sonreía, estrechando la mano de Tara y luego la de Tim, y finalmente la de Jake. Otra vez las ventanas en el alma de Abby trepidaron con frustración, hasta que se fijó en las expresiones en los rostros de los Daniels. Jake y su familia no sonreían. Su abogado podría haber visto el resultado de hoy como una simple victoria legal, pero no la familia Daniels. Ellos estaban tan terriblemente conscientes como ella de que John aún estaba paralizado.

Cualquiera que fuera el castigo que los tribunales impusieran, en muchas maneras todos eran perdedores.

El juicio concluyó, y el abogado de Jake llevó aparte al joven. Abby permaneció de pie y empujó a John. Mientras lo hacía miró de lleno a Tara y Tim Daniels. Tara estaba recogiendo sus cosas cuando se topó con la mirada de Abby. Las dos no habían hablado desde el accidente. A no ser por su tarjeta de compasión, se habían mantenido distanciadas. Abby entendía. Este era un tiempo difícil tanto para la familia Daniels como para ella.

Abby acercó más a John, maniobrando la silla entre la mesa de la defensa y la primera fila de bancas de espectadores. El corazón le palpitaba más rápido de lo que le había palpitado en todo el día.

El momento se hizo más embarazoso hasta que John rompió el silencio.

—Tara... ¿cómo te va?

—Lo... —balbuceó.

Tara y Tim se acercaron más, y los cuatro formaron un pequeño círculo. Los ojos de Tara se llenaron de lágrimas, y dio un paso más hacia John. Mientras lo hacía, John estiró la mano hacia arriba y ella la agarró con dedos temblorosos.

—Lo siento muchísimo. Habíamos querido ir pero... yo no sabía qué decir —logró hablar la mujer y levantó la mirada—. Lo siento, Abby.

Las lágrimas brotaban a torrentes. Abby se movió alrededor de la silla de John y tomó a Tara de los brazos.

—Jake no quiso esto más que nosotros —expresó en voz baja, con sollozos contenidos.

Terminaron por abrazarse y después se quedaron allí, cada uno plantado en el incómodo terreno de las desafortunadas circunstancias.

—Ha pasado mucho tiempo —comentó Tim carraspeando y mirando directo a los ojos de John.

—Así es —contestó John estrechándole la mano—. Nunca te despediste.

—La situación no era... —titubeó Tim, y miró a Tara—. No era buena, John. Lo siento mucho.

—¿Se volvieron a casar? —presionó John.

—No —respondió Tim ruborizándosele las mejillas—. Pedí un permiso en el trabajo. Me he estado quedando en un hotel de la ciudad.

El hombre volvió a mirar a Tara, algo curioso invadió el corazón de Abby. ¿Estaban Tim y Tara teniendo sentimientos mutuos? ¿Después de años de estar divorciados?

—Hemos hablado de muchas cosas —concluyó Tim volviendo a mirar a John—. Por qué me fui, por ejemplo. Y por qué no pudimos acoplarnos.

—¿Les impactaría saber que Abby y yo casi tomamos la decisión de divorciarnos el verano pasado? —inquirió John regresando a mirar a Abby e inclinándose un poco hacia adelante.

—¿Abby? ¿Tú y John? —preguntó Tara con ojos muy abiertos.

—Habíamos estado discutiéndolo por tres años —explicó Abby con deseos de pararse en el escritorio de la jueza y elogiar a gritos a su esposo.

John era aquel cuya vida había cambiado para siempre debido al accidente, pero estaba aquí llegando al corazón de un asunto que siempre estaría, para él, más cerca del corazón que de las piernas: la disolución de matrimonios. Especialmente de matrimonios cristianos.

—Entonces... ¿qué sucedió? —quiso saber Tim metiéndose las manos en los bolsillos del pantalón—. Quiero decir... ustedes siguen juntos.

—Recordamos por qué nos casamos y todas los vivencias que hemos tenido a lo largo del camino. Y principalmente lo lúgubre que parecía el futuro si ya no nos tuviéramos —declaró John volviendo a estirar el cuello hacia atrás hasta encontrar a Abby con la mirada; luego volvió a enfocarse en Tim—. Ahora las cosas están mejor que nunca.

—Tim quiere que hablemos de intentar volver a casarnos —intervino Tara secándose una lágrima y sorbiendo por la nariz, luego meneó la cabeza—. Pero yo no puedo hacerlo. El divorcio casi nos mata la primera vez. Un segundo fracaso acabaría conmigo.

—¿Sabes qué...? —expresó John con sinceridad en la voz, alargando la mano hacia atrás para agarrar la de Abby—. Mientras estás en la ciudad, ¿por qué Tara y tú no vienen a casa algunas noches a la semana? Solo para hablar de eso en profundidad.

—Quizás podamos contarles algo que les ayudará respecto de nuestra historia —añadió Abby captando la visión de John y con un salto en el corazón.

—No sé —dudó Tara.

Se quedaron en silencio por un rato, luego Tim miró al suelo, con los pies inquietos. Al levantar la mirada el hombre tenía lágrimas en los ojos.

—Lo siento, John. Lo de tus piernas.

—No fue culpa tuya —respondió encogiendo los hombros y con una expresión de más paz que la que había tenido en semanas.

—Yo compré el auto —objetó Tim pálido—. Tara tenía razón. Fue una mala decisión para un adolescente. Yo... viviré con eso el resto de mi vida.

A tres metros de distancia, el abogado defensor palmeaba a Jake en el hombro y salía apresuradamente. Una vez ido, el chico miró a los cuatro y luego se acercó con pies claramente vacilantes. Abby examinó al muchacho, sin estar segura de qué sentía por él. A veces lo odiaba. La decisión de Jake le había costado a John la capacidad de caminar, cambiándoles la vida para siempre. Pero otras veces...

Sencillamente no lo sabía.

Esta era una de esas ocasiones.

—¿Puedo hablar un minuto con el entrenador? —preguntó Jake al llegar hasta donde ellos, mirando a sus padres.

—Desde luego —contestó Tara agarrando sus cosas y dirigiéndose a la puerta con Tim—. Estaremos afuera esperándote cuando hayas terminado.

—¿Quieres que me vaya? —inquirió Abby apretando levemente el hombro de John.

—No —exclamó Jake antes de que John pudiera hablar—. Por favor, señora Reynolds... quiero que oiga lo que voy a decir.

Abby arrastró una silla de la mesa de la defensa y la colocó cerca de John. Una vez que ella se sentó, el chico cruzó los brazos e inhaló. Abby intentó interpretar la mirada del muchacho. ¿Era este un discurso de agradecimiento preparado por el abogado? ¿O había algo genuino en el corazón de Jake? Aun antes de que hablara, Abby sabía que era lo último.

—Entrenador, mi abogado me acaba de decir que tuve suerte —empezó el muchacho soplando en un gesto de mal humor, y el aire le escapó del cuerpo en una sola ráfaga—. ¿Puede usted creer eso?

John no dijo nada, solo mantuvo la mirada fija en Jake y esperó.

—Quiero que usted y su esposa sepan que pase lo que pase en el juicio dentro de unas semanas, *no* soy afortunado —continuó el joven con ojos llenos de lágrimas, pero se contuvo de llorar—. Tomé una decisión estúpida, y esta... esta...

Se mordió los labios y bajó la cabeza. Por un buen momento se quedó así, Abby comprendió. Las emociones del chico estaban demasiado cerca de la superficie para soltarlas ahora. No cuando tenía más que decir. Jake contuvo la respiración y volvió a mirar a John.

—Fue culpa mía, entrenador. No debí correr con él. Nunca —aseguró, le temblaron las rodillas—. Vi salir su camioneta esa noche, pero yo iba demasiado rápido. No pude parar.

A Abby se le oprimía el corazón. *Dios... ¿no pudiste haber entretenido a John allá atrás por un minuto extra? ¿El tiempo suficiente para evitarle esto?*

No confíes en tu propia inteligencia, hija...

Ella pestañeó. Las extrañas palabras que le traspasaban el alma se sentían casi como una respuesta directa de parte de Dios. Y con el mismo versículo que le venía una y otra vez a la mente.

¿Eres tú, Señor?

Yo les he dicho estas cosas para que en mí hallen paz. En este mundo afrontarán aflicciones, pero ¡anímense! Yo he vencido al mundo.

Jake seguía explicando lo rápido que había sucedido el accidente, pero Abby no estaba escuchando. Un frío le bajó por la columna el momento en que el versículo le centelleó en el corazón. Era un pasaje que había leído esa mañana en su devocional. Es más, ella y John lo habían revisado un poco algún tiempo atrás... después de la boda de Nicole, cuando volvieron a empezar a leer juntos la Biblia.

Era el versículo perfecto, el que describía exactamente la situación de ellos. Ella entendía eso ahora más de lo que lo había entendido en el hospital en los días posteriores al accidente de John. La Palabra de Dios, sus promesas, estas cosas que él les había hablado para que tuvieran paz. En el mundo tendrían aflicciones, sin duda. Primero en el campo del fútbol con los padres de familia y la administración. Y luego con el accidente de John.

Pero al final, aunque no lo vieran ahora, Dios ganaría. Él siempre ganaba. Ganaría en cuanto a los padres embusteros y administradores faltos de carácter. Ganaría en cuanto al accidente automovilístico de John y su parálisis.

Ganaría aunque John pasara el resto de la vida en una silla de ruedas.

Jake estaba diciendo algo acerca de que Casey Parker se fue de la escena y luego regresó para ayudar.

—Estábamos muy asustados, entrenador. Creímos que usted iba a morir —expresó el muchacho retorciéndose, y las lágrimas finalmente le salpicaron sobre los zapatos tenis—. Lo siento mucho.

Jake se hundió en una silla frente a John y dejó caer la cabeza entre las manos.

—Daría cualquier cosa por retroceder esos pocos minutos —concluyó.

Casey Parker tampoco había ido a ver a John. Incluso desde que se supo que el padre del muchacho fue quien escribió las notas calumniosas, Abby se preguntaba si el hombre podría estar contento con lo que le había sucedido a John. No porque estuviera lesionado, por supuesto, sino porque no podría seguir dirigiendo el equipo. Era horrible pensarlo, pero Abby no lo pudo evitar. Después de todo, ella era la esposa de un entrenador. Y las personas tendían a reservar algo de su mayor desprecio y de su peor conducta para los entrenadores. Esa era una realidad en la vida estadounidense.

Si John estaba pensando en esas cosas, no las mencionaba.

Entonces se inclinó todo lo que pudo y agarró las rodillas del joven.

—Jake, mírame —le dijo con voz amable pero severa; el mismo tono que Abby le había oído usar con sus propios hijos cuando se portaban mal.

El chico apenas levantó la cabeza y luego dejó que los dedos le cubrieran el rostro una vez más.

—Hablo en serio, Jake. Baja las manos y mírame.

Abby estaba callada, observando desde su lugar al lado de su esposo. Este era el John que ella conocía y amaba, el que veía algo malo y lo corregía con una pasión que no se podía inventar... o resistir.

Esta vez las manos de Jake cayeron hasta el regazo, y entonces le sostuvo la mirada a John. Las lágrimas le bajaban por las mejillas.

—Entrenador, no me haga que lo mire. Es muy duro.

La tristeza en los ojos de Jake enterneció el corazón de Abby. En realidad solo *era* un muchacho, un niño ahogándose en un río de culpa, sin manera de llegar a la otra orilla.

—Jake, te perdono —declaró John inclinándose aun más—. Fue un accidente.

—¡Fue algo *estúpido*! —exclamó Jake con las facciones retorcidas y llorando sin articular sonido—. Usted está en una silla de ruedas, entrenador. ¡Por mi culpa! No puedo soportar eso.

Un sollozo se le deslizaba por la garganta.

—*Quiero* que me lleven a prisión. De ese modo no tengo que fingir que mi vida está bien cuando soy quien le destruyó la suya.

—No destruiste mi vida. No hay nada que yo no pueda hacer si me esfuerzo lo suficiente, y voy a hacerlo, Jake; mejor créelo. Nunca dejé que ustedes se conformaran y seguramente no voy a conformarme ahora.

Abby sintió que el corazón se le paralizaba. ¿Decía esto el hombre que se sentó solo ayer en el muelle, aislado y desanimado? Ella quiso levantar las manos y gritar victoria, pero se contuvo.

—Eso no está bien, entrenador —objetó Jake frotándose la frente con los nudillos y moviendo la cabeza de un lado al otro—. Lo que usted hizo hoy por mí. No lo merezco.

—Lo que hice *es* lo correcto. No te hace ningún bien sentarte en la celda de una prisión, Jake. Tomaste una mala decisión y tu vida cambió en segundos. También la mía. Pero no salvarás a nadie sentándote tras unos barrotes. No a la próxima víctima de carreras callejeras, ni a ti. Y definitivamente no a mí. Debes estar afuera platicando este mensaje, diciéndoles a los muchachos que no acepten si alguien los desafía a correr. De esa manera salvarás vidas.

—Entrenador... —titubeó Jake, mostrando otra vez tormento en el rostro—. Ese no es suficiente castigo. ¿Cómo me puedo mirar en el espejo...? Quiero decir... es una locura. Usted y su familia... tal vez nunca me perdonen realmente por lo que le hice. Usted *no debería* perdonarme.

—Jake... —lo interrumpió John con tono más tranquilo que antes—. Ya te perdoné.

—No diga eso.

Abby cerró los ojos. Pudo sentir lo que venía a continuación. *No me obligues a perdonarlo yo también, Dios. No todavía...*

John se reclinó un poco en la silla.

—El momento en que Abby me contó lo sucedido... que eras tú quien conducías el otro auto... en lo más profundo de mi ser tomé la decisión de perdonarte —manifestó con cierta clase de sonrisa triste—. ¿Cómo podría guardar rencor contra ti? Fue un accidente, Jake. Además, tú eres como un hijo para mí. Te perdono totalmente.

Abby cambió de posición en la silla.

Habla hija... perdona como yo te perdoné.

Era innegable el apremio en el alma de ella.

Señor... por favor. No me obligues a decirlo ahora. Él no necesita mi perdón.

—Abby también te perdona —expresó John volviéndose a su esposa, con una mirada tan transparente que ella podía verle directamente el corazón.

Cualesquiera que fueran los sentimientos con que John debiera luchar en los meses y años venideros, Abby dudó que la falta de perdón fuera uno de ellos. Estaba siendo sincero con Jake; no albergaba ningún resentimiento hacia el muchacho. Ninguno en absoluto.

—Dile, Abby —insistió John mirándola, esperando—. Lo perdonas, ¿no es verdad?

—Por supuesto —habló ella obligada por su esposo; más adelante podría poner en orden sus sentimientos—. Todos te perdonamos.

—Me odio —declaró Jake volviendo a bajar la cabeza.

—Entonces *allí está* el verdadero problema. Perdonarte —expresó John clavándose los codos en las rodillas, y Abby se sorprendió pensando: *No puede sentirlo... como si hiciera reposar los brazos sobre una mesa o un escritorio.*

Jake se quedó en silencio.

—Entonces oraré por eso —continuó John mordiéndose el borde del labio—. Porque Dios te dé la gracia para perdonarte a ti mismo. Del modo en que *él* te perdona.

—¿Dios? —objetó Jake levantando los ojos otra vez—. Alguien como Dios no me va a perdonar. Entrenador, ¡fue culpa mía!

—¿Le has dicho que lo sientes?

—¡Sí! —exclamó el muchacho, ahora con más dolor—. Muchas veces esa primera noche. Pero sin embargo... debo cumplir mi castigo. Yo no esperaría que Dios, usted... la señora Reynolds... ni cualquier otra persona me perdonen a menos que yo haya pasado en prisión mucho, pero mucho tiempo.

—¿Por qué?

—Porque así podría compensarlo.

—¿Compensar por quitarme las piernas? —respondió John con un destello en los ojos y con las comisuras de los labios levantadas—. Tendrías que estar allí un horrible tiempo si eso fuera verdad. Porque yo tenía piernas poderosamente veloces, Daniels. Poderosamente rápidas.

Abby quiso otra vez aplaudir o gritar fuerte. ¡John estaba bromeando! Riéndose de un viejo chiste que él y Jake habían intercambiado desde que el chico recién ingresara al colegio. Desde el tiempo en que los padres del muchacho venían de vez en cuando a cenar los domingos.

Abby apenas podía oírlos y verlos del modo en que habían sido cinco años atrás. La familia de Jake entraría a la casa y John les daría la bienvenida. El chico se ponía mano a mano con John, con los ojos totalmente abiertos.

Usted tiene que competir conmigo, entrenador; ¡estoy corriendo cada vez más rápido! Y John, a quien Jake siempre había llamado *entrenador*, soltaría la carcajada. *No sé, Jake. Tengo piernas poderosamente rápidas.* A lo cual Jake arquearía una ceja y fingiría pinchar el hombro de John. *Vamos, entrenador, no son tan rápidas. ¡Nada como las mías!*

Un frío recorrió los brazos de Abby mientras comprendía la situación. John estaba lanzándole un salvavidas a Jake, una posibilidad de ser rescatado de las aguas de la culpa.

La mujer permaneció callada, mirando al lloroso muchacho. De repente las líneas alrededor de los ojos y la frente de Jake se aplacaron.

—Vamos, entrenador... —balbuceó, mientras una lágrima le bajaba por el mentón—. No eran tan rápidas. Nada como las mías.

—Que va muchacho —objetó John dándole un golpecito en la rodilla—. Puedo estar paralizado, pero no estoy muerto. No quiero que bajes la cabeza cada vez que nos veamos. Porque entonces pierdo dos veces.

—¿Dos veces?

—Mis piernas... y luego a ti —expresó e hizo una pausa—. No me hagas eso, Jake. Será demasiado duro seguir con mi rutina teniendo que preguntarme si estarás bien o no.

Una vez más Jake dejó escapar las lágrimas. Entonces miró hacia lo alto, y Abby sintió que el corazón se le suavizaba aun más hacia el muchacho. Quizás lo podría perdonar, después de todo.

—No obstante estoy muy apenado. Debo hacer algo, entrenador. Algo para enderezar las cosas.

—Escucha, Jake... cada vez que entres a un auditorio repleto de adolescentes y les cuentes tu historia quiero que recuerdes algo —expresó John y bajó un poco el tono—. Que estoy contigo, Daniels. Exactamente a tu lado, paso a paso. Y eso enderezará las cosas.

Veintiuno

Nicole sentía molestias casi todos los días.

No por el embarazo. Esas náuseas habían pasado hacía unas semanas. Ahora que estaba casi a mitad de su embarazo, el malestar tenía una razón: ya casi era Navidad y su padre aún no sentía sensación en las piernas ni en los pies.

En el momento en que se enteró de la parálisis esa terrible tarde en la sala de espera del hospital, Nicole había orado. Desde entonces había pasado horas suplicando a Dios, creyendo que obraría un milagro en John. Nicole no tenía idea de cómo sucedería eso, solo que ocurriría. *Tenía* que ocurrir. Cada vez que oraba y tenía ese sentimiento respecto de algo, las cosas salían como se suponía que debían salir.

Pero con el paso de los días disminuyeron las oraciones hasta detenerse por completo. En el proceso la joven había enfrentado la realidad con algo que le molestaba en gran manera.

No siempre las cosas salían como se supone que debían resultar.

Si así no fuera, ella no habría quedado embarazada durante otros tres años, sus padres nunca habrían peleado ni habrían pensado en divorciarse. Es más, los cristianos no perderían seres queridos en enfermedades o accidentes. Nunca sufrirían depresión, dolor o problemas económicos.

Sin duda no quedarían paralizados.

No, si las cosas salieran siempre como se suponía, los cristianos no tendrían complicaciones hasta el día en que, siendo personas muy viejas, se acostarían en la noche y despertarían en los brazos de Jesús.

Pero no era así como funcionaban las cosas. Y esa verdad le dejaba cierta clase de sensación respecto de su fe, una impresión tan nueva como el matrimonio, la pérdida y la desilusión.

Tal vez Dios intentaría usar las lesiones del padre de Nicole como un medio para cambiar a los chicos en el Colegio Marion. A ella no le gustaba esa opción, pero era una posibilidad. Había oído rumores de Kade, que aún se mantenía en contacto con algunos alumnos del instituto. Se comentaba en todas partes que desde el accidente de John habían mejorado las actitudes, y que los estudiantes eran más amables que antes. Se hablaba incluso de cierta clase de «reunión municipal con el entrenador Reynolds», aunque ni Nicole ni Kade habían hablado al respecto con su padre.

Él ya tenía bastante ocupada la mente aprendiendo a moverse en una silla de ruedas y a lidiar con su lesión.

Si para eso Dios había permitido la lesión de su padre, Nicole debería haber sentido alguna clase de paz, una sensación de que el versículo de Romanos estaba bien, que todas las cosas obraban realmente para el bien de quienes amaban a Dios.

Pero ella no se sentía de ese modo.

Se estaba sintiendo terriblemente mal.

El médico le había advertido que la constante ansiedad no le hacía bien al bebé. Después de eso Nicole había prometido a Matt, y a sí misma, pasar más tiempo leyendo la Biblia y orando, tratando de calmar el estrés.

Pero cada vez que intentaba leer un versículo favorito o hablar con el Señor se sorprendía pensando en el accidente. ¿Por qué lo había permitido Dios? ¿No pudo papá haber salido cinco minutos antes? ¿Segundos más tarde? ¿Después de todo lo que habían pasado sus padres, después de que sus corazones y sus almas finalmente se habían unido? ¿Después de que papá había vuelto a ir con ellos a la iglesia?

Los cuestionamientos que Nicole tenía para Dios superaban las cosas por las que deseaba orar, lo que la mantenía ansiosa. No era exactamente que estuviera enojada con el Señor. Solo que no estaba segura de poder confiar en él. La verdad acerca de esos sentimientos era algo de lo que no hablaba con nadie. Ni consigo misma.

Porque la Nicole Reynolds que había sido hasta el accidente de su padre nunca había dudado de Dios. Esa antigua Nicole había sido más consciente de la susurrante voz del Señor, dependía más de los versículos bíblicos y de la oración que todos los demás en la familia.

Solo últimamente había llegado por fin a entender el motivo de su profunda fe. No tenía nada que ver con creerse mejor que los demás, o con que de algún modo necesitara más que los otros de la paz y la presencia de Dios. No, esas para nada eran las razones.

La razón era Haley Ann.

Eso era algo más que la joven nunca había compartido con nadie.

Nadie sabía que recordaba la pérdida de su hermana menor. En ese entonces quizás ni siquiera contaba con dos años, pero había escenas de ese triste día que aún permanecían en ella, escritas con la tinta indeleble de las lágrimas de una niñita. Haley Ann había estado durmiendo la siesta en su cuna, Nicole lo entendía ahora. La mayoría de los detalles estaban confusos, pero aún podía cerrar los ojos y ver unos hombres mayores entrando velozmente al cuarto de Haley Ann, maniobrando sobre ella, tratando de hacerla respirar.

Todos suponían que al ser tan tierna Nicole no sufría en ese entonces. ¡Pero Haley Ann era su hermana! Su única hermana. Nicole recordaba una conversación que había tenido con su madre respecto a la muerte de la bebita.

«Ella está ahora en el cielo, cariño —le dijo su madre, que había estado llorando del modo que lo hacía muchas veces desde entonces—. Pero mientras ames a Dios, siempre estarás solo a un susurro de tu hermanita. ¿Comprendes?»

Nicole había entendido mejor de lo que Abby pudo haber imaginado. Si amar a Dios era la manera de estar más cerca del recuerdo de Haley Ann, lo haría con todo el corazón. Y había cumplido. Cada mes, cada año... hasta ahora.

Pero hoy todo había cambiado, la razón era obvia. Simplemente ya no estaba segura de poder seguir confiando en Dios. No ahora con sus más profundas oraciones y preocupaciones. Después de todo, había orado por la seguridad de todos en la familia. En realidad, la misma mañana del accidente. Pero esa noche, allí estaba ella, en el hospital al lado de su madre, preguntándose qué había salido mal.

Preguntándose dónde había estado Dios cuando más lo necesitaron.

Los sentimientos que había tenido acerca de todo el asunto solo aumentaban su ansiedad. Peor aún, Matt hablaba constantemente de la voluntad del Señor en esto, de lo mejor del Señor en aquello y de la mano milagrosa del Señor al salvar la vida de John. Él la descubría en los momentos más inoportunos... mientras hacía alguna tarea de la casa, doblando ropa, o alistándose para el instituto.

Dos noches antes habían tenido su primera verdadera pelea relacionada con el tema. Ella había entrado en la Internet buscando gangas en ebay.com cuando él se colocó detrás y le masajeó los hombros. El tono de su voz fue más tierno que las yemas de sus dedos.

—Nicole, apaga la computadora.

—¿Por qué? —objetó ella mirándolo por sobre el hombro.

—Porque estamos huyendo.

—¿De qué? —desafió ella volviendo la atención a la pantalla y a la lista de artículos exhibidos.

—De todo —contestó Matt resoplando de pronto—. De hablar conmigo... de la situación de tu padre... de tu embarazo.

Entonces él titubeó.

—De Dios —concluyó.

Aun ahora Nicole no estaba segura de por qué el comentario le disgustó tanto. Las palabras empezaron a brotarle de la boca antes de que pudiera detenerlas.

—¿Quién eres tú para decirme de qué estoy huyendo? —exclamó ella haciendo girar la silla y mirándolo—. Que no quiera profundizar en el significado de cada tema no significa que esté huyendo.

—Orar con tu esposo no es precisamente profundizar en el significado, Nicole.

—Está bien. Quieres que ore, oremos. Pero no me pidas que ponga el corazón en ello porque no puedo. Ahora mismo necesito un poco de tiempo antes de llamar la atención de Dios.

—No te pareces en nada a la chica con que me casé —expuso Matt mirándola, claramente estupefacto.

—Gracias.

—Hablo en serio. Solías hablar constantemente de Dios. Ahora pretendes fingir que no existe.

—No es así —expresó malhumorada—. Solo que no me queda mucho por qué pedirle. ¿Que las piernas de papá se restablezcan? Demasiado tarde. ¿Que esperemos y tengamos bebés dentro de algunos años? Hecho está. No estoy huyendo, Matt. Solo que me parece que no tiene sentido orar.

—¿Y juguetear en ebay te ayudará a superar eso?

—Es mejor que perder el tiempo orando cuando finalmente Dios hace lo que quiere.

Matt la estuvo mirando por largo rato después de eso. Cuando habló tenía la voz más calmada que antes.

—Mientras uno de los dos aún crea en la oración, quiero que sepas algo.

Nicole se quedó callada, las mejillas le ardían.

—Estaré orando por ti, Nicole. Porque el Señor te recuerde quién eres.

Desde entonces las palabras de Matt le daban vueltas en la cabeza, abriéndose paso hasta el corazón. Sin embargo, ¿qué pasaba con ella? Aún creía en la oración, ¿no es así? Después de una etapa de vida viendo respuestas de Dios, las situaciones actuales no podían bastar para sacudirle la fe, ¿o sí?

La joven se puso entonces una falda negra de tela elástica y una blusa blanca de seda. El vientre le sobresalía ahora, pero no tanto como para necesitar ropa de maternidad. Estaba agradecida. Era víspera de Navidad y estaban invitados a cenar junto con Jo y Denny a casa de sus padres. Sus suegros ya estaban abajo con Matt, esperándola.

Nicole agarró un par de medias negras y se dispuso a ponérselas, y mientras lo hacía la mirada se le dirigió a una placa bíblica cerca de la cama. Era un versículo de Hebreos que siempre fuera uno de los favoritos de Matt.

«Fijemos la mirada en Jesús, el iniciador y perfeccionador de nuestra fe...»

Las medias dejaron de moverse en las manos de Nicole. Quizás *ese* era el problema de ella. No había tenido fijos los ojos en Jesús por mucho tiempo. No desde el accidente de su padre. Habían estado fijos en la lesión de él, en el embarazo de ella, y en la tristeza y las frustraciones que acompañaban lo uno y lo otro.

Pero no en Jesús.

¿No había otro versículo bíblico acerca de Dios como autor... de algo? Nicole cerró los ojos por un instante, y entonces se le ocurrió. El autor de la vida. Eso era. Al Señor se le llamaba el autor de la vida. Y siendo el Autor él era quien decidía si algunos personajes pasaban la vida indemnes o si caían víctimas de un accidente automovilístico.

La idea no calmó la carga de Nicole. Y sin duda no aumentó su deseo de orar. Si Dios era el autor, entonces el libreto ya estaba escrito. Ellos podrían amarlo, y él podría amarlos. Pero orar no iba a cambiar nada. No si las páginas ya se habían escrito.

—Nicole, ¿estás lista?

La voz de Matt subió por las escaleras. Los dos se habían disculpado por la pelea del otro día, pero nada había sido igual desde entonces entre ellos. Matt creía que Nicole había cambiado, y ella creía que él se había vuelto insensible. Eso era algo más para agregar a la lista.

—En un minuto —contestó ella asomando la cabeza por la puerta.

—Apúrate —dijo él echándole una mirada al reloj sobre la pared—. Ya se nos hizo tarde.

Nicole siguió poniéndose las medias.

—Feliz Navidad para ti también.

Expresó entre dientes las palabras de tal manera que Matt no la oyera. Mientras lo hacía se sentó al borde de la cama y levantó un pie. La media ya había subido por los tobillos cuando sucedió.

Sintió picazón muy dentro de ella.

Como si alguien le estuviera haciendo cosquillas desde el interior. Los latidos del corazón se le aceleraron y se quedó quieta. ¿Fue eso lo que creyó que era? Pasó casi un minuto y volvió a suceder. Se sentía como las zarpas de un gatito adormilado, dándole toquecitos desde alguna parte detrás del bajo abdomen.

Cuando ocurrió una tercera vez, Nicole lo supo. No era un gatito.

Era su bebé. El bebé que ella no había aceptado totalmente, del que no se había alegrado con toda el alma. Pero ahora aquí estaba este niñito, moviéndose, estirándose y formándose. El hermoso amanecer de vibrante alegría explotó en el corazón de Nicole. ¡Dios estaba tejiendo una nueva vida dentro de ella! ¿Cómo podía estar algo menos que emocionada con esa verdad?

Se abrazó a sí misma, preguntándose por primera vez cómo sería el bebé. ¿Niño o niña? ¿Alto como Kade o de gran estructura ósea como Matt? ¿Con la intensidad de su madre o la determinación de su padre? Las lágrimas le brotaban de los ojos, pero se negó a llorar. Cualesquiera que fueran los problemas que debía afrontar, Nicole estuvo repentinamente lista para amar a este niño que llevaba dentro.

Y quizás uno de estos días, ella también estaría lista para volver a hablar con Dios.

—Han pasado cinco minutos, Nic —avisó Matt abriendo de repente la puerta—. ¿Qué estás haciendo?

Un solo sonido bulló por la garganta de Nicole.

—El bebé...

—¿Qué pasa con el bebé? —preguntó Matt pálido, entrando al cuarto y dando algunos pasos hacia su esposa.

—Sentí moverse al bebé, Matt —anunció ella mientras se le formaba otra risita entrecortada en la boca—. Solo unos cuantos toquecitos, pero estoy segura que era él.

—¿De veras? —exclamó Matt, ya sin tensión alrededor de los ojos; entonces se colocó al lado de ella y le puso la mano en el vientre.

—No podrás sentirlo —aseguró ella cubriéndole la mano con las suyas—. Fue un movimiento débil. Yo no lo habría notado si no hubiera estado sentada así.

—Pareces feliz al respecto —expresó él mirándola a los ojos.

¿Había sido así de evidente la desilusión de ella? El corazón le dolió ante la idea.

—Por supuesto que estoy feliz —afirmó la muchacha inclinándose y besándolo.

Él la miró por un momento, con los ojos pletóricos de interrogantes. Pero exactamente cuando Nicole creía que le iba a preguntar respecto a la oración, a Dios, y a las actitudes de ella, él sonrió.

—Vamos a casa de tus padres y contémosles.

El amor de Nicole por Matt se acrecentó como no había ocurrido en meses. Él deseaba en gran manera que ella estuviera bien, que sintiera, pensara y actuara del modo que lo había hecho antes. Pero aquí, cuando pudo haber usado este momento como una forma de convencerla de que el Señor estaba obrando en la vida de ella, él prefirió esperar.

—Gracias, Matt. Por no presionar la situación.

—Te amo, Nic. No importa qué sientas, pienses o creas —manifestó él alargando la mano y agarrando la de ella—. Cuando estés lista para hablar, aquí estoy.

Abby sentía una lucha.

Era víspera de Navidad y los chicos llegarían en cinco minutos, pero nada se sentía adecuado. Se miró por última vez en el espejo e inspiró de manera normal. Esta semana pasada los buenos días de John habían superado a los malos, y Abby creía saber por qué. Todo era resultado de haber visto a Jake Daniels. El tiempo de John en la corte ese día para hablar con el muchacho, reír con él y brindarle esperanza había hecho más por John que cualquier cantidad de terapia hasta ahora.

Ojalá eso la hubiera ayudado a ella. Simplemente no podía superar la ira, la que parecía no poder descargar de su interior mientras le corroía las paredes del estómago.

Las amistades de la iglesia llamaban, pero ella les decía lo mismo: «Nos está yendo bien... gracias por orar... John se está sintiendo mejor... acostumbrándose a usar la silla de ruedas».

Si tan solo tuviera el valor de decir las cosas como eran: «Estoy furiosa... desilusionada... angustiada. Y no estoy segura de que me guste la idea de pasar el resto de mi vida viendo a John languidecer de nostalgia en una silla de ruedas».

Se suponía que Abby sería fuerte, decidida, positiva. Ese había sido siempre su papel, aunque ella y John estuvieran enfrentando el divorcio. Ahora se sentía como si todas las personas que llamaban, ya fueran amistades de toda la vida o alumnos de John, esperaran que ella las animara.

¿Por qué todos en su mundo dependían de *Abby* para tener una buena actitud hacia la lesión de John? Él... los muchachos... sus familiares y amigos... era como si todos se hubieran juntado para concluir: «Oigan, si Abby está bien, todo está bien. Podemos suspirar aliviados y continuar con la vida».

Ser positiva, estar en paz, era lo que se debía hacer. Lo que se esperaba. Nadie sabría cómo actuar si Abby lloraba cada vez que alguien preguntaba por John. O si ella agitara las manos en el aire y dijera la verdad sobre cómo batallaba interiormente.

Se volvió a examinar la imagen en el espejo.

Fuera lo que fuera que se estuviera fraguando en el sótano de su corazón, tendría que ocultarlo por un buen rato. Era Navidad, después de todo. Y la familia entera esperaría que ella estuviera rebosante de buen ánimo y que ofreciera agradable conversación. Por supuesto, el año pasado había acallado los sentimientos acerca del problema en su matrimonio, lo que solo había empeorado las cosas...

Pero esto era diferente. Tenía que mantenerse callada ahora o ninguno de ellos sobreviviría.

Contuvo la respiración mientras salía de la habitación. Contener el aliento era una manera de evitar el llanto. *Suéltalo, Abby... no pienses en tus sentimientos. Piensa en cualquier otra cosa...* Pestañeó a toda prisa. Kade. Eso era: podía pensar en Kade. Al menos las cosas estaban yendo mejor con él. El chico se había estado reuniendo con un consejero de la iglesia desde que viniera a casa para las vacaciones de Navidad. La otra noche Kade les contó a sus padres que no había visto nada de pornografía, ni por Internet ni por otra fuente, desde la discusión con John ese día en el lago. El consejero de Kade le había pedido que analizara a una pareja que pareciera ilustrar mejor la verdadera intimidad.

Kade había escogido a sus padres.

Abby llegó al fondo de las escaleras y oyó un coro de voces en la siguiente habitación. Giró hacia la sala e inmediatamente Jo y Denny la saludaron.

—Qué bien, Abby, te ves precisamente como un ángel de Navidad —le dijo Jo dando tres gigantescos pasos y abrazándola rápidamente—. Me la paso diciéndole a Denny que pareces un ángel. Tú sabes... ese halo rubio y todo lo demás. Pero ahora tengo que decir que nunca había tenido tanta razón al respecto.

La mujer codeó a su esposo.

—¿No es así, Denny?

—Ella es hermosa; por supuesto —reconoció el hombre con las manos en los bolsillos y asintiendo con la cabeza.

—Gracias, muchachos. Ustedes también se ven muy bien —contestó Abby sonriendo; los halagos eran maravillosos; por desgracia no la hicieron sentir mejor—. La comida está lista en la cocina. Vamos a buscar a los demás.

La cena se desarrolló en un ambiente alegre y optimista. Velas con olor a canela ardían en cada extremo de la mesa, Abby había cocinado un pavo para la ocasión. John se hallaba en la cabecera, no porque siempre se hubiera sentado allí antes sino porque era el único lugar en que se acomodaba la silla de ruedas. Abby trató de no pensar en eso.

—¿Sabes, papá...? —expresó Kade terminando un bocado de puré de papas—. Uno de los chicos en el colegio me dijo que su entrenador de fútbol pasó los últimos cinco años de su carrera en silla de ruedas. Una atrofia muscular o algo parecido.

—Lo sé —asintió John con consideración y mirando fijamente a Kade, mientras Abby lanzaba una rápida mirada a su esposo—. No sería imposible.

—Entonces deberías hacerlo —opinó Kade bajando el tenedor y poniendo los codos sobre la mesa.

—Si las cosas fueran diferentes, podría hacerlo.

—¿Te refieres a los chicos? —inquirió Nicole limpiándose la boca.

—Sí. Ellos y los padres —respondió John moviendo la cabeza de lado a lado—. Mi lesión no ha cambiado nada en el colegio. Los padres querían mi cabeza, ¿recuerdas? Estaban a punto de despedirme cuando ocurrió el accidente.

—Qué va, papá —objetó Kade negando con la cabeza—. Nunca te echarían. Eres demasiado bueno para eso.

—No importa —opinó John tomando un larguísimo trago de agua—. Si la administración no apoya lo que estás haciendo, no vale la pena el esfuerzo.

—¿Estás renunciando entonces? —preguntó el muchacho con voz desconsolada.

—Redactaré la carta de renuncia en algún momento el mes entrante —anunció John con una triste sonrisa formándosele en la comisura de los labios.

—Bueno, lo único que puedo decir es que les deberían examinar la cabeza a los altos directivos en ese colegio —opinó Jo, que ya había terminado su primer plato y se estaba sirviendo más de todo—. Dejar que te vayas sería como capturar el cabeza de acero más grande de ese lado del Mississippi y liberarlo antes de tomarle una sola foto.

Entonces miró alrededor de la mesa.

—¿Saben qué quiero decir? —concluyó.

—¿Qué es un cabeza de acero? —inquirió Sean a mitad de bocado.

Hasta Abby rió, aunque Jo ya había emprendido una explicación de las clases de lagos donde se podría encontrar a las truchas cabeza de acero, y qué clase de carnada era mejor para pescarlas.

Al terminar de comer todos intercambiaron regalos en la sala, alrededor del árbol. Un presente para cada uno en víspera de Navidad. Esa era la costumbre familiar. Y en ningún orden debajo del árbol. El primer regalo con cualquier nombre era el que se abría.

Manteniendo esta tradición, John escogió por último. Le tocó un paquetito que resultó ser de Jo y Denny. Esparcidos por el suelo había pedazos arrugados de papel de regalo, todos estaban sentados al lado de un obsequio recién abierto mientras veían a John abrir el de él.

Al principio Abby no podía distinguir qué había en el paquete. Entonces cuando John abrió el envoltorio lo pudo ver claramente. Era un par de guantes. De los más finos guantes sin dedos usados por los ciclistas más dedicados.

O por hombres en sillas de ruedas.

—Son fabulosos, muchachos —dijo John poniéndoselos en las manos y asegurando las correas de velcro alrededor de las muñecas—. Gracias.

Pero aunque él estaba agradeciendo a los padres de Matt, Abby vio que los ojos de Nicole se llenaban de lágrimas. Jo pareció sentir que de alguna manera su regalo ocasionaba tristeza en el círculo antes alegre.

—Vean... —expresó agitando las manos en el aire—. Denny y yo siempre pensamos en John como alguien activo. Yendo de aquí para allá y haciendo que los demás parezcamos bastante perezosos, entiendan lo que quiero decir.

Ella rió una vez, pero la risa sonó apagada a lo largo de la sala.

—Lo que Jo intenta decir es que nos imaginamos que John estará moviéndose más en las semanas venideras —intervino Denny tratando de rescatar a su esposa—. Tal vez llevando la silla alrededor de la pista del colegio... algo así.

—Así es, y los guantes... bueno, es obvio para qué son. De otro modo las manos de John se le podrían destrozar. Todas callosas, llenas de ampollas, y estropeadas —explicó Jo, mirando a Abby—. Y no podemos permitir eso. No en un hombre tan atractivo como John Reynolds, ¿verdad, Abby?

Estaba sucediendo otra vez. Todos la miraron para que salvara el momento, para que dijera algo animador y optimista que diera a los demás permiso de alegrarse. Pero esta vez Abby no estaba segura de qué decir. No era culpa de Jo. Ella y Denny habían tenido buenas intenciones con los guantes. Lo más probable es que dentro de pocos días resultaran útiles.

Pero ahora mismo, con la Navidad tocando a la puerta, Abby no deseaba un recordatorio del impedimento físico de John. Quería paquetes de suéteres, bufandas y colonias; libros favoritos, discos y dulces.

No guantes que hicieran más cómoda la transportación en silla de ruedas.

—Jo, son perfectos —comentó Nicole al ver que a su madre no se le ocurría decir algo, sorbiendo por la nariz y secándose una lágrima—. Creo que todos estamos un poco tristes de que papá los necesite. Sin embargo... es un regalo muy bien pensado.

—Definitivamente —afirmó John levantando las manos y admirándolos.

—Bueno, no quise decir nada con ellos —explicó Jo bajando un poco la barbilla—. Solo quería que le protegieran las manos.

—Son fantásticos, papá —declaró Sean poniéndose al lado de John—. ¿Puedo usarlos cuando monte mi bicicleta?

El grupo rió y la tensión se disipó tan rápido como se había formado. Abby exhaló suavemente. Estaba agradecida. Su cuenta bancaria de maneras de ver la situación de John en una luz positiva estaba horrorosamente escasa de fondos.

Además venía la primavera, cuando John debería salir a la cancha de fútbol americano para dar vueltas con sus jugadores, y Abby estaba convencida de que a ella no le quedaría en absoluto algo positivo que decir.

Aunque todos los conocidos estuvieran contando con ella.

John era el único despierto. Estaba mirando por la ventana principal pensando en las navidades anteriores, cuando oyó un ruido.

—¿Papá?

Era Sean; los pasos silenciosos del muchacho se le acercaron por detrás. John se volvió y descubrió la mirada de su hijo en la oscuridad.

—Creí que estabas durmiendo —le dijo alargando una mano y Sean se le acercó.

—No puedo.

Solo entonces John se dio cuenta de que su hijo menor estaba llorando.

—Oye, compañero, ¿qué pasa? No se supone que llores en víspera de Navidad.

—Yo... siento que todo se está volviendo un desastre.

A John se le rompía el alma por el muchacho. Cuán poco tiempo habían pasado juntos desde el accidente... pero sin duda los cambios en sus vidas también estaban afectando al chico. Obviamente más de lo que John se había dado cuenta.

—¿Te refieres a mis piernas?

Sean bajó la cabeza y frunció los labios. Incluso a la oscura luz de luna John pudo ver disgusto en los ojos del muchacho.

—¡No es *justo*, papá!

John esperó. Sean siempre había necesitado más tiempo que sus otros hijos para hablar de sus sentimientos. Cualquiera que fuera el tormento que el chico estuviera enfrentando desde el accidente, John estaba agradecido de que finalmente abriera el corazón.

—Estoy escuchando.

—Sé que no debería estar pensando en mí —opinó Sean encogiendo los hombros y enjugándose las lágrimas—. Tú eres el afectado. No obstante...

—¿No obstante qué?

—¿Qué hay de *mis* sueños? —desafió el chico mirando directamente a los ojos de John—. ¿Has pensado en eso?

—¿Tus sueños? —contestó John sin estar seguro de qué quería decir su hijo.

—Sí —asintió él chiquillo cruzando los brazos, y pareciendo como que apenas lograra contener la lucha que llevaba por dentro—. Entrenaste a Kade hasta que estuvo en último año, pero ¿y yo? Entraré al Colegio Marion dentro de dos años, ¿recuerdas? ¿Cómo puedo jugar fútbol para alguien más?

El alma de John se colmó de comprensión. Desde luego... ¿por qué no había pensado antes en eso? Debido al exceso de actividad con la rehabilitación, y a la aceptación de su alterada vida, John no había pensado ni una sola vez en cómo su lesión podría afectar a Sean. Siempre habían hablado de cómo John lo entrenaría también a él del mismo modo que había hecho con Kade. Pero no había sabido hasta ahora cuánto su hijo había contado con ese convenio. Sean estaba en sexto grado solamente. A John le parecía que los días de fútbol americano de su hijo estaban a muchos años de distancia.

Pero para un muchacho de once años de edad... estaban solo a la vuelta de la esquina.

—Sean... —titubeó John apretando la mano alrededor de la cintura del chico y abrazándolo—. Lo siento, compañero.

Luciendo más como un niño de lo que había parecido en años, Sean bajó la cabeza y lloró. Eran lágrimas que John entendía, lágrimas de tristeza, frustración y culpa ante lo que obviamente creía que eran sentimientos egoístas. Esta vez cuando levantó la mirada, los ojos del niño le suplicaban a John.

—¿No oíste a Kade esta noche? Puedes dirigir en una silla de ruedas, papá. No hay reglas ni nada parecido en contra de eso.

John brindó una triste sonrisa al chico. La situación era mucho más complicada que eso. Pero en ese momento su hijo no necesitaba oír una lista de detalles específicos sino una razón para creer que las cosas iban a estar bien, que de alguna manera la vida volvería a la normalidad aunque tuviera que abandonar ese sueño de la infancia. *Dame algo qué decir, Señor... algo que le restaure la paz en el corazón.*

Entonces le llegó.

—Siempre seré tu entrenador, Sean —aseguró después de carraspear—. Esté en el campo de juego o no.

Algo cambió en la expresión de su hijo. El enojo y la tristeza no habían desaparecido del todo, pero tenía en la mirada un atisbo de esperanza.

—¿En serio?

—Por supuesto. Entrenaremos juntos... aprenderemos jugadas —expresó John sintiendo que el entusiasmo se le acrecentaba.

Era cierto. Podría colgar el silbato en el Colegio Marion, pero no dejaría de entrenar a sus muchachos; especialmente a Sean, que tenía por delante muchos años de fútbol.

—Te enseñaré todo lo que le enseñé a Kade.

Sean se enderezó un poco más. Las arrugas de la preocupación en su frente se le relajaron un poco.

—¿Estando aun en una silla de ruedas?

—Estando aun en una silla de ruedas.

Por un instante ninguno de los dos habló, luego Sean puso la mano en el hombro de John y respiró con fuerza.

—¿Te puedo decir algo, papá?

—Lo que sea —contestó el hombre levantando la mano y despeinando la rojiza cabellera del muchacho.

—Estoy feliz de que no te hayas muerto.

Las lágrimas brotaron de los ojos de John. Otra vez lo impactó lo poco que él y Sean habían hablado últimamente. Necesitaban esto... esto y muchas más veces como esta.

—Yo también, compañero —respondió sonriendo.

Sean se inclinó y abrazó a su padre, y permanecieron abrazados por un buen rato. Finalmente Sean se paró y bostezó.

—Bueno, creo que me volveré a acostar.

—Sí... no querrás ver a Santa Claus entrando a hurtadillas a la sala.

La risita del muchacho fue como una inyección en el alma de John. *Gracias, Dios... gracias por este tiempo con mi hijo.*

—Buenas noches, papá. Te amo.

—Yo también te amo. Nos vemos en la mañana.

Sean salió, y por un buen rato John se quedó allí mientras cavilaba en el diálogo con el muchacho. Sería un gozo entrenarlo, tan rápido y fácil de enseñar como pasó con Kade. Y sin duda John cumpliría su promesa, trabajando con el muchacho siempre que tuvieran la oportunidad. No solo porque Sean siempre había deseado aprender de él, sino porque John finalmente comprendió el asunto.

Aunque estaba a punto de renunciar a la dirección de las Águilas, mientras tuviera a Sean sería entrenador.

Y ese era en sí el más fabuloso regalo navideño que alguien pudo haberle dado.

Veintidós

John había temido el momento todo el invierno.

Para la primera semana de marzo, cuando el césped comenzaba a asomar entre la nieve derretida, supo que era hora. No había sabido nada de Herman Lutz ni de ningún otro de los administradores del colegio, pero no tenía sentido esperar otro día. Este era el inicio del período de contratación académica y los inspectores del colegio merecían saber algo. No iban a despedirlo... había supuesto eso después de algunas conversaciones con otros instructores. No este año, de todos modos.

«Les preocupa cómo se vería la situación —le había dicho uno de los profesores, que por casualidad se lo oyó decir a Herman Lutz cuando hablaba con el rector en la oficina de administración un día de enero—. Dijeron que el público se desquiciaría si el colegio te despide ahora. Solo unos meses después de que quedaras paralizado».

Así que la administración estaba dispuesta a esperar un año, pero lo seguían queriendo fuera. Aún no confiaban lo suficiente en su carácter para creer que él no habría permitido que sus jugadores bebieran alcohol o participaran en carreras callejeras de haber sabido que eso estaba ocurriendo. E incluso estaban dispuestos a inclinarse ante las quejas de unos pocos padres de familia, en vez de apoyar a John y al trabajo que realizara en el Colegio Marion.

Sí, era hora de renunciar.

John le pidió a Abby que lo ayudara a vestirse bien abrigado ese día, con dos camisetas gruesas y una sudadera extra. Luego se puso la chaqueta más caliente que tenía y agarró su computadora portátil.

—Tengo que escribir una carta —le informó a Abby guiñándole un ojo.

—Está bien —contestó ella después de esperar un buen rato—. Estaré aquí por si me necesitas.

Él sonrió, pero eso no la engañó. Para cuando salió por la puerta y entró al patio ambos tenían lágrimas en los ojos. John se detuvo e inspeccionó el sendero delante de él. Antes de la primera nevada habían empleado a un contratista para hacer un sendero de concreto hasta el muelle, el que ahora se encontraba limpio y con sal [para derretir la nieve], rodeado por restos de hielo a cada lado.

John se llenó los pulmones con el agradable aire de inicios de primavera. Su terapia aún no había dado los resultados por los que oraba, pero había aprendido a ser más independiente. Ahora podía llegar al atracadero sin ayuda. El médico le había prescrito una nueva silla, con un freno firme al alcance de la mano. Y tenía más fortaleza que antes en la parte superior del cuerpo, tanta como para impulsarse cuesta arriba y entre rampas.

Con la portátil sobre las rodillas fue casi hasta el extremo del muelle donde aplicó firmemente el freno. Mientras abría la computadora se observó las piernas. Se habían consumido, exactamente como asegurara el terapeuta. Antes del accidente eran el doble de grande que las de Kade. Ahora estaban más pequeñas y delgadas, John sabía que no pasaría mucho tiempo antes de que se convirtieran en poco más que piel y huesos.

Levantó la pantalla de la computadora, presionó el botón de encendido y miró el teclado. Cuando el programa estuvo listo abrió un documento nuevo y esperó, con los dedos posicionados en las teclas. ¿Qué se supone que diría? ¿Cómo podía poner en palabras que estaba a punto de renunciar a la pasión de su vida?

Comenzó a teclear.

A quien corresponda: Por medio de la presente estoy informando que renuncio como entrenador del equipo de fútbol americano del Colegio Marion. Como es sabido, he estado dirigiendo a las Águilas desde que el instituto se abrió en 1985. En ese tiempo...

Los dedos se le detuvieron.

En ese tiempo...

Mucho había ocurrido desde que aceptara el trabajo en Marion. Y aun antes de eso. ¿Desde cuándo se había apasionado con el juego? Levantó la mirada de la pantalla y la dirigió al lago. ¿No fue siendo tan solo un bebé? Había fotos de él sosteniendo un balón de fútbol americano antes de que aprendiera a gatear.

La mente se le llenó de imágenes, recuerdos que no había tenido en más de una década.

La vida de su padre se había centrado en el fútbol, muy parecido a lo que siempre ocurriera con el padre de Abby. Los dos hombres habían jugado en la Universidad de Michigan, donde llegaron a ser los mejores amigos.

Después de la universidad el padre de John se puso a trabajar en la banca, pero el de Abby se dedicó a entrenar equipos, también.

«Lo llevo en la sangre —solía decir con una sonrisa—. No sabría qué hacer conmigo mismo si no estuviera alrededor del fútbol».

Igual le había sucedido a John. No importaba que su padre casi nunca hablara de sus destrezas en la cancha. Cuando John tuvo edad suficiente para usar un uniforme les rogó a sus padres que lo ficharan. Desde el momento en que hizo su primer *touchdown* como jugador John supo que mientras viviera jugaría fútbol.

Entonces le llegó una imagen: él y su familia visitando el hogar de Abby y sus padres a orillas del lago en Lake Geneva, Wisconsin. Ya antes había conocido a la chica, pero ese año él tenía diecisiete años y cursaba el último año de bachillerato. Ella era estudiante de primer año y solo tenía catorce años de edad.

Pero era hija de un entrenador de fútbol y lo demostraba en todo lo que hacía. Podía lanzar un balón y atraparlo mejor que la mayoría de los muchachos de su edad, y los dos pasaban horas descalzos en la playa lanzándose el balón de piel de cerdo.

«No eres tan mala para ser una chica», había bromeado John.

Abby había mantenido un poco más en alto la cabeza. Los muchachos mayores no la intimidaban, no cuando su padre dirigía a sesenta cada año en el colegio. John sabía que a menudo los muchachos del equipo pasaban tiempo en casa del entrenador Chapman, jugando en el lago o comiendo pollo asado con la familia.

La respuesta de Abby esa tarde fue algo que le resonó con claridad en la memoria. Ella lo había mirado haciendo bailar los ojos. «Y tú no eres tan malo para ser un *chico*».

John había reído bastante, tanto que finalmente fue tras ella, haciéndole cosquillas y dejando que creyera que podía correr más que él. La verdad era que en ese entonces John podía correr como el viento. Igual que su padre, John se había convertido en un gran mariscal de campo y una docena de universidades importantes estaban tras él, incluyendo el alma máter de sus padres: Michigan.

Una noche ese verano las dos familias llevaron frazadas a la arenosa orilla y el padre de Abby encendió una hoguera. Entonaron cánticos de alabanza a Dios. No las acostumbradas canciones tontas alrededor de fogatas que hablaban de pollitos o trenes que rodeaban montañas, sino tiernos cánticos de paz, gozo y amor, y de un Dios que se preocupaba profundamente por todos ellos. Cuando los cánticos terminaron y los adultos se dedicaron a conversar, John se puso al lado de Abby y le dio un codazo.

—¿Tienes novio, señorita Abby Chapman? —le dijo sonriendo, imaginándola en cinco o diez años; cuando hubiera crecido un poco.

Ella conservó la calma otra vez.

—No necesito novio —contestó ella golpeándole el pie descalzo con el de ella.

Él la volvió a golpetear con el codo.

—¿Verdad? —inquirió él sonriendo de oreja a oreja.

—Sí —respondió ella levantando la cabeza y mirándolo directamente a los ojos—. Los muchachos suelen ser muy inmaduros.

Entonces lo examinó por un instante.

—Déjame imaginar... tienes una novia distinta cada semana, ¿verdad? Es lo que pasa con los mariscales de campo de papá.

—Creo que soy diferente —contestó él soltando la carcajada antes de volver a mirarla.

—¿Qué? —objetó ella con los ojos bien abiertos por el asombro—. ¿John Reynolds no tiene novia?

Él agarró la pelota de fútbol americano, de la que en todo ese verano no se separaría más de medio metro, y la lanzó ligeramente al aire algunas veces.

—*Esta* es mi novia.

—Estoy segura que será una fabulosa compañera en la fiesta de graduación —expresó ella asintiendo, con brillo en los ojos.

—Shhh —exclamó él empujándole otra vez el pie y bajando la mirada con un guiño—. La podrías ofender.

John parpadeó y el recuerdo desapareció.

Después de ese verano John estaba seguro que un día se casaría con Abby Chapman. No era algo de lo cual tomara una decisión consciente, como decidir a qué universidad asistir o en qué disciplina especializarse. Más bien era algo que le surgía del corazón, una verdad que simplemente era así.

Pero como para eso faltaba mucho, John se dedicó con alma y corazón a su primer amor: el fútbol americano. Especialmente el año siguiente cuando aceptaría una beca en la Universidad de Michigan.

John levantó un poco la barbilla y examinó las copas de los árboles. ¿Cuán lejos podía lanzar el balón en ese entonces? ¿Sesenta yardas? ¿Setenta? Cerró los ojos y recordó la sensación de la tierra debajo de los pies, el asombroso impulso con cada paso mientras volaba fuera del área, buscando un receptor en el fondo del campo de juego.

Los padres de John nunca se perdían un partido, pero una competencia sobresaldría siempre en la mente de él. Fue al final de su primera temporada, un juego contra el principal rival de Michigan, el Estado de Ohio. Esa tarde Michigan ganó por tres *touchdowns*, y después del partido John y su padre anduvieron por uno de los vecindarios y encontraron una vieja banca en el Parque Allmendinger.

—Me agrada mucho verte allá, hijo. Observándote guiar ese equipo como yo lo hacía años atrás.

El padre de John casi nunca estaba pensativo, pero esa tarde era diferente. John permaneció en silencio y dejó hablar a su papá.

—A veces observarte es verme a mí mismo, cada paso, cada lanzamiento... como si yo estuviera allá volviendo a hacer todo eso, viviéndolo todo una y otra vez.

—No hay nada como eso.

—Así es —concordó su padre con los ojos llenos de lágrimas, algo que John solo había visto pocas veces en la vida—. Definitivamente no. Allá en la cancha... tú, tu equipo y el balón, viviendo un drama, una batalla, tan intensa y poderosa que solo otro jugador podría entender.

—Sí, señor.

—Y el tiempo es un ladrón, hijo. Solo consigues tantos *touchdowns*, tantos silbatos. Tantos partidos. Antes de darte cuenta, habrás madurado y estarás viendo jugar a tu propio hijo. Entonces sabrás lo que quiero decir.

Por supuesto que finalmente su padre había tenido razón. Los años de futbolista en Michigan volaron y, más tarde en su postrer partido como alumno de último año, John se lesionó los ligamentos de la rodilla. Aunque a principios de año lo buscaron cazatalentos profesionales, estos desaparecieron después de la lesión, nadie le había dicho que mirara el reloj. La verdad era tan real como su inminente graduación.

Sus días como jugador de fútbol americano habían terminado.

John mantenía en el gabinete de archivos de la mente la grabación de su último partido. Recordaba haberse puesto el atuendo adecuado en el vestuario, haber bromeado una y otra vez con sus compañeros de equipo, y haber intercambiado observaciones mordaces como si tuvieran todo el tiempo del mundo.

Cuatro cuartos después, cuando sonó el pitazo final John estaba acurrucado en el banco, con la rodilla envuelta en tres rollos de vendas. Aun ahora recordaba lo extraño que se sentía. Cómo hasta ese pitazo él y sus compañeros solo tenían un pensamiento en la mente: derrotar a Illinois.

Necesitaban una victoria para llegar al tazón ese año. Pero después de la lesión de John, Illinois logró hacer un *touchdown* y Michigan nunca volvió a estar adelante. Solo entonces, en el triste silencio que siguió, la realidad se evidenció.

Había terminado. El partido, la temporada... y la carrera de John Reynolds.

John había levantado la mirada hacia los graderíos, hacia las personas que estaban allí y se había preguntado en qué pensarían. ¿Mejor suerte el año entrante, tal vez? ¿O qué pasaba con los glotones? Pensaran lo que pensaran, solo un hombre sabía cómo se estaba sintiendo John esa tarde, cómo se sentía jugar un partido por dieciséis temporadas seguidas y luego estar acabado en el tiempo que un árbitro tarda en pitar. Solo un hombre sabía cómo le había dolido el corazón a John ese día, el hombre que lo abrazó una hora después de haber entregado el uniforme, y de haberse duchado y cambiado. Un hombre que no dijo nada mientras a él lo deprimía el hecho de que todo había acabado de manera definitiva.

Su padre.

John tragó grueso y recordó lo orgulloso que se había sentido su papá cuando esa tarde de 1985 lo llamó para contarle la noticia.

—¡Me contrataron, papá! Soy el entrenador principal del Colegio Marion.

—Marion, ¿eh?

—Sí. Es un colegio nuevo, tengo muchísimas ideas. Voy a establecer un programa aquí, papá. Algo nuevo, diferente y mejor que todo lo demás en el estado.

—Los nuevos programas son difíciles, hijo. ¿Has hablado con el padre de Abby?

—Todavía no. Y tienes razón —expresó casi sin poder contener su entusiasmo—. Sé que será difícil. Pero no puedo dejar que eso me incomode. En esta población tenemos buenos muchachos y buenos profesores. Una buena administración. Empezaremos desde la base, y en algunos años seremos una liga combatiente. Después de eso, ¿quién sabe?

—¿Está Abby emocionada?

—Está más feliz que yo. Dijo que escribirá comunicados de prensa acerca del equipo y que fundará un club de aficionados. Y cuando Kade tenga suficiente edad lo llevaré a los entrenamientos.

—Kade solo tiene dos años, hijo —había objetado su padre riendo.

—Pero ya está caminando. Dejaré que venga con Abby a los entrenamientos incluso este mismo año.

—Está bien, pero no olvides lo que te dije.

—¿Respecto a qué?

—Respecto a cómo se siente ver jugar a tu hijo. Espero estar allí para ver suceder eso —expuso su padre volviendo a reír—. Está llegando tu día.

Y así había sido... pero no a tiempo para que su padre lo viera. Cuatro años después de que John empezara a trabajar en Marion, su papá murió de un ataque cardíaco. Solo Abby supo el alcance de la pérdida de John: cómo no solo había perdido a un padre sino a un mentor y a un entrenador. Y principalmente a un amigo.

Dirigir fútbol fue la cura para el sufrimiento de John. Resultó ser casi tan emocionante como jugarlo. Pero solo había una maravillosa diferencia. Los días de un jugador estaban contados. Unos cuantos en el colegio, y algunos en la universidad para los más talentosos.

No así para un entrenador.

Cada año un grupo de alumnos de último año jugarían con ojos llenos de lágrimas su último partido de fútbol para el Colegio Marion. Entonces, al llegar el otoño, John y su personal volverían, recibiendo un nuevo grupo de estudiantes de primer año y haciendo planes para otra temporada. John planeaba ser entrenador hasta jubilarse. Al menos.

Eso fue cierto incluso durante los años difíciles en Marion, cuando los padres de familia se quejaban de que él no estaba ganando partidos con suficiente rapidez y que tal vez se debería contratar a otro hombre para el trabajo. Pero esas temporadas llevaron al primer título estatal de John en 1989.

Para entonces todos en Marion querían a John. Y en 1997 Kade se unió al equipo. Solo en ese momento John tuvo una verdadera sensación de lo que su padre había estado hablando ese día en el Parque Allmendinger.

Ver a Kade jugar fútbol produjo solo un pesar en John: que su padre no hubiera vivido para verlo. Kade era todo lo que su padre y su abuelo habían sido, y mucho más. Era más alto, más rápido y veloz como el rayo para soltar el balón. John no podía contar las veces que se había parado en seco mientras observaba a Kade alinearse, lanzar un grito y luego retroceder del área a toda velocidad, con el brazo listo para lanzar la pelota a un receptor.

El padre de John había tenido razón.

Viendo a Kade, casi podía sentir las almohadillas sobándole los hombros, y casi podía oler la abundante grama debajo de los pies. Era una experiencia embriagadora, superada solo estando allí y jugando en persona.

Los actuales problemas en Marion no habían comenzado hasta el verano pasado, unos meses después de la graduación de Kade.

John volvió a mirar hacia el lago.

¿Qué habría pensado su papá acerca de las actitudes entre sus jugadores y los padres este año? ¿Lo habrían hastiado? ¿Le habría hecho de algún modo parecer menos bueno el juego? Y luego estaba aquello en lo que John quería pensar menos.

¿Cómo habría lidiado su padre con la renuncia de John?

El hombre se habría abatido al verlo en una silla de ruedas, al saber que su hijo no volvería a caminar ni a correr. Y sin duda se habría entristecido al saber que los padres de familia estaban tratando de hacer despedir a John. Pero, ¿cómo se habría sentido al saber que John iba a renunciar como entrenador del equipo? ¿Qué se iría sin voltear a mirar?

John respiró hondo y dejó que la mirada volviera al teclado de la computadora. Su padre habría entendido. Porque habría sabido que solo por un motivo John renunciaría a la dirigencia técnica: si el juego hubiera cambiado.

Y así había sido.

Sí, su padre lo habría apoyado por completo. Es más, en algún lugar en el cielo sabría sin duda alguna cuán difícil era hacer la carta de renuncia. Y cuando John volvió a poner los dedos en el teclado, mientras hallaba la fortaleza para hacer lo que nunca creyó que haría, se sintió convencido de algo.

Su padre debía estar consciente de todo lo que había sucedido e incluso ahora, en el momento más difícil de la carrera futbolística de John, estaría sentado en la línea de cincuenta yardas del cielo, vitoreándolo del modo que lo había hecho hasta donde John lograba recordar.

Veintitrés

John estaba a punto de acabar la carta cuando Abby subió al muelle.

Venía con los ojos inyectados de sangre y estaba pensativa, como si hubiera estado llorando.

—¿Terminaste? —preguntó acercándosele despacio y poniendo un banco al lado de la silla de ruedas.

—Sí —contestó él escribiendo su nombre—. Exactamente ahora.

—Es el final de un capítulo —comentó Abby mirando el lago.

—Lo es —asintió John agarrándole la mano y entrelazando los dedos entre los de su esposa—. ¿Estás bien?

Abby permaneció con los dientes apretados, pero de todos modos dejó escapar un suspiro de cansancio por los labios. Entonces se volvió hacia John, que vio algo que no había estado allí por meses: rabia pura e innegable. Ella abrió la boca, por un momento no salió nada. Luego entrecerró los ojos.

—No, no estoy bien.

Por mucho tiempo John había sospechado que las cosas no andaban tan bien con Abby como ella quería hacer creer. De vez en cuando él le preguntaba acerca de lo que sentía, pero siempre contestaba lo mismo. Que se hallaba bien... que estaba agradecida... que era más feliz que nunca. Muy contenta de que él estuviera vivo... de que su matrimonio hubiera vuelto a ser lo que había sido cuando eran más jóvenes.

Todo eso se oía bien, solo que no era del todo real. No era que John no le creyera. En alguna parte de su alma Abby quería todo lo positivo que expresaba. Pero siempre había sido intensa y a John le había parecido extraño que en esto, el mayor desafío físico que tenían como pareja, su esposa estuviera siendo pasiva y aceptando lo que viniera. Esperó que Abby siguiera hablando.

—John, he hecho todo lo posible por hacer esto fácil para ti, para los muchachos y... bueno, para todos nuestros conocidos —confesó, encogiendo los hombros, luego se inclinó hacia el frente hundiéndose los codos en los muslos—. Pero no estoy segura de poder seguir haciéndolo.

Pánico resplandeció en el horizonte del corazón de John. ¿No podía ella seguir haciéndolo? ¿Adónde iría a parar esto?

—Está bien, ¿quieres explicarte?

Abby apretó los puños e hizo crujir los dientes mientras continuaba.

—¡Estoy muy enojada, John! Estoy tan enojada que no puedo soportarlo —exclamó, abriendo las manos y formando círculos con ellas—. Es como un tornado revolviéndose dentro de mí. Cada día que pasa me enfurezco más.

—¿Con quién estás enojada? —inquirió John escogiendo cuidadosamente las palabras.

—¡No lo sé! —respondió ella con tono fuerte y rabioso—. Estoy furiosa contigo por quedarte en el colegio esa noche cuando debías haber estado en casa.

Entonces se paró, fue hasta el final del muelle y regresó, con los brazos cruzados frente a ella.

—Estoy furiosa con Jake por haberte chocado y con los médicos por no haber logrado que mejoraras —continuó dejando caer las manos a los costados—. Y estoy enojada con Dios por permitir que esto suceda.

—¿Estás enojada conmigo? —preguntó John mordiéndose un labio.

Algo en la pregunta la agarró desprevenida y, aunque intentó contenerse, una oleada de risa se le extendió entre los dientes. Al instante recuperó la compostura.

—No, John.

—¿No qué?

—Se supone que me preguntes acerca de la última parte... de estar enojada con Dios.

—No lo sé —declaró él levantando un hombro y recostándose en la silla—. Puedo comprender lo de estar enojada con Dios. Quiero decir, a veces me enojo con él.

Luego inclinó la cabeza y entrecerró los ojos.

—Pero ¿conmigo? Vamos, Abby, ¿qué *he* hecho?

Ella exhaló con fuerza.

—Debiste haber venido a casa conmigo, es por eso —declaró ella y le dio un empujoncito en el hombro—. Entonces no habría pasado nada de esto.

—Ah... bueno... creo que eso tiene sentido.

—No importa, tonto. Se supone que este es *mi* tiempo de enojarme.

Abby hizo un sonido que resultó más risa que llanto y volvió a empujar a John. Esta vez él le agarró la mano y la haló hacia sus piernas. Abby deslizó la computadora portátil de debajo de ella y la colocó sobre el muelle. Al mismo tiempo él soltó el freno de la silla de ruedas.

—¡John! —gritó ella—. ¿Qué estás haciendo? Vamos a caer al agua.

Él agarró las llantas e hizo girar la silla exactamente antes de que cayeran por el borde del embarcadero.

—¿Qué pasa? ¿Ninguna confianza de parte de mi hermosa doncella?

—¡John, para! —gritó Abby agarrándose de la camisa de su esposo, que reía—. Te has vuelto loco.

En vez de detenerse, él revoloteó hasta el extremo del muelle, regresó otra vez y dejó que la gravedad devolviera la silla por las tablas de madera hacia el agua. Abby volvió a gritar e intentó frenar, pero John la mantuvo firmemente agarrada, con una mano alrededor de la cintura y la otra en la llanta de la silla.

—Retíralo.

Estaban a mitad de camino del muelle, moviéndose cada vez más rápido.

—¿Qué? —averiguó Abby con voz estridente que era una mezcla entre terror y alegría.

—Dime que no estás enojada conmigo.

—¡Está bien! —exclamó ella mientras el agua se les acercaba—. No estoy enojada contigo.

Con un simple movimiento fluido, tan elegantemente como antes lanzaba una pelota de fútbol americano, John agarró ambas ruedas y disminuyó la velocidad de la silla en un giro controlado. Al completar un círculo instaló el freno y abrazó a Abby con ambas manos. La mujer tenía los ojos desorbitados, se esforzaba por poder respirar.

—Eso es lo más disparatado que has hecho, John Reynolds —expresó Abby dándole un golpe en el hombro, ahora más fuerte que antes—. ¿Qué tal que no te hubieras detenido a tiempo?

—Todo estaba bajo control, Abby —dijo él en tono suave y reflexivo—. Exactamente como tus emociones en estos últimos meses.

Ella se quedó helada y él pudo verle las lágrimas que le atravesaban la superficie de los ojos.

—¿Fue tan evidente?

—Desde luego.

—Tenía miedo de decirte cómo me siento —reveló ella, mientras un suspiro de cansancio se abría paso desde su más íntimo ser.

—¿Por qué? Nunca antes habías estado tan asustada. Incluso cuando no nos llevábamos bien.

—Porque... —titubeó Abby dejando reposar la cabeza en el pecho de John—. Temía que nunca te recuperaras si llegabas a saber lo enojada que me hallaba.

—No —reconoció él, y entonces esperó, escogiendo las palabras con cuidadosa precisión—. Nunca me recuperaré si no puedes ser tú misma, Abby. No podemos fingir que todo está bien, ¿no lo ves? Habrá días en que no podrás sacar un minuto más para ayudarme a vestir... días en que desearás expresar tu enojo a gritos. Pero habrá días en que yo me sienta del mismo modo. No importa lo optimistas que finjamos estar. La única manera en que vamos a sobrevivir es que seamos sinceros. ¿Me hago entender?

—John... —balbuceó ella mientras le bajaban lágrimas por las mejillas—. Estoy muy enojada porque te pasó esto. No es justo. Sencillamente no es justo.

—Lo sé, mi amor —declaró él acercándola más hacia sí y acariciándole la espalda—. Lo sé.

Abby levantó el rostro contra el de él y se secó las lágrimas de las mejillas.

—Quiero volver a bailar. ¿No lo has deseado alguna vez?

—Todo el tiempo —dijo él soltando otra vez el freno de mano y llevándola una vez más hasta el extremo del muelle.

—John... ¿qué estás haciendo? —preguntó ella tensándosele el cuerpo en los brazos de él—. ¡No otro viaje en bajada! Seguro que esta vez caemos.

—No, Abby... —dijo él, llegando hasta lo alto del atracadero y dando luego la vuelta hasta que la silla quedó frente al agua—. Simplemente recuéstate en mí y relájate.

Ella titubeó y por un momento él pensó que su esposa podría saltar.

—¿Hablas en serio?

—Sí —contestó él palmoteándose el pecho—. Vamos, recuéstate.

—¿Qué estamos haciendo?

—Es cierta clase de paso de tango. Algo que he estado practicando —informó él acomodando a Abby contra sí de tal modo que los dos miraban al frente—. Está bien... ahora tienes que abandonar todo... tu enojo, tu frustración... todo eso. La danza no funciona de otro modo.

—Está bien —reaccionó ella soltando una risa nerviosa, sonido que obró maravillas en el alma del hombre—. Estoy lista.

John soltó el freno de mano y la silla comenzó a rodar por el muelle hacia el agua. La risa de Abby se hizo más fuerte y entonces presionó la espalda contra John.

—Es divertido cuando no te asustas.

—El tango siempre lo es.

—La vivaracha Paula estaría orgullosa.

La silla agarró velocidad y la risa de los dos aumentó hasta que, a unos pocos metros del agua, John bajó la velocidad de la silla hasta detenerla en un giro final. Después de eso la hizo oscilar de atrás hacia adelante mientras susurraba en el oído de Abby.

—¿Lo oyes?

—Mmmmm —gimió ella, y el suave gemido resonó profundo contra el pecho de él—. Creo que sí.

—Los pasos del baile podrían cambiar, Abby —advirtió John besándole el lóbulo de la oreja—. Pero la música sigue sonando.

Se quedaron así, meciéndose a la distante brisa y al bamboleo de ramas aún desnudas, hasta que finalmente Abby se apoyó en una de las rodillas de su esposo y lo besó, larga y lentamente.

—¿Sabes qué?

—¿Qué?

—Ya no estoy enojada. Al menos por ahora.

—Observa... el tango, Abby —balbuceó él restregándose la nariz contra la de ella—. Funciona todo el tiempo.

—No... —titubeó ella; los labios se les unían una y otra vez—. Tu amor funciona todo el tiempo.

John estaba a punto de besarla una vez más cuando sucedió. Fue tan breve, tan fugaz, que él supo que no podría ser nada. Pero entonces... hizo una pausa, quedándose completamente quieto. ¿Qué más pudo hacerlo ocurrir?

—¿Qué pasa, John? —preguntó Abby separándose unos centímetros—. Me estás asustando.

El hombre tragó saliva y se concentró en el lugar en que lo había sentido. Entonces, como si Dios quisiera que John tuviera la certeza de que no se trató de una casualidad o de algún producto de su imaginación, lo volvió a sentir. Alguna clase de punzada o de picazón en el dedo gordo del pie. Un lugar donde no había sentido nada desde el accidente.

—Abby, no vas a creer esto —expresó, mirándola directamente, viendo más allá de la superficie del agua hasta el mismísimo corazón de la mujer que amaba.

—¿Qué? Dime —presionó ella echándose más hacia atrás, mirándolo a todo lo largo—. ¿Es algo malo?

—No —la tranquilizó él señalándose los pies, mientras el corazón le palpitaba fuertemente contra la caja torácica—. Justo ahora, solo unos segundos atrás... algo ocurrió. Algo que no puedo explicar.

—¿Qué fue? —inquirió ella bajándose y poniéndose de pie, examinándole las piernas.

De repente John se dio cuenta de que lo que estaba a punto de decir parecería ridículo. Tal vez solo fuera un dolor ilusorio, algo de lo que había leído, en que meses o hasta años después de la parálisis una persona podría tener el recuerdo de la sensación.

No podía decir algo que levantara falsas esperanzas solo para destruirlas cuando averiguaran que no era algo real. Se lo diría pronto, pero no aún. Abby seguía mirándolo, esperando. *Piensa, John... vamos... inventa algo.*

—Bueno... —balbuceó él sonriéndole—. Creo que inventamos un nuevo paso de baile.

—John, creí que te habías lastimado —dijo ella mientras todo el aire de los pulmones le salía en una sola ráfaga—. Creí que tal vez no podías respirar o algo así.

El hombre rió, ocultando la emoción que le brotaba en el alma.

—No. ¿Sabes, Abby? Bailar es bueno para los pulmones —aseguró y se dio toquecitos en el pecho—. Después de una rutina como la que acabamos de realizar respiraré bien por días enteros.

—Eres un bromista —objetó Abby extendiéndole la mano; luego subieron juntos el muelle y se dirigieron a la casa—. No deberías hacer eso. De veras creí que había pasado algo malo.

Estaban a mitad de camino subiendo por el patio cuando volvió a ocurrir. Esta vez John no tuvo dudas de lo que sentía. No era un dolor ilusorio, ningún recuerdo de sensaciones anteriores. Sentía una punzada ardiente en el dedo del pie. Y esta vez había ocurrido algo más. Algo que él apenas podía guardarse para sí.

¡El dedo se le había movido!

John no tenía idea de qué significaba eso o por qué estaba sucediendo. Pero tenía la más extraña sensación de que algo, o Alguien, estaba obrando en su columna vertebral. No lo sentía como las manos de un médico o de un terapeuta.

Lo sentía como los mismísimos dedos de Dios.

Veinticuatro

Chuck Parker acababa de entrar por la puerta cuando llegó la llamada.

El hombre era agente de seguros, y el invierno pasado estuvo muy ocupado, más que cualquier otro en su vida. No solamente los negocios estaban en auge, sino que a consecuencia de la suspensión de la licencia de Casey por un año, Chuck o su esposa debían llevar al muchacho dondequiera que debía ir.

La peor parte de estar tan ocupado era que Chuck no tenía tiempo para organizar la reunión. Desde que supo lo de la parálisis del entrenador había querido una discusión de grupo en el colegio para hablar de cómo habían tratado al entrenador Reynolds esta temporada pasada. Chuck había hecho un sinnúmero de llamadas telefónicas, pero la reunión no se había materializado. El problema era el tiempo. Con tantas cosas de qué ocuparse, sencillamente se le había olvidado la idea.

Pero no había por qué preocuparse. Mientras él y los otros padres de familia hubieran dejado de presionar a Herman Lutz, el trabajo del entrenador Reynolds estaría seguro. Tal vez en realidad ni necesitarían reunirse. Cuando el entrenador regresara el otoño entrante, seguramente vería que todos habían cambiado después de lo sucedido. Los jugadores, los estudiantes. Hasta los padres.

El teléfono sonó tres veces antes de que Chuck contestara.

—¿Aló?

—¿Señor Parker? Soy Sue Diver del Colegio Marion.

Sue Diver... Chuck se devanó los sesos. Ah, sí. Sue. La secretaria del colegio. Portadora de una póliza de vida que él le había expedido allá por 1998. Miró el reloj. Tenía tres citas por la tarde, la primera en treinta minutos.

—Hola, Sue... ¿qué me tienes?

—Hoy llegó una carta a la oficina —anunció ella con voz queda, atribulada.

—Está bien...

—No sé si debo decirle esto.

—Estoy seguro que no habrá ningún problema, Sue. De otra manera no habrías sentido la necesidad de llamar.

Las palabras de Chuck parecieron funcionar. Oyó que la mujer respiraba rápida y profundamente.

—Es una carta de renuncia del entrenador Reynolds. La está haciendo efectiva de inmediato. Dice que el tiempo del juego ha pasado para él... y que los padres de familia ya no lo respetan.

¿Qué? Chuck sintió que el piso se le hundía debajo de los pies. ¿Por qué no había programado antes la reunión? Ahora era demasiado tarde. Si Herman Lutz leía la carta, en veinticuatro horas publicaría en las listas estatales la vacante del trabajo del entrenador Reynolds. Creyendo probablemente que eso era lo que todos deseaban.

Solo que eso para nada era verdad. Ya no.

—Voy a necesitar algunos números telefónicos, Sue —reaccionó Chuck cerrando los ojos y agarrándose el puente de la nariz entre los dedos índice y pulgar—. ¿Puedes conseguirme los nombres y números de todos los muchachos del equipo?

—Creo que sí.

—Bien —contestó él mirando el montón de carpetas de citas—. Haré las llamadas esta noche. ¿Cuál es la próxima hora disponible en el calendario escolar?

El sonido de papeles que crujían invadió el escenario.

—Hoy es lunes, veamos... —titubeó ella; se oyeron más sonidos sofocados de papeles—. ¿Qué tal el jueves por la noche?

Chuck miró su calendario. Tenía cuatro citas programadas para esa noche.

—Perfecto. Fijémosla para las siete en punto. En el auditorio.

—Está bien. Consultaré con la administración, pero no debería haber problema. Los padres de familia pueden usar el edificio para reuniones relacionadas con el colegio.

Ella parecía preocupada, como si estuviera tratando de convencerse. Pero eso no importaba. Después de meses de aplazar la reunión, ahora Chuck la tenía programada. En este momento solo necesitaba los números telefónicos.

—¿Tienes los números a la mano?

—Este... ¿le puedo enviar la lista por fax?

—Por supuesto —contestó Chuck recitando su número de fax—. Estaré esperando. Y, Sue, gracias por el dato. Tendremos que juntarnos uno de estos días y ver si podríamos mejorar tu póliza.

—Claro, señor Parker. Escuche, debo colgar.

En el momento en que Chuck colgó, el fax comenzó a sonar. Hizo tres rápidas llamadas para cancelar sus citas. Luego, cuando tuvo la lista de teléfonos en la mano, respiró hondo y comenzó a llamar.

John no quería darle falsas esperanzas a Abby.

Pero esa noche, antes de que se acostaran, mencionó de modo casual que debía ver al médico. Lo más pronto posible.

—¿Por qué? —inquirió Abby ayudándole a subir a la cama y disponiéndose a alistarse.

—Estoy preocupado por mis piernas —manifestó él obligándose a parecer relajado—. Están demasiado delgadas.

—Cariño... —masculló ella lanzándole una triste mirada—. El médico advirtió que eso pasaría. Es normal.

John buscó una manera de convencerla.

—No tan delgadas... ni tan rápido —dijo, presionando las sábanas contra las piernas; al hacerlo, el pie gordo del pie se movió un poco—. Me estoy consumiendo, Abby. El médico debe saberlo.

—¿De veras? —exclamó ella con una mirada confundida en el rostro—. Bueno, si así lo crees. Llamaré al doctor Furin en la mañana.

Al día siguiente, después del desayuno, John estaba en la cocina tomando café cuando Abby se le acercó.

—Te puede ver hoy a las once.

—Qué bueno —expresó, soplando el vapor que salía de la taza—. Estoy seguro de que podrá hacer algo.

—¿Te importa si te dejo allí? —sugirió ella, yendo de un lado a otro, arreglando la cocina y examinando un montón de papeles sobre el mesón—. Necesitamos algunas cosas del supermercado.

—Por supuesto. Está bien... Estaré en la sala de espera cuando regreses.

John no podía creer su buena suerte. Lo que menos quería hacer era hablar frente a Abby sobre el movimiento en los dedos de los pies. Ya que los últimos meses habían sido tan difíciles para ella, no había motivo para darle falsas esperanzas.

Dos horas después John estaba en la sala de pruebas cuando el doctor Furin entró.

—John... comprendo que esté preocupado por el proceso de adelgazamiento en las piernas.

John soltó una corta carcajada.

—En realidad no se trata para nada de eso. Solo que... —titubeó, refrenando su entusiasmo para poder pensar con más claridad—. No podía contarle a Abby el verdadero motivo de querer verlo. No quiero que se haga falsas expectativas.

—Está bien —expresó el doctor Furin poniendo el pisapapeles cerca del lavabo—. ¿Cuál es el verdadero motivo?

—Doc... —empezó a decir John mientras en las mejillas se le formaba una sonrisa—. Estoy sintiendo algo en el dedo del pie derecho.

John levantó una mano.

—No constantemente ni mucho, pero ayer fueron varias veces y hoy otra vez. Como una sensación de ardor, un reflejo de dolor, quizás. Y unas cuantas veces he sentido moverse el dedo.

—¿Habla en serio? —preguntó el doctor Furin boquiabierto.

—Totalmente. Usted es el único a quien se lo he dicho.

El doctor se levantó, caminó hasta la ventana y regresó, dando pasos lentos y pausados.

—Cuando revisamos sus radiografías la primera vez casi parecía como si usted fuera uno de los afortunados. Su fractura resultó ser en un sitio en que a veces las personas recuperan la sensación. Pero por lo general eso ocurre a los pocos días, después de que desaparece la hinchazón —explicó el médico andando otro poco de un lado a otro, golpeándose suavemente la barbilla y viendo el suelo con la mirada perdida—. Su sensación no volvió, por lo que tomamos más radiografías e hicimos más pruebas. Y después de eso pareció que me equivoqué, pues la fisura estaba a solo un pelo de donde la parálisis es permanente.

—¿Por qué entonces estoy sintiendo algo en el dedo del pie derecho? —investigó John analizando al médico e intentando comprender.

—En todos mis años trabajando con personas que se han lesionado la médula espinal nunca he tratado un paciente cuya fisura hubiera sido tan cerca de la línea divisoria. Una fracción más arriba y usted vuelve a caminar. Una fracción más abajo y se queda en silla de ruedas por el resto de su vida. Pero quizás...

John esperó hasta que ya no pudo aguantar un instante más.

—¿Qué?

—Recientes investigaciones han demostrado que en algunos casos raros en que una rotura está tan cerca de la línea de separación se puede hacer una operación para volver a unir la médula espinal. En ocasiones se logra restaurar la sensación después de la cirugía. Incluso aunque pareciera que el individuo seguiría paralizado de por vida.

La noticia era más de lo que John podía esperar.

—¿Y cree usted que tal vez yo podría ser una de esas personas? —preguntó mirando al doctor y con temblor en las manos.

—Tendremos que hacer pruebas pero, si mal no recuerdo, el primer síntoma es sensación en uno o más dedos del pie. Y estoy seguro de que su fisura resultó ser en la parte donde se están haciendo las investigaciones.

John quería gritar, levantar un puño al aire y lanzar un grito ante la buena noticia. Pero se quedó quieto y enfocó sus pensamientos hacia el cielo. *Señor... gracias. Gracias por esta segunda oportunidad.* No podía esperar para comenzar las pruebas. Cualquier cosa que se debiera hacer, quería hacerla. Porque si una operación le podría restaurar la sensación en las piernas, estaba listo para someterse al bisturí esa misma tarde.

—¿Se puede quedar un rato?

—¡Opéreme ahora, doc! —exclamó John riendo—. Estoy listo.

—Usted debe saber algo —expuso el doctor Furin frunciendo el ceño—. Aunque sea candidato para la cirugía, no hay garantía de que funcione. La investigación es demasiado reciente. Hasta aquí parece que solamente la mitad de las personas que se someten a la operación recuperan la sensación en las extremidades.

—Mire, doctor, esas posibilidades son muchísimo mejores que las que yo tenía antes de venir. ¿Podemos empezar a hacer las pruebas?

—Me gustaría tomar más radiografías y hacer algunos exámenes más específicos que se deben efectuar en el hospital. Normalmente se tardan semanas en programar esa clase de radiografías, pero hoy tuve una cancelación —comunicó el médico e hizo una pausa—. Lo que sí creo es que debemos decirle a su esposa lo que está pasando. Las pruebas se realizarán la mayor parte de las tardes, y ella deberá llevarlo al hospital para que usted pueda hacerlas.

John asintió con la cabeza. ¿Cómo reaccionaría Abby? ¿Tendría miedo de desilusionarse? ¿Estaría ansiosa? ¿Emocionada? De cualquier modo, el doctor tenía razón. Era hora de hacérselo saber.

El doctor Furin tomó una serie de radiografías, treinta minutos después John estaba en el cuarto de pruebas cuando Abby entró.

—Lo siento —dijo ella inclinándose y besando la mejilla de John—. Tardé más de lo que pensé.

—Abby... siéntate —balbuceó él señalando una silla plegable apoyada en la pared—. Tenemos que hablar.

La cara de Abby se le tensó, John supo que fue por temor. Sin embargo, ella hizo lo que él le pedía, tragando grueso cuando las rodillas de ambos casi se topan.

—¿Qué pasa? No me digas que hay algo más.

—Abby, ayer... —empezó él, sin poder hacerla esperar otro segundo más—. Cuando te dije que estaba pasando algo extraño...

—¿Cuándo inventaste ese nuevo paso de baile? —interrumpió ella recordando.

—Correcto —asintió él alargando la mano que ella tomó entre las suyas—. Bueno, eso no fue exactamente lo que ocurrió.

El mentón de Abby cayó un poco, pero no dijo nada.

—La verdad es que tuve sensaciones en el dedo del pie derecho —anunció él con voz más queda—. Las estuve sintiendo, Abby. De veras que sí. Luego al entrar a la casa se me movió el dedo.

El hombre miró alrededor del salón, buscando una forma de describir cómo se había sentido.

—Pensé que podría estar imaginándolo... como si en realidad no hubiera sucedido. Pero luego lo volví a sentir antes de acostarnos y otra vez esta mañana.

—¿Fue por eso que quisiste venir hoy?

John asintió con la cabeza.

—Tenía que decírselo al doctor Furin. Porque todo el mundo me había dicho que nunca volvería a tener una sensación como esa. Podría experimentar un dolor ilusorio, pero no una verdadera sensación. Pero sin duda esta fue una sensación verdadera... y el dedo se me movió de veras.

—Por tanto... —expresó Abby pasándose la lengua por el labio inferior—. ¿Qué dijo el doctor Furin?

John explicó la situación lo mejor que pudo: cómo de vez en cuando cierta clase de fisura de cuello se podía operar y hasta era posible restaurar la sensación.

—Es una posibilidad remota, Abby. Él quiere hacer más pruebas esta tarde. Después de eso sabrá si soy candidato a la cirugía.

A Abby se le abría la boca y se le desorbitaban los ojos mientras recibía la noticia.

—¿Hablas *en serio*? —preguntó ella inclinándose y asiendo la silla con ambas manos.

—Por completo.

A John le encantaba la esperanza en los ojos de su esposa. *Por favor, Señor... haznos pasar por esto. Danos un milagro.* No hubo respuesta audible, ni siquiera un susurro tranquilo y silencioso en el alma, pero de repente lo inundó una paz indescriptible.

—Muy bien, entonces. Vamos a llevarte al hospital.

Los exámenes duraron cinco horas y fueron tan agotadores como largos. Abby se puso en contacto con Nicole al mediodía y le pidió que pasara por Sean cuando terminaran las clases.

—¿Qué está pasando?

—Te lo diré más tarde —respondió Abby apresurando la conversación, ansiosa de volver a reunirse con John—. Lo prometo.

El doctor Furin llegó casi al final del día y comenzó a interpretar los resultados con un equipo de especialistas en médula espinal. Finalmente, a las seis de la tarde el médico de John se reunió con ellos en el vestíbulo del hospital.

John siempre se enorgullecía de poder leer la expresión de una persona, pero el doctor Furin podía haber vivido de jugar póker. Era imposible saber los resultados mirándolo al rostro. El galeno les hizo señas para que lo siguieran a un rincón más tranquilo donde no los distraerían.

—¿Qué lograron averiguar? —inquirió Abby sosteniendo tan fuerte la mano de John, que él le sentía el pulso con las yemas de los dedos.

—John es candidato a cirugía —informó el doctor Furin esbozando apenas una ligera sonrisa—. Su lesión es un ejemplo casi perfecto de la clase de lesión que se ha estado investigando.

John inclinó la cabeza por un instante. ¡Se le había concedido una segunda oportunidad! Una posibilidad, por escasa que fuera, de volver a usar las piernas. Era más de lo que podía imaginar, más de lo que podía soportar.

Al levantar la mirada vio que Abby se había tapado la boca con la mano libre. De la garganta le brotaban pequeños sonidos como sollozos, pero tenía secos los ojos. Probablemente estaba impresionada, igual que él. ¿Quién habría pensado siquiera que esto fuera posible? ¿Después de tantos meses de estar paralizado?

—¿Cuándo podríamos hacer la operación? —preguntó John, que nunca había oído de algo como eso.

—No en poco tiempo —expresó el doctor Furin cruzando las manos e inclinándose hacia delante—. Quiero que los máximos expertos del país la realicen. Yo los asistiré, pero ellos deben efectuar la operación ya que la investigación les pertenece.

—¿Vendrán hasta aquí? —exclamó John, sin creer aún que pudiera estar teniendo esta conversación—. Yo creía que con los especialistas era necesario ir hasta donde estén radicados.

—Ellos realizan la mayor parte de su trabajo en Arizona, pero están dispuestos a viajar por un caso extraordinario. Yo diría que usted cumple con esa descripción.

—Así que, ¿cuándo, doctor? —insistió Abby, sintiendo el sudor en las palmas—. ¿Cuán pronto?

—Estamos en marzo. Yo diría que en cuatro semanas. Como a mediados de abril. Tal vez tome todo ese tiempo reunir al equipo.

—¿Hay algo que podamos hacer mientras tanto? —averiguó John poniendo los brazos alrededor de los hombros de Abby y acercándola hacia sí.

El sentimiento de esperanza era casi tan fuerte como un asalto físico. Si el médico no hubiera estado allí, John habría colocado a Abby sobre las rodillas, abrazándola hasta que estuvieran listos para hablar de posibilidades.

—Sí —apoyó Abby, cuyos dientes castañeaban—. Cualquier cosa que podamos hacer para que la cirugía tenga más éxito. ¿Una dieta especial o ejercicios? Lo que sea.

—Sí —contestó el doctor Furin mirando a Abby, luego a John y después nuevamente a Abby—. En una situación como esta hay algo que yo recomendaría.

El médico hizo una pausa y luego volvió a mirar a John.

—Vayan a casa y oren. Hagan que sus hijos, sus familiares y sus amigos oren. Logren que toda la ciudad ore. Oren por nosotros... por ustedes... por un milagro. Después de eso lo someteremos al bisturí y haremos lo mejor. Es la única oportunidad que tenemos.

El doctor Furin explicó un poco más respecto a la operación y luego salió. El momento en que se fue, Jôhn se volvió hacia Abby y le extendió los brazos. Ella se le sentó en el regazo como una niñita que se hubiera perdido durante una semana. Entonces, sin importarles quién más pudiera estar en la sala de espera o pasando por los pasillos, John y Abby juntaron las cabezas y oraron. No solo porque eran órdenes médicas sino porque un milagro estaba de pie en el porche frontal de sus vidas. Y John deseaba suplicarle a Dios día y noche que abriera la puerta y lo dejara entrar.

Jake Daniels tenía una cómica impresión con relación a sus padres.

El juicio se realizaría en una semana, en que él y su abogado acordarían que el chico se declarara culpable a una lista de acusaciones, cosas que A. W. y el fiscal del distrito habían acordado. Su padre había extendido el permiso en el trabajo y aún se estaba quedando en el hotel de la ciudad. Pero Jake se preguntaba si algunas noches el hombre estaría realmente durmiendo en el sofá de la sala.

Había noches en que papá se quedaba allí, hablando con mamá, mucho después de que Jake se acostara. Y en las mañanas el hombre estaría en la cocina preparando café. La situación parecía extraña. Después de todo, sus viejos se habían divorciado. Pero, a veces, cuando Jake deambulaba escaleras abajo antes del desayuno y encontraba a su padre en la cocina, era muy agradable fingir que su familia nunca se había dividido realmente. O que de algún modo se había vuelto a unir.

Era posible, ¿verdad que sí? Después de todo, esta noche estaban fuera juntos.

Jake se había quedado dormido sobre la cama cuando sonó el teléfono. Echó una mirada al reloj despertador en el tocador. Casi nueve de la noche. Solo pocas personas podían estar llamando tan tarde. Su abogado o su madre.

Es más, Jake estaba casi seguro de que era su mamá. Muchas veces cuando ella y papá salían y se les hacía tarde, llamaba y le daba alguna clase de explicación. Sirvieron tarde la cena... o se les había pasado el tiempo conversando.

A Jake no le importaba.

Mientras estuvieran juntos había una posibilidad de que las cosas mejoraran. El chico se estiró en la cama y agarró el auricular.

—¿Hola?

—Jake... Casey Parker.

¿Casey Parker?

—Hola —contestó Jake enderezándose y poniendo la cara entre las manos; no había hablado con Casey desde el accidente—. ¿Qué tal?

—Debería haberte llamado antes —expresó Casey con dificultad en la voz, como si estuviera tratando de no llorar—. Escucha, Jake. Lo siento. Acerca de pedirte que corrieras y todo eso. De veras, amigo. Estoy... no sé qué decir.

—Debemos seguir adelante, creo —opinó Jake escudriñándose la mente, intentando imaginar por qué Casey llamaba ahora.

—Estás en ese colegio extracurricular, ¿verdad?

—Así es. Todo está bien. Estoy sacando muy buenas notas.

—¿Regresarás a Marion en el otoño?

Esa era la pregunta que la madre de Jake le hacía al menos una vez por semana. El consejero le había dicho que eso sería bueno, mientras no estuviera en un centro de detención juvenil. Para entonces Jake habría terminado su arresto domiciliario obligatorio, tiempo en que solo se le permitía ir al colegio extracurricular y volver a casa. Cuando no estaba encerrado participaba en servicio comunitario, diciéndoles a adolescentes en otros colegios por qué debían evitar las carreras callejeras.

Todos parecían creer que él estaría en mejor situación en Marion en el otoño, pasando su último año en su propio colegio, siendo un recordatorio vivo para sus compañeros de que correr podría tener trágicas consecuencias. Pero Jake no estaba seguro. Una cosa era hablar con el entrenador Reynolds en un tribunal. Otra muy diferente sería verlo empujar su silla de ruedas por las instalaciones del instituto.

—No estoy seguro.

—Sí, bueno. No te culpo. Es difícil estar en el colegio —opinó Casey titubeando—. El entrenador aún está en casa. Todo el mundo dice que volverá en el otoño.

—Así es —replicó Jake sintiendo náuseas; ¿a dónde iba esta conversación?—. Bueno, gracias por llamar. Voy a descansar un poco antes de...

—Espera —pidió Casey con urgencia en la voz—. No es por eso que llamé.

—¿Entonces?

—Vamos a tener una reunión a favor del entrenador Reynolds.

—¿Una reunión? —inquirió Jake sintiendo que el corazón se le paralizaba—. ¿Qué clase de reunión?

—Creo que el entrenador envió una carta de renuncia, diciendo que había acabado con el fútbol porque no tenía... —expresó Casey y se le quebrantó un poco la voz; pasó un rato antes de poder seguir hablando—. No tenía el apoyo que necesitaba.

El alma de Jake se le fue al suelo por la noticia. El entrenador no solo tenía que tratar con su lesión, sino que debía vivir con el hecho de que exactamente antes de quedar herido, los padres de familia se habían confabulado contra él—. ¿Para qué es la reunión?

—Mucho ha cambiado desde que el entrenador quedó lesionado, Jake. Hemos tenido la oportunidad de... no sé, quizás de vernos un poco más de cerca. Creo que comprendimos, incluso los padres, que después de todo no fue culpa del entrenador sino de nosotros. ¿Sabes lo que quiero decir?

—Sí. ¿Así que es una buena reunión?

—Absolutamente. Todos los que deseen que el entrenador siga con las Águilas el próximo año deberían asistir y hablar. Los muchachos empezarán a pasar la voz mañana en el colegio. Creo que muchos de los chicos van a ir. También muchos de los padres.

Jake estaba seguro de que conseguiría permiso de la jueza para asistir. Solo tenía una pregunta.

—¿Ha invitado alguien al entrenador Reynolds?

—Bueno... —balbuceó Casey—. Esperábamos que tú pudieras hacer eso.

Después de lo que había pasado, Jake únicamente se sentía honrado ante la posibilidad de llamar al entrenador Reynolds e invitarlo a la reunión.

—Lo haré tan pronto cuelgue.

—Bueno. La reunión es el jueves a las siete de la noche.

—Te veré allá.

Jake colgó e imaginó al entrenador Reynolds rodeado por un enorme salón lleno de personas que lo amaban. La idea le dio más paz que cualquier otra cosa en meses. Sonrió para sí, pensando en lo que le gustaría decir si lograba armarse de valor. Entonces hizo algo que no había esperado volver a hacer mientras viviera.

Marcó el número telefónico del entrenador Reynolds y esperó.

Veinticinco

El auditorio del Colegio Marion estaba lleno de policías.

Chuck Parker agarró el micrófono y empezó a hablar, pero los oficiales le lanzaban objetos y gritaban pidiendo a John. Lentamente, con incertidumbre en los ojos, John subió a la plataforma empujándose solo, pero todo el auditorio lo rechiflaba. El momento en que alargó la mano hacia el micrófono, una docena de policías subieron corriendo a la plataforma y lo esposaron.

—El entrenador Reynolds sabía que sus jugadores estaban bebiendo... y que participaban en carreras callejeras —manifestó uno de los policías mirando a la multitud—. Llegó el momento de que el hombre pague.

Lo obligaron a bajar del escenario, él no se defendió ni una sola vez.

—John... ¡diles qué sucedió realmente! —le gritaba Abby parada desde el fondo del salón—. Diles que no sabías nada respecto de esas cosas.

Pero John tan solo se volvía y agitaba la mano hacia ella.

—Es culpa mía, Abby... es mi culpa...

Su mujer intentó correr tras él, pero un policía la agarró del brazo y comenzó a decirle algo acerca de que ella tenía derecho a permanecer en silencio.

—¡No me *toque*! Mi esposo no hizo nada malo... ¡nada! Toda esta reunión es un montaje y...

Algo llamó la atención de Abby. Alguna clase de zumbido o ronroneo que se hacía más y más fuerte...

Abby se enderezó en la cama, jadeando. Miró a John. La policía no lo había agarrado. Su esposo estaba dormido al lado de ella. El sonido volvió de nuevo y de pronto comprendió de qué se trataba.

John roncaba.

Abby se recostó contra la almohada. La cadena emocional de acontecimientos de esa semana era casi más de lo que podía soportar.

Primero, la resolución del médico de que podrían operar la espalda de John y saber que quizás, solo quizás, su esposo podría recuperar el uso de las piernas. Luego la llamada de Jake Daniels. El equipo, los padres de familia... casi todo el colegio planeaba acudir a una reunión a favor de John.

Sin embargo, ¿de qué exactamente querían hablar? Abby sintió que el ritmo cardíaco se le normalizaba. Era obvio que todo eso le preocupaba. Fuera lo que fuera, no le gustaba la idea de la reunión con la misma gente que había intentado arruinar a John.

El día transcurrió en un caos de oficios caseros y otros mandados, hasta que finalmente llegaron las seis de la tarde, la reunión sería en una hora. John se estaba afeitando arriba. Abby miró el teléfono. Había tiempo para una rápida llamada a Nicole. La pobre chica había deseado desesperadamente asistir a la reunión, pero ya había hecho planes para cenar con los padres de Matt. Además, tenía siete meses de embarazo y se cansaba más de lo normal.

Ni Nicole ni los otros hijos sabían de la inminente operación de John. Él y Abby querían comunicarles la noticia el fin de semana, cuando todos estuvieran en casa. Entonces, tan pronto como narraran los detalles, llamarían por altavoz a Kade y disfrutarían juntos el anuncio.

—¿Aló? —contestó Nicole al primer timbrazo.

—Hola, querida. Soy mamá.

—Ah, hola. ¿No se supone que deberían estar en la reunión?

—No es sino hasta las siete —respondió Abby poniéndose un poco de loción en la palma de la mano y refregándosela entre los dedos—. ¿Cómo te sientes, querida? Me preocupa que estés tan cansada. Por lo general el séptimo y el octavo mes no son así.

—No sé, mamá —expresó Nicole, bajando la voz—. No quiero que Matt se preocupe, pero esta tarde mientras preparaba salsa para espagueti tuve algunas de esas falsas contracciones. Solo que esta vez fueron muy fuertes.

—¿Está el bebé moviéndose bien?

—No tanto esta tarde. Pero antes sentí que ella estaba haciendo volteretas.

—¿Ella? —objetó Abby en tono de broma; Matt y Nicole habían decidido no averiguar si iban a tener niño o niña; querían que fuera sorpresa—. ¿Estás tratando de decirme algo?

—Solo es una conjetura. Tengo la corazonada de que es niña. Matt cree que es niño. Así que uno de los dos habrá...

De pronto Nicole se interrumpió lanzando un gemido.

—¿Qué pasa, Nic?

—Uff —gimió la joven respirando rápidamente varias veces—. Solo otra falsa contracción. ¿Ves lo que quiero decir? Cada vez se hacen más fuertes.

—Querida, debes tomar el tiempo entre contracciones y mantener el registro —sugirió Abby esforzándose por no mostrar preocupación en la voz—. Si se hacen más fuertes o empiezan a llegar con más regularidad, cuéntaselo a Matt. Por favor, cielo. Con eso no se juega.

Nicole prometió mantener el registro de los dolores y luego le pidió a Abby que le transmitiera un mensaje a John.

—Dile a papá que Matt está orando por él. Que cualquier cosa que se diga en esta reunión será un estímulo.

—¿Ha estado *Matt* orando? ¿Y t...?

—No empieces, mamá —la interrumpió, y un suspiro atravesó las líneas telefónicas—. Sabes cómo me siento al respecto.

Abby lo sabía, aún no podía creer lo que estaba ocurriendo. La vida ya era bastante trágica teniendo un esposo que había perdido la capacidad de caminar. No obstante, ¿ver a Nicole perder la capacidad de orar? Charlaron un poco más; todo el tiempo Abby se cuidó de no criticar a su hija, que necesitaba amor, no condenación. La llamada telefónica concluyó y Abby cerró los ojos.

Dios... obra en el corazón de ella. Por favor...

Ten paz, hija... nadie puede arrebatarla de mi mano...

Las palabras fueron como un bálsamo para el alma de Abby, llenándole con una paz indescriptible los lugares más menoscabados de confianza. *Nadie puede arrebatarla de mi mano.* Ese era un versículo de la época colegial de Abby. Lo había memorizado después de hablar acerca de la salvación con un pastor de jóvenes.

Nicole no rechazaba su fe. Simplemente estaba luchando. Abby pensó en las contracciones de su hija. Sin duda Dios la encontraría donde se hallaba, de una forma u otra, y estaría pendiente de ella a lo largo de esta temporada de duda. Además Abby creía con todo el corazón que algún día, muy pronto, Nicole volvería a orar.

Tal vez hasta esta misma noche.

La reunión ya había empezado cuando John y Abby entraron sin ser vistos al auditorio por una puerta trasera. Las luces eran tenues; John estaba seguro de que el movimiento cesaría por completo el instante en que ellos llegaran.

En vez de eso Abby abrió la puerta y se deslizó primero, mientras John empujaba la silla de ruedas detrás de ella sin hacer ruido. Abby encontró una silla contra la pared del fondo y John se colocó a su lado. Permanecieron allí en la penumbra mientras Herman Lutz subía al podio.

—Ustedes están aquí esta noche para una reunión planeada por los padres de familia. Como saben, nuestro distrito pone a disposición las instalaciones del colegio para momentos de discusión como estos —anunció el hombre, sosteniendo en alto una hoja de papel y leyendo el contenido en forma lenta, sin preparación—. Como director de deportes del Colegio Marion quiero asegurarme de que todos ustedes tengan claros los límites. Por favor, mantengan sus comentarios tan positivos como sea posible y evitemos los insultos. Además, deberían saber que las opiniones expresadas aquí esta noche no corresponden a la administración o al personal.

El hombre parecía aburrido, aunque condescendiente, del mismo modo que actuaba con instructores y estudiantes en Marion. John decidió no dejar que le molestara la actitud del sujeto.

Lutz se protegió los ojos de la luz y dirigió la mirada a la primera fila de asientos.

—Señor Chuck Parker, usted convocó esta reunión, así que empiece la discusión por favor.

Entonces era verdad. Chuck Parker fue quien solicitara la reunión. El mismo hombre que había discutido con John antes de la temporada respecto a que su hijo Casey debía jugar como mariscal de campo; el mismo hombre que, según Jake, encabezara todo el ataque al carácter del entrenador. John se recostó en la silla de ruedas y mientras lo hacía sintió la mano de Abby al lado de la suya. La agarró, contento por la presencia de su esposa y aun más de que no los hubieran divisado.

Ahora que los ojos se le habían acostumbrado a la luz lograba ver el auditorio con más claridad. Estaba repleto. Centenares de personas habían acudido. ¿Qué diablos tendría que decir toda esa gente?

Chuck Parker se abrió paso hasta el micrófono y por un buen rato no dijo nada. Carraspeó y se miró los zapatos. Cuando levantó la mirada tenía las mejillas bastante enrojecidas.

—Convoqué esta reunión por una razón. Disculparme públicamente ante el entrenador John Reynolds.

—Ya era hora —comentó Abby con voz apenas audible, apretando la mano de su esposo.

John se esforzó para oír con atención. No quería perderse una sola palabra.

—Muchos de ustedes recuerdan cómo actué la temporada anterior. A fin de satisfacer mi propios planes, traté de convencerlos de que el entrenador Reynolds no era el hombre que nuestras Águilas necesitaban en el campo de fútbol americano —continuó Chuck y volvió a bajar la mirada—. Pero he reflexionado mucho desde entonces.

El hombre volvió a mirar al frente y dio unos pasos en una y otra dirección.

—Lo que ocurrió con nuestros chicos esta temporada pasada fue culpa *mía* —confesó, luego señaló hacia la audiencia—. Y de algunos de ustedes, padres de familia, que trataron de volver a sus chicos contra el entrenador Reynolds.

Chuck titubeó.

—¿Qué esperanza tenía mi hijo como Águila cuando lo único que oía de mi parte eran improperios contra su entrenador? Mientras más atacaba yo al hombre, más perdía Casey el respeto por el profesor. Una vez que los jugadores pierden el respeto por su entrenador, no importa lo que este pueda estar haciendo o qué clase de talento pueda tener el equipo. Todos pierden. Es así de sencillo —admitió Chuck e hizo una pausa—. Pero se necesitó una tragedia para que yo reflexionara y viera las cosas por mí mismo.

John se preguntó si estaba soñando. Nunca en su más absurda imaginación hubiera pensado que Chuck Parker enfrentaría a los fieles de Marion y admitiría haber socavado la autoridad de John para dirigir. El entrenador lanzó una rápida mirada a su esposa sentada a su lado. Ella tenía lágrimas en los ojos, pero estaba callada, cavilando en lo que se decía.

—Intenté hacer que despidieran al entrenador Reynolds. Pero estaba equivocado —continuó Parker encogiendo los hombros, como si se quedara sin palabras—. El profesor envió su carta de renuncia esta semana. Creo que si existe otro motivo para que yo convocara esta reunión es convencerlo de que queremos que vuelva al Colegio Marion. El programa no será igual sin él.

Después de eso Chuck dio oportunidad para cualquiera que quisiera decir algo. Varios padres subieron al estrado, mientras el asombro de John solo aumentaba. Estos eran individuos de quienes supuestamente siempre recibió apoyo. Pero, de uno en uno, todos pidieron perdón por ponerse de parte de un puñado de padres de familia que tenían planes contra John.

—Lo que le hicimos al entrenador Reynolds el año pasado nos convirtió en perdedores, e hizo perdedores a nuestros hijos —expresó uno de esos hombres—. Estoy avergonzado de mí mismo, aunque feliz por la oportunidad de decirles a ustedes cómo me siento.

John se acomodó en la silla. Con razón había sentido tanta presión. Hasta los padres que le sonreían en la cara habían hablado a sus espaldas. Él y Abby intercambiaron una mirada. Era fácil ver que ella estaba pensando lo mismo.

Al lado del podio había una oleada de padres que públicamente se habían opuesto a John. También ellos expresaron arrepentimiento por lo que hicieron.

—No solo porque él esté lesionado ahora —dijo uno de ellos—. No estamos hoy aquí por lástima hacia el entrenador Reynolds sino porque nos sentimos avergonzados de nosotros mismos y de la manera en que lo tratamos.

A los treinta minutos de empezada la reunión se levantó para hablar el primero de los jugadores. Se trataba de un delantero, un atleta de voz apagada llamado Buck, cuya intensidad afloraba solamente en la cancha.

Hasta ahora.

—El profesor Reynolds no era un entrenador común y corriente, ni la clase de hombre al que no se puede dejar de valorar —manifestó el muchacho, que parecía incómodo en el pequeño estrado; sin embargo, continuó con voz llena de pasión—. El entrenador nos ha llevado a su casa a ver películas y a cenar. Una vez nos dijo que si necesitábamos un lugar donde ir para no beber en una fiesta, podríamos ir a su hogar.

Entonces Buck subió el tono de la voz.

—Nos ama tanto. Vean, eso es lo que deseo que sepan ustedes, padres de familia. Se opusieron a un hombre que se interesaba más por nosotros que cualquier entrenador del que yo haya oído alguna vez. Éramos los atletas más afortunados en el estado de Illinois. Porque el profe nos amaba —concluyó el muchacho bajando la cabeza por un instante—. Lo único que anhelo añadir es que este es el momento de devolverle el mensaje al entrenador... de decirle que nosotros también lo amamos.

A John se le formó un nudo en la garganta, por lo que se negó a moverse. Pestañeó para devolver las lágrimas y escuchó atentamente cuando uno tras otro, sus jugadores, subían al podio y hacían eco de los pensamientos de Buck.

Así que después de todo él les importaba. Esto era más valioso que lo que John pudo haber imaginado. Entonces se llevó a los labios la mano de Abby y la besó tiernamente.

—Ellos te aman, John —expresó ella sonriéndole.

Finalmente se hizo una pausa en medio de la actividad y se encendió una oleada de murmullos a lo largo de la sección de espectadores. Todas las miradas se posaban en alguien, pero desde donde se hallaba John no lograba distinguir de quién se trataba. Finalmente el muchacho entró al campo de visión.

Jake Daniels.

John no lo había visto desde ese día en el juicio, ahora parecía diferente. De más edad, más maduro. Ya no era la despreocupada estrella atlética que había sido en noviembre pasado.

—¿Por qué es la conmoción? —preguntó Abby inclinándose un poco más.

—Jake no había vuelto al Colegio Marion desde el accidente.

—Vaya —opinó ella con los ojos muy abiertos—. Yo no sabía eso.

—Debe ser difícil para él.

Jake no era tímido ni torpe. Al contrario, usaba el micrófono como un profesional, haciendo contacto visual con diferentes secciones de la audiencia.

—Estoy aquí para decirles la verdad con relación a ciertos rumores que circularon el año pasado acerca del entrenador Reynolds —declaró con gran intensidad en la mirada e hizo una pausa antes de continuar—. Antes que nada, algunos de nosotros en el equipo bebimos durante el campamento de verano en agosto pasado. Yo fui uno de ellos. Y otros más participaron en carreras.

John intercambió una mirada con Abby. Así que Jake había sido uno de los bebedores. Sin embargo, el profesor estaba casi seguro de que el muchacho no había corrido. Al menos no hasta entonces. No fue sino hasta que su padre le compró el Integra que el chico había sido tentado a hacerlo. Y aun entonces solamente lo hizo en una trágica vez. Sin embargo, no clamaba inocencia, ni señaló qué jugadores habían violado las reglas.

—Miro a nuestro equipo del año pasado y sé que lo que uno de ustedes manifestó anteriormente es verdad —continuó Jake metiéndose una mano en el bolsillo—. Éramos perdedores. No solo en el campo de juego sino fuera de él. La mayoría de nosotros violábamos las reglas. Bebiendo, corriendo, viendo pornografía.

—¿En el colegio? —susurró Abby lanzando una mirada de preocupación a su esposo.

—Imagino.

—¿Estuvo Kade también involucrado el año pasado?

—No —respondió John cuidándose de mantener baja la voz; aún estaba fresca la conversación con su hijo ese día en el bote de pesca—. No hasta que fue a la universidad.

—¿Es así de desenfrenada la situación?

—Y empeora aun más—asintió John.

Entonces al entrenador se le ocurrió una idea. ¿Por qué no pedir a Kade que hablara al equipo sobre cómo progresa la pornografía y se vuelve adictiva, de cómo liberarse de ella, y de cómo conseguir ayuda? Esto podría tener un verdadero imp...

Entonces recordó. Ya no estaría al frente del equipo el año entrante. El próximo entrenador podría no estar interesado en hacer que los muchachos se alejaran del material pornográfico. Y dependería de ese nuevo profesor planificar oradores para el equipo.

Jake siguió hablando.

—Como si eso no fuera suficientemente malo, andábamos por el recinto creyendo que gobernábamos el colegio, tratando a los demás como escoria. Haciendo del Colegio Marion un lugar miserable para cualquiera que no jugara pelota —reveló, entonces se calló y se acercó al borde del escenario, escudriñando la audiencia con la mirada—. Nos creíamos mejores que todo el mundo. Incluso que el entrenador Reynolds.

El joven hizo una pausa. Aun desde la parte trasera del salón John era testigo del esfuerzo de Jake por no llorar. Finalmente el muchacho se aclaró la garganta y reunió la suficiente voz para continuar.

—El entrenador siempre quiso que fuéramos jóvenes respetables y morales. Hombres de carácter. Cualquiera que haya jugado para él le ha oído decir esto cientos de veces. Él dirigía con el ejemplo.

La imagen de Charlene apareció de pronto en la mente de John, una flecha de culpa se le escurrió en el estómago. Él no siempre había sido moral. Pero a causa de su fe, y debido a la fortaleza de Dios y no a la suya propia, se había alejado de ese ambiente y ahora evitaba otras situaciones que lo habrían llevado por el mal camino. Solo por la gracia de Dios Jake y los demás veían en él la clase de carácter que ahora deseaban imitar.

—Teníamos el mejor director técnico del estado. Como afirmó Buck, un entrenador que nos amaba. Y dejamos que se fuera —continuó Jake sorbiendo otra vez por la nariz y tratando de contener las emociones—. Aún sigo creyendo que de algún modo Dios sanará al entrenador Reynolds, pero quizás no. Lo que hice al correr el auto ese día pudo haberle arruinado las piernas para siempre.

Un sollozo se atoró en la garganta del muchacho, entonces se colocó el puño sobre la boca hasta recuperar el dominio propio.

—Sin embargo, creo que lo que nuestro equipo hizo al oponerse al entrenador la temporada pasada es peor, porque le destrozamos el deseo de capacitar —añadió Jake con voz tensa y meneando la cabeza—. Solo puedo orar porque algún día vuelva a ser entrenador y un afortunado grupo de muchachos sean suficientemente inteligentes para saber el regalo que tendrían. Sí, que sean suficientemente inteligentes para escucharlo, para actuar como él y jugar para él con todo el corazón. Como anhelo que nosotros lo hubiéramos hecho.

John parpadeó para contener una oleada de lágrimas y miró a Abby.

—Ha madurado —comentó ella con ojos llorosos.

—Sí —asintió John volviéndose para ver a Jake salir del escenario—. Ha madurado.

Por varios segundos hubo un período de silencio, finalmente Chuck Parker volvió a tomar la palabra.

—Yo esperaba que el entrenador Reynolds pudiera estar aquí esta noche, pero creo que es comprensible por qué no ha llegado. No solo debido a su lesión sino al modo en que lo tratamos la temporada anterior. ¿Para qué habría venido?

—Di algo —susurró Abby codeando a John.

—Todavía no —objetó él sintiéndose incómodo mientras Chuck estaba en el micrófono—. Esperemos hasta que él termine.

Chuck volvió a entrecerrar los ojos, examinando el frente del auditorio.

—Por tanto, si nadie más quiere decir algo, he traído una petición para el entrenador Reynolds a fin de que reconsidere su decisión y regrese como entrenador de las Águilas. Qué tal si cada uno de nosotros la firma antes de que...

—¡Esperen!

Una esbelta figura entró de pronto al auditorio desde una de las puertas laterales y corrió hacia el centro del salón.

Chuck pareció sorprendido y bastante nervioso. El muchacho subió tranquilamente a la tarima y se acercó al estrado, entonces John entendió.

Se trataba de Nathan Pike.

John observó. *Era* Nathan, pero no estaba vestido de negro, y no tenía collares de púas ni bandas de cuero en los brazos ni en el cuello. Se veía como cualquier otro chico del Colegio Marion y había algo más. Su expresión era más tierna. Tan delicada que John casi no lo reconoce.

Nathan miró a Parker y le extendió la mano.

—Lo siento, llego tarde. Tengo algo que decir. ¿Estaría bien?

El rostro de Chuck se llenó de alivio. John estaba muy seguro de que todos en el colegio habían oído los rumores acerca de Nathan. ¿Cómo no haberlos oído después del partido de fútbol en que arrestaran al muchacho? Más tarde los funcionarios escolares habían agarrado a un muchacho del equipo contrario por hacer la amenaza, pero el incidente no había ayudado a la imagen de Nathan, y John había oído que algunos aún temían que el chico hiciera algo alocado.

Pero Chuck no titubeó. Le pasó el micrófono al joven y retrocedió, dejando a Nathan en la tarima.

—Antes que nada... —balbuceó Nathan y miró hacia el fondo del auditorio—. El entrenador Reynolds *está* aquí. Él y su esposa están en la parte trasera. Los vi cuando entraba.

Una mezcla de voces comenzó de inmediato mientras las personas volteaban sus cuellos y señalaban hacia donde John y Abby estaban sentados.

—En lo que quedó el anonimato —declaró Abby hundiéndose en el asiento.

—¿Entrenador? —pidió Nathan mirando hacia la oscuridad—. ¿Podría venir acá?

El estómago de John se le revolvió y sintió húmedas las manos.

—Estaré orando —susurró Abby.

—Gracias.

John se impulsó a lo largo de la pared trasera y recorrió el pasillo hacia el frente del salón. Sentía todas las miradas en él mientras iba avanzando y se abría paso por la rampa hasta el escenario.

Al principio los padres y los jugadores únicamente miraban. La última vez que habían visto al profesor, este medía un metro noventa de estatura, era más grande y más fuerte que la vida misma, una ilustración andante del poder físico que se necesitaba para jugar fútbol americano.

Ahora el hombre estaba reducido a una silla de ruedas, con veinte kilos menos y las piernas extrañamente delgadas.

Después de varios segundos, Jake Daniels se paró y comenzó a aplaudir. No un aplauso educado, sino fuertes palmadas que avivaron el salón. Antes de que Nathan pudiera decir una palabra más, Casey Parker se puso de pie, luego Buck. Finalmente toda la audiencia se levantó y aplaudió a John como nunca antes lo habían hecho.

Fue un aplauso que en sesenta segundos hizo olvidar a John toda una temporada de críticas y quejas. Un aplauso que le decía que sí, que sus jugadores y los padres de familia le habían hecho daño, pero que ahora estaban conscientes de haber cometido un error y que estaban apesadumbrados. No por la condición de John, aunque también lo estaban seguramente. Apesadumbrados por no haberlo apoyado y no haberle dado una oportunidad esa temporada pasada.

Una vez que todos se hubieron sentado y que el salón otra vez estuvo en silencio, Nathan empezó a hablar.

—Creo que esta noche hemos aprendido algo acerca del perdón. Muchachos como yo tenemos que perdonar a chicos como ustedes —declaró mirando al lugar donde se hallaban los jugadores—. Y muchachos como ustedes tienen que perdonar a chicos como yo. Esas son lecciones que el profesor Reynolds me enseñó, cosas que recordaré siempre.

Entonces hizo una pausa.

—Pero principalmente, el entrenador Reynolds tiene que perdonarnos a todos nosotros.

John estaba demasiado asombrado para hacer otra cosa que no fuera escuchar.

Ahora mismo... —balbuceó Nathan acercándose más y asiéndose de la silla de ruedas—. Me gustaría que todos subieran acá y nos reuniéramos alrededor del entrenador mientras oramos porque se realicen dos milagros.

¿Qué era esto? ¿Quería Nathan que las personas oraran? Toda la escena era demasiado extraña e increíble. No obstante, estaba sucediendo de veras. John tranquilizó la mente lo suficiente para poder oír.

—El primer milagro que necesitamos aquí es evidente: que el entrenador vuelva a caminar. El segundo es simplemente demasiado difícil de imaginar. Que el entrenador cambie de opinión respecto de renunciar a las Águilas. Porque lo necesitamos. Todos lo necesitamos.

Entonces se acercaron uno a uno, jugadores, padres y alumnos, muchos que no habían hablado, pero que sin embargo igualmente deseaban mostrar su apoyo. El grupo de personas sobre el escenario creció hasta que todos rodeaban a John. Todos menos Herman Lutz y un conserje al fondo del auditorio.

John vio que Abby se abría camino por el pasillo hacia el centro del escenario. Al llegar donde su esposo le puso ambas manos sobre los hombros, y mientras las voces alrededor de él comenzaban a levantar oraciones al cielo, John sintió movimiento en los pies. Esta vez en ambos dedos gordos.

En ese momento y lugar, en el rincón más callado del corazón, casi pudo oír a Dios susurrándole.

No confíes en tu propia inteligencia...

Mientras John cerraba los ojos y unía su silenciosa voz a la de los demás comprendió que el Señor estaba solucionando eficazmente el desastre del año anterior, y supo algo con certeza.

Nunca más volvería a confiar en su propia inteligencia.

Veintiséis

A LAS ONCE EN PUNTO ESA NOCHE, NICOLE RECORDÓ CÓMO ORAR.

Para entonces había estado sintiendo contracciones la mayor parte de la noche, y aunque estas no habían sido regulares, definitivamente se estaban haciendo más fuertes.

Había restado importancia a los espasmos ante Matt y ante papá y mamá, no queriendo molestar a nadie por si solo se trataba de falsas contracciones. Había hecho lo mismo a las nueve cuando Abby llamó para ponerla al corriente de la reunión en el colegio.

—¿Cómo están los dolores, Nic? —había inquirido ella con preocupación en la voz.

—Bien. Nada fuera de lo común.

Ya habían pasado dos horas y Nicole tenía tanto dolor que se había ido al sofá de la sala, tanto para no despertar a Matt como para registrar atentamente las contracciones. Pero algo más la incomodaba, casi más que el dolor. Algo que su madre le preguntara anteriormente por teléfono esa misma noche.

¿Se está moviendo aún el bebé?

Al principio Nicole había contestado que sí. Aún había habido movimiento, aunque menos que antes. Pero desde entonces había prestado una atención más cuidadosa. Y en este momento, una hora después de haberse ido los padres de Matt, la muchacha estaba empezando a entrar en pánico. No había sentido que el bebé se moviera desde después de la cena. Ni una sola vez.

Y eso fue lo que llevó a Nicole, por primera vez desde el accidente de su padre, a orar otra vez.

A las once de la noche, cuando un dolor peor que cualquiera de los otros la agarrara y la sacara del sofá hasta ponerla de rodillas, la joven se puso a orar tan instintivamente como respiraba.

Dios mío, ¿qué me está sucediendo? Ayúdame, Señor... ¡Es demasiado pronto para que venga el bebé!

Silencio.

Cuando amainó el dolor, Nicole comenzó a llorar. No había manera de describir cómo se sentía: era algo tanto terrible como maravilloso al mismo tiempo. Terrible debido a las contracciones, pero maravilloso y lleno de paz porque por primera vez en mucho tiempo le había hablado a Dios.

¿Qué había estado pensando ella durante estos meses anteriores? ¿Por qué se había convencido de que orar era inútil? Debió haber considerado la fidelidad con que el Señor le había contestado las oraciones respecto a papá y mamá, y a otros mil aspectos cotidianos de la vida.

Entonces cayó en cuenta. Supo la razón de haber dejado de orar.

Solo había visto a Dios como alguien fiel cuando las oraciones eran contestadas de la manera en que *ella* quería. ¿Qué decía la Biblia acerca de hacer peticiones a Dios? Que el Señor las oía y que sería fiel en contestarlas. No necesariamente fiel para conceder la petición, sino para obrar en la situación como mejor le pareciera.

Nicole recordó algo más. No todas las oraciones recibían respuesta inmediata. De ser así no habría necesidad de orar sin cesar, como ordenaba la Biblia.

Nicole volvió a subir al sofá, con el abdomen aún tenso a causa de la última contracción. ¿Por qué no había recordado estas cosas antes? ¿Y cómo pudo haber vivido estos meses sin hablar con Dios?

Qué tonta había sido...

Sintió lágrimas que le brotaban por las esquinas de los ojos, por lo que se llenó de tristeza. ¿Llegó a creer de veras que podría pasar por la vida sin una relación con el Creador? ¿Sin un nexo tan vital alrededor del cual desarrollar su existencia? La respuesta le resonó en el alma. No, no podía haberse alejado para siempre del Señor. Solo había estado enfadada con Dios por permitir que su padre quedara paralítico.

Pero el Señor nunca prometió que la vida estaría libre de problemas. Nicole siempre lo supo, lo había oído toda la existencia, pero nunca antes había tenido que enfrentar esta clase de situación. Nunca había tenido que luchar con la dicotomía de un Dios lleno de amor y compasión que permitía que sucedieran cosas terribles.

Y, sin embargo... al estar allí postrada, Nicole volvió a recordar todos sus años, toda su vida, todas las maneras en que Dios había intervenido, bendecido y obrado. Él se había puesto a prueba una y otra vez; y su Palabra se había probado aun más. Le decía la verdad: Dios prometía paz en medio del sufrimiento; y vida eterna. ¿No era eso más de lo que cualquiera podría esperar? Especialmente debido a que esta vida era tan fugaz e imprevisible.

Otra convulsión le agarró el vientre, y esta vez Nicole gritó.

—¡Matt! Ayúdame.

Aunque las contracciones se hacían más fuertes, miró la hoja de papel sobre el brazo del sofá. El último dolor había sido a las 10:58. Revisó el reloj de pulsera, frunciendo los labios y exhalando como le enseñaron en las clases de parto.

Eran las 11:04. Solo habían pasado seis minutos, y siete entre esta contracción y la anterior. Se estaban haciendo más fuertes y se acercaban más. *Dios... ¿qué debo hacer?*

En respuesta sintió urgencia de volver a llamar a Matt. Y lo hizo así mientras se le calmaba el dolor, que ahora era más fuerte que antes.

—¡Matt... te necesito!

Entonces oyó las pisadas de su esposo en el piso superior. Las escaleras se estremecían mientras el preocupado hombre las bajaba de dos en dos. Al dar la vuelta estaba sin aliento y vio a su esposa acurrucada en un rincón del sofá, con lágrimas en las mejillas.

—Cariño, ¿qué pasa?

—El bebé está llegando, Matt —sollozó ella, aún agotada a causa de la última contracción—. Me están dando dolores cada seis o siete minutos, y cada vez se hacen más fuertes.

Matt se puso pálido y retrocedió un paso hacia las escaleras.

—Me vestiré e iremos al hospital. Espera aquí, ¿está bien?

Aunque Matt solo tardó pocos minutos, y a pesar de que había recorrido a toda velocidad el camino hasta el hospital, ya casi era medianoche cuando ingresaron a Nicole. Para entonces le habían puesto una inyección para detener las contracciones, pero lo único que eso logró fue ponerla nerviosa y hacerla llorar.

—Debo llamar a mis padres —manifestó estirando la mano hacia la de Matt—. ¿Y si el bebé llega esta noche?

—Los llamaré tan pronto te pongan en un cuarto.

Un médico sacó a Nicole de la sala de emergencia en silla de ruedas, la llevó por un ascensor y la hizo subir dos pisos hasta el área de partos.

—Estamos haciendo lo posible por detenerle el parto, Nicole, pero su cérvix se ha dilatado cinco centímetros y las contracciones continúan.

¿Cinco centímetros? Todo lo que Nicole había leído respecto a tener un bebé concordaba en algo: casi nunca se detenía el parto una vez que una mujer dilataba todo eso. Luego el médico llevó a la joven a un salón de luces brillantes y con una reluciente mesa de acero.

—Estamos tratando de detener las contracciones, pero usted debe saber la verdad. Podría dar a luz en una hora.

Nicole abrió la boca para hablar, pero sintió otro dolor. Lo resistió mientras Matt hacía las preguntas.

—Mi esposa solo tiene siete meses de embarazo, doctor. ¿Qué significa esto para el bebé?

—Debemos esperar y ver —respondió el médico con el ceño fruncido—. Los bebés que nacen prematuramente pueden sobrevivir. El problema es que los pulmones de un bebecito tan pequeño no funcionan por sí solos. La supervivencia es una situación particular.

¿Una situación particular? Las palabras sacudieron el corazón de Nicole como una lluvia de rocas. ¡Era de *su* hijo del que estaban hablando! El bebé cuya realidad ella se había negado a aceptar hasta esa víspera de Navidad en su alcoba cuando sintiera por primera vez que la criatura se le movía dentro del cuerpo. Desde entonces había formado un vínculo con la criatura, un nexo más profundo y fuerte que cualquiera que ella hubiera imaginado.

—Nicole... —balbuceó el médico tratando de captar la atención de la joven, que pestañeó e hizo contacto visual con él—. ¿Cuándo fue la última vez que sintió que el bebé se movía?

—Ha... pasado un buen rato. Por lo general es más activo.

—Hmm —musitó el médico moviendo un estetoscopio sobre el vientre de Nicole; tardó un minuto en volver a hablar—. El bebé está mostrando señales de sufrimiento físico. Según parece, debemos dejar que se produzca el parto si queremos tener una posibilidad de salvar a la criatura.

Entonces el médico conectó a Nicole a otro monitor.

—Volveré en algunos minutos. Permanezca tan serena como sea posible.

El doctor se fue, ella volvió a agarrar la mano de Matt. El corazón se le aceleraba dentro de sí. *Por favor Señor... salva a mi bebé. Por favor.*

—Matt... llama a mis padres. Necesitamos que todos estén orando.

Matt se movió hacia el teléfono sobre la mesita cerca de la cama. Pero luego se detuvo.

—¿Dijiste que...?

—Desde luego —asintió ella trabando la mirada con él, sabiendo que Matt le vería el temor en los ojos—. Simplemente estaba enojada. Empecé a orar hace unas horas y no he parado desde entonces.

Un sollozo se le atoró en la garganta.

—Ahora, por favor... llama a mis padres —concluyó.

Matt asintió y agarró el teléfono. Mientras marcaba, Nicole pudo ver una emoción más que se unía al temor, a la preocupación y a la impotencia que ya habían aparecido en los rasgos de su esposo.

Alivio.

Abby despertó ante el estridente timbre del teléfono.

Se enderezó sobresaltada y contuvo el aliento. ¿Quién podría estar llamando a estas horas?

Alargó la mano hacia el aparato.

—¿Aló? —contestó.

—Mamá, soy Matt.

El hombre hizo una pausa bastante larga en la que ella le reconoció el pánico en la voz. Una ráfaga de adrenalina brotó en las venas de Abby. ¿Le pasó algo a Nicole? Se sentó más erguida mientras Matt continuaba rápidamente.

—Estamos en el hospital y... los médicos no pueden pararle las contracciones a Nicole. Parece que el bebé va a nacer en cualquier momento. Ella quiere que ustedes oren.

El corazón de Abby le rebotaba en las paredes del pecho. Nicole solo tenía siete meses de embarazo. Eso quería decir que el bebé no podía pesar más que unas cuantas libres a lo sumo. De repente recordó a Haley Ann. ¿Iría también Nicole a perder este hijo? *Dios, no... no permitas que eso suceda.*

—Mamá, ¿estás ahí? —preguntó Matt con voz tan tensa que Abby casi no lo reconoce.

—Vamos para allá.

Cuando colgó despertó a John. Veinte minutos después los dos entraban al estacionamiento del hospital y se abrían paso hasta el área de partos. Matt los recibió en el pasillo. Tenía puesta una bata de hospital y una mascarilla en el rostro.

—Han intentado de todo, pero no pueden detener el parto —anunció con ojos enrojecidos—. Dicen que el bebé está en estado de angustia.

—¿Dónde está mi hija? —inquirió Abby dando dos pasos hacia la habitación de donde Matt acababa de salir.

—En la sala de partos. El doctor dijo que podría ser en cualquier momento.

—¿Podemos verla? —averiguó John acercándose más en la silla de ruedas.

—Todavía no. Yo puedo regresar, pero el médico quiere que ustedes esperen al otro lado del pasillo. Es una sala privada. Vendré a verlos tan pronto como sepa algo —informó Matt y, entonces, los abrazó—. Nicole quería que oraran por el bebé, pero oren también por ella. Está sangrando internamente. Tiene demasiado baja la presión sanguínea.

Abby debió obligarse a no salir corriendo por el pasillo para hallar a Nicole. Una cosa era que el bebé estuviera en peligro... pero ¿su hija? Abby ni siquiera había considerado esa posibilidad. Sin duda Dios no permitiría que le ocurriera algo a Nicole. No ahora, cuando había acontecido tanto. John y Abby ya habían perdido una hija.

El Señor no se llevaría una segunda hija, ¿verdad?

Matt bajó por el pasillo, John le agarró los dedos a su esposa.

—Vamos —expresó el hombre dirigiéndola a una butaca en la sala de espera privada y colocándose tan cerca de ella como le era posible; entonces con manos cuidadosas le tomó el rostro hasta hacer que lo mirara—. Sé lo que estás pensando, Abby. Pero debes dejar de hacerlo. Debemos creer que Dios está aquí con nosotros y que ayudará a Nicole y al bebé a superar esto.

—Ora, John —asintió Abby demasiado asustada como para hacer algo—. Por favor.

Él inclinó la cabeza al lado de la de su esposa, y entregó a Nicole y al bebé en manos de Dios.

—Confiamos en ti, Señor. No importa lo dura que parezca la situación, no importa lo que haya sucedido antes, confiamos en ti. Y creemos que obrarás un milagro con nuestra hija y su bebé.

Mientras John oraba, Abby comprendió lo firme que aún era la creencia en ella. A pesar de todo lo acontecido, las huellas del Señor estaban por todas partes. John había sobrevivido al accidente, ¿verdad? Los dos se amaban otra vez, ¿o no? Y finalmente ella había podido sincerar sus sentimientos.

Una oleada de pánico le eclipsó la paz, pero solo por un instante. No había tiempo para temer. No con Nicole y el bebé pasillo abajo luchando por vivir. Aun ahora, en medio de una crisis, Dios estaba obrando de algún modo.

Abby tenía que creer eso.

De otra manera, no estaba segura de poder sobrevivir la noche. Sin su fe, otra pérdida ahora seguramente la enviaría al abismo.

Pasó una hora completa antes de que Matt volviera a aparecer en la sala de espera. Parecía diez años mayor, pero Abby sintió una ola de júbilo. ¡El hombre sonreía!

—Nicole está bien. El sangrado se debió a una rotura en la placenta, algo que puede ser fatal —anunció, aspirando lenta y prolongadamente, con los ojos rojos y llorosos—. Esperé con ella hasta que la presión sanguínea le mejoró. Está cansada, pero los médicos dicen que ya pasó el peligro.

—Gracias, Señor... —balbuceó Abby exhalando con fuerza—. Yo sabía que la ibas a salvar.

—¿Y el bebé? —preguntó John con el rostro tenso y poniendo la mano en la rodilla de su esposa.

—Es niña —contestó Matt riendo—. Pero no se ve muy bien. Escasamente tiene dos libras y presenta problemas para respirar. La llevaron a cuidados intensivos.

Así que Nicole había tenido razón. Una bebita... pero ahora parecía como si ninguno de ellos llegaría siquiera a conocerla. Pobre pequeñita, sola en una incubadora, esforzándose con cada respiración. Los brazos de Abby anhelaban tener la oportunidad de sostenerla.

—¿Podemos ver a alguna de ellas?

—A Nicole la volvieron a llevar a su cuarto. Podría estar dormida, pero sé que le gustaría que ustedes entraran —opinó Matt, mirando al suelo por un momento—. No estoy seguro de nuestra bebita.

El reciente padre volvió a mirarlos a los ojos.

—Es muy pequeñita. Nunca he visto un bebé tan chico.

Siguieron a Matt hacia el cuarto de Nicole; mientras avanzaban John palmeó a Abby en las piernas. Ella se volvió y él se señaló los pies.

—Vamos a decírselo.

¡Por supuesto! ¡La noticia acerca de la operación de John, la posibilidad de que volviera a caminar! Seguramente eso la animaría.

—Díselo tú.

Entraron al cuarto y Nicole abrió los ojos.

—Hola —saludó con voz somnolienta—. ¿Cómo está la bebita?

—La están cuidando, mi amor —contestó Matt poniéndose al instante al lado de su esposa y colocándole una mano tranquilizadora en la frente.

—Es totalmente hermosa —informó Nicole mirando ahora a sus padres—. Con un poquitito de cabello oscuro, y rasgos perfectos aunque diminutos. ¿Ya la vieron?

—Aún no —respondió Abby mordiéndose el labio—. Está muy pequeña, Nic.

—Lo sé, pero va a estar bien. Lo siento en los huesos.

John miró a Abby y ella asintió. Sería bueno distraer un poco a Nicole. Especialmente con la clase de distracción que John deseaba comunicar. Llevó la silla de ruedas hasta el pie de la cama de su hija y le agarró los dedos de los pies.

—Debo contarte algo, Nic.

—Está bien —expresó ella pestañeando, mostrando los párpados pesados y esbozando una sonrisa que le levantó las comisuras de los labios—. Parece serio.

—Lo es —asintió John volviendo a mirar a su esposa—. Esta semana vi al médico. Me hizo algunos exámenes y decidió que me podían operar el cuello. La cirugía está planeada para dentro de un mes.

Los ojos de Nicole se abrieron completamente, Matt se volvió hacia John boquiabierto. Nicole se enderezó más en la cama haciendo un gesto de dolor.

—¿Para qué?

—Bueno... he estado teniendo sensaciones en los dedos de los pies. De vez en cuando hasta se mueven un poco —informó John con brillo en los ojos; Abby no estaba segura de alguna vez haber estado más feliz por él—. Creo que en casos raros esta clase de operación puede reparar la rotura.

—Pero ¿y qué de tus piernas? —preguntó Matt en tono amable, mostrando asombro.

La barbilla de John temblaba, luchando por encontrar las palabras.

—Papá podría recuperar las funciones completas —terminó Abby en lugar de su esposo, después de carraspear.

—¡Papi! —gritó Nicole con fuerza—. ¡Eso es asombroso!

—Es solo una posibilidad, pero estamos orando —expuso John recostándose en su silla y sonriendo—. Hace un tiempo tu mamá creyó que Dios estaba tramando algo grande en nuestras vidas. Parece que tenía razón.

—La tiene. Lo sé. Tus piernas y la supervivencia de nuestra pequeña niña —afirmó Nicole cruzando los brazos—. Tienes que verla, mamá. Es hermosísima.

El corazón de Abby se llenó de tristeza, pero se obligó a sonreír.

—Estoy segura de que lo es, cariño.

—¡Muchachos, ustedes ya son abuelos! —exclamó Nicole con voz cansada otra vez, pero todavía con entusiasmo—. ¿Pueden creerlo?

Abby no había pensado ni por un momento en la idea. Lo único que importaba era la seguridad de Nicole y de la niña. Ahora que la pequeñita había nacido, Abby aún no había asimilado la verdad: ella y John eran abuelos. Eso era increíble y por el más fugaz de los momentos se preguntó cómo se hubiera representado esta escena de haber seguido adelante con los planes de divorcio. Lo más probable era que John no hubiera estado aquí para este acontecimiento. Todo habría sido muy incómodo, muy difícil.

¡Qué bueno había sido Dios con ellos! Abby deslizó los brazos alrededor de los hombros de John y examinó a Nicole, la paz que su hija tenía en los ojos.

—¿Ya le tienen nombre?

Nicole y Matt habían revisado docenas de nombres, sin decidirse nunca realmente por uno ya fuera para niño o para niña. Pero ahora ambos se lanzaron una sutil sonrisa, y Nicole miró a Abby.

—Sí. Haley Jo. Por mi hermana... y por la madre de Matt.

—Oh, Nic —exclamó Abby sin poder hacer nada por detener las lágrimas—. Es hermoso.

Luego se hizo silencio entre ellos, silencio y el débil sonido del llanto. Abby imaginó que todos pensaban lo mismo. La primera Haley no había sobrevivido y, ahora, tal vez esta otra tampoco.

—Nicole, su bebita está sufriendo mucho —informó el médico entrando antes de que alguien pudiera hablar—. Sé que usted está muy cansada, pero me gustaría llevarla en una silla de ruedas y bajarla a la unidad de cuidados intensivos de recién nacidos. Creo que podría ayudar si la niña sintiera sus caricias y oyera su voz.

En un instante levantaron a Nicole de la cama y la instalaron en una silla de ruedas; ella y Matt salieron del cuarto tras el médico.

—¿Y si la bebé muere antes de que tengamos la oportunidad de verla? —cuestionó Abby sentándose en las rodillas de John y rodeándole el cuello con los brazos.

—Entonces ella y Haley Ann tendrán una fiesta en el cielo —contestó él besándole la frente—. Y un día cuando llegue nuestro turno estarán allá para recibirnos.

A las tres de la mañana Matt se les volvió a reunir en la sala de espera. Esta vez tenía lágrimas en los ojos y entrecortada la voz.

—El médico dice que pueden entrar —anunció cruzando los brazos—. Es posible que la bebita no sobreviva. Nicole quería que ustedes la vieran antes de...

El atribulado padre no terminó la frase. John empujó la silla hacia su yerno, Abby se mantuvo un paso detrás de ellos.

—Te seguiremos.

Matt les mostró un área de esterilización, donde a todos les dieron batas de hospital y les pidieron que se lavaran las manos. Después una enfermera los recibió en la entrada de la unidad especial.

—Tendrá que ser rápido. Nos estamos esforzando al máximo por salvarla.

La enfermera dirigió el camino, seguida por John y Abby y, finalmente, por Matt. La madre de Nicole no pudo hablar cuando se detuvieron ante una incubadora.

—Esta es Haley —expresó la enfermera poniendo la mano sobre la cubierta transparente.

Matt permaneció algunos pasos detrás para que John y Abby vieran con claridad. Su hija había tenido razón. La niña era preciosa, una miniatura de la mismísima Nicole a esa edad y hasta... sí... un gran parecido a...

—¿Lo ves, John?

—Se parece a Haley Ann —manifestó él con los ojos empañados de lágrimas mientras asentía con la cabeza, sin quitar la mirada de la diminuta bebita.

—¿De veras? —exclamó Matt asomando la cabeza entre ellos para mirar a la pequeña—. Nicole y yo no podíamos darnos cuenta a quién se parecía.

Abby volvió a examinar a la bebita. Sus diminutos dedos no eran más gruesos que unos espaguetis, todo su cuerpo habría cabido cómodamente en una de las manos de John. En varios lugares había cables parecidos a cabellos conectados a la nena, esta estaba casi cubierta con parches y bandas de monitoreo. La piel que se lograba ver era pálida y translúcida. Claramente no era la piel normal de un recién nacido.

—Vamos, pequeña Haley, sigue respirando —desafió Abby poniendo la palma contra el tibio vidrio—. Estamos contigo, bebé.

John le apretó la rodilla a su esposa, pero no dijo nada. Las tranquilas palabras de ella habían hablado por los dos. De pronto Abby se dio cuenta de que los padres de Matt no estaban allí. Entonces miró a su yerno por sobre el hombro.

—¿Llamaste a tu papá y a tu mamá?

—Tienen el teléfono descolgado o algo así. Cada vez que llamo suena ocupado.

—Pasaremos por allí en nuestro camino a casa —avisó John haciendo retroceder un poco la silla—. Tú y Nicole necesitan su tiempo. Pero estaremos orando por Haley. Además estamos a solo una llamada telefónica si algo sucede.

John tenía razón, pero Abby solo quería sentarse al lado de la incubadora de la bebita, deseando que respirara. Toda la escena le recordó la última mañana con Haley Ann, cuando Abby se recostara a tomar una siesta y dos horas más tarde la hallara muerta en la cuna.

Si tan solo se hubiera quedado con ella, vigilándole la respiración... moviéndola para hacer que respirara el momento que el diminuto cuerpecito dejara de inhalar. Entonces Haley Ann habría vivido. Y quizás lo mismo se aplicaría también a esta Haley. A esta preciosa nietecita.

John estaba esperándola, pero Abby examinó una vez más a la pequeña Haley. *Te la estoy entregando, Señor... vigílala. Mantenla respirando, por favor.*

Una imagen le llenó la mente, la de un joven y sonriente Jesús acunando a Haley Jo en brazos y estrechándola cerca del pecho. Convencida de eso, Abby pudo finalmente alejarse. El mensaje que había captado de la imagen era claro como el aire. No había nada que ella pudiera hacer por Haley que Jesús no estuviera haciendo ya.

La vida de la bebita, su futuro... su próxima respiración... todo estaba en manos de Jesús.

Veintisiete

Cuando el timbre de la puerta sonó antes del mediodía, Abby estaba segura de que serían Jo y Denny. Nicole había llamado esa mañana para informar que Haley había sobrevivido la noche. Después que les dieran la noticia a los padres de Matt, estos habían ido directo al hospital. Ahora Abby creía que estaban viniendo para hablar de sus temores. Seguramente para unirse a John y Abby en la angustia por la diminuta bebita.

Pero cuando Abby abrió la puerta no estaban allí los padres de Matt, sino los de Jake Daniels.

Tara y Tim se hallaban de pie sobre la alfombrilla de la entrada, mirándose mutuamente como torpes adolescentes, luego vieron a Abby.

—¿Podemos entrar? —preguntó primero Tara.

—Por supuesto —respondió Abby retrocediendo, sorprendida; desde aquel día en la corte ninguno de ellos se había puesto en contacto con John o Abby—. Yo estaba esperando a alguien más.

—Si van a tener visitas podemos regresar más tarde —objetó Tim, que ya había pasado la entrada junto a su esposa.

—No, nada de eso —replicó Abby agitando la mano y titubeando—. Nicole acaba de tener su bebé esta madrugada. Yo esperaba la visita de los suegros de ella.

—¿Está bien el bebé? —inquirió Tim con preocupación en la mirada.

—No. En realidad no —contestó Abby con voz repentinamente tensa—. La bebita se adelantó dos meses. Estamos orando por ella.

John debió haberles oído las voces, pues se acercó haciendo rodar la silla por el pasillo y agitando la mano.

—Vengan.

Todos entraron a la sala.

—¿Aún con permiso laboral, Tim? —inquirió John acomodándose cerca del sillón en que se sentó Abby.

—Sí —respondió mirando a Tara—. El juicio de Jake es el jueves.

—Podrían condenarlo a un año en un centro juvenil de detención —explicó Tara acercándose más a John—. Eso sería lo peor de todo.

Abby se retorció en el sillón. ¿Era esto por lo que habían venido? ¿Para hablar de la sentencia de Jake?

—No vinimos a hablar de eso —aseguró Tim cruzando los brazos y poniendo los antebrazos sobre las rodillas—. ¿Recuerdan en la corte ese día... nos dijeron que ustedes casi se divorcian el año pasado, verdad?

John asintió con la cabeza.

—Desde entonces hemos querido venir, pero... no hemos podido —balbuceó Tara con una ceja arqueada; luego cruzó las piernas y se acercó más hacia su ex esposo—. Ahora el juicio es la próxima semana, después de eso Tim debe volver al trabajo. Eso significa que nuestro tiempo juntos casi ha terminado y aún no hemos hablado de lo que estamos sintiendo. O de si deberíamos volver a estar juntos.

—Ustedes están asustados —comentó Abby comprendiendo ahora.

—Tim y yo peleábamos mucho antes de que él se fuera. Luego, una vez ido, en lo único que yo pensaba era en lo que habíamos desperdiciado. El amor, la risa y los recuerdos. Ya no había nada de eso.

—Yo también me sentía así, pero Tara no me cree —explicó Tim levantando las manos al aire—. No hay duda de que queremos estar juntos, pero no podemos superar el pasado.

Las palabras de Tim y Tara muy bien podían haber sido las de John y Abby un año atrás, cuando el padre de ella murió. Sin duda alguna ese día se dieron cuenta de que aún se interesaban uno en el otro y de que se necesitaban, pero la montaña de dolor simplemente era demasiado alta para poder escalarla.

—Después de que Tim se mudó comenzó a salir con otra persona —continuó Tara con dolor en los ojos—. Yo me quedé aquí sufriendo por todo lo que habíamos perdido, y él allá en Nueva Jersey con nuevo corte de cabello, nuevo empleo y nueva novia. A veces en pocas semanas. ¿Cómo podía yo competir con eso?

—Esas chicas no significaron nada —se defendió Tim girando las palmas hacia arriba—. Estaba huyendo del sufrimiento. Todo lo que hacía era mi forma de huir. Incluso comprarle el Integra a Jake.

Se hizo silencio por un instante, Abby soltó una rápida exhalación.

—¿Puedo decir algo?

—Por favor —contestó rápidamente Tim—. Por eso vinimos.

Abby miró a John, preguntándole en silencio si estaría bien que contara los detalles de la situación que vivieron. La paz en los ojos de su esposo le comunicó que no habría otra manera de hacerlo, por lo que ella sonrió y cambió la mirada hacia Tara.

—Cuando John y yo estábamos con problemas, él pasaba tiempo con una de las profesoras del colegio, que ya no trabaja allí ni importa su nombre. Lo primordial es que eso me enfurecía. Me hacía sentir realmente celosa. Ella era más joven que yo y más profesional. Me imaginaba que yo no podía competir con ella, ni *quería* hacerlo. Aun después de que John comenzara a hacer todo lo posible por enderezar las cosas entre nosotros, yo seguía sintiéndome enfadada y celosa.

—Exactamente —asintió Tara.

—Lo que debí aprender es esto: A veces el amor comete un error. Incluso una serie de errores. Cuando me casé con John le prometí amarlo en las buenas y en las malas. Sucediera lo que sucediera —explicó Abby manteniendo tierna la voz, pero también mostrando pasión; una pasión que ella esperaba que Tara pudiera comprender—. John quería arreglar la situación entre nosotros, pero yo no estaba dispuesta a perdonarlo. ¿Y sabes qué? En ese momento él no era el único que rompía nuestros votos matrimoniales... yo también lo hacía. No quise confiar en él, aun después de que me prometiera una y otra vez que no había tenido una aventura amorosa. Quería castigarlo hasta por hallar atractiva a otra mujer, y por entablarle amistad y ser tentado por ella. Y debido a eso yo justificaba mi trato...

Abby buscó la palabra adecuada.

—... cruel. Porque mis sentimientos habían sido heridos y yo creía que él lo merecía.

El silencio volvió a asentarse sobre ellos.

—Por supuesto, yo no entendía nada de eso —expresó John mirando a Tim—. Solo imaginaba que ella no podría perdonarme.

Había lágrimas en los ojos de Tara, que se las secó discretamente.

—¿Cómo... cómo lograron superarlo?

—Recuerdos —contestó John volviendo a acomodarse en su silla, con los ojos enfocados a medias—. Discutíamos nuestros planes de divorcio exactamente en la misma época del compromiso de Nicole. Asuntos como los trajes para la ceremonia, la iglesia adecuada, las preguntas acerca de los votos que como padre me hacía mi hija...

John sacudió la cabeza.

—Qué más podía hacer sino recordar cómo había sido todo eso entre nosotros veinte años antes.

—Cómo nos enamoramos siendo muchachos, qué mágico fue cuando nos casamos —añadió Abby sonriendo—. Incluso entonces no fue fácil.

—Los recuerdos nos llegaban por separado —expuso John con una triste risita—. Ninguno de los dos sabía cómo enfocar al otro acerca de tales recuerdos, por tal razón estábamos dispuestos a seguir con nuestros planes.

—¿Qué los detuvo? —preguntó Tara mientras otra lágrima le bajaba por la mejilla.

—Dios —contestaron John y Abby al mismo tiempo, luego se miraron y sonrieron; entonces él señaló a Tim—. Dios también pudo habernos enviado un telegrama.

Entonces profundizó la voz.

—John y Abby Reynolds... NO se divorcien. Los hice el uno para el otro... perdonen y olviden... y sigan adelante con la vida de felicidad que les tengo.

—¿Te has sentido así alguna vez, Tara? —inquirió Abby mirándola—. ¿Cómo si Dios quisiera que ustedes abandonaran el sufrimiento y el enojo, y que simplemente se amaran uno al otro?

—Todo el tiempo.

—¿Por qué entonces no lo has hecho?

—Porque me da miedo que vuelva a suceder —confesó la mujer, mirando a Tim—. Tú eres el único hombre al que he amado, pero cuando me dejaste te odié. Y... y juré que nunca más volverías a herirme como lo hiciste antes. Aunque me rogaras que regresara contigo.

—El problema... —manifestó John nuevamente con amabilidad en la voz—, es uno que ha venido causando dificultades a la humanidad desde el principio.

—¿*Cuál* problema? —cuestionó Tim retorciéndose las manos.

—El orgullo —dijo John sonriendo—. Es por eso que Adán y Eva comieron el fruto... porque se creyeron más listos que Dios. Quisieron ser como Dios. Y por eso es que los buenos matrimonios, parejas cariñosas como ustedes dos o como Abby y yo, empiezan a ir en direcciones opuestas y llegan a la conclusión de que el divorcio es la única solución.

John tomó la mano de Abby.

—Cuando realmente la única solución es aferrarse firmes uno del otro, perdonar y seguir adelante.

Ninguno de ellos dijo nada por un buen rato. Luego John planteó un punto final.

—Recuerden que el diablo siempre ha estado detrás del pecado del orgullo. Quiere hacernos creer que no podemos perdonar, que no podemos vivir juntos con humildad. Pero el diablo tiene un plan. Quiere que seamos desdichados.

—¿Y crees que así son todos los divorcios? —inquirió Tim mirando a John—. ¿Dos personas que hacen caso a las mentiras del diablo?

—La mayoría del tiempo, sí. Cuando nos hicimos esas promesas matrimoniales, lo que menos teníamos en mente era el divorcio. ¿No es así?

Tara y Tim asintieron con la cabeza.

—En cuanto a mí, estaba allí sabiendo que Abby era la única mujer que siempre amaría, la única con la que deseaba pasar el resto de mi vida.

—Así es exactamente como me sentía —afirmó Tim poniendo la mano en la rodilla de Tara, lo cual ella permitió.

—Por tanto solo una mentira podía cambiar nuestros sentimientos iniciales, ¿no es así? De otro modo el amor que compartía con Abby debería haberse mejorado con cada año.

Había remordimiento en la voz de John. El remordimiento que Abby sabía que los dos llevaban a cuestas y que hacía que valoraran todos esos años perdidos en que tanto ella como él llevaban vidas apartadas bajo un mismo techo.

—En vez de eso —dijo Abby concluyendo la idea de John—, comenzamos a pensar mal el uno del otro. Muy pronto estábamos escuchando la mentira, creyendo que merecíamos algo mejor que una vida juntos.

—Cuando en realidad debíamos dejar de huir, perdonarnos uno al otro, y recordar todas las razones por las que en primera instancia nos casamos.

—Todo tiene que ver con perdonar —declaró Tara sorbiendo por la nariz, con los ojos secos ahora.

—Sí —asintió Abby compadeciéndose de la mujer—. Así es.

De pronto sintió una punzada de pesar. Qué horrible había sido vivir lejos del perdón, aferrada a la amargura y esforzándose por odiar al hombre para el que había prometido vivir.

—La Biblia narra la historia de un hombre a quien el rey le perdonó una gran deuda —expresó John recostándose en el espaldar de la silla, ahora más relajado—. Apenas el sujeto quedó libre recorrió las calles buscando a un consiervo. Cuando lo halló agarró al hombre por el cuello y le exigió: «Págame lo que me debes. Págame o te meteré a la cárcel.

»Cuando el rey supo lo sucedido llamó al hombre. "La deuda que te perdoné era más grande que la que te debía tu compañero. Pues bien, como no perdonaste la cantidad más pequeña, tampoco yo te perdonaré la más grande". Y entonces envió al hombre a la cárcel».

A Abby le encantaba la manera en que a John se le ocurría una ilustración bíblica como esa. Él siempre había sido narrador de historias. Eso era lo que lo convertía en un buen maestro, en un gran comunicador. Pero ahora que había vuelto a la iglesia con Abby cada semana, constantemente se le ocurrían historias como la que acaba de contar.

Abby examinó los rostros de Tim y Tara, y vio que habían comprendido.

—Dios nos ha perdonado mucho más de lo que nosotros podríamos perdonar alguna vez a otros —expresó Tara gimoteando.

—Exactamente —concordó John en tono compasivo.

—Ora por mí, por favor —pidió Tara moviéndose hacia el borde de la silla—. Porque encuentre una manera de perdonar.

Sin dudar, John hizo exactamente eso.

—Cariño, quítame los zapatos, ¿quieres? —solicitó después mirando a Abby.

Ella no estaba segura de qué se proponía su marido, pero le gustó la sonrisa de él. Con alegría se agachó frente a John y le quitó los zapatos. Luego volvió a su silla y esperó.

Tim y Tara miraban los pies del entrenador, con curiosidad en los rostros.

—Observen —dictaminó él señalándose los pies—. Hay algo que deseo que le digan a su hijo.

Fuera lo que fuera que John estuviera a punto de hacer, ni siquiera Abby tenía la más mínima idea de qué se trataba. Una cosa era que los dedos de los pies se le movieran de vez en cuando de alguna manera involuntaria. Pero esto... ¿qué se proponía él?

Entonces, con todas las miradas fijas en los dos dedos gordos de John, Abby lo vio. ¡Se movían! Los dos dedos. Solo un pequeño temblor, pero el hecho no se podía negar. Abby dejó escapar un grito y lanzó los brazos alrededor del cuello de su marido.

—Está sucediendo, mi amor. No lo puedo creer.

Al otro lado de la sala, Tim y Tara miraban asombrados, como si hubieran acabado de ver levitar a John. Tim fue el primero en recuperarse.

—¿Qué... cómo lo hiciste... John? ¿Lo sabe tu médico?

—Sí —asintió John colocando a Abby sobre las rodillas—. Es una forma de shock espinal. Realmente rara. Me van a operar el mes entrante. Hay una posibilidad de que vuelva otra vez a usar totalmente mis piernas.

—Oh, Dios mío —exclamó Tara llevándose las manos a la boca—. Jake me contó que le había pedido a Dios un milagro. Que tú... que algún día volvieras a caminar.

—Él no me lo ha dicho —objetó Tim mirándola.

—Es verdad —explicó ella aún con los ojos bien abiertos, mirando todavía los dedos gordos de John—. Jake creía que Dios le había dicho que eso es exactamente lo que ocurriría. Que el entrenador Reynolds mejoraría. Pero a medida que pasaban los meses, nada sucedió. Jake... dejó de hablar al respecto.

—Bueno, dile que se mantenga orando —pidió John sonriendo, con el brazo apretado alrededor de la cintura de Abby—. Los milagros les ocurren a los que creen.

Mucho después de que Tim y Tara se fueran, y de que John hubiera ido a tomar una siesta en su habitación recién construida en la planta baja, Abby se sentó en la mesa del comedor y miró hacia el lago. John tenía razón. Los milagros les suceden a los que creen. Después de todo, Nicole había orado por ella y por John. Y Jake había orado por las piernas lesionadas de su entrenador. Y ahora el muchacho tenía el pálpito de que todo le iba a salir bien a John.

La mujer se quedó sentada allí por un buen rato, orando por la bebita Haley, hablándole a Dios y maravillándose del plan suyo para las vidas de todos ellos. Mientras más pensaba en la conversación con Tim y Tara, más convencida estaba de que cualquier cosa que estuviera ocurriendo con las piernas de John solo era parte del milagro que Jake estaba a punto de recibir.

Ella estaba casi segura de que la otra parte ocurriría ahora, en cualquier momento, cuando cierta pareja atravesara la puerta y anunciara que por la gracia y el perdón del Señor, el padre de Jake no regresaría a Nueva Jersey nunca más.

Para el domingo por la tarde la bebita había sobrevivido tres días, lo cual era más de lo que los médicos habían creído posible. La recién nacida aún luchaba por respirar, pero Nicole se había recuperado rápidamente y pasaba casi todo momento despierta anclada al lado de la incubadora de la criaturita. Le habían permitido introducir una mano y acariciar con el dedo la piernita y el bracito de la pequeña. La abertura era suficientemente grande para que Nicole pudiera ver reaccionar a su hijita no solo al toque sino también a la voz.

De pronto Nicole sintió unos toquecitos en el hombro y se volvió. Era Jo, con ojos rojos e hinchados.

—Hola.

—Hola, Jo... siéntate.

—¿Cómo está el angelito? —preguntó la reciente abuela asintiendo y poniendo una silla al lado de su nuera.

—Resistiendo.

Nicole examinó a su suegra. La intensidad definida de Jo. Cualquiera que fuera el estado de ánimo de la mujer, lo representaba al máximo grado. Pero aquí y ahora estaba callada y pensativa.

—¿Estás bien?

—Claro —contestó Jo mientras se le humedecían los ojos—. ¿Dónde está Matt?

—En casa durmiendo un poco. Casi no ha cerrado los ojos desde que nació la bebita.

Se quedaron así por un buen rato, observando a la pequeña Haley, deseando que el diminuto pecho continuara su lucha subiendo y bajando. Cinco minutos después Jo exhaló bruscamente.

—Nicole, tengo algo que decirte —soltó.

—Soy todo oídos —contestó Nicole volviéndose totalmente hacia Jo.

—¡Vaya, vaya! —exclamó la mujer mayor volteando los ojos y tocándose la nariz—. Ni en un millón de años habría pensado que alguna vez hablaría de esto con alguien. Mucho menos contigo o con Matt.

Nicole analizó a su suegra. Fuera lo que fuera, la carga le pesaba como un camión a diesel.

—Puedes decírmelo, Jo.

—No me odiarás por esto, ¿de acuerdo? —desafió Jo lanzando una mirada cautelosa a su nuera.

—De acuerdo.

—Mira... —balbuceó Jo malhumorada, buscando las palabras—. Ocurrió hace mucho tiempo, cuando Denny y yo nos casamos.

Jo se secó las manos en las mangas del pantalón y miró a la bebita Haley.

—Éramos jóvenes y estúpidos, y solo unas semanas después de la boda supimos que yo estaba embarazada.

¿Embarazada? Nicole trató de no actuar sorprendida. Jo tenía razón. Ni ella ni Matt habían oído esta historia. Sin embargo, esperó que Jo continuara.

—Estábamos asustados, quiero decir aterrorizados de veras —confesó Jo moviendo la cabeza de lado a lado—. Como un par de peces en el extremo de una cuerda. Miráramos en la dirección que fuera, no parecía haber salida. ¿Me hago entender?

—Lo sé —respondió Nicole esperando que el rostro le reflejara la empatía que estaba sintiendo.

Así fue exactamente como sintió cuando supo que estaba embarazada y tal vez como se seguiría sintiendo si Dios no le hubiera cambiado la actitud.

—En ese entonces... bueno, Denny y yo no teníamos al Señor. Ni nadie a nuestro alrededor. Por tanto... —titubeó, quebrándosele la voz y agachando la cabeza—. Lo siento. No sé si pueda terminar.

Un chispazo de comprensión brilló en el corazón de Nicole. ¿Había hecho Jo algo para acabar con ese embarazo? Nicole extendió el brazo para agarrar la curtida mano.

—Nada que me puedas decir hará que te ame en menor grado, Jo. No tienes que contarme nada de esto... pero deseo que sepas lo que siento.

Jo luchó por recuperar el control. Cuando pudo volver a hablar lanzó una rápida mirada a su nuera.

—Tuve un aborto, Nicole —asintió, gimiendo fuertemente—. Denny me llevó a la clínica y esperó en el vestíbulo. Cuando me hallaba en el interior de uno de esos lúgubres cuartos, un atractivo hombre vino hacia mí y me dijo que todo iba a estar bien. Lo único que se me ocurrió hacer fue quedarme quieta y preguntarle si sentiría algún dolor. El embarazo desaparecería en un santiamén.

Las lágrimas corrían por las mejillas de Nicole, sintiendo compasión por Jo. La joven no sabía con seguridad qué debía decir, así que permaneció en silencio.

—Qué bárbaro. El embarazo desaparecería... como si no hubiera un bebé involucrado —reconoció Jo frotándose los ojos—. Pero aquello era más que un embarazo. Yo estaba de cinco meses para cuando entré a la clínica y una de las enfermeras me dijo...

Por un momento las palabras se quedaron atrapadas en la garganta de Jo.

—Que era una niña, Nicole. Una niñita como tu Haley. Solo que en vez de ayudarla a vivir la ayudé a morir.

Jo bajó la cabeza, colocándola entre las manos y gimoteando.

—Oh, Jo... —balbuceó Nicole sobándole la espalda en pequeños círculos y buscando qué decir, pero no se le ocurrió nada.

Finalmente Jo encontró la voz otra vez.

—Un año más tarde quedé embarazada de Matt. También íbamos a abortarlo, pero algo me detuvo. No recuerdo qué fue, pero de algún modo supe que aquello no estaba bien. No importaba que fuéramos jóvenes y pobres. No era culpa del bebé y por nada del mundo yo volvería a ese horrible lugar.

El corazón de Nicole se sobresaltó. Si Jo hubiera abortado a Matt... No podía pensar en eso. Ya era bastante doloroso saber acerca del primer aborto de Jo.

—¿Y Matt no sabe nada?

—¿Cómo podría decírselo? ¿Cómo miras a tu hijo al rostro y le haces saber que mataste a su hermana?

—Vamos, Jo... no —titubeó Nicole poniéndole el brazo alrededor del cuello y atrayéndola hasta juntar sus rostros—. No sabías lo que estabas haciendo.

—Pero ahora lo sé —expresó Jo llorando, entonces Nicole vio que algunas enfermeras las miraban; Jo también pareció notarlas y bajó la voz—. Desde que Matt nació he sentido remordimiento por lo que hice. Haría lo que fuera por hacer que ese pequeño encanto volviera a la vida, por tenerla otra vez.

—Dios te perdona, Jo —declaró Nicole soltando a su suegra y volviéndose a recostar en la silla—. Sabes eso, ¿verdad que sí?

—Después de entregarle mi vida a Jesús el año pasado tuve una conversación con Denny —asintió la mujer volviendo a gimotear—. Le dije que eso que hicimos fue incorrecto y él estuvo de acuerdo. Fuimos a la iglesia esa noche y tuvimos una pequeña reunión por causa de la bebita. Nos pusimos de rodillas y le dijimos a Dios cuán apenados estábamos.

Entonces Jo levantó un poco la barbilla.

—Nunca he visto a un hombre adulto llorar de ese modo, Nicole. Y en aquel momento supe que yo no era la única que extrañaba a esa nenita —concluyó.

Nicole estaba impresionada por la imagen que Jo le pintaba. Ambos padres responsabilizándose por lo que habían hecho y pidiéndole perdón al Señor.

—Qué maravilloso, recordar juntos a la pequeña de ese modo.

—Bueno, aquello no fue maravilloso sino doloroso. Nos dolió más que cualquier otra cosa en la vida, si quieres saber la verdad. Después de decirle a Dios que lo sentíamos, le pedimos que cuidara de nuestra bebita en el cielo. Tú sabes, abrazarla, darle besitos y recoger flores con ella en un día veraniego.

Enseñarle a pescar, a reír y a amar. Vigilarla hasta que un día pudiéramos estar allá para hacerlo nosotros mismos.

Jo volvió a callarse, examinando a la bebé Haley.

—Nos imaginamos a nuestra pequeña como una huérfana. Una huérfana celestial —continuó, mirando de reojo a Nicole—. Y esa noche prometimos a Dios que si cuidaba de nuestra huerfanita allá en el cielo, nosotros cuidaríamos huérfanos aquí en la tierra.

—¿Por eso el viaje a México? —preguntó Nicole sintiendo que todas las piezas encajaban.

—Sí —respondió Jo con un temblor en el labio—. Por eso es que vamos allá.

—Vaya... —balbuceó Nicole, inhalando profundamente—. Eso es hermoso, Jo.

—Sí, bueno, el resto de lo que tengo que decir no lo es tanto.

El ritmo cardíaco de Nicole se aceleró, pero no dijo nada.

—Desde el momento que supimos de la pequeña Haley, Denny y yo hemos orado hasta creer que se nos caerían los dientes —continuó Jo poniendo la mano a lo largo de la incubadora—. Pero cada vez que oro Dios me da una imagen que me aterra.

—¿Qué imagen? —inquirió Nicole sin estar segura de querer saber al respecto, pero sin poder evitarlo.

—Es una imagen de tres niñitas corriendo por los campos del cielo, tomadas del brazo —comunicó Jo, e hizo una pausa, ante lo cual Nicole quiso taparse los oídos—. Una de ellas es tu hermana, Haley Ann; la otra es nuestra pequeña; y la tercera... la tercera es tu pequeña Haley Jo.

Nicole tardó un momento en poder volver a respirar. Cuando lo hizo forzó una sosegada y apagada sonrisa.

—Bueno, Jo... ¿es eso lo que te está incomodando?

—Desde luego —respondió Jo mirando sorprendida a Nicole—. Más que cualquier cosa en el mundo deseo que la pequeña Haley viva. Más de lo que he querido algo por mucho tiempo. Pero si Dios conoce mi corazón, ¿por qué me la paso recibiendo esa imagen?

—Quizás porque yo también quedé embarazada temprano —expresó Nicole pareciendo más fuerte de lo que se sentía—. Tal vez porque sabes que si Haley... que si no sobrevive, estará feliz en el cielo con sus dos tías.

Nicole sacudió las manos unos centímetros al aire.

—No sé, pero eso no significa que Dios se vaya a llevar a Haley a casa. No puedes creer eso, Jo.

Algo en las palabras de la joven o quizás el tono de su voz, hizo que Jo se relajara. El temor y el tormento le desaparecieron del rostro, quedando solamente una lejana tristeza.

—Tienes razón. Dios va a salvar a la pequeña Haley. Tengo que creer eso.

Jo se fue después de un rato, Nicole permaneció allí durante casi una hora más, observando a Haley, instándola en silencio a seguir respirando, a seguir viviendo. Y orando porque cuando Haley fuera lo suficientemente grande para correr entre los campos de flores, estas fueran las del propio patio posterior de la casa de ellos.

No las del cielo.

Veintiocho

Era el día del juicio, Jake sintió que había envejecido diez años en los últimos cuatro meses.

No una mala clase de envejecimiento sino una buena. De la que lo hacía sentir más seguro con relación a su fe, su futuro y sus planes de ayudar a otros jóvenes a evitar las equivocaciones que él había cometido.

Si no lo enviaban a un centro de detención juvenil, Jake planeaba volver al Colegio Marion en el otoño. Todos aquellos con quienes había hablado concordaban en que esa era la mejor decisión, la manera en que podría impactar más a sus compañeros en cuanto a los peligros de participar en carreras callejeras de autos. Además, de ese modo podía volver a estar cerca del entrenador Reynolds. Y tras cuatro meses, Jake no tenía intención de terminar su educación secundaria en ningún otro lugar que no fuera en las instalaciones donde el entrenador le pudiera enseñar. Si no en el campo de fútbol, entonces sin duda en el salón de clases. Si el tribunal se lo permitía, así sería.

También había decidido algo más. Quería volver a lanzar balones de fútbol americano. No para lucirse ante los chicos de grados inferiores ni para ponerse sobre un pedestal entre sus compañeros, sino para poder jugar del modo que su entrenador le había enseñado. Con pasión, clase y honor.

Por supuesto, A. W. había sido claro con él. Era probable que Jake no tuviera posibilidades. La jueza podría fácilmente sentenciarlo a un año en un centro de menores y, si eso llegaba a ocurrir, tendría que pasar su último año en confinamiento.

Jake había orado por el resultado del juicio de hoy y, si Dios lo quería en un centro de detención juvenil, allí es donde iría. No había dudas, merecía cualquier castigo que le impusieran.

La sala del tribunal estaba totalmente llena, Jake miró a sus padres, que hablaban cerca de la puerta trasera, pareciendo más amigables que en cualquier otro momento desde el accidente. A veces el joven le preguntaba a su madre si algo estaba sucediendo entre ella y papá, pero mamá siempre había sido evasiva.

—Tenemos mucho de qué hablar, Jake. Tu padre solo me está ayudando a superar esto.

Jake arquearía una ceja y dejaría así las cosas. Sin embargo, ahora sus padres pasaban tanto tiempo juntos que el chico había agregado esto a la lista de temas de Dios... asuntos que trataba con el Señor.

La jueza ingresó a la sala e inmediatamente los padres de Jake dejaron de conversar, tomando asiento junto a su hijo.

—Bueno, aquí vamos —susurró A. W. enderezando un montón de papeles.

Al sentarse, la jueza pidió orden en la sala. El caso de Jake era el primero en el sumario.

—Entiendo que el acusado en el juicio del *Estado contra Daniels* quisiera apelar; ¿es eso correcto?

—Sí, Su Señoría —contestó A. W. poniéndose de pie—. Hemos llegado a un acuerdo con el estado sobre las imputaciones adecuadas.

—Muy bien. ¿Se puede poner de pie el acusado, por favor?

Jake se paró, asombrado por la extraña calma que le había sobrevenido. *Tu llamado, Señor... cualquier cosa que desees...*

—Señor Daniels, se le acusa de grave y negligente uso de un vehículo, de conducción imprudente y de participación en carreras callejeras ilegales, delitos menores todos —anunció la jueza, mirando a Jake—. ¿Cómo se declara?

—Culpable, Su Señoría. De todas las acusaciones.

Sintió maravillosas aquellas palabras. *Era* culpable. No era sensato jugar con eso. Cualquier cosa que la jueza dijera a continuación le parecería bien a Jake.

—Señor Daniels, ¿está usted consciente de que cada una de esas acusaciones conlleva un máximo de seis meses en un centro de detención de menores?

—Sí, Su Señoría.

—¿Y de que la combinación de acusaciones significa que usted podría pasar hasta dieciocho meses en uno de estos centros?

—Sí, Su Señoría.

—Veo que su abogado me ha provisto de cartas a su favor —continuó la jueza examinando los papeles que tenía en una carpeta—. Concederé un receso de veinte minutos mientras hojeo los documentos.

Entonces la magistrada miró a A. W.

—Luego volveré y dictaré sentencia a su cliente; ¿está claro?

—Sí, Su Señoría —contestó el abogado e hizo una pausa muy breve—. También me gustaría que considerara el hecho de que mi cliente ya se ha inscrito en actividades de servicio comunitario. Durante los próximos cinco años planea hablar a estudiantes en cuatro colegios cada año, como una forma de ayudar a los muchachos a evitar las equivocaciones que él cometió.

—Muy bien —declaró la jueza después de unos instantes en silencio—. Consideraré eso junto con las cartas.

La sesión se levantó y, por cada lado, los padres de Jake abrazaron a su hijo.

—¿No estás nervioso, verdad hijo? —inquirió claramente sorprendido el papá examinándole el rostro.

—No. Dios y yo ya lo hemos discutido. Suceda lo que suceda, eso es lo que el Señor quiere. No estoy asustado.

—Pues yo sí —afirmó A. W. riendo nerviosamente—. Si eso les hace sentir mejor.

Inmediatamente el abogado señaló hacia la puerta del despacho de la magistrada.

—Esa jueza es dura. Sin importarle lo que digan las cartas, podría hacer un ejemplo de ti.

Jake vio que su madre se estremecía ante la idea, entonces el chico le palmoteó la espalda.

—Mamá, debes confiarle esto a Dios. Si me quiere en un centro de detención, allí es donde iré. Y todo resultará bien.

—Lo sé. Solo que... me gustaría verte otra vez en Marion. Tus ideas... acerca del fútbol y de ayudar a tus amigos... parecen muy buenas.

—¿Cuántas cartas pudo conseguir usted? —preguntó el padre de Jake enfocando la atención en A. W.

—Cinco. Son más que suficientes —contestó el abogado, levantando la mirada tratando de recordar—. Una de usted y Tara, otra del oficial de libertad condicional, una más de la persona en el servicio comunitario con quien Jake ha estado trabajando. Y la mejor de todas: de John Reynolds.

¿El entrenador Reynolds?

—¿Le pidió usted una carta al entrenador Reynolds? —objetó Jake mientras el estómago se le revolvía.

—Sí, ¿por qué?

—No creí que usted hiciera eso... él ya ha sufrido bastante sin tener que escribir una carta para mí. Quiero decir, quienquiera que le haya dicho a usted que hiciera algo así, cuando...

A. W. levantó una mano, Jake se detuvo a mitad de frase. Aunque el joven permaneció callado, estaba furioso. No había estado tan enojado por bastante tiempo. Qué descaro pedirle al entrenador una carta que le ayudaría a Jake a recibir un veredicto más favorable.

—No le pedí ninguna carta al señor Reynolds —confesó A. W. inclinando la cabeza, con una mirada de reivindicación en el rostro—. Él mismo me la ofreció.

El estómago de Jake dejó de darle volteretas y se le fue a las rodillas. ¿Qué? Además de estar lidiando con una nieta enferma y de tener que someterse a una próxima operación, ¿había el entrenador Reynolds sacado tiempo para escribir una carta a favor de él?

El joven miró a sus padres y vio que ellos estaban sintiendo lo mismo. Todos sabían que el entrenador Reynolds era un hombre fabuloso. ¿Pero tanto? ¿Interesarse por un muchacho que lo había condenado a una silla de ruedas? Por primera vez ese día Jake sintió un nudo en la garganta.

La jueza apareció y una vez más impuso orden en la sala.

—En el caso del *Estado contra Daniels*, he tomado una decisión, una que ni siquiera yo estoy segura de que sea correcta.

Me está enviando a un centro de... Jake parpadeó e intentó no sentir miedo. *Ayúdame ahora, Dios... ayúdame.*

—¿Podría el acusado ponerse de pie, por favor? —continuó la jueza.

Jake se levantó, las rodillas le temblaban levemente.

—Como mencioné, estoy en mi derecho de sentenciarlo, señor Daniels, a dieciocho meses en un centro de detención de menores —dictaminó la mujer, hizo una pausa y miró al fiscal del distrito—. Pero en este caso me han llovido solicitudes para actuar de otro modo.

Jake vio que sus padres se agarraban de la mano.

—La carta que más me afectó fue la escrita por la víctima... el señor Reynolds —continuó mientras levantaba una hoja de papel—. El señor Reynolds escribe: «Le ruego que deje libre a Jake de su condena a fin de que asista al

Colegio Marion en el otoño. Sepa que será cuando yo regrese a ese instituto, y si el accidente nunca hubiera ocurrido, ese habría sido el último año de Jake. Estar en el campus sin Jake sería un recordatorio diario de lo sucedido esa horrible noche de noviembre. Encerrarlo no lo convertirá en mejor conductor o en un joven más sabio, ni suavizará el impacto de mis lesiones. Pero verlo en el recinto del Colegio Marion será casi tan bueno como volver a caminar».

La jueza hizo una pausa y miró a Jake antes de concluir.

—«Por favor, Su Señoría, le pido que me ayude a recuperarme castigando a Jake de alguna otra manera. Él ha cambiado desde el accidente, y el Colegio Marion necesita más chicos como él en sus predios».

En todo el salón de la corte el único sonido eran los débiles sollozos de la madre de Jake y los latidos del propio corazón del muchacho. ¿Había realmente dicho eso el entrenador? ¿Qué verlo a él en el campus sería tan bueno como volver a caminar?

La jueza bajó la carta y miró alrededor de la sala.

—Por eso, y debido a que el acusado está obteniendo excelentes calificaciones en el colegio extracurricular, por este medio estoy anulando todo tiempo en el centro de detención de menores. En vez de eso dispondré un plan de servicio comunitario en que el acusado hablará a grupos colegiales cuatro veces al año durante los próximos cinco años.

Jake estaba tan feliz que bien pudo haberse puesto a flotar en la sala del tribunal. No porque se hubiera salvado por un pelo, sino por regresar al Colegio Marion, ¡por volver al mismo lugar en que estaría el entrenador Reynolds! Y porque tenía una oportunidad más para jugar fútbol del modo en que lo había hecho siempre. *Señor... lo haré por ti... lo prometo...*

Junto a él, sus padres parecieron de repente una década más jóvenes, y Jake comprendió algo. Habían estado más preocupados de que lo sentenciaran a un centro de detención, de lo que habían mostrado.

De pronto la jueza golpeó el martillo contra el banco.

—Orden —pidió y continuó cuando se hizo silencio—. Además, la licencia de conducir del acusado seguirá revocada, no se le permitirá solicitar una nueva hasta que cumpla veintiún años. Hasta entonces asistirá a un curso de seguridad vial de diez semanas, este año y cada año hasta que cumpla veintiuno.

Entonces la mujer miró a Jake.

—Muy a menudo cuando dicto sentencia tengo la sensación de que se ha servido a la justicia —concluyó e inclinó la cabeza—. Esta vez no estoy segura.

—Sí, Su Señoría.

—Te estás librando muy fácil, hijo —lo tuteó la jueza—. No quiero volver a ver tu cara en esta corte ni en ninguna otra. ¿Está claro?

—No tiene por qué preocuparse, Su Señoría —asintió Jake—. No volveré.

De este modo el juicio terminó y Jake fue felicitado por A. W., por sus padres y por algunos jugadores de fútbol del Colegio Marion que habían permanecido en la parte posterior del tribunal.

—Jake, amigo, esto es bueno. Necesitamos que vuelvas el año entrante como mariscal de campo —le dijo Al Hoosey, un receptor, palmoteándole el hombro—. Cuídate.

—El año entrante será diferente, Hoosey —contestó Jake mirándolo fijamente—. Muy diferente.

—Eso es algo bueno, ¿verdad? —declaró el muchacho parpadeando.

—Algo *muy* bueno —replicó Jake esta vez sin poder contener una sonrisa.

Otras personas rodeaban al joven, Jake sintió que alguien lo jalaba del codo. Se volvió y se encontró mirando directo al rostro del fiscal del distrito.

—Oye, respecto al comentario de la jueza... que no estaba segura de si se había servido a la justicia...

—¿Sí, señor? —preguntó Jake volteándose para que el hombre recibiera toda su atención.

—Yo también tengo una percepción acerca de esos asuntos. Y esta vez estoy seguro. *Se sirvió* a la justicia —resaltó el fiscal con rostro serio y sombrío—. Sal ahora y asegúrate de que esos amigos tuyos se mantengan lejos de las carreras callejeras, ¿está bien? Eso hará más fácil mi trabajo. ¿Trato hecho?

—Trato hecho —contestó Jake tragando grueso.

La multitud se redujo, el abogado de Jake agarró sus objetos y salió. Finalmente él y sus padres se quedaron solos.

—Asombroso, ¿eh, hijo? —comentó su mamá aún tomada de la mano de Tim; no parecían tener prisa en irse.

—Dios debe tener grandes cosas para mí el año entrante en Marion —expresó Jake mirando el reloj en la pared de la sala—. Vamos a casa. Tengo que hacer una llamada de agradecimiento.

—¿Al entrenador? —inquirió la madre del chico sonriendo, acariciándole la frente con las yemas de los dedos y enderezándole los mechones como solía hacerle cuando era un niño pequeño.

—Así es. Me cuesta esperar para decírselo.

—Hijo... —balbuceó el padre irguiéndose un poco más, Jake tuvo la impresión de que papá estaba a punto de decirle algo importante—. Antes de irnos, tu mamá y yo tenemos algo que contarte.

Abby nunca esperó que aquello se llevara a cabo en el estacionamiento de un restaurante.

Estaba segura de que llegaría el momento en que su familia se reuniría para orar por John. Pero con Haley luchando aún por vivir, los días se les fueron volando. Finalmente, era domingo, el día previo a la operación de John.

Kade estaba en casa por las vacaciones extendidas de semana santa; John y Abby habían llevado a la familia a comer algo ligero después de asistir a la iglesia.

—Queríamos orar todos juntos... antes de que John se interne mañana —pidió Abby mirando alrededor del círculo, antes de que el grupo se disgregara.

—Gran idea —opinó Jo extendiendo las manos a cada lado, cerrando los ojos e inclinando la cabeza—. ¿Quién empieza?

Algunos sonrieron discretamente. Luego hicieron lo mismo, juntando las manos e inclinando las cabezas allí en el estacionamiento. Kade fue el primero en orar, Jo y Denny añadieron sus sentimentalismos antes de los turnos de Nicole y Sean.

A Abby le costó hablar. Lo único que logró expresar fue un rápido agradecimiento a Dios por darles todavía un rayo de esperanza.

Entonces llegó el turno de John, que abrió la boca para orar, pero nada le salió. Después, tras varios segundos, comenzó a cantar.

—Grande es tu fidelidad... Oh Dios eterno tu misericordia. Ni una sombra de duda tendrá...

El himno había sido el favorito del padre de John, incluso mucho antes de que John naciera. Uno a uno los demás añadieron sus voces, indiferentes a las miradas de los transeúntes. Cuando llegaron al coro cantaron al unísono acerca de la grandeza de la fidelidad de Dios y de la verdad que afirma el libro de Lamentaciones en cuanto a que las misericordias del Señor son nuevas cada mañana.

Pasara lo que pasara.

Abby pudo encontrar la voz y cantó con claridad, poniendo el corazón en cada palabra. Nunca olvidaría esto.

—Gracias —manifestó John cuando el cántico terminó, mirando los rostros que lo rodeaban—. Dios es fiel; lo creo. Pase lo que pase.

Algunos de los presentes contuvieron las lágrimas mientras el grupo intercambiaba abrazos y hablaba de sus planes para el día siguiente. Jo y Denny se reunirían con los otros en el hospital en algún momento después de la operación. Sean y Kade estarían allí todo el día, igual que Nicole y Matt... que principalmente estarían con Haley, pero estarían al tanto para ver cómo le iba a John.

—Haley está en el tercer piso y tú estarás en el quinto, papá —informó Nicole abrazándolo con fuerza—. ¿No es estupendo?

Abby miró a John, que finalmente empezaba a sentir la presión de los acontecimientos que se realizarían al día siguiente. Luego Abby besó a Nicole en la mejilla.

—Tan solo cuida de mi nietecita, ¿de acuerdo?

—Está bien —contestó la joven madre enjugándose una lágrima—. Estaremos orando.

Kade se encargó de llevar a Sean a casa, así que una vez que John tuvo puesto el cinturón de seguridad y de que Abby se acomodó en el asiento del conductor, ambos quedaron solos.

—¿Notaste que nadie dijo nada acerca de que volverías a caminar?

Ese era un hermoso día de abril, de los que anunciaban a gritos la llegada del verano.

—Creo que tienen miedo de esperar eso —contestó John mirando por la ventanilla.

Marido y mujer permanecieron en silencio durante el resto del camino a casa, pero una vez que salieron del auto, Abby no tuvo dudas a dónde se dirigirían. Sin decir una palabra siguió a John hacia el patio trasero por el sendero de concreto y subieron al muelle. Se movilizaron hacia el agua. Al llegar al lugar, Abby se sentó en una silla, con John a su lado.

—¿En qué estás pensando, señorita Abby? —preguntó él volviéndose hacia ella y mirándola fijamente a los ojos.

—Señorita Abby... no me habías llamado así desde que éramos muchachos.

—¿De veras?

—De veras.

John rió calmadamente.

—Bueno, pero no porque no lo haya pensado. Siempre serás mi pequeña señorita Abby —declaró él y esperó un momento dejando que la brisa del lago los inundara antes de volver a hablar—. No me contestaste.

—Hmm —musitó ella mirando el agua; el sol estaba directamente en lo alto, ocasionando una explosión de luz sobre el lago—. Creo que no.

—Así que... no estás pensando en nada especial o no quieres decírmelo.

—Ni lo uno ni lo otro —replicó Abby mientras una lenta sonrisa se le extendía en el rostro.

—No estoy seguro de captar lo que quieres decir —expuso John frunciendo la boca, tratando de comprenderla.

—*Sí*, estoy pensando en algo especial —explicó ella bajando la cabeza, disfrutando la broma entre ellos—. Y *sí* quiero decírtelo.

—Qué bueno —dijo él cruzando los brazos—. Dímelo entonces.

—Estaba esperando el momento adecuado. Porque lo que debo decir es importante. Quiero que lo oigas directamente en el alma, John Reynolds.

Él maniobró la silla para poder verla mejor. Las rodillas de los dos se tocaron, aunque Abby sabía que John no tenía sensación. Todavía no, de todos modos.

—Estoy escuchando, Abby, con el corazón, el alma y la mente.

—Muy bien —declaró ella respirando hondo y mirándolo fijamente—. He pensado muchísimo en tu operación, John. He soñado en cómo sería tenerte sano.

Entonces Abby hizo una pausa.

—Yo hago lo mismo —explicó él entrecerrando los ojos—. Pienso en todas las maneras en que usaría las piernas si contara incluso con una hora o con un día más.

—¿Qué harías? —inquirió ella de modo lento y tranquilo, mientras un halcón daba vueltas en lo alto.

—Correría dos kilómetros en la mañana, jugaría fútbol con Sean y Kade y haría el amor contigo toda la tarde, señorita Abby.

—Excelente —asintió ella sonriendo, sintiendo que se le ruborizaban las mejillas—. Mis pensamientos son muy parecidos.

—¿Es eso lo que quieres decirme? —expresó él inclinándose, agarrándole las piernas y acariciando suavemente con los pulgares las rodillas de Abby.

—No —contestó ella, mirándolo a lo profundo del ser, al centro del alma—. Quería decirte que eso no importa.

Con la cabeza inclinada, John esperó que ella concluyera.

—No importa si vuelves a tener tus piernas, John. Hubo un tiempo en que te habría dicho que cualquier cosa que no fuera una recuperación total sería trágica, y que resultaría difícil para nuestras vidas y duro para nuestra relación —opinó ella, meneando la cabeza—. Pero ya no. En los últimos cinco meses he aprendido a amarte de este modo. Me encanta ayudarte cuando te acuestas y cuando te levantas; me gusta estar allí poniéndote los pantalones. Hasta me agrada la forma en que me llevas por el muelle en tu silla de ruedas a cincuenta kilómetros por hora en alguna exótica versión de tango.

Abby lo examinó, sin parpadear.

—Lo que intento decir es que, tanto como tú, deseo con toda el alma que vuelvas a tener tus piernas, pero si mañana sales de la operación igual a como estás ahora, también está bien. No te podría amar más de lo que ya te amo.

Por largo rato John no dijo nada. Solamente miraba a su mujer mientras los dos se impregnaban en cada detalle del momento.

—¿Y si no hubiéramos hablado esa noche después de la boda de Nicole?

—No me lo puedo imaginar —contestó Abby con voz tensa y la garganta henchida de emoción.

—Te amo tanto, Abby. Gracias a Dios fuimos suficientemente listos para oír la voz del Señor, suficientemente listos para volver a descubrirnos uno al otro —comentó él mientras el lago se le reflejaba en los ojos; la emocionada esposa sintió ahogarse en esos ojos, inconsciente del mundo que la rodeaba—. Eres todo para mí, Abby. Todo.

—Creo firmemente que el Señor estará mañana en el quirófano, guiando el bisturí del cirujano y devolviéndote la salud en la espalda. Pero recuerda algo, ¿lo harás, John?

—Lo que sea.

—Yo también estaré allí —aseguró presionándose los dedos sobre el corazón—. Exactamente aquí... todo el tiempo.

KAREN KINGSBURY

—¿Sabes lo que debemos hacer primero? —preguntó John con la expresión iluminada y los ojos brillándole del modo en que también brillaban los de sus hijos cuando estaban a punto de hacer algo no muy bueno.

—¿Primero? ¿Quieres decir antes de la operación?

—Así es.

—Está bien... me rindo. ¿Qué debemos hacer primero?

John se palmeó el regazo.

—Oh, no. El tango no.

—Sí, Abby... vamos. Cada vez lo estamos haciendo mejor.

En el corazón de ella se formó una risotada que le salió por la boca. Se puso de pie y se dejó caer ceremoniosamente sobre el regazo de John.

—No podré hacer esto después de mañana, lo sabes.

—¿Por qué no? —cuestionó él haciendo girar la silla de ruedas y empezando a dirigirse hacia el extremo opuesto del atracadero.

—Porque después de mañana me *sentirás*, bobo. Seré demasiado pesada para ti.

—¿Tú? ¿Demasiado pesada? —se extrañó él, llegando hasta el extremo, girando la silla y usando el freno de mano para detenerla—. Nunca, Abby. Conservaremos la silla y haremos esto una vez a la semana en honor a los viejos tiempos.

—Oh, deja eso —objetó ella empujándole el hombro; al hacerlo, el codo de John liberó el freno de mano y la silla comenzó a bajar por el muelle.

—Aquí vamos —declaró él guiando con una mano y agarrando la de Abby con la otra, extendiéndolas completamente rectas frente a ellos, al estilo tango.

Abby presionó la mejilla contra la de su marido mientras pasaban la mitad del trayecto, cada vez más y más rápido hacia el agua.

—¿Te he mencionado que este baile me aterroriza? —preguntó ella en voz alta, jadeando.

—Ah, Abby... qué poca fe... tendremos que hacerlo otra vez hasta que ya no te asustes.

John hizo girar la silla en un elegante círculo, exactamente antes de llegar al extremo. Pero esta vez las ruedas patinaron y la silla se levantó, haciendo que John se pusiera de espaldas cerca del muelle, y que Abby quedara sobre él.

Abby sofocó un grito que era más de risa que de miedo. Levantó el rostro y lo mantuvo a centímetros del de su esposo.

—Excelente movimiento, Reynolds.

—Lo practiqué por semanas. Pensé que te encantaría —enunció él pasándole las manos por la espalda, presionándola contra él; entonces se besaron, tocándose primero levemente los labios y luego en una forma que expresaba las cosas de manera más profunda que con palabras.

Abby empezó a reír.

—Oye, espera un momento —objetó John respirando rápidamente—. Se supone que no te rías. Esto es parte del baile.

—No lo puedo impedir —explicó ella haciendo descansar la frente en el hombro de él hasta que pudo volver a respirar; luego se irguió un poco y lo miró—. ¿Recuerdas aquel día en el pasillo? ¿Cómo te caíste de espaldas tratando de hacerme entrar a la cocina?

—Uno de mis más agradables momentos —comentó John riendo, sosteniéndola aún por la espalda.

—Aseguraste que nunca madurarías, ¿recuerdas?

—Ni las clases de baile de Paula podrían ayudarme —contestó John riendo ahora a carcajadas.

—Aparentemente no.

Rieron y se besaron, y rieron un poco más, hasta que los sonidos de su felicidad se levantaron por sobre el lago y se mezclaron con los vientos de la tarde. Solo entonces, cuando se cansaron de reír, Abby se irguió y enderezó la silla de ruedas. Luego ayudó a John a enderezarse y lo empujó suavemente muelle arriba.

Mientras ella viviera nunca olvidaría esa tarde. Lo profundo del amor y de la risa, de la paz y de la aceptación. Le había dicho la verdad a John. Nunca podría amarlo más en toda la vida; y mañana eso también sería cierto.

Sin que importara qué más pudiera traer el día.

Veintinueve

La mañana siguiente Jake despertó a las siete en punto y miró su calendario.

Hoy era el día. Lograba sentirlo con tanta seguridad como sentía los latidos de su propio corazón. Había estado orando, no solo por el entrenador Reynolds sino también por la pequeña nieta suya. Dios prácticamente le había dicho que en algún momento, esa mañana, habría milagros drásticos para ellos dos.

El trabajo de Jake era mantenerse orando.

Así que antes de bajarse de la cama, antes de vestirse, de desayunar o de hacer cualquier otra cosa, rodó sobre el estómago, enterró la cara en la almohada y oró. No del modo que oraba cuando era niño, antes del accidente.

Sino como un hombre.

Como si su misma vida dependiera de ello.

Había una gran conmoción alrededor de la incubadora de Haley.

Nicole había dormido en la misma habitación por el pasillo en que ella, y a veces Matt, se quedaron desde que Haley naciera. La pequeñita había sobrevivido cuatro semanas, mucho más tiempo del que los médicos se habían atrevido a esperar. Pero todavía la actividad pulmonar era débil. Si la situación no mejoraba la nena era candidata a padecer neumonía, que en el frágil estado de la criaturita casi seguramente sería fatal.

Como siempre, Nicole les había pedido a las enfermeras que le avisaran si se presentaba algún cambio en la condición de Haley. Pero ninguna se le había acercado, por lo que ahora el corazón se le aceleraba al ver media docena de enfermeras reunidas alrededor de su bebita. La preocupada madre corrió a toda prisa por el pasillo, pasando varias incubadoras hasta quedar tan cerca como pudo de aquella donde Haley se encontraba.

—Discúlpenme... —pidió Nicole tratando de ver entre las enfermeras—. ¿Qué pasa? Es mi bebita la que está allí.

Una enfermera que reconoció a Nicole dio media vuelta y la abrazó.

—¡Es un milagro! —exclamó alejando a Nicole un par de metros de la conmoción—. Esta mañana los valores de su hijita parecían peores. Íbamos a despertarla a usted para que viera a la bebé, pero entonces todo cambió un poco más de las siete.

—¿Cambió? —preguntó Nicole, cuya mente se puso a correr casi tan rápido como el corazón—. ¿Qué quiere decir?

—Los pulmones de la niña. Es como si se hubieran abierto por primera vez, ahora sí, succionando una respiración completa. De inmediato el nivel de oxígeno en la sangre se elevó hasta ponerse en el rango saludable.

—¿Así que... así que está mejorando? —inquirió Nicole estirándose para ver a Haley, contenta de que las otras enfermeras estuvieran a punto de volver a sus ocupaciones.

—No solo que mejoró —explicó positivamente la enfermera—. Superó la crisis. El médico acaba de estar aquí y actualizó la condición de la nenita de crítica a seria. De mantenerse así la situación, ella podría irse a casa tan pronto gane suficiente peso. Nadie puede creerlo. Por eso las otras enfermeras están aquí. Cosas como esta sencillamente no ocurren. No a bebitas enfermas como la suya.

Al fin hubo un espacio abierto a lo largo de la incubadora, por lo cual Nicole se acercó tanto como pudo.

—¿Puedo tocarla?

—Por supuesto —contestó sonriendo la enfermera.

Nicole metió la mano entre la abertura esterilizada, recorriendo con su dedo las piernas y los bracitos de Haley.

—Cariño, soy yo. Mami —declaró con lágrimas derramándosele por las mejillas y sonriendo—. Dios te salvó, Haley. Él te va a permitir vivir.

Entonces recordó la imagen que Jo había visto tan a menudo. Tres niñas pequeñas corriendo y saltando por campos celestiales. Se estremeció. Cuán cerca habían estado de que eso fuera cierto.

Haley estiró las piernas y sacudió los brazos ante el contacto con la piel de Nicole.

—Quiere que la cargue —le informó a la enfermera.

—¿De veras? —exclamó la mujer con una ceja arqueada—. La pesaremos más tarde y, si la respiración sigue así de buena, usted podría cargarla esta tarde.

Nicole quiso gritar con fuerza. ¡Haley viviría! La mente se le aligeró, pensando en qué hacer a continuación. Debía contarle a Matt y sus padres, debía decírselo a papá y a mamá...

¡Papá y mamá!

Era un poco más de las ocho de la mañana, en cualquier momento llevarían a su padre al quirófano. Él no podía irse sin oír la noticia.

—Haley, bebé, duerme un poco. Volveré pronto —susurró Nicole cerca del hueco de la incubadora; entonces se volvió hacia la enfermera—. Vigílela por mí, debo contárselo a los demás.

Nicole no había corrido así de rápido desde antes de que la niña naciera. Salió disparada por el pasillo y entró al ascensor, y se lanzó como una flecha al llegar al quinto piso. Tan de prisa como le permitieron las piernas se abrió paso hasta el puesto de enfermeras.

—Estoy buscando a mi papá, John Reynolds.

—Va en camino al quirófano —contestó una enfermera señalando.

—Gracias —expresó Nicole y salió corriendo por el pasillo. *Oh, todavía no... por favor, Señor, permite que lo alcance a tiempo.*

De inmediato giró en una esquina cerca del ascensor y chocó contra Kade, que tropezó, cayendo ambos al suelo, enredándose las piernas y los brazos.

—No vayas todavía a ninguna parte, papá —le gritó ella desde el piso del hospital—. Tengo que contarte algo.

Entonces Abby la ayudó a levantarse, mientras Kade giraba sobre la espalda e intentaba ponerse de pie.

—Qué entrada —dijo el muchacho, enderezándose la gorra de béisbol—. Fallaste la vocación. Deberías estar en la ofensiva, no ser maestra.

—Lo siento —contestó Nicole sacudiendo los jeans de Kade y luego los propios—. Tenía que alcanzar a papá antes de que ingresara al quirófano.

John estaba tendido en la camilla, exactamente ante las puertas del ascensor.

—Sea lo que sea, debe ser algo bueno —comentó él con las cejas arqueadas y riendo tranquilamente.

Nicole asintió hacia Sean y se acercó a su padre. Un asistente estaba al pie de la camilla, mirándola como si se tratara de una loca.

—Hola... —balbuceó Nicole, agitándole la mano—. Lo siento por la conmoción provocada.

La puerta del ascensor se abrió de pronto.

—Aún no —pidió Nicole al enfermero, sacudiendo la cabeza hacia el hombre—. Deme un minuto, ¿está bien?

—¿Qué pasa, Nicole? —averiguó su madre poniéndose al lado de su hija y examinándole el rostro.

—Solo un minuto, papá... —titubeó Nicole volviendo la atención otra vez hacia su padre—. Haley superó la crisis. Está respirando como un bebé normal y...

Nicole apenas podía respirar, primero debido a la carrera en el hospital, pero también por el regocijo del milagro que había ocurrido. Inmediatamente exhaló, esforzándose por serenarse.

—El médico dijo que la niña ha superado la crisis. Que está fuera de peligro, papá. ¿No es *asombroso* eso?

Ahora llegó el turno de Kade de abordar a su hermana, por lo que la levantó en un abrazo de oso mientras Sean y su madre la rodeaban con los brazos.

—¿Hablas en serio, cariño? —inquirió su padre agarrándole la mano y apretándosela.

—Sí, papá —respondió Nicole soltándose del abrazo del grupo, y luego inclinándose sobre él y mirándolo a los ojos—. Y Dios no ha terminado aún. Por eso no podía dejar que ingresaras al quirófano sin hacerte saber lo que el Señor está haciendo. Lo que todavía estará haciendo por ti antes de que el día culmine.

—¿Qué sucedió entonces, querida? ¿Simplemente la nena respiró por su cuenta sin ninguna razón?

—¿Un minuto más? —pidió Nicole sonriéndole al asistente cuando las puertas del ascensor se volvieron a abrir—. ¿Por favor?

—De todos modos no pueden empezar sin el señor Reynolds —contestó el hombre encogiéndose de hombros.

—Nadie sabe qué sucedió —avisó Nicole mirando a su madre—. En algún momento alrededor de las siete, la pequeña aspiró una profunda bocanada de aire. Todos los monitores de sonido se apagaron, informando así al personal que ella finalmente estaba respirando por su cuenta. Desde entonces su respiración ha sido fabulosa.

—¡Sí! —exclamó Sean lanzando el puño al aire—. ¡Mi sobrinita va a vivir!

—Por tanto, papá... —añadió Nicole suavizando la voz—. Ahora es tu turno, ¿verdad?

—Dile a esa pequeñita tuya que un día muy pronto su abuelo la llevará a dar un paseo —expresó John sonriendo, con los ojos sin lágrimas.

—Está bien —contestó la hija retrocediendo y asintiendo hacia el asistente justo cuando las puertas del ascensor volvían a abrirse—. Lléveselo a los médicos.

Entonces Nicole, Sean, Kade y mamá se tomaron de la mano. Lo último que vieron mientras empujaban a John dentro del ascensor fue una sonrisa que se le extendía en el rostro. Eso y el puño al aire mostrándoles la señal del pulgar levantado.

Ver eso hizo que los ojos de Nicole se llenaran de lágrimas. Era la señal que su padre siempre había hecho desde la cancha de fútbol, pero no antes de todo partido.

Sino solo de aquellos que él estaba seguro que iba a ganar.

Abby nunca había andado de un lado al otro en toda la vida, pero ahora lo estaba haciendo. No el pausado y meditabundo caminar para momentos de reflexión sino uno rápido. Pasos veloces a lo largo de la sala de espera hasta la pared con ventanas, y luego pasos más rápidos de vuelta.

Nicole y Matt se encontraban abajo con Haley; Sean y Kade se habían ido a la cafetería a comer algo, y Jo y Denny aún no habían llegado. Por tanto, Abby estaba sola. La operación había estado realizándose casi por una hora, Abby tenía más energía de la que podía consumir.

Sí, amaría a John igual aunque la operación no le restaurara la sensación a las piernas. Pero ¿y si lo lograra? ¿Y si él pudiera volver a caminar, a correr y a conducir un auto? ¿Cuán asombroso sería eso? No solo que habrían descubierto un amor más profundo debido al accidente, sino que tendrían una segunda oportunidad para disfrutarlo.

Las posibilidades hacían que el corazón de Abby se le acelerara y la única manera que ella conocía de proceder en estos casos era andar de un lado al otro. Duro y rápido, en una forma que ofrecía un escape a su nerviosa energía.

El doctor Furin les había dicho que la operación podría tardar cuatro horas. Debían identificar cada hebra de la lesionada médula espinal de John y repararla cuidadosamente. Si los médicos estaban en lo cierto, si él iba a tener alguna posibilidad de volver a caminar, encontrarían algunas hebras aún intactas. Eso explicaría la sensación y el movimiento en los dedos de los pies de John.

Pero eso era tan solo la mitad de la batalla.

La otra mitad era asegurarse de que la reparación quedara perfectamente bien. Hebra por hebra, una hora laboriosa tras otra.

Abby comenzó a caminar más rápido.

Aún estaba andando cuando Jo y Denny llegaron por el pasillo y se detuvieron en la entrada de la sala de espera.

—Dios mío, Abby, ¿qué diablos estás haciendo? —preguntó Jo poniéndosele al lado y agarrándola del brazo—. ¿Intentas hacer un hoyo en el piso?

—No sé que más hacer —respondió Abby deteniéndose por primera vez en media hora.

—Bueno, eso es tan fácil como lanzar carnada —opinó Jo llevando a Abby hasta el sofá más cercano, con Denny aún mirando desde la entrada—. Te sientas aquí y oras.

Entonces hizo señas a Denny para que se les uniera.

Mientras se acercaba a las mujeres, Denny sacó por detrás de la espalda una sección del periódico y se la pasó a Abby.

—Luego, cuando hayas terminado de orar, puedes leer esto —continuó Jo sonriendo—. Después de hacerlo no creo que te sientas con deseos de andar de aquí para allá.

Abby agarró el periódico y asintió, cerrando los ojos mientras Denny oraba porque las manos de los cirujanos fueran guiadas por el poderoso toque del Señor. Cuando terminaron, Abby levantó el periódico y lo examinó. Por un momento no estuvo segura de lo que estaba viendo. Toda la página se encontraba llena con columna tras columna de nombres. Entonces los ojos se le enfocaron en lo alto de la página. Lo que vio la hizo jadear con fuerza.

Se trataba de un anuncio de página entera, y el encabezado rezaba: «¡Estamos orando por usted, entrenador!»

Debajo había una sección más pequeña que decía: «Nosotros, estudiantes y profesores del Colegio Marion, queremos agradecer públicamente al entrenador John Reynolds todo lo que ha hecho por hacernos ganadores. Hoy, mientras lo someten a una operación, estaremos orando por la recuperación total del profesor. Y porque el próximo año aún siga siendo el director técnico de las poderosas Águilas».

La opinión estaba seguida por una lista de nombres demasiado larga para leerla de una vez. Centenares de nombres, nombres de profesores, estudiantes y jugadores, muchos que Abby ni siquiera reconocía.

—Ves —manifestó Jo asintiendo firmemente con la cabeza—. Yo sabía que eso haría que detuvieras tu deambular.

—John no lo podrá creer—opinó Abby mientras el periódico le temblaba en la mano.

Jo tenía razón respecto a la nerviosa energía de Abby. Después de ver el anuncio de página entera de la comunicad del Colegio Marion, se sintió extrañamente en paz. Pasó las tres horas siguientes ya fuera orando o jugando cartas con Jo y Denny.

Cuando no estaban en la cafetería comiendo, Kade y Sean se enfrascaban en el videojuego de la Liga Nacional de Fútbol Americano de Sean. Por otro lado, de vez en cuando Nicole y Matt iban hasta la sala de espera, ansiosos de un informe.

Pero no lo había.

Abby trató de no ver eso como una mala señal. El doctor Furin había dicho que durante la operación haría lo posible por mantener al corriente a la familia. Habían pasado casi cuatro horas y la familia aún no tenía ningún informe.

—¿No deberíamos haber tenido noticias a esta hora? —inquirió Denny viendo por encima de las cartas que tenía en la mano y dándole una rápida mirada a Abby.

—Creo que sí —respondió ella respirando firmemente.

Vamos, corazón. Permanece tranquilo.

—Imagino que tendremos que esperar —concluyó.

—Un buen pescador conoce todo en cuanto a esperar —opinó Jo tirando una carta.

La mujer se veía totalmente inmutable, como si estuvieran pasando la tarde en un salón soleado y no en la sala de espera de un hospital.

—Solo que en vez de lanzar un anzuelo, hoy estamos arrojando nuestras preocupaciones —continuó y sonrió hacia Abby—. Venciendo la marcha esa de un lado al otro, ¿no te parece?

Pasaron otros treinta minutos, a Abby no le importaba que Jo tuviera razón. Había echado sus preocupaciones sobre Dios un centenar de veces en la última hora, sin embargo, la ansiedad regresaba.

—Está bien, chicos... —balbuceó, mirando a Jo y a Denny, y haciendo señas a los muchachos para que se les unieran—. Es hora de volver a orar.

Pero antes de que pudieran pronunciar una sola palabra apareció el doctor Furin. Abby entrecerró los ojos para descifrarle la expresión. Ya antes había visto el leve indicio de una sonrisa en el rostro del hombre, pero nunca le había visto el rostro totalmente sonriente.

Hasta ahora.

—¿Cómo está él? —preguntó Abby parándose inmediatamente; los demás se quedaron muy quietos, mirando al médico, esperando la noticia.

—Salió maravillosamente bien de la operación —comunicó el médico sentándose frente a ellos—. La lesión era exactamente como esperábamos que fuera. Apenas tuvimos suficiente médula con qué trabajar.

—¿Se puede conocer ya el resultado? —exclamó Abby frenética por la noticia, con el cuerpo totalmente tembloroso—. ¿Sabe si resultó bien?

La sonrisa del doctor se amplió más.

—John está saliendo de la anestesia, hemos presenciado reacción en todos sus reflejos principales —informó, dejando caer las manos a los costados—. La operación fue un éxito total. Necesitará terapia, desde luego, para recobrar la fortaleza en las piernas. Pero espero que logre una recuperación total.

—Yo soy mucho más franca que el común de la gente, doctor —expresó Jo poniéndose de pie y mirando fijamente al médico, con las manos en las caderas—. No quiero saber este asunto de recuperación total o de terapia. La pregunta es: ¿Volverá a caminar el hombre?

—Sí —contestó el doctor riendo a carcajadas—. La estará venciendo a usted en una carrera pedestre antes del verano.

—¡Estupendo! —exclamó Jo levantando el puño al aire—. ¡Gracias, Jesús!

Kade y Sean se sentaron en el sofá a uno y otro lado de Abby, abrazándola. Los dos chicos lloraban.

— Me cuesta creerlo... balbuceó Kade demasiado impactado para decir algo más.

—Lo que quiere decir mi hermano es... —explicó Sean enjugándose las lágrimas—. Que ninguno de nosotros dos creía que esto ocurriría de veras.

Pensamos... pensamos que ustedes los adultos estaban locos al creer que una operación ayudaría a papá a volver a caminar.

—Me siento muy mal —confesó Kade gimoteando, con el rostro aún oculto en el hombro de su madre.

El doctor Furin asintió hacia Abby y se paró lentamente para irse. Más tarde podrían hablar de los detalles. Por ahora ella tenía dos muchachos a quienes consolar.

—Iré a decírselo a Nicole —le susurró Jo a Abby tomando a Denny de la mano.

Abby asintió con la cabeza y esperó hasta que ellos se hubieran ido. Entonces, sobó tranquilizadoramente las espaldas de sus dos hijos.

—Está bien... no tienen que sentirse mal. Papá va a estar bien.

Kade y Sean podrían ser jóvenes ya, pero en su interior seguían siendo niños, aún desesperadamente en necesidad de consuelo. En especial con todo lo que había sucedido en sus vidas el año pasado.

Kade tosió y levantó la cabeza lo suficiente para que Abby pudiera verle los ojos hinchados.

—Yo no creía, mamá. He sido cristiano todos estos años, y... los padres de Matt tuvieron más fe —confesó, retorciendo el rostro en una mueca de ira—. ¿Qué dice eso acerca de mí?

—Yo también —asintió Sean gimoteando—. Sabía que estaba orando por un milagro. Es decir, oraba a Dios porque papá estuviera bien. Pero nunca pensé realmente que volvería a caminar.

—Ustedes no son los únicos, muchachos. Hubo ocasiones en que yo también me sentí así. Debí creer que la operación no resultaría e imaginar mi vida de esa manera. Incluso hoy me costó trabajo creer que sucedería en realidad.

—¿De veras? —indagó Kade enderezándose un poco, pasándose el dorso de la mano por debajo de los ojos—. Yo creía que esa clase de asuntos no les pasaban a personas de tu edad.

Abby sonrió tranquilamente, dándole a Kade un golpecito en el estómago.

—¿Personas de mi edad? —preguntó ella arqueando las cejas—. Creo que eso les sucede más a personas de mi edad.

Entonces pensó en Haley Ann y la sonrisa le disminuyó un poco.

—Sucede que hemos tenido una oportunidad de enfrentar la verdad de que a veces el Señor no nos da la respuesta que deseamos.

—¿Va realmente papá a caminar otra vez? —preguntó Sean, en quien se estaba profundizando el hecho de lo que había ocurrido y quien sin poder contenerse saltaba de arriba abajo en el asiento—. Quizás él y yo podamos hacer carreras cortas este verano. Como dos o tres kilómetros cada día.

—Dale tiempo, compañero —declaró Kade sonriendo—. Primero tendrá que fortalecer suficientemente las piernas para poder moverlas.

Estaban discutiendo el proceso de atrofia muscular, cuando Nicole y Matt entraron corriendo alocadamente.

—¿Es verdad? —averiguó Nicole agarrándole las manos a Abby; aún tenía los ojos bien abiertos y llenos de lágrimas.

—Mis padres me contaron que la operación fue un éxito. Ahora ellos se están alternando con nosotros para vigilar a Haley, pero debíamos subir y saberlo por nosotros mismos. ¿Es eso de veras lo que el médico dijo? —objetó Matt bruscamente.

Abby sonrió, y el sentimiento pareció salirle de las profundidades del alma.

—Citando al doctor, aseguró que tu padre ganará carreras antes de que llegue el verano.

—¡*Sí!* —exclamó Nicole volando a los brazos de Matt y luego moviéndose por la sala para abrazar a Abby y a sus hermanos—. Yo sabía que este iba a ser un día de milagros. Simplemente lo *sabía*.

Mientras sus hijos comenzaban a hablar todos a la vez, riendo y sonriendo, llenos de una esperanza que anteriormente no habían experimentado, Abby sintió que la energía nerviosa se apoderaba de ella otra vez. No porque estuviera preocupada o ansiosa, sino por algo que debía hacer. Algo que no satisfaría ninguna cantidad de caminata de un lado a otro.

—Ya vuelvo —comunicó Abby levantándose y dirigiéndose hacia el pasillo.

—Espera —pidió Nicole yendo tras ella—. ¿A dónde vas?

Abby simplemente sonrió, esta vez más que antes.

—Eso no es justo. Yo también quiero verlo.

—Yo primero. Si está despierto, vendré por ustedes —expresó Abby advirtiéndoles con la mirada que no la siguieran.

Luego prácticamente corrió hacia el cuarto de John para hacer lo que más deseaba desde que empezara la operación de su esposo.

Aproximársele, besarlo en los labios, y desafiarlo a una carrera en junio.

Aminoró el paso al acercarse a la habitación. No quería despertarlo si estaba dormido. Lo más probable era que estuviera agotado y, sin duda, todavía sedado. No había sonidos provenientes de la cama de John cuando Abby asomó la cabeza hacia el interior y se puso al lado de él.

—John, ¡lo lograste, bebé! —expresó con un tierno susurro, de los que ella esperaba que él pudiera oír en sueños.

Por un rato John permaneció callado, pero luego dejó escapar un gemido. Tenía estabilizado el cuello, por lo que no podía girar la cabeza. Pero los ojos comenzaron a movérsele debajo de los párpados. Después de unos segundos pestañeó, y Abby le vio pánico en la expresión.

—Todo está bien, mi amor. La operación acabó.

John buscó la voz de Abby con la mirada.

—Hola —dijo él ya sin nada de pánico en cuanto vio a su esposa.

—Hola —respondió ella recorriendo los dedos por el brazo de John e inclinándose y besándolo en la frente.

—¿Cuánto tiempo he estado aquí? —preguntó él haciendo un gesto de dolor al presionarse contra el collar ortopédico.

—No mucho. Tal vez una hora.

La niebla de la medicación parecía despejarse y la mirada se le hizo más intensa.

—Dime, Abby... ¿resultó?

—¡Por supuesto que sí, cariño! —exclamó ella dejando escapar una sonrisa de la boca y cubriéndosela con la mano, sin poder impedir que los ojos se le llenaran de lágrimas—.Perfectamente. El doctor Furin dice que todos los reflejos de tus piernas son normales.

—Por tanto... —balbuceó John tragando grueso, y ella pudo oír lo seca que él tenía la boca—. Por tanto... ¿volveré a caminar?

—Inténtalo, John —asintió ella—. Intenta mover las piernas.

John tenía la cabeza asegurada a la cama, pero se quedó mirando hacia abajo a lo largo de su cuerpo. Abby observó cómo las dos piernas de su esposo temblaron debajo de la sábana. De haber sido en cualquier otro momento, si él no acabara de salir de una operación, Abby habría creído que el movimiento solo había sido un estremecimiento involuntario.

Pero no en esta ocasión.

—¿Viste eso? —preguntó John volviendo a mirarla.

—¡Sí! —exclamó acercando el rostro al de él, sin estar segura de querer reír o llorar—. ¿Lo sentiste?

—Sí.

Abby volvió a erguirse y esta vez vio algo que no había observado desde que John se lesionara. Estaba llorando. No como anteriormente habían llorado sus hijos, sino de manera tan tranquila que para nada parecía llanto. Más bien era como si a John le brotara agua por cada lado del rostro.

—Es un milagro, John —expresó besándole una de las mejillas y saboreándole las salobres lágrimas.

—¿En cuánto tiempo volveré a caminar? —averiguó él sollozando y riendo al mismo tiempo.

—El doctor dijo que estarías ganando competencias de caminata en el verano —informó ella y volvió a besarlo—. Pero le dije que estaba loco. Yo corro más rápido. Te apuesto. No hay manera de ganarme.

—¿Ah, sí? —respondió John otra vez con voz cansada y una soñolienta sonrisa dibujándosele en el rostro—. ¿Es ese un desafío?

—Desde luego —replicó ella riendo, ansiosa porque pasaran los días y las semanas; desesperada por verlo totalmente recuperado.

—Está bien, acepto —asintió él con los párpados cada vez más pesados hasta que al fin se le cerraron por completo—. En junio.

—Buenas noches, John —expresó Abby retrocediendo y recostándose contra la pared.

Ya estaba dormido, aún con la sonrisa en el rostro. Abby estaba consciente de que los demás esperaban la oportunidad de verlo, pero no podía alejarse, no podía dejar de mirarlo, recordándose que realmente había sucedido lo que estaban viviendo. ¡La operación le había fijado las piernas a John!

Entonces cerró los ojos y levantó el rostro al cielo.

Dios... gracias; no tengo palabras para expresarte cómo me siento. Primero Haley, ahora John. Eres tan bueno, Señor. Pase lo que pase, allí estás. Dándonos paz, enseñándonos a amar, restaurándonos a una vida pletórica de esperanza. Gracias, Señor.

Abby recordó algunos de los versículos que le habían ayudado a superar los días tenebrosos de la parálisis de John: «*En este mundo afrontarán aflicciones, pero ¡anímense! Yo he vencido al mundo...*» «*Confía en el Señor de todo corazón, y no en tu propia inteligencia. Reconócelo en todos tus caminos, y él allanará tus sendas...*»

Se maravilló ante las promesas. Definitivamente, Dios la había liberado, mucho antes de la afortunada operación de John.

Una docena de momentos le centellearon en la mente. El día en que John daría sus primeros pasos, la mañana en que finalmente llegaría a casa, el momento en que por primera vez empujaría a la pequeña Haley en el cochecito... el instante en que volvería a correr.

Y en alguna remota tarde de junio, la ocasión en que ellos dos se alinearían en uno de los extremos del patio trasero y competirían en una carrera. De todas las proezas atléticas que John había logrado, esa sola carrera sería la más fabulosa de su vida.

Treinta

EL MOVIMIENTO SEGUÍA, AUNQUE LEVE.

Se habían reunido alrededor de la cama de John, con los rostros a centímetros de las piernas cubiertas, solo para verlas moverse. Pero Abby no podía haber estado más feliz ahora que si su marido hubiera saltado a lo alto de la cama y estuviera brincando sobre las sábanas.

—Vean... —balbuceó John señalándose las piernas—. Observen, lo volveré a hacer.

Kade, Sean, Nicole y Matt se apretujaron y miraron las piernas de John. La rodilla izquierda se levantó un centímetro, luego la derecha, seguida por un ligerísimo movimiento en todos los diez dedos de los pies debajo de la sábana.

—Es asombroso, papá —manifestó Nicole agarrándole la mano—. Haley y tú... el mismo día. Solo Dios pudo haber obrado así.

Era miércoles por la noche, tres días después de la operación, y los informes del doctor Furin habían sido magníficos. John tenía sensación superficial y muscular en casi todas las secciones de las extremidades inferiores. La piel en la parte trasera de las pantorrillas aún estaba un poco adormecida, pero eso no le preocupaba al doctor. En los pocos incidentes en que se habían invertido las lesiones de médula espinal, raras veces volvía toda la sensación solo unos días después de la operación.

—Usted es un caso excepcional —le dijo el médico a inicios de ese día—. Seguramente siguió mi consejo.

John le guiñó un ojo.

—Desde luego —fue la respuesta de John señalando el anuncio de página entera colgado en la pared del hospital—. Casi todos en Marion estaban orando por mí.

Abby retrocedió y dejó que los muchachos se maravillaran ante la capacidad de John para mover las piernas. Todo lo relacionado con estos últimos días había sido inolvidable: ver a John ese primer día, observar los rostros de sus hijos cuando pudieron comprobar por sí mismos que John sí tenía otra vez sensación en las piernas.

Y especialmente haberle entregado el anuncio del periódico.

Se lo había dado la mañana siguiente a la operación e igual que Abby al principio también tardó en captar de qué se trataba. Luego leyó el encabezado y el listado que seguía, y se quedó mirando a su esposa, estupefacto.

—Te aman, John —había asegurado ella con voz tensa, encogiéndose de hombros—. Creo que siempre te amaron.

—¿Así que estaban...? —preguntó, con la mirada fija en los cientos de nombres—. ¿Estaban orando por mí?

—Según parece, Kade les contó a algunos de los muchachos del equipo que el doctor Furin quería que todo el mundo orara —asintió Abby sonriendo—. Algunos de los chicos tomaron literalmente la orden y comenzaron a conseguir firmas. Todo aquel que prometiera orar, todos los que deseaban agradecerte lo que habías hecho por ese colegio, permitieron que sus nombres aparecieran en la lista.

—Es increíble —admitió John mirando la lista un buen rato, revisando los nombres.

—No solo eso, sino que tuviste nuestras oraciones y las de Jo y Denny.

—Jo es alguien que siempre quise que orara por mí —confesó John mientras una risa ahogada se le abría paso por el rígido cuello y se le colaba entre los dientes.

—Ella no es de las que pide mucho a Dios, le exige. Casi como que ya supiera que va a funcionar, por tanto hace que resulte.

—Exactamente —le respondió él.

En los días siguientes a la operación los esposos compartieron muchas horas preciosas. Hasta el momento solamente la familia había venido a verlo. La familia y Jake Daniels. Nada pudo haber mantenido lejos al muchacho, que sin duda alguna volvería más tarde esa noche, creía Abby. Pero ahora John también estaba listo para recibir otros visitantes.

Le agradó mucho que Abby hubiera permitido entrar a varias personas que deseaban verlo. Ya habían llegado tres jugadores y sus padres, y ahora estaban aquí los hijos de John y Abby. El entrenador no se cansaba de mover las piernas cuando se lo pedían... aunque fuera un poco. El ambiente era tan festivo como el día de Navidad.

—Oye, papá. ¿Cómo es que todavía no puedes levantar las rodillas o levantarte de la cama? —preguntó Sean pasando un dedo sobre la rodilla de John, y mirándola—. Yo creía que tus piernas estaban mejor.

—No seas tonto —expresó Kade dándole un codazo a su hermano menor—. Los músculos de las piernas están atrofiados. Te lo dije, ¿recuerdas? No tiene nada de fuerza en las piernas. Papá tendrá que ejercitarlas para volver a moverlas.

—Sí, tu papá está casi tan débil como la pequeña Haley —asintió John sonriendo ante el intercambio de palabras de sus hijos.

—¿Cómo le está yendo a la niña, cariño? —averiguó Abby mirando a Nicole.

—Maravillosamente. Puedo cargarla cada vez que quiero —contestó la joven, que se veía mejor que desde que tuviera a la bebita; feliz, contenta y descansada—. Pesa tres libras y cada día gana algunas onzas. La respiración es normal y no presenta parálisis cerebral por el parto prematuro.

Entonces le apretó la mano a Matt.

—Podría venir a casa en solo tres semanas si todo va bien —concluyó.

La puerta del hospital se abrió de pronto para dejar entrar a Jo y Denny. Jo cargaba una enorme caja empacada colgando de un globo inflado con la forma de un gigantesco pez, que tenía un letrero que leía: «¡Qué atrapada!» Jo sonreía mientras se lo pasaba a John.

—Gracias, Jo... y Denny —titubeó John mirando el pez y mordiéndose el labio—. No tenían que haber hecho esto.

—¿No es el mejor globo que has visto alguna vez? —preguntó Jo mirando hacia arriba al verde y dorado pez de poliéster que bailaba por encima de la cama de John—. Denny me dijo que no era adecuado para un regalo por pronta recuperación, pero creo que es bueno.

Con el rostro serio, la mujer miró a John.

—Mira, una vez que te levantes y vuelvas a correr por ahí saldrás en ese bote tuyo y harás un poco de pesca. Al menos eso es lo que yo haría. Y el momento en que estés detrás de la caña, sé en lo profundo de mi ser que atraparás el pez de tu vida. Por tanto, mira que el globo funciona. «¡Qué atrapada!»

Abby y los demás se esforzaron por no reír.

—La mujer está alucinando —comentó Denny poniendo los ojos en blanco y gesticulando en dirección a Jo, que se volvió y pateó ligeramente a Denny en las canillas.

—*No* es así —objetó ella, volviendo a mirar a John—. También funciona de otro modo. Cuando te levantes y te sientas mejor, esos fornidos hijos tuyos te tendrán en la cancha en poco tiempo. Bien, sé que tus piernas necesitarán un poco de tiempo para ponerse en forma, pero no ese brazo tuyo.

Jo levantó el brazo y se lo puso detrás de la cabeza, como si fuera a lanzar una pelota.

—Estarás allí, serpenteando hacia atrás, para lanzar como si tu vida dependiera de ello... y uno de estos chicos atrapará el balón. Y tú dirás...

—¡Qué atrapada! —exclamó John guiñándole un ojo a Denny—. Es perfectamente lógico.

John podía sentarse ahora y se instaló un poco más arriba en la cama. Aún usaba el collar ortopédico, y lo usaría por varias semanas. Pero esto no le impedía disfrutar la celebración. Le quitó el papel de regalo a la caja, la abrió y sacó un par de Nikes desgastados.

Estaban sucios, casi no tenían suela, y se les veían dos grandes hoyos cerca de las puntas.

—Muy bien —indicó Jo señalando los zapatos viejos—. Permítanme explicar.

Sean y Kade soltaron una que otra risa sofocada, pero Jo movió el dedo hacia ellos.

—Oigan, allí... no se rían. Estos zapatos tienen una historia.

—Empezamos de nuevo —expresó Denny moviendo la cabeza de lado a lado—. Le dije que te regalara flores o golosinas como a una persona normal, pero... bueno, tú sabes.

—Silencio —pidió Jo chasqueando los dedos y mirando a Abby, y después otra vez a John.

Abby solo podía imaginarse qué clase de historia estaba a punto de contar su consuegra.

—Oí que Abby y tú van a competir corriendo en algún momento en junio entrante —expresó Jo lanzando una rápida mirada a Abby—. ¿No es así?

—Así es —respondió ella asintiendo con la cabeza, esforzándose por mantener serio el rostro.

—Muy bien —continuó Jo mirando otra vez a John—. Tuve la idea el otro día cuando te miraba los pies. Me dije: «Jo... esos pies parecen casi del mismo tamaño que los de Denny».

Entonces ahuecó las manos alrededor de la boca y susurró la siguiente parte.

—Denny tiene pies grandes para ser un hombre pequeño.

—Gracias, querida.

—De nada —respondió Jo y reanudó la historia—. Así que empecé a pensar en la época en que Denny tuvo la pesca más increíble de los días de pescador. Me refiero a un día en que agarró tres preciosos premios y cuatro al día siguiente. Así pasó durante varias semanas. Y estos...

Entonces agarró los zapatos viejos de las manos de John y los levantó para que todos los admiraran.

—...estos zapatos son los que Denny usó entonces.

Jo movió la cabeza asintiendo rápidamente.

—Los guardé todos estos años en caso de que alguna vez necesitáramos un par de zapatos con suerte.

—Entonces... —concluyó John recuperando los zapatos y sonriéndoles—. Tú quieres que yo los use cuando compita con Abby. ¿No es así?

—Por supuesto —admitió Jo meneando la cabeza y mirando a Abby y a Nicole—. Los hombres no son los más rápidos en captar las cosas, ¿verdad?

Abby abrió la boca para contestar, pero Jo se le adelantó.

—Muy bien, todo el mundo, escuchen. Denny y yo les tenemos un anuncio.

Abby y Nicole intercambiaron una rápida risita, antes de cubrirse la boca y volver a prestarle toda la atención a Jo.

—Mi amor... ya les dijimos —balbuceó Denny ruborizado, con una mirada de disculpa en el rostro—. A mi esposa se le está nublando un poco la memoria en estos días.

Las manos de Jo volaron a las caderas.

—No es así, cariño. Además, nunca les conté los detalles —declaró y se volvió otra vez hacia los demás—. Denny y yo compramos nuestros boletos para ir a México.

Jo le guiñó un ojo a Nicole, a quien una mirada de complicidad le inundaba el rostro. Era evidente que cualquier cosa que la mujer estuviera a punto de hacer saber ya lo había hablado con Nicole. Abby tomó mentalmente nota de eso para preguntarle más tarde a su hija.

Entonces Jo sacó de la cartera dos pequeños folletos y los levantó.

—Están estampillados y fechados. Válidos por dos vuelos de ida a México el tres de junio.

—¿Solo de ida? —inquirió Matt acercándose un paso y revisando los boletos—. Ustedes van a regresar, ¿no es así?

—Sí. En seis meses... o quizás en un año —respondió Jo volviendo a meter los boletos en la cartera—. No te preocupes. No me puedo perder la crianza de la pequeña Haley.

—Volveremos de visita a los Estados Unidos cada cierta cantidad de meses —comentó Denny poniendo el brazo alrededor de Jo—. Pero debemos ir allá.

Él y Jo intercambiaron una tierna mirada.

—Fue algo que le prometimos a Dios —concluyó el hombre.

—A propósito... —titubeó Jo palmeando a Kade en el hombro—. Denny dice que has estado hablando con el pastor en la iglesia.

Kade pareció sobresaltarse.

—Este... sí —balbuceó el muchacho lanzando una mirada insegura a John y Abby—. Nos hemos reunido algunas veces.

—Bueno, ese no es el punto —objetó Jo haciendo oscilar la mano en el aire—. Lo importante es que tal vez estés pensando en ser pastor, ¿verdad?

—No... —vaciló el muchacho con ojos desorbitados—. En realidad no.

—¿Misionero entonces?

—No hasta ahora.

—Bien, eso no importa —continuó Jo sacudiendo los dedos sobre la cabeza como si estuviera ahuyentando una mosca—. El punto es que podríamos utilizar a un fornido muchacho como tú allá en México durante unas semanas en julio.

Luego miró a Denny.

—¿No es así, querido?

—Es lo que manifestó el pastor —contestó él asintiendo con la cabeza, claramente avergonzado del enfoque de Jo—. Ellos quieren un equipo de voluntarios para poner un nuevo techo en el orfanato.

—¿De veras? —inquirió Abby examinando a Kade y viendo que la confusión de su hijo se convertía en curiosidad.

—Sí —respondió Jo dándole una palmadita a Kade en la espalda—. Y solo es por algunas semanas. Tu equipo de fútbol americano no te extrañará mucho durante unas semanas en julio.

Kade hizo varias preguntas respecto del viaje. Cuándo exactamente era... y si podrían ir algunos de sus compañeros de equipo.

Abby observaba en profundo silencio. Hace un año Kade estaba metido de cabeza en la fetidez de la pornografía... y ahora consideraba ir a México para construir un techo para niños huérfanos. Se había estado reuniendo con el pastor siempre que se encontraba en casa, y el cambio que se había producido era asombroso. Ahora Kade actuaba con más ternura y amabilidad, y era más consciente de los asuntos espirituales. Andar a diario fuera del plan de Dios para su vida le había encallecido el alma, pero esos callos habían desaparecido, todos. El mismo Señor se los quitó.

Luego Nicole y Sean se unieron a la conversación, haciendo más preguntas sobre el orfanato y la clase de niños que vivían allí.

—Quizás nosotros también deberíamos ir —comentó John estirando la mano y entrelazando los dedos con los de Abby.

—Una carrera es una cosa, John Reynolds. Construir techos en México es otra —declaró ella arqueando una ceja, mirando después a Jo—. Pídenos ayuda el año entrante.

—En realidad... podría ser una buena terapia si...

—La puerta se abrió de pronto; Tim y Tara Daniels entraron. Jake estaba con ellos, con una risita que le cubría el rostro. El chico miró a John, los dos intercambiaron una sonrisa de complicidad. Abby lo supo al instante. Esos dos andaban en algo.

—¿Es este un buen momento, entrenador? —preguntó Jake poniéndose frente a sus padres y deteniéndose casi al pie de la cama de John.

—Creo que sí —contestó John revisando rápidamente la habitación.

—Hola, a todos —saludó Jake agitando la mano.

Abby pudo sentir un leve titubeo de parte de Nicole, pero por lo demás el grupo sonrió y correspondió al saludo del muchacho.

—No nos quedaremos mucho tiempo. Solo deseábamos estar aquí para hacer un par de anuncios —expresó Jake, asintiendo con la cabeza hacia sus padres—. Mis acompañantes pueden pasar primero.

Tim dio un paso al frente, mirando primero a Abby y después a John.

—Tara y yo... —balbuceó y echó la mano hacia atrás para agarrar la de su esposa—. Queremos agradecerles sus oraciones por nosotros. Hemos... hemos hablado y llegado a la conclusión de que nunca debimos divorciarnos.

—Queríamos que ustedes fueran los primeros en saberlo —añadió Tara soltando una rápida sonrisa que le salía de la garganta.

—Aparte de mí, por supuesto —manifestó Jake parándose en medio de sus padres y poniéndoles los brazos sobre los hombros.

—Desde luego —corrigió Tara sonriéndole a su hijo, y volviéndose luego hacia los demás—. Tim y yo vamos a casarnos el primer sábado de junio.

Miró entonces a Abby, a quien le brotaban lágrimas de los ojos.

—Queremos que tú y John nos apadrinen. Que sean nuestro caballero y nuestra dama de honor.

—Así es —asintió Tim—. Porque esto no habría sucedido sin la participación de ustedes dos.

—¿No es fabuloso? —exclamó Jake chocando palmas con Kade y Sean, John y Matt—. ¡Mis padres se están casando!

—Vaya, muchachos —expresó Abby rodeando la cama de John y abrazándolos, primero a Tim, luego a Tara, y finalmente a Jake—. Eso es maravilloso. Por supuesto que estaremos allí.

¿Quién habría pensado hace un año, cuando John y ella habían decidido divorciarse, que Dios no solo les salvaría el matrimonio y les fortalecería el amor más que antes, sino que los usaría para alcanzar a dos personas como Tim y Tara?

Los ojos de John comenzaron a moverse de un lado al otro, entonces señaló hacia el globo en forma de pez.

—En honor a tu compromiso, Tim, creo que mereces mi globo —declaró, y sonrió hacia Tara—. Quiero decir: ¡qué atrapada!

Todos rieron, luego Jake agitó las manos en el aire.

—Está bien... silencio... es el turno del entrenador.

Una extraña sensación le rebotó a Abby en el estómago. ¿El turno del entrenador? ¿De qué se trataba esto? ¿Y por qué John no le había contado que tenía algo que decir?

—¿Papá? —exclamó Kade mirando con curiosidad a John—. ¿Tienes un anuncio?

John encogió los hombros lo mejor que pudo debido al collar ortopédico. Su sonrisa ladeada le mostró a Abby lo que ella necesitaba saber. Cualquier cosa que él estuviera a punto de decir, lo había planeado con Jake.

—Sí, creo que sí.

—Adelante, entrenador. Dígalo.

—Está bien —expuso John enderezándose una vez más—. Jake y yo estuvimos hablando un poco el otro día, y me dijo que el año entrante será mejor que todos los demás. Es decir...

Entonces inclinó la cabeza y una sonrisa se le formó en las comisuras de los labios.

—Él cursará el último año y todo eso.

—Y por primera vez estaré de veras escuchando a mi entrenador... ustedes saben, haciendo todo lo que me pida...

Abby contuvo la respiración. ¿Podría él estar a punto de decir...?

—Por lo que decidí revocar mi renuncia —confesó John levantando las manos y dejándolas caer sobre los muslos—. ¡Voy a dirigir el equipo el año entrante, después de todo!

La habitación irrumpió en un coro de felicitaciones y abrazos, chocadas de manos y risotadas.

—Eso resuelve las cosas —insinuó Jo palmeándose la pierna—. El director de deportes del Colegio Marion... ¿cómo se llama?

—Herman Lutz —contestó John sonriendo tontamente.

—Correcto, eso es. Lutz. Bueno, *él* gana el globo de pez. Yo misma se lo llevaré a la oficina y se lo daré. Entonces le manifestaré: «¡Qué atrapada, compañero! ¡Es tu día de suerte porque acabas de lograr que John Reynolds vuelva como entrenador!»

Todos se encendieron otra vez en la conversación, imaginando los puntajes del equipo el año entrante y haciendo predicciones sobre lo bien que Jake jugaría. Después de un buen rato Abby dejó de prestar atención y se recostó contra la pared del hospital. Su mirada se topó con la de John, ella se dio cuenta de que él tampoco estaba escuchando.

En vez de eso, ambos tuvieron una conversación privada con la mirada. Un diálogo en el cual Abby le decía a su esposo lo orgullosa que estaba de que hubiera tomado una posición firme y hubiera ganado, de que hubiera reconsiderado el trabajo como entrenador en Marion y de que hubiera comprendido que allí es donde pertenecía. Y en silencio John le agradecía a ella por permanecer a su lado. No solo durante los días difíciles de la última temporada, o en el horror del accidente, sino durante su tiempo en la silla de ruedas y en cuanto a las expectativas relacionadas a la operación. E incluso ahora, cuando él estaba escogiendo tomar tiempo para alejarse de ella una vez más a fin de hacer lo que él amaba.

—No puedo esperar —dijo ella vocalizando las palabras, disfrutando ese momento privado mientras los demás en la habitación celebraban en voz alta alrededor de ellos.

—Yo tampoco —contestó él alargándole la mano; entonces ella se le acercó, trabando los dedos con los de de su esposo y sintiendo el amor de él en cada fibra de su ser—. ¿Sabes qué, Abby?

—¿Qué? —preguntó ella susurrando todavía.

—Esa será la mejor temporada de todas —contestó él susurrando también.

Abby sonrió y apretó la mano de John. Habían llegado hasta aquí después de pasar por muchas cosas. Sin embargo, ahora ella estaba en el lugar donde empezara muchos años atrás. Mirando al futuro septiembre y hacia el cálido brillo de luces del estadio en la cara del hombre a quien ella amaba más que a cualquier cosa en este mundo. Participando en una serie de partidos los viernes por la noche, del modo que le había ocurrido desde que fuera una jovencita.

El verano estaba por delante de ellos y, sin duda en, compañía de algunos milagritos más. Haley vendría a casa, John se levantaría y caminaría otra vez. Pero aquí y ahora, a Abby la consumía un pensamiento cautivador.

John Reynolds volvía a ser entrenador.

Abby apenas podía esperar el inicio de la nueva temporada de ellos juntos. John tenía razón... esta iba a ser la mejor temporada de todas.

Dedicado...

A mi esposo, en honor a sus catorce años como entrenador de básquetbol universitario. Sufriste mucho en la temporada anterior, pero siempre mantuviste la cabeza en alto y conservaste la fe. «Dios tiene un plan», solías decir, dejándome a mí y a todos los demás impresionados por tu devoción al Señor. No hay duda de que eres el hombre más sincero y leal que he conocido. Qué bendecida soy de ser tu esposa... de veras. Tu carácter se erige como un faro brillante para todos los que tenemos el privilegio de gozar incluso del más leve contacto contigo. Sí, amor mío, Dios tiene un plan. Y un día en el futuro cercano, el título Entrenador volverá a resonar, y tú usarás de nuevo el silbato.

Tengo dos oraciones por ti. Primera, que saboreemos cada minuto de esta temporada de descanso. Porque perder el programa de básquetbol es sin duda para nuestro beneficio. Y segunda, que el amoroso legado de tus días de entrenador cambie para siempre las vidas de esos muchachos que te llaman entrenador.

A Kelsey, mi preciosa jovencita, cuyo corazón está muy cerca del mío. Te observo en la cancha de fútbol, brindando todo lo que tienes, y estoy agradecida por la damita en que te estás convirtiendo. Que nada te presione a tu alrededor, cariño. Ni muchachos, ni amigos, ni las tendencias de la época. En vez de eso mantente frente al grupo, como una en un millón, querida mía, y con un futuro tan brillante que alumbre. ¿No fue solamente ayer cuando atravesabas tambaleándote el piso de la cocina, tratando de darle tu chupón al gato para que no se sintiera solo? Puedo oír el tic-tac del tiempo, hija mía. El reloj se mueve más rápido cada año... pero créeme, estoy saboreando cada minuto. Me siento más que bendecida por el gozo de ser tu madre.

A Tyler, mi fuerte y decidido hijo mayor. Desde el día en que aprendiste a caminar quisiste entretenernos. Cantando, danzando, haciendo trucos bobos.

Lo que fuera para hacernos reír. Y ahora estás aquí, alto y apuesto, escribiendo libros y aprendiendo a cantar y tocar el piano, componiendo dramas en una manera que glorifica a nuestro Señor. ¡Y eso que solo tienes diez años de edad! Siempre he creído que Dios tiene un plan especial para tu vida, Tyler, y todo el tiempo lo creo más. Mantente atento a la guía de Dios, hijo. De ese modo la diversión siempre será exactamente lo que él quiere que sea.

A Sean, mi tierno hijo. Cuando te trajimos desde Haití a casa supe que amabas a Dios. Pero no fue sino hasta que vi tus ojos llenos de lágrimas durante el tiempo de adoración que comprendí cuánto lo amabas. «¿Qué pasa, Sean?», te susurré. Pero tú solo moviste la cabeza de un lado al otro. «Nada, mamá. Solo que amo mucho a Jesús». Oro porque conserves siempre ese amor especial en tu corazón, y porque permitas que Dios te guíe en todos los gloriosos planes que tiene para ti.

A Joshua, mi hijo «puedo hacerlo». Fuiste especial desde el momento en que te conocí, aislado de los demás niños en el orfanato. Ahora que llevas un año en casa puedo ver todo eso con más claridad. Dios ha puesto dentro de ti la raíz de determinación más fuerte que yo haya visto. Sea que estés dibujando o escribiendo, coloreando o cantando, jugando básquetbol o fútbol, preparas tu mente para ser el mejor, y entonces haces exactamente eso. No puedo estar más orgullosa de los grandes pasos que das, hijo. Recuerda siempre de dónde vienen tus talentos, Joshua... y úsalos para glorificar a nuestro Señor.

A Ej, nuestro hijo elegido. El tuyo fue el primer rostro que vimos en la lista de fotos de Internet ese día en que por primera vez pensamos en adoptar en Haití. Desde entonces he estado convencida de algo: Dios te trajo a nuestras vidas. A veces creo que tal vez serás médico, abogado o presidente de una empresa. Debido a las cosas asombrosas que el Señor ha hecho durante el año en que has estado en casa, nada me sorprendería. Mantén tu mirada en Jesús, hijo. Tu esperanza siempre se hallará solo allí.

A Austin (MJ), mi chico milagro, mi precioso corazón. ¿Es posible que ya tengas cinco años? ¿Un grande y fornido muchacho que ya no necesita de una siesta y que solo estará un año más en casa conmigo antes de empezar la escuela? Me encanta ser tu mamá, Austin. Adoro cuando me traes dientes de león en medio del día o cuando me rodeas el cuello con tus gordinflones brazos y me sofocas con besos. Me gusta jugar contigo «dame y vete» cada mañana. Y usar mi corona Burger King de modo que yo sea King y tú Bull en nuestras batallas cara a cara en la sala. Qué alegría me das, mi pequeño hijo. Te haces llamar MJ porque quieres ser como Michael Jordan, y de veras creo que lo serás algún día. Pero al verte, siempre recordaré lo cerca que estuvimos de perderte, y de cuán agradecida estoy de que Dios te haya traído otra vez a nosotros.

Y a Dios Todopoderoso, el autor de la vida, quien por ahora me ha bendecido con todos ustedes.

Reconocimientos

Como siempre, cada vez que armo una novela hay cantidades de personas entre bastidores para hacerla posible. Hablando del tema, mis primeros agradecimientos deben ir a mi esposo y mis hijos por entender mi necesidad de ocultarme cuando el tiempo de entrega está cerca. Hubo razones para que concluir este libro fuera más difícil que casi todos los demás. No lo pude haber hecho si ustedes no hubieran aunado esfuerzos ni me hubieran permitido el tiempo para escribir. ¡Los amo a todos!

Además, agradezco el apoyo de mi equipo familiar, especialmente de papá y mamá, y del resto de ustedes que invierten tiempo leyendo mis libros y ofreciéndome valiosas perspectivas. Un agradecimiento especial para mi sobrina, Shannon, por ser siempre la primera en comentar. Un día espero estar leyendo tus libros, cariño.

El apoyo en oración es fundamental cuando se escribe una novela, especialmente una que tiene entretejidas verdades dadas por Dios. Yo no podría escribir las historias que el Señor me ha dado si no fuera por las oraciones de mi esposo y mis hijos, mis familiares y amigos. Soy bendecida por mantener orando no solo a esas personas, sino también a Sylvia y Walt Wallgren, Ann Hudson, y a tantos de nuestros fieles lectores que constantemente me levantan en oración. Gracias por su fidelidad. Oro porque ustedes disfruten los frutos de participar conmigo en este ministerio escrito.

Además, un agradecimiento especial para mi asistente, Amber Santiago, por estar en todo lugar en que yo no puedo estar cuando emprendo la aventura de escribir. Quiero que sepas que tu tiempo con Austin y las horas que dedicas para hacer agradable mi casa me son una bendición asombrosa. Gracias por tu corazón de servicio, Amber. Te aprecio más de lo que crees.

Al escribir este libro me encontraba en desesperada necesidad de tiempo calmo. Cuando eso ocurría llamaba a mis nuevos amigos, Warren y Louise, y me les escurría en su contexto familiar para tener algunos días de narrativa continua. Gracias por proporcionarme un ambiente tranquilo y libre de teléfonos en el cual trabajar. Estoy segura de que pasaré muchas más horas en ese sitio recóndito.

Gracias también a aquellas personas que hacen corrección de prueba para mí: Melinda Chapman, Joan Westphal, Kathy Santschi y los Wallgren. Sus ojos expertos me han ayudado a producir una novela ante la que puedo sonreír de satisfacción. ¡Gracias!

En una nota comercial, me gustaría agradecer a Ami McConnell, a Debbie Wickwire y a las buenas muchachas de Thomas Nelson por su compromiso con la excelencia en ficción femenina.

En el transcurso de este libro tuve el privilegio de trabajar con mi editora favorita, Karen Ball. Fue una temporada difícil para Karen, puesto que perdió a su querida madre, Paula Sapp, días antes de editar mi manuscrito. Karen, me conduelo de tu pérdida, e igual que tú creo que tu madre está finalmente libre. Que incluso ahora te observa, orando por ti, añorando la reunión que se llevará a cabo un día lejano. Gracias por estar dispuesta a trabajar conmigo aun en medio de una temporada de sufrimiento.

Es mi creencia que el Señor asocia a escritores con agentes por un buen motivo. Según eso, estoy eternamente agradecida de que el Señor trajera a Greg Johnson a mi vida. Greg es un agente que hace realidad los sueños de los escritores, vigilando todo aspecto de mi profesión de escritora. Usted que está leyendo este libro puede preguntarle a Dios por el papel de Greg en mi vida. Yo no podría lograrlo sin él.

También un agradecimiento especial a Kirk DouPonce de Uttley-DouPonce Designworks. Kirk y su asombroso equipo de artistas son sencillamente los mejores diseñadores de portadas en el negocio. Si dependiera de mí, cada libro que escribo tendría al frente el elegante material gráfico que ustedes manejan. ¡Gracias por otra asombrosa portada! Ustedes son lo mejor de lo mejor.

Nota de la autora

LA PARÁLISIS ES UNA CONDICIÓN DEVASTADORA. HOY DÍA EN NUESTRA NACIÓN la causa más importante de parálisis repentina en las personas es una herida de bala en el cuello o la espalda. Los accidentes automovilísticos siguen como la segunda causa más común. La tecnología y el tratamiento descritos en *Un tiempo para abrazar* son futuristas y aún no están en uso. Sin embargo, según la Asociación Estadounidense de Cirujanos Neurólogos y el Congreso de Cirujanos Neurólogos, en este mismo instante el campo de la cirugía medular está experimentando una «explosión de nuevas técnicas quirúrgicas» diseñadas para reducir o revertir lesiones a la médula espinal.

En muchos casos estas nuevas técnicas quirúrgicas todavía requieren apoyo financiero y pruebas antes de poderse implementar. Algunas están a años o décadas de funcionar del modo en que actuaron en John Reynolds. Prefiero dejar que el protagonista de la novela sea un benefactor inicial de esas nuevas técnicas para demostrar que estoy orando al respecto, y espero que un día dichas técnicas sean una realidad para todo aquel que haya sido víctima de alguna devastadora clase de lesión como la descrita en esta novela.

Un mensaje a los lectores

QUERIDOS AMIGOS LECTORES:

Han pasado algunos años desde que por primera vez escribiera *Un tiempo para bailar* y *Un tiempo para abrazar*. Recuerdo cuando se me ocurrió la idea de la primera de estas obras. Yo soñaba con que esta fuera una historia de amor conyugal, un relato que narrara las dificultades y los desafíos de la unión marital, y que dejara al lector con deseos de vitorear el matrimonio, con deseos de defender la relación que comparte con su cónyuge.

Desde esa época he recibido miles y miles de cartas de lectores que han recorrido conmigo las páginas de estas dos novelas. Nunca olvidaré muchas de esas cartas, pero aquí deseo hablar de un caso específico.

Una jovencita de catorce años me escribió diciéndome que había leído *Un momento para bailar*, y que ahora me pedía un favor. Contó que sus padres habían decidido divorciarse y que ella y sus tres hermanos estaban deshechos.

«Nos criamos en un hogar cristiano, y creí que mis padres estarían casados para siempre —informó la muchacha—. He intentado disuadirlos del divorcio, pero no me escuchan».

La chica, a quien llamaré Kayla, me contó que les había pedido a sus padres que leyeran mi libro, *Un tiempo para bailar*. Pero su mamá le contestó que una novela nunca influiría en ellos, que Kayla era solo una niña y que algunas relaciones simplemente no se salvaban.

Por eso fue que la chica me escribió. «Señora Kingsbury, creo que si usted le pide a mamá que lea la novela, quizás lo haga. Y tal vez Dios podría usar el libro para salvar el matrimonio de mis padres».

Bueno, nunca me habían pedido algo así. Imaginé que si pudiera servir de algo, valdría la pena intentarlo. Así que le pedí a mi esposo que se acercara a la computadora, y los dos oramos por esta familia y por el matrimonio en peligro.

Luego hice lo que Kayla me pedía. Ella me había dado la dirección electrónica de su madre, así que le escribí explicándole quién era yo y por qué le estaba enviando el correo. Le dije que la verdad es que yo no conocía su situación y que no deseaba entrometerme. Sin embargo, añadí, que tal vez si ella leía mi novela estaría honrando los sentimientos de su hija.

La mujer contestó una misiva muy corta, indicando que apreciaba mis esfuerzos y que trataría con su hija. Yo no estaba segura si lo que habíamos hecho habría podido ayudar un poco, pero mi esposo y yo seguimos orando.

Pasaron los meses y no supe nada de Kayla. Entonces un día recibí un correo cuyo tema solo decía «Elogios». Lo abrí y encontré otra carta de esta tierna chica. «Señora Kingsbury —manifestaba—. Después de que usted le escribiera a mi madre, ella hizo lo que le pidió. Leyó su libro, *Un tiempo para bailar*. Luego papá también lo leyó. ¡No creerá lo que ocurrió a continuación! Mamá y papá decidieron buscar consejo espiritual y van a seguir casados. Es más, este fin de semana renovarán sus votos matrimoniales, y yo voy a ser la dama de honor de mamá. Quise que usted fuera la primera en saberlo. Gracias por escribir *Un tiempo para bailar*».

Solo me queda expresar que para mí constituye una experiencia maravillosa que me llena de humildad saber que el Señor usó este libro de esta manera. Junto con las demás cartas, estaré eternamente agradecida de que esta historia en dos partes sea exactamente lo que en oración pedí que fuera.

Oro porque al leerla usted vuelva al inicio, a la época en que el amor era algo nuevo y que parecía durar para siempre, como un viaje intensamente maravilloso. Sea que usted esté casado(a), que planifique casarse algún día, o que simplemente sea parte de una familia, espero que el Señor use este libro para mostrarle una imagen del amor, el verdadero amor; de los sinsabores y las tentaciones, los triunfos y la verdad que pueden cambiar todo en una relación. Me gustaría saber su reacción a estos libros si usted tiene la oportunidad de hacerla conocer. Puede contactarse con mi sitio web, www.KarenKingsbury. com

En mi sitio web también puede conocer a otros lectores y ser parte de una comunidad que concuerda en que en algo tan sencillo como una historia hay poder que puede transformar vidas. Usted también puede enviar peticiones de oración u orar por aquellos en necesidad, así como enviar una foto de su ser amado que está sirviendo a nuestra nación, o a su vez hacernos saber de algún soldado caído al que podamos honrar en nuestra página de Héroes Caídos.

Mi sitio web también le informará acerca de concursos en proceso, como el «Concurso anual del libro compartido». Usted puede ingresar tantas veces como quiera; cada primavera escojo a un lector para que se una a mi familia en un día de verano con nosotros en el noroeste de EE.UU. Además, todos los que se inscriben en mi boletín informativo mensual participan automáticamente en un sorteo que se realiza cada mes por un premio de una copia autografiada de mi última novela.

Usted puede ver en mi sitio web la programación de viajes y charlas, y por supuesto conectarse conmigo a través de Facebook y Twitter. Los lectores que de este modo me siguen a mí y a mi familia, en verdad son amigos.

Finalmente, si usted entrega su vida a Dios durante la lectura de este libro, o si encuentra el camino para volver a una fe que ha dejado enfriar, envíeme una carta a Office@KarenKingsbury.com y escriba «Nueva vida» en la casilla «asunto». Le animaría a conectarse con una iglesia de creyentes bíblicos en su región y a que obtenga una Biblia. Además, si no puede conseguir una Biblia ni una iglesia local, escriba «Biblia» en la casilla «asunto». Cuénteme cómo Dios usó este libro para cambiarle la vida, e incluya luego su dirección y su correo electrónico. Si esta es su situación, le enviaré una pequeña Biblia sin costo alguno.

Algo más: He iniciado un programa mediante el cual donaré un libro al bibliotecario(a) de todo colegio o instituto de educación media que lo solicite. Busque los detalles en mi sitio web. Gracias de nuevo por viajar conmigo por las páginas de este libro. Espero con ansias saber de usted otra vez. Manténgase al día en mi sitio web con relación a las próximas películas basadas en mis libros... entre ellos *Like Dandelion Dust* [Como polvo de diente de león] y *A Thousand Tomorrows* [Mil mañanas].

Hasta entonces, mis amigos, mantengan la mirada en la cruz.

En la luz y el amor de Jesús,
Karen Kingsbury
www.KarenKingsbury.com

Dónde están ellos ahora

JOHN REYNOLDS SIGUE RECUPERÁNDOSE A GRANDES PASOS. ESTÁ CAMINANDO casi sin señal alguna del accidente automovilístico que debió haberlo dejado paralizado. Los médicos creen que algún día recuperará la condición física plena que disfrutaba antes del accidente. John sigue profundamente enamorado de su esposa Abby, y ahora ambos dirigen un estudio bíblico para matrimonios en la iglesia. Con frecuencia narran su historia como una forma de ayudar a otros a entender la manera de rescatar un matrimonio. A John le encanta pasar tiempo con sus tres nietos, todos nacidos de su hija Nicole y su esposo Matt. Sigue siendo entrenador de fútbol americano y dirige el club cristiano en su colegio.

ABBY REYNOLDS dejó de escribir artículos independientes para revistas y ahora escribe libros infantiles. Le encanta leérselos a sus tres nietos, que viven a tres casas de distancia, también con acceso al lago. Ella y John aún sacan tiempo para caminar hasta el muelle y bailar al son de grillos y crujido de tablas, como solían hacerlo muchos años atrás.

NICOLE y MATT son los orgullosos padres de tres preciosos hijos. Nicole educa a sus hijos en casa y Matt trabaja como planificador económico. Uno de sus clientes es su cuñado Sean, que juega como mariscal de campo para los Pieles Rojas de Washington.

JO y DENNY se mudaron a México donde son misioneros a tiempo completo y se encargan de un orfanato. Juntos han adoptado personalmente a cuatro hijos. Todavía les gusta pescar.

Guía de grupo de lectura

1. ¿Se fortaleció o se debilitó el amor entre John y Abby debido al hecho de que hace poco decidieran no divorciarse? Explique.

2. Describa una ocasión en que usted se peleó con alguien que amaba. ¿Se fortaleció o se debilitó el amor entre ustedes después de eso? ¿Por qué?

3. Se necesita tiempo para recuperar la confianza, especialmente en una relación que ha sido víctima de traición. ¿Cómo se presentó esta verdad en la relación de John y Abby?

4. ¿Ha sido alguna vez la confianza tema de discusión entre usted y alguien a quien ama? Describa la situación.

5. ¿Cómo pudo finalmente volver a confiar en esa persona?

6. El hijo de los Reynolds estaba participando en pornografía. ¿Qué opinión tiene usted en cuanto a si esta forma de pecado sexual es adictiva? ¿Qué ejemplos de la novela cree usted que ayudarían a romper esa adicción, ya sea en usted o en algún ser amado?

7. ¿Qué papel representó Abby en el drama familiar después de la lesión de John? ¿Por qué este papel le estaba haciendo daño a ella?

8. Describa una ocasión en que sintió que debía solucionar los problemas de todo el mundo. ¿Cómo le hizo sentir eso? ¿Cómo pudo superar esa temporada?

9. Las emociones de John variaron mucho en los días posteriores a su lesión. ¿Qué acontecimiento cambió finalmente la actitud de él para bien? ¿Por qué?

10. Nicole experimentó un golpe a su fe después de que su padre quedara paralizado. ¿A qué cree usted que se debió eso? ¿Qué le ayudó finalmente a volver a creer?

11. ¿Ha pasado usted alguna vez por un tiempo que debilitó su fe? ¿Qué hizo que durante esa época creer en Dios fuera tan difícil? ¿Cómo superó ese período?

12. La reacción de Jake a su parte en la lesión del entrenador Reynolds fue de horrible culpa. ¿Cuáles fueron los sentimientos del muchacho con relación a su posible castigo? ¿Cómo maduró el chico durante esa temporada de tristeza y culpa?

13. Describa una época en que usted hizo algo por lo cual no podía perdonarse. ¿Qué ocasionó que se produjeran esos sentimientos? ¿Cómo logró superarlos y finalmente sanar?

14. ¿Cuáles fueron algunas maneras en que el amor entre John y Abby creció durante los días en silla de ruedas? Describa el momento que más le gustó entre estos dos personajes. ¿Por qué fue especial para usted?

15. Amar no siempre es fácil. Describa una época en que pudo compartir amor con alguien durante una temporada difícil. ¿Cómo fortaleció eso la relación entre ustedes? ¿Qué aprendió en el proceso?

Acerca de la autora

La autora de superventas según *USA Today* y *New York Times*, Karen Kingsbury es la novelista inspiradora número 1 de Estados Unidos. Se han impreso más de quince millones de copias de sus libros galardonados, incluyendo varios millones de copias vendidas el año pasado. Karen ha escrito más de cuarenta novelas, diez de ellas han ocupado puestos principales en las listas nacionales.

La última novela de Karen, *Above the Line, Take Three* [Sobre la Línea, Toma tres], salió a la venta el 23 de marzo de 2010. *Take Three* es la tercera de la Serie Sobre la Línea. La última entrega de esta serie, *Above the Line, Take Four* está a la venta desde el 22 de junio de 2010. *Shades of Blue* [Sombras de depresión], último título independiente de Karen, salió a la venta en octubre de 2009.

El reciente título de Karen, *This Side of Heaven* [Este lado del cielo] ocupó el quinto lugar en la lista de CBD Bestselling Fiction. Además, la novela de Karen *Sunset* [Atardecer] ocupó el segundo puesto en la lista de éxitos principales del *New York Times*. Karen también ha escrito muchas series de gran venta, entre ellas la Serie Redención y la Serie Primogénito. Su ficción la ha convertido en una de las narradoras de historias favoritas de la nación. Varias de las novelas de Karen se están considerando para importantes películas. Sus apasionantes y sumamente emotivos títulos incluyen la Serie 9-11, *Even Now* [Ahora mismo], *Ever After* [Por siempre jamás], y *Between Sundays* [Entre domingos].

Karen también es oradora pública, alcanza a más de cien mil mujeres cada año a través de varios eventos nacionales. Ella y su esposo Don viven en el noroeste de EE.UU. con sus seis hijos, tres de ellos adoptados en Haití.